GERALD MESSADIÉ

MOSES

Der Gesetzgeber

GERALD MESSADIÉ

MOSES
Der Gesetzgeber

Roman

Aus dem Französischen übersetzt
von Gabriele Krüger-Wirrer

DROEMER

Originaltitel: »Moïse – Le Prophète fondateur«
Originalverlag: Éditions Jean-Claude Lattès, Paris

Das Alte Testament wurde zitiert nach: *Neue Jerusalemer Bibel,*
Katholische Bibelanstalt GmbH, Stuttgart 1980

Besuchen Sie uns im Internet:
www.droemer-knaur.de

Die Folie des Schutzumschlags sowie die Einschweißfolie
sind PE-Folien und biologisch abbaubar.
Dieses Buch wurde auf chlor- und säurefreiem
Papier gedruckt.

Umschlaggestaltung: Agentur ZERO, München
Satz: Brigitte Apel, Hannover
Umbruch: Ventura Publisher im Verlag
Schrift: 10/13,32 Punkt Trump Mediaeval
Druck und Bindung: Franz Spiegel Buch, GmbH
Printed in Germany
ISBN 3- 426-19493-7

2 4 5 3 1

»Gott selbst könnte
nicht fortbestehen ohne Propheten.«
Martin Luther

Inhalt

II
Der Berg des Herrn

III
Das ferne Morgengrauen

Anmerkungen

Vorwort zur Bibliographie und zu den Anmerkungen

EIN WORT ZUVOR

Der Mann, der die moderne Welt schuf

Der erste Band dieses Romans, in dem ich unter dem Titel *Herrscher ohne Krone* begonnen habe, das Leben Mose zu rekonstruieren, schildert die historische Situation, in der sich seine Persönlichkeit heranbildete: der Hof und das Ägypten unter Ramses II. Eine stark zentralisierte Monarchie, enorme Expansion durch Eroberungen und innere Korruption – das waren die vorherrschenden Züge dieser berühmten Epoche des alten Ägypten.

Die Geschichte einer Persönlichkeit kann man nicht schreiben, ohne ihren zeitgenössischen Hintergrund darzustellen. Der Hintergrund ist die Form, der Mensch nimmt vor ihm Gestalt an.

Der junge Mann Moses, durch seine Mutter von königlichem Geblüt und aufgewachsen inmitten der arroganten Frivolität des ägyptischen Hofes, löste sich räumlich und geistig von dieser Umwelt. Räumlich: Moses wurde als Verwalter der Bauten des Königs nach Unterägypten geschickt, eine Region, die von der Hauptstadt bisher vernachlässigt worden war und wo Sethos I. und später Ramses II., sein größenwahnsinniger Sohn, neue Städte errichten ließen, die dem Maß ihres Hochmuts entsprachen. Dort entdeckte Moses die Hebräer oder Apiru, die vierhundert Jahre zuvor im Gefolge

Jakobs eingewandert waren; sie stellten die Arbeitskräfte, die diese Städte bauten.
Zur Zeit Mose waren die Hebräer schon nicht mehr willkommene Einwanderer, die von der Königsmacht geschützt wurden; sie waren de facto zu Sklaven herabgewürdigt, die willkürlich zum Frondienst verpflichtet werden konnten. Der Pentateuch, also die ersten fünf Bücher des Alten Testaments, beschreibt Moses als Menschen, »der in Ägypten bei den Dienern des Pharaos [...] hohes Ansehen genoß«. Diese Formulierung orientiert sich wohl am Vorbild Josephs, der Berater eines Pharaos der Hyksos gewesen war, eines Stammes, der in das Land eingefallen war und es unterworfen hatte, und mit dem die Hebräer traditionell gute Beziehungen unterhielten. Die Beschreibung Mose ist nicht ganz falsch, verschweigt aber, daß man in Ägypten unter Ramses II. nur in der Verwaltung Macht haben konnte. Und Moses war eine Art oberster Verwalter.
In Unterägypten erwarb Moses zwei Eigenschaften, die im historischen Ägypten Ramses' II. sicher nicht sehr verbreitet waren: Mut zur Revolte und Spiritualität. Der Mut zur Revolte wurde ihm sicher durch die Hebräer und durch seine Abneigung gegen die Intrigen des Hofes und der Provinzverwalter eingeflößt. Zur Spiritualität kam er wohl durch einen der überlebenden Priester der damals verdammten Religion des »verrückten Königs« Echnaton, der, vielleicht dem Beispiel der Hebräer folgend, eine Form des Monotheismus begründete. Der Mut zur Revolte ließ Moses den Mord an einem grausamen Vorarbeiter begehen, und dieser Mord zwang ihn, in die Wüste Sinai zu fliehen. Dort hörte er die Stimme Jahwes, die ihm befahl, Sein Volk vom Joch des Pharao zu befreien. Von der Ferne aus organisierte er daher den Exodus. Hier endete der erste Teil der Geschichte.
Der zweite Teil ist schwieriger zu rekonstruieren. Das gewaltige Epos des Exodus wird im Pentateuch in verschiedenen Versionen dargestellt, die – vorsichtig formuliert – wider-

sprüchlich sind. Die fünf Bücher, mehrere Jahrhunderte nach den Ereignissen geschrieben, interpretieren die Geschichte jeweils im Sinne der vier großen Schulen von Verfassern, die diese Schilderungen gestaltet oder vielmehr neu gestaltet haben. Die berühmtesten Episoden sind in völlig entgegengesetzten Fassungen überliefert. So ist das Schlagen gegen den Felsen, aus dem Moses eine Quelle sprudeln läßt, um den halb verdursteten Hebräern zu trinken zu geben, für die einen ein Beweis für seine göttliche Mission; für die anderen ist es im Gegenteil der verhängnisvolle Irrtum, der ihm die höchste Strafe einbringen sollte: Da er nicht im Namen Jahwes gegen den Felsen geschlagen hatte, würde er das Gelobte Land niemals erblicken.

Ich mußte also zwischen diesen Widersprüchen eine Linie finden, indem ich auf die historische, psychologische und textkritische Analyse zurückgriff und mich vor allem mit den Lücken beschäftigte. So sieht man, daß Moses bei seiner Flucht nach Arabien – das heutige Saudi-Arabien – von Jitro, einem Priester-Magier, aufgenommen wurde, der ihm seine Tochter Zippora zur Frau gab. Sicherlich hätte Mose Ehefrau es verdient, im Pentateuch, der ja angeblich von der Hand des Propheten selbst geschrieben sein soll, ein wenig liebevoller erwähnt zu werden. Sie wird jedoch nur zweimal genannt und noch dazu sehr rasch abgehandelt. Sie empfing zwei Knaben von ihm, deren Nachkommen angesehene Leviten waren. Folgte sie ihm bei dem Auszug aus Ägypten? Es ist wohl anzunehmen. Warum dann das Schweigen? Weil sie eine Fremde war.

Das ist nur ein Beispiel; es gibt noch zahlreiche andere. Wozu sollte man im übrigen schreiben, wenn nicht deshalb, um mit dem Leser Analysen, Entdeckungen und Hypothesen zu teilen und zu versuchen, ihm diese jede Norm sprengende Gestalt *Moses* zu schildern, der besessen ist von seiner göttlichen Mission und dennoch zutiefst menschlich, jähzornig und ängstlich erscheint, sowie von einer Großzügigkeit, die der Pentateuch leider nur sehr schwach widerspiegelt. Denn man mußte großzügig sein, um Wohlwollen Fremden gegenüber zu proklamieren: »Denn ihr selbst seid in Ägypten Fremde gewesen.«

Die Generationen der späteren Schreiber haben ihm die Maske eines Tyrannen aufgesetzt; ich dagegen halte ihn für zutiefst gütig. Er hat die Hebräer aus Ägypten herausgeführt, um ihnen Kanaan zu geben. Die Aufgabe war hart. Die Hebräer hatten seit vielen Generationen kein Oberhaupt mehr gehabt; unablässig trauerten sie den Gänsen und Melonen Ägyptens nach, machten ihm bis zum Schluß mit ihrem Genörgel über Wasser und Fleisch, mit ihren Zänkereien das Leben sauer, warfen ihm vor, eine Midianiterin geheiratet zu haben, und gingen so weit, ihm die von Gott gegebene Autorität abzusprechen. Doch der Charakter dieses Anführers war gehärtet; er war aus demselben Eisen geschmiedet wie Jakob, der dritte Patriarch, der eines Abends Jahwe selbst begegnete und gegen diese furchterregende, gestaltlose Macht kämpfte, was ihn bewog, seinen Namen in Israel umzuändern: *Esra-El*, »der gegen Gott kämpft«. Moses, der Gott begegnet war und mit ihm gesprochen hatte, ließ sich von den Nachkommen Israels nicht in die Knie zwingen.

Aufgerieben durch Anstrengung, Ärger und Enttäuschung, starb er vor der Ankunft im Gelobten Land, vermutlich in einem Alter um fünfzig Jahre. Ich glaube nicht, daß dies eine Rache Jahwes war. Gott rächt sich nicht; Rache ist ein menschliches Gefühl. Selbst der eifersüchtige Gott des Alten Testaments konnte sich angesichts dieses Übermenschen, dessen Fußstapfen die moderne Welt – Juden, Christen und Muslime – noch heute, dreitausenddreihundert Jahre später, folgt, eines Gefühls der Zärtlichkeit nicht erwehren.

Ich bewundere Moses über die engen, archaischen Texte hinaus und finde es bestürzend, wie wenig Gefühl diesem geistlichen und politischen Führer par excellence entgegengebracht wird. Unvergleichlich größer als sein Vorfahr Abraham, verdiente er etwas weit Besseres als ein anonymes Grab in den Steppen Moabs. Denn wo wären wir heute ohne ihn? Was wäre die moderne Welt ohne die drei monotheistischen Religionen? Hätte es ohne ihn Jesus gegeben?

Paris, April 1998, G. M.

Die Route des Zuges nach Kanaan

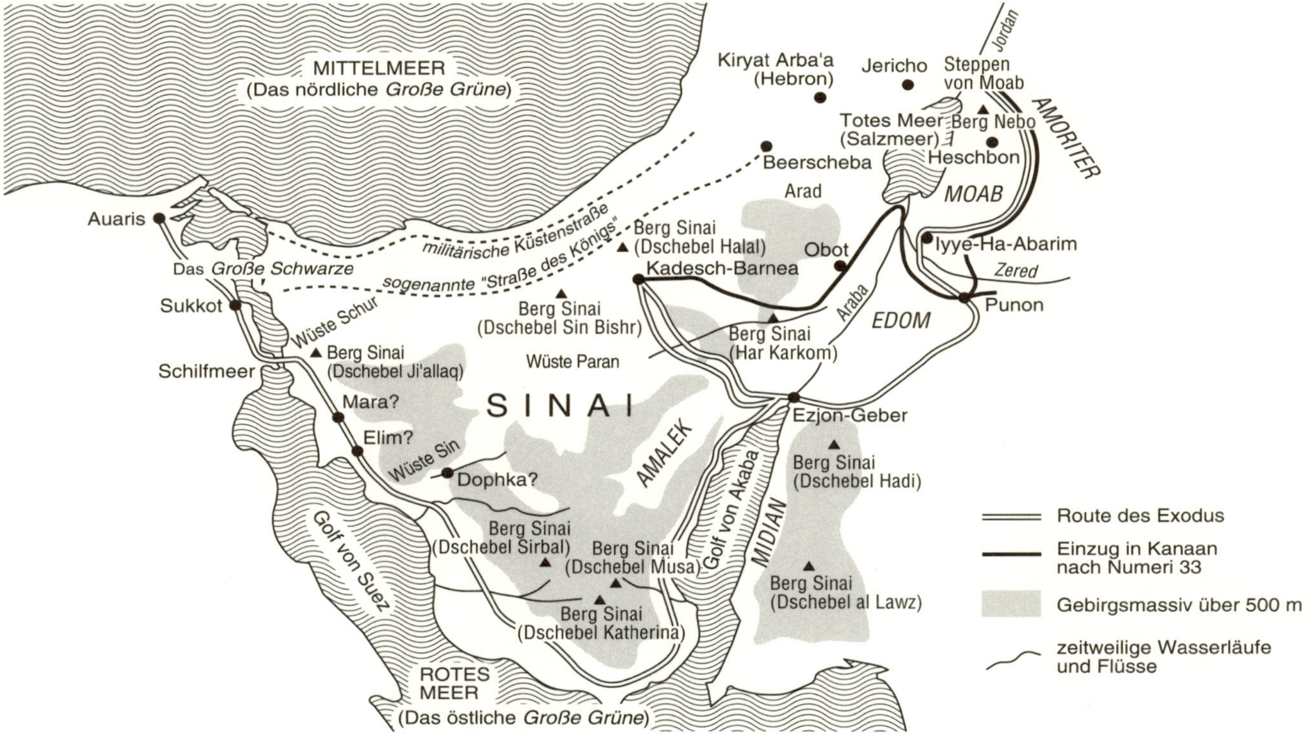

I

Der Exodus

1

Dringende Eile

Ein heftiger Wind, sicherlich aufgepeitscht von eiligen Geistern, fegte unter einem bläulichroten, donnernden Himmel von Süden nach Norden. Er ließ die Mäntel flattern und bog die Binsenbüschel, zerzauste die Männer und wirbelte den Staub zu kreiselnden Gebilden auf, die gleich wieder zusammenfielen. Jeder mögliche Beobachter hätte daraus schließen können, daß es wohl im Norden sein mußte – in diesem Fall der Golf des Roten Meeres und, gleich unterhalb, der Kanal des Schilfmeeres –, der auf diese Weise höhere Wesen in die niedere Atmosphäre hereinzog. Hier bereitete sich ein ungeheures Ereignis vor.

Am seltsamsten bei diesem Aufruhr am Himmel wirkten die Risse in den Wolken, durch die von Zeit zu Zeit ein Lichtstrahl schien, sicherlich das funkelnde Auge des Schöpfers – was sonst? –, der einen entscheidenden Augenblick seiner Welt beobachtete.

Entscheidend war der Augenblick in der Tat: Einige tausend Sklaven, die in die undurchschaubaren, chaotischen Erschütterungen der Menschheitsgeschichte hineingezogen worden waren, schickten sich an, ein glanzvolles Königreich zu verlassen und durch von Gestrüpp bewachsene, unzivilisierte Wüstengebiete zu ziehen. Sie bahnten sich einen Weg durch

die unendlichen, raschelnden Weiten von Schilfrohr, das ungläubig die Köpfe schüttelte. »Was«, schien es zu sagen, »ihr verlaßt die üppigen Landstriche am großen Fluß, ihre goldenen Tempel, ihr fleischreiches Wild und ihre saftigen Früchte? Wo geht ihr denn nur hin, Kinder Abrahams?«
Sie wußten es selbst nicht. Keiner durchschaut jemals die Pläne des Schicksals, bestenfalls kann man im Rückblick etwas erkennen, doch nie in der Vorausschau; keiner versteht etwas von dem Plan des Schöpfers, und das ist sicherlich ein Glück. Bruchstücke von Zeichen, Träume und die Erinnerung an alte Worte hatten ein Erbeben des Ichs erzeugt. Groll war hochgestiegen. Der weite Horizont hatte seinen Ruf ertönen lassen. Heftige Ungeduld hatte jenes geheimnisvolle Reservoir, in dem unersättliche Gier und leuchtende Visionen, undeutliche Ängste und strahlende Begeisterung, lächerlicher Haß und transzendente Träume, unzüchtiges Begehren und engelsgleiche Zärtlichkeit sich mischten, zum Brodeln gebracht – die Seele. Der Herr hatte mit dem Finger gen Osten gezeigt. »Brecht auf, die Stunde ist gekommen.«
Niemand ahnte, daß die von der höchsten Ordnung erweckten Schwingungen des Herzens, die keuchenden Ängste und die Zerrissenheit zu einem Ziel führten. Niemand, außer Moses. Und das war gerechtfertigt. Benommen vom ganz neuen Rausch der Freiheit, trampelten die späten Nachkommen Abrahams am Westufer des *Großen Schwarzen* herum, Frauen weinten und schrien, Männer hoben die Arme gen Himmel, und als wollten sie die Verwirrung noch steigern, bliesen sie in die Häuser von Wellhornschnecken, die man dank eines Lochs am schmalen Ende der Spirale in Hörner verwandelt hatte. So entstand ein Höllenlärm, der schließlich die Esel und das Kleinvieh, das die Flüchtenden auf ihrem Exodus mitgenommen hatten, verängstigte. Wer sich am Ufer befand, betrachtete die Wellen des *Großen Schwarzen* und fragte sich, ob man es wirklich überqueren müsse, und wie. Die Menschen hatten dieses Meer noch nie gesehen, und

es versprach nichts Gutes; sie wußten nur, daß man im Wasser ertrank.
Außerdem dachten sie daran, daß sie sich immer noch auf ägyptischem Boden befanden und daß jeden Augenblick die Armeen von Ramses mit Waffengeklirr auftauchen und sie alle als Fraß für die Geier zurücklassen könnten.
Moses war das bewußt. Er mißtraute Ramses und den königlichen Versprechungen. Doch undeutlich dachte er auch, der Herr könne sie nicht so weit geführt haben, um sie dann dem Schwert des Tyrannen auszuliefern.
Bevor Moses wieder von den Schultern jener herabstieg, die ihn hochgehoben hatten, damit das ganze Volk seinen Befreier und auch er selbst alle sehen konnte, warf er einen letzten Blick auf das riesige Getreidefeld, dessen Ähren Menschen waren. Vollkommenes Schweigen herrschte nun über dem ägyptischen Ufer des Schilfmeers, nur der Wind strich raschelnd hindurch. Die Apiru blinzelten unter der Bö und starrten ihren Anführer an, der bisher fast allen unbekannt gewesen war. Ein junger, starker Mann mit einem herrischen Gesicht, eingerahmt von braunem Haar, das der Wind ungestüm bauschte, und einem lockigen Bart. Das war also der Mann, zu dem der Herr Abrahams nach vierhundert Jahren des Schweigens gesprochen hatte. Ein heftiger Windstoß blähte seinen Mantel und ließ ihn wie Flügel hinter ihm flattern.
»Preiset den Herrn!« rief er mit der ganzen Kraft seiner Lungen und hob die Arme gen Himmel. »Preiset euren Befreier!«
Der Befehl wurde immer weiter nach hinten getragen, und ein undeutliches Raunen erhob sich bis an die entferntesten Ränder des Feldes.
»Ruhm unserem Herrn! Ruhm unserem Befreier!«
Immer noch lauter wurde die Antwort, bis das Grollen eher einer Naturerscheinung als menschlichen Stimmen glich. Die Möwen wurden von panischer Angst erfaßt.
Schließlich stützte Moses sich auf die Schultern seiner Träger Aaron und Arphaxad und sprang geschmeidig wieder zu

Boden, das Gesicht ernst, fast besorgt. Die Stammesoberhäupter, oder zumindest jene, die es zu sein schienen, drängten sich um ihn, beobachteten ihn ängstlich und mit angespannten Gesichtern, auf einen Befehl wartend. Doch er sagte nichts, sondern versuchte, das Ungeheure dieses Ereignisses in sich aufzunehmen, ohne das Gefühl zu verlieren, daß höchste Eile geboten war.

Seine Ergriffenheit war der Menschenzahl und den Umständen angemessen, wich aber dem Bewußtsein einer höheren Entscheidung: Nur ein Gott, und der höchste von allen, konnte so viele Menschen aus ihren Häusern herausgerissen und sie davon überzeugt haben, sich in ein neues Land führen zu lassen. Über dreißigtausend Menschen, die einen Boden verlassen hatten, indem sie einst Wurzeln schlagen zu können glaubten. Und all das auf das Wort eines Unbekannten hin, der beteuerte, der Herr selbst habe sich ihm in seiner Allmacht offenbart. Moses war sehr wohl klar, daß so etwas ans Absurde grenzte und niemals geschehen wäre, hätten die Apiru nicht insgeheim die Hoffnung gehabt, in ein Land aufzubrechen, das das ihre sein sollte und nicht den Namen der Knechtschaft tragen würde. Ein wahres, ein wundervolles Land, von dem die Alten – ohne allzu großen Glauben – manchmal versicherten, der Gott Abrahams habe es ihnen versprochen. Anderswo, fern von wütenden Vorarbeitern, Frondiensten und Erniedrigung. Fern vom Dienst für diesen wahnsinnigen König, der unablässig die Erde mit Bauwerken übersäte, die seinen Ruhm feiern sollten. Es war nicht der Meereswind, der diese Ähren wogen ließ, sondern die Hoffnung. Mit ihm, mit Moses selbst hatte dieses außergewöhnliche Unterfangen nichts zu tun; er war nur ein Werkzeug, das einen anderen Willen ausführte. Ja, der Herr hatte seine Hand auf ihn gelegt, wie man es ihm so oft gesagt hatte.

»All das ist größer als du, Ramses!« murmelte er. »Der Herr ist größer als all deine schnatternden, bellenden, wie Nachtvögel schreienden und knurrenden Götter!«

Er stampfte mit dem Absatz auf den Boden; er war ungeduldig, Ägypten zu verlassen. Doch er mußte seiner Aufgabe gewachsen sein. Aaron, sein Bruder, beobachtete diese Geste, ohne sie zu verstehen.

Der Wind trocknete schließlich die Tränen, und das Rauschen der Wellen kam wieder zu seiner vollen Geltung. Das durchdringende Geschrei der Möwen übertönte Rufe, Flehen und überschwengliche Gebete, ebenso wie das Rufen von Müttern, die ihre Kinder nicht mehr fanden, und von Alten, die sich über ihre Füße, ihren Rücken oder ihren Kopf beklagten. Als sich der Rausch, dieses Volk wiederzusehen, das der Herr ihm anvertraut hatte, verflüchtigte, wurde Moses hier, am westlichen Ufer des Schilfmeers, das sie von der Freiheit trennte, von Panik ergriffen. Dreißig- oder vierzigtausend Menschen, Männer, Frauen, Kinder und Greise, die allein auf sein Wort hin, wie ihre Oberhäupter es ihnen übermittelt hatten, eher durch ihn als aus sich selbst heraus, überzeugt waren, daß er der Stern ihres Schicksals sei und daß der Herr Abrahams sie in eine freie, blühende Zukunft führen werde. Es war eine Sache, das ersehnt zu haben, aber eine ganz andere war es, die – gewissermaßen – militärische Leitung dieses Volkes zu übernehmen. Moses hatte das Gefühl, es sei eilig und dringlich. Ramses war rachsüchtig; er konnte sehr wohl seine Meinung ändern und die Möchtegern-Auswanderer von seiner Armee verfolgen lassen. Das gäbe ein Massaker. Es war bereits mitten am Tag, und selbst wenn man sofort begann, das Schilfmeer zu durchqueren, war es zweifelhaft, ob man es bis Einbruch der Nacht hinter sich haben würde. Zudem blieb die Frage, ob das Schilfmeer die Ägypter davon abhalten würde, diese ehemaligen Sklaven bis in die Wüste zu verfolgen. Immerhin machten sie sie indirekt für das Massensterben kleiner Kinder verantwortlich, das Ramses schließlich bewogen hatte, sie ziehen zu lassen.

Moses blickte über den riesigen Wasserspiegel vor ihm, der

den silberhellen Himmel widerspiegelte. Ein richtiges Meer, aber übersät mit Büscheln hoher Schilfrohre und voller Fallen. An manchen Stellen war es nur eine Elle tief, an anderen konnte man ertrinken. Seit den Erkundungsarbeiten mit den Architekten von Ramses wußte er, daß dort ein Kanal verlief, den Schiffe mit wenig Tiefgang benutzen konnten; dieser Kanal verlief zwischen zwei Furten, und wenn man diesen folgte, mußte man bis zur Brust ins Wasser tauchen. Dort mußte man das Schilfmeer überqueren, denn es kam nicht in Frage, der Küstenstraße zu folgen.
Soweit war er mit seinen Überlegungen gekommen, als er eine Abordnung von Männern mit erschütterten Gesichtern herankommen sah; sie hatten die Brauen hochgezogen, streckten die Hände von sich und waren den Tränen nahe. Es waren die Sippenoberhäupter, Enoch, Jernuël, Gerschom, Libni, Machli und all die anderen. Sie packten ihn am Arm, zuerst an einem, dann am zweiten. »Der Herr! Der Allmächtige! Er ist dir erschienen! Zu unserem Heil! Jahrhundert um Jahrhundert sollen Segenswünsche zu Ihm emporsteigen! Du bist unser Oberhaupt! Sein Wille geschehe!«
Es gelang Moses nicht, auch nur ein Wort einzuflechten, alle sprachen durcheinander, speichelsprühend, heftig, aufgewühlt, überschwenglich, erleuchtet und prophetisch; sie hörten auf nichts, und einer wollte sogar an Ort und Stelle ein Opfer darbringen – sie hatten Lämmer und Tauben mitgebracht …
»Davon kann nicht die Rede sein«, schnitt Moses ihm das Wort ab.
»Warum?«
»Wir haben keine Zeit zu verlieren.«
»Aber ein Opfer für den Herrn, unseren Retter, dazu haben wir doch sicher Zeit …«
»Wir sind hier, um uns nach dem Willen des Herrn zu rüsten, das Schilfmeer zu durchqueren, so daß zwischen uns und den Ägyptern das Wasser liegt, und nicht, um zu feiern.«

Als sie sichtlich enttäuscht wieder abgezogen waren, fragte Moses Aaron: »Was hat dir der Bote von Ramses bei eurem Treffen genau gesagt?«
»Er hat gesagt, wir seien eine Schwäre auf dem Antlitz seines Landes, und über sein Königreich sei soviel Unheil hereingebrochen, weil wir die Götter Ägyptens beleidigten. Und er sagte, der Herr der Zwei Länder beglückwünsche sich dazu, daß wir fortgehen wollen.«
Aaron zögerte einen Augenblick, und Moses begriff, daß er einen Punkt dieser Unterredung verschwieg.
»Was hat er sonst noch gesagt?«
»Daß die Rache Sekhmets gegen die Verräter und Mörder, die uns führen, schrecklich sei und daß die Göttin uns zerfleischen werde.«
Der Plural »Verräter« bezeichnete Moses.
»War es eine schriftliche Botschaft?« fragte er.
»Nein. Es war eine mündliche Botschaft.«
Moses dachte einen Augenblick nach und fragte dann weiter: »Welchen Eindruck hast du?«
»Daß er uns beleidigen wollte«, erwiderte Aaron.
Moses dachte darüber nach. »Kann ich sicher sein, daß er von unserer Entschlossenheit zum Aufbruch überzeugt war? Wie viele Lebensmittel haben die Apiru mitgenommen?«
»Abgesehen von einigen Tieren[1], wie du siehst, haben sie Brot dabei, das sie unterwegs backen wollen, Käse, Eier ...«
»Wasser?«
»Wasser? Ja, ein paar Feldflaschen. Warum, gibt es dort, wo du uns hinführst, kein Wasser?«
»Warum hast du ihnen nicht gesagt, ein wenig mehr an Vorräten mitzunehmen? Es ist immerhin ein langer Marsch.«
Aaron sah seinen Bruder erstaunt und leicht vorwurfsvoll an.
»Als der Bote von Ramses wieder von Auaris aufgebrochen ist, habe ich Befehl erteilt, daß sie sich vorbereiten sollen. Wir haben deine Anweisungen exakt befolgt. Wir hatten unser Volk schon in der Gegend von Auaris versammelt, da

wir sicher waren, daß der Herr sein Versprechen halten würde. Der Bote kam um die Mitte des Nachmittags; bis der Befehl verbreitet war, war die Nacht hereingebrochen. Wir haben noch rasch etwas gegessen und alles mitgenommen, was wir konnten, ohne daß es uns zu sehr belastete. Wie du geraten hattest, haben wir Sukkot als Abmarschpunkt genannt. Wir sind zwei Tage und zwei Nächte marschiert, bis wir dort waren, noch eine Nacht bis Etam und einen halben Tag bis zu dieser Stelle hier, die du uns angegeben hattest. Und nun sind wir hier.[2] Das Wichtigste war, daß wir uns auf den Weg machten, verstehst du? Wir sind aufgebrochen, und wir werden ankommen, nicht wahr?«

Moses dachte einen Augenblick nach. Er wunderte sich, daß die Ägypter diesen ganzen Menschenhaufen nach Tjeku – Sukkot, wie die Apiru in ihrer Sprache sagten – hatten ziehen lassen. Dort stand eine Festung, die die Zugangsstraße nach Unterägypten kontrollierte. Die Grenzwachen hatten sich doch wohl wundern müssen, als sie diesen Menschenstrom sahen, der sich aus Ägypten wälzte.[3]

»Was hat man in Tjeku gesagt, als man diese Menschenmasse aus dem Königreich kommen sah?« fragte er.

»Wir haben erklärt, daß der Pharao uns vertrieben hat; sie haben jedenfalls nicht besonders viel gesehen, denn es herrschte finstere Nacht.«

»Die Wachen haben also nicht gesehen, wie viele ihr seid?« murmelte Moses wie zu sich selbst.

»Nein, ich glaube nicht, daß sie uns zählen konnten. Wieso, ist das von Bedeutung?« fragte Aaron.

»Es ist von Bedeutung. Denn das heißt, daß Ramses erst morgen erfährt, wie viele Menschen sein Land verlassen haben.«

»Und dann?«

»Und dann wird sein Erstaunen groß sein – und die Folgen unvorhersehbar.«

Er war froh, daß er Sukkot als Sammelpunkt genannt hatte; sollten die Ägypter die Absicht haben, sich dem Auszug der

Apiru entgegenzustellen, so mußten sie zweifellos annehmen, sie würden die Küstenstraße nehmen, den leichtesten Weg.[4]

Arphaxad und Lumi waren herangekommen und hatten das ganze Gespräch mitangehört. Alle erwarteten, daß Moses eine Entscheidung traf; sie wollten nicht die Nacht hier verbringen, ohne voranzukommen.

»Sie haben Vorräte für etwa drei Tage bei sich. Reicht das nicht? Der Herr wird sorgen.«

»Der Herr wird sorgen«, wiederholte Arphaxad und sah Moses aus zuversichtlichen Augen an; zweifellos wußte er nicht, daß Moses diese Wegstrecke schon einmal hinter sich gebracht hatte. Sein Blick war der eines Menschen, der Vertrauen einflößen wollte, während er doch von der Wirklichkeit gar nichts wußte. Und Moses hatte keinerlei Rückzugslinie, er konnte nur nach vorne gehen. Den Bruchteil eines Augenblicks überlegte er, was passieren würde, wenn er den leisesten Zweifel am Ausgang des Abenteuers äußerte. Arphaxad spürte seine Besorgnis, denn er nahm ihn am Arm und wiederholte: »Der Herr wird sorgen, Moses. Er hat uns bis hierher geführt, er wird uns auch weiter führen.«

Dieses Vertrauen teilte sich am Ende mit, und Moses beruhigte sich ein wenig.

»Gut«, sagte er, »wir müssen uns beeilen. Sag den Stammeshäuptern, alle sollen ihre Sandalen ausziehen. Wir werden den Weg durch die beiden Furten nehmen, die etwa hundert Ellen von hier liegen. Du und ich, wir bleiben auf dieser Seite des Meeres, während sie es durchqueren.«

»Willst du nicht zu ihnen sprechen?« fragte Aaron erstaunt. »Willst du ihnen nicht vom Herrn sprechen?«

»Der Herr hat uns nicht aus Ägypten ziehen lassen, damit wir unterwegs Reden halten«, erwiderte Moses.

»Weshalb diese Eile?« bohrte Arphaxad weiter.

»Ich traue den Ägyptern nicht«, erklärte Moses, vermied es aber, auf die Möglichkeit hinzuweisen, daß ein Sturm auf

dem *Großen Grünen* das Schilfmeer unpassierbar machen könnte. Während der letzten Tage war das Wetter extrem wechselhaft gewesen, und von Ezjon-Geber ab war das Durchqueren des Meeres manchmal gefährlich gewesen.
»Warum? Hat Ramses nicht begriffen, daß der Herr uns verteidigt?« fragte Lumi. »Meinst du, er würde es wagen, dem Herrn die Stirn zu bieten, der so viele Plagen über ihn verhängt hat?«
»Der Herr hat über Ramses bisher keinerlei Plagen verhängt«, widersprach Moses. »Ramses ist immer noch imstande, sich zu rächen. Er ist absolut fähig, seine Meinung zu ändern und uns von seinen Truppen verfolgen zu lassen. Wir verlieren Zeit mit Reden. Wir müssen anfangen, das Schilfmeer zu durchqueren. Jedes Sippenoberhaupt soll die Seinen führen.«
Sein Ton duldete keinen Widerspruch, war sogar von Ungeduld gefärbt. Aaron, Lumi, Arphaxad und die anderen eilten wieder nach hinten, um den Sippenoberhäuptern zu erklären, daß man sich auf den Weg machen müsse.
So kamen sie also, Enoch an der Spitze, begleitet von seiner Frau, seinen Kindern und einem Sklaven, der nicht hatte zurückbleiben wollen, da er wohl die Rache der Ägypter fürchtete, und der nun zwei Schafe trieb. Enoch zog seine Sandalen aus, betrachtete das Wasser und steckte vorsichtig einen Fuß hinein.
»Es ist tief!« rief er Moses zu.
»Das Wasser ist nicht mehr als kniehoch«, antwortete Moses. »Bleibt schön in der Furt! Geht ganz geradeaus vorwärts!«
Er kannte diese Furt. Sie war fünf oder sechs Ellen breit, man konnte ihr ohne Schwierigkeiten folgen. Enoch schlug sich den Mantel über den Kopf, drückte sein Bündel mit der einen Hand auf den Hinterkopf und stieg schließlich ins Wasser, gefolgt von seiner Frau, die sich an seinem Mantelende festhielt. Die jungen Leute waren flinker, sie verstanden dies alles als ein Spiel und hatten ihren Vater schon überholt. Die

Schafe folgten ohne allzu großen Widerstand, sie versuchten fast zu schwimmen, um den Kopf über Wasser zu halten. Etwa sechzig Menschen folgten den Wegbereitern nach, dann verlor Enoch durch einen plötzlichen Wirbel der Strömung das Gleichgewicht, hob den Arm und schrie. Seine Kinder kehrten um und halfen ihm wieder auf die Beine. Die Furt war nicht länger als fünfhundert Ellen, an manchen Stellen zwar ein wenig tiefer als an anderen, aber es genügte, die Kinder zu sehen, die fröhlich mit großen Sprüngen durch das Wasser rannten, um zu begreifen, daß es keine gefährliche Expedition war. Man sah die Kinder ohne Zwischenfall am anderen Ufer ankommen und das Schilf teilen, das sie dann anschließend vor allen Blicken verbarg. Doch das Ganze dauerte wegen der Frauen und der alten Leute, die zumeist klein waren und sich vor dem tiefen Wasser und davor, ihre Bündel zu verlieren, fürchteten, unglaublich lange.

»Nimmt das denn kein Ende?« rief Moses. »Schneller! Aaron, überwach du das Durchqueren dieser Furt hier; teilen wir uns zwischen dieser hier und der anderen, die niedriger ist, auf. Zehn weitere sollen noch mit mir kommen.«

Die zweite Furt war in Sichtweite der ersten.[5] Moses ging voran und winkte den anderen Flüchtlingen mit den Armen zu, und bald waren tatsächlich in beiden Furten gleich viele Menschen unterwegs.

All dies dauerte stundenlang, und als die Sonne bereits sank, kam Mischaël, eines der Sippenoberhäupter, der mehr gesunden Menschenverstand zu haben schien als die anderen, zu Moses. Er war ein etwa dreißigjähriger Mann mit einem markanten Gesicht, der einige Zeit Vorarbeiter in Memphis gewesen war. »Moses, mein Bruder, erst die Hälfte unseres Volkes hat die Furten durchquert. Die Nacht bricht herein, und es wird Verwirrung herrschen, wenn die eine von der anderen Hälfte getrennt ist. Und wie ich dich verstanden habe, willst du, daß wir das Schilfmeer so schnell wie möglich hinter uns bringen.«

Moses sah ihn fragend an.
»Wir müssen also auch in der Nacht weiter durchs Wasser waten«, fuhr Mischaël fort. »Meinst du nicht, daß wir den Weg beleuchten sollten?«
»Richtig«, gab Moses zu. »Haben wir Pech?«
»Ich habe einen großen Topf voll mitgenommen.«
»Und Glut?«
»Auch Glut.«[6]
»Sehr gut«, meinte Moses. »Richte zwei Fackeln her, eine für jede Furt. Jeder Fackelträger soll in der Mitte der jeweiligen Furt stehen, um jede Hälfte gleich zu beleuchten und den Weg zu weisen.«
Kaum eine halbe Stunde später, die Zeit, die man brauchte, um Kleinholz zu entfachen und das Pech zum Flammen zu bringen, waren die Fackeln fertig. Mischaël selbst postierte sich in der Mitte der ersten Furt, und ein anderer junger Mann, den Moses nicht kannte, stellte sich vor Moses in die zweite. Die Fackeln flackerten in der Meeresbrise, aber das Pech war ausreichend und von guter Qualität, so daß sie nicht ausgingen.
»Diese Flammen können die Aufmerksamkeit der Ägypter erregen«, warnte Aaron, der herankam.
»In dieser Gegend gibt es keine Ägypter, nur Matrosen auf den Schiffen, und ich gehe lieber dieses Risiko ein, als die Durchquerung des Meeres bis zum Morgengrauen zu unterbrechen«, erwiderte Moses, der langsam müde wurde. Es war keine Kleinigkeit, stundenlang mit den Füßen im Wasser zu stehen; er hatte seit dem Vortag keinen Augenblick Ruhe gehabt und praktisch nichts gegessen. Er kramte in seinem Sack und holte ein wenig Brot und gedörrte Feigen heraus. Er fragte sich, wie es um das Durchhaltevermögen der anderen stehen mochte, vor allem der Frauen und der Alten, die seit zwei Tagen und zwei Nächten marschierten.
»Geh zurück auf deinen Posten«, sagte er zu Aaron.
Plötzlich ertönten Schreie in der Schlange, die durch die Furt

zog, die Moses überwachte. Eine Frau war ausgeglitten und ins Wasser gefallen; Männer zogen sie heraus. Sie hatte sich nicht besonders weh getan, doch sie weinte und schrie, sie habe zuviel durchgemacht, und das alles übersteige ihre Kräfte. Verwandte von ihr kamen zu Moses und beklagten sich bei ihm, daß die Frau erschöpft sei, und auch sie selbst seien müde und könnten nicht mehr weiter.

»Es geht um eure Freiheit, um unsere Freiheit«, erinnerte Moses sie.

»Gewiß«, erwiderte ein alter Mann, »aber wir wissen nicht, wohin wir gehen.«

Moses wußte es auch nicht viel besser.

»Nun gut«, meinte er. »Macht am anderen Ufer halt und ruht euch bis zum Morgengrauen ein wenig aus.«

»Unter freiem Himmel?« fragte der Mann entrüstet.[7]

»Ihr werdet für vier oder fünf Stunden Schlaf doch wohl keine Zelte aufbauen wollen ...«

»Vier oder fünf Stunden?« wiederholte der Mann ungläubig. »Aber wir sind erschöpft, wir sind schon drei Nächte und zwei Tage auf den Beinen!«

»Ich habe gesagt, vier oder fünf Stunden, bis zum Morgengrauen, das ist alles.«

»Und wo gehen wir dann hin?«

»Nach Kanaan«, antwortete Moses, am Rande eines Zornausbruchs.

»Ist das weit?«

»Ja, das ist weit.«

Und er kehrte dem Mann den Rücken zu, um die beiden Fackelträger und Aaron zu verständigen: Wer auf der anderen Seite des Schilfmeers eine Pause machen wollte, konnte das bis zum Morgengrauen tun, aber nicht länger. In dieser windigen Nacht war es unmöglich, die Sippenoberhäupter aufzusuchen und sie damit zu beauftragen, diese Befehle weiterzugeben. Die Durchquerung des Meeres wurde unterbrochen, und eine Stunde später befand sich niemand mehr in den Furten. Auf beiden Seiten des Schilfmeers legten sich die Fliehenden, eingehüllt in ihre Decken, in die Dünen, um ein wenig zu schlafen. Ein paar hatten sich Feuer von den Fackeln geholt, um Brot zu backen. Die Sippen hatten sich aufgelöst; jeder war für sich.

Es begann schwierig. Moses, der ausgelaugt war, holte Aaron von seinem Wachposten. Jeder sollte abwechselnd drei Stunden schlafen; die Durchquerung des Meeres würde am nächsten Morgen fortgesetzt werden. Die Fackelträger kehrten um, löschten die Fackeln im Sand und legten sich ebenfalls nieder.

Moses schlief als erster, niedergestreckt von seiner Müdigkeit. Er hatte sich in seinen Mantel eingerollt und gegen eine Düne gelehnt. Der Schlaf übermannte ihn wie der Tod.

2

»Sie haben keinen Meeresgott«

Als Aaron in der zweiten Stunde nach Mitternacht kam, um ihn zu wecken, unterdrückte Moses einen Aufschrei und wich erschrocken zurück. Er schlug die Augen auf, sprang auf und stürzte sich mit erhobener Faust auf ihn. Dann erstarrte er und sah seinen Bruder verstört an.

»Aaron!«

»Ich bin es. Was hast du?«

Moses fuhr sich mit der Hand über sein Gesicht. »Ich dachte ... ich dachte, es sei Ramses«, erklärte er müde. »Ramses, der mich angreifen wollte.« Er streckte sich und trank einen großen Schluck Wasser aus seiner Feldflasche. Er spürte die Feuchtigkeit der Nacht in seinen Knochen und blickte sich suchend nach einem Feuer um, an dem er sich wärmen könnte.

»Du denkst nur an Ramses. Du träumst sogar von ihm. Ich werde mich ein wenig niederlegen.«

»Nichts Besonderes zu melden?«

»Nichts. Sie schlafen alle, zu beiden Seiten des Meeres.«

»Ich wecke dich in drei Stunden.«

»Aber da graut noch nicht einmal der Morgen!« rief Aaron.

»Bis wir alle aufgeweckt haben und der Rest des Volkes die Furt durchquert hat, ist es Morgengrauen.«

»Aber warum hast du es denn so eilig?«
»Ich habe es dir gesagt. Ich traue Ramses nicht. Er hat euch zu leicht ziehen lassen.«
»Glaubst du nicht, daß er jetzt Angst vor dem Herrn hat?« fragte Aaron, während er sich niederlegte.
»Er hat vor niemandem Angst«, erwiderte Moses und machte sich auf die Suche nach einem Rest glühender Asche.
In einiger Entfernung fand er, was er suchte. Er warf ein wenig Kleinholz in die Glut, und das Feuer prasselte sogleich auf und begann zu rauchen. Ein alter Mann, der in der Nähe schlief, wachte brummend auf, dann kam er näher, setzte sich und blickte mit seinen entzündeten Augen auf Moses, den er offensichtlich nicht erkannte, vielleicht auch noch nie gesehen hatte.
»Wahnsinnig ist er, dieser Moses«, murmelte er.
»Warum?« fragte Moses.
»Warum haben er und seine Freunde uns dazu gebracht, Ägypten zu verlassen? Es ist uns gut gegangen dort, wir hatten unsere Häuser, unsere Herden, unser bestelltes Land.«
»Wir waren Sklaven«, erwiderte Moses.
»Wir waren Sklaven, weil wir zu wenige waren, so daß wir uns weder verteidigen noch uns Respekt verschaffen konnten. Dasselbe Los erwartet uns überall, wo wir hingehen.«
Er streckte die Hände zum Feuer und fuhr fort. »Ich habe es Korach gesagt. Aber Korach hat geantwortet, daß dieser Moses den Befehl vom Herrn Abrahams erhalten hat.«
»Du glaubst das nicht?« fragte Moses.
»Nein. Ich verstehe nicht, warum der Herr sich nach vierhundert Jahren des Schweigens offenbaren soll, um uns auf einen kräftezehrenden Marsch zu schicken, ohne daß wir wissen, wo wir hingehen. Seit unserer Ankunft in Ägypten haben wir keine Spur davon gesehen, daß es ihn überhaupt gibt.«
»Er hat sich offenbart, weil er gesehen hat, daß wir in Knechtschaft lebten«, meinte Moses.

Schakale heulten.
»Und außerdem habe ich noch nie gesehen, daß die Götter erscheinen, um zu einem Sterblichen zu sprechen«, argumentierte der Alte weiter. »Aus welcher Sippe stammst du?«
»Aus dem Stamm Levi.«[1]
Der Alte nickte.
»Deine Stimme klingt jung. Du bist also kräftig. Aber viele von uns sind es nicht, und diese Flucht ist für sie eine schwere körperliche Strapaze, deren Ende sie nicht absehen.«
»Glaubst du nicht an den Herrn?« fragte Moses nach einer kurzen Weile.
»Ich hätte es gerne, daß der Herr an mich glaubte«, erwiderte der Alte. »Wozu ist ein Gott gut, wenn er einen leiden läßt? Ich arbeite, seit ich zehn Jahre alt war, ich habe ein anständiges Leben geführt, ich habe meine Kinder großgezogen, und meine Kinder haben meine Enkel großgezogen, und nun bin ich hinausgestoßen in die Wüste, in Nacht und Kälte, wie ein unehrenhafter Mann. Ist dieser Herr denn blind?«
»Hab Hoffnung!«
»Und du, der du hoffst, wer bist du?«
»Ich bin Moses«, antwortete Moses und erhob sich.
Er ließ den Greis vor dem Feuer sitzen und schritt am Wasser entlang. Das Schilf säuselte, erst leise und vertraulich, dann schien das Rauschen wie eine ungeheure Prophezeiung anzuschwellen. Angestrengt starrte Moses durch die Nacht, als wolle er den Tod am Horizont ausmachen, und sah nichts. Er betrachtete die Sterne und sagte sich, daß sie vor ihm dagewesen waren und nach ihm bleiben würden. Der Wind hatte an Kraft gewonnen und machte ihn ängstlich. Er kehrte zu den Gruppen der Schlafenden zurück und betrachtete sie, wie ein Vater seine schlummernden Kinder ansieht. Es waren von nun an seine Kinder. Ohne Zweifel würden sie undankbar gegen ihn sein, so wie sie gegen ihren himmlischen Vater undankbar waren. Er seufzte. Warum hatte der Herr ihm

diese Bürde anvertraut? Weil er stark war? Mußten die Starken immer für ihre Stärke bezahlen? Ein Schatten näherte sich ihm.
»Du schläfst nicht«, stellte der Mann fest, und Moses erkannte Mischaëls Stimme.
»Einer muß wachen.«
»Welchen Feind fürchtest du?«
»Ramses«, erwiderte Moses.
»Glaubst du, er würde uns in der Nacht angreifen? Er könnte nicht besser sehen als wir.«
»Er kann Spione schicken.«
»Zu welchem Zweck?«
»Um ihn über unseren Standort zu informieren. Im Morgengrauen könnte er uns dann angreifen.«
»Warum sollte er uns angreifen? Hat er uns nicht erlaubt aufzubrechen? Haben die Katastrophen ihn nicht belehrt?«
»Seine Erlaubnis war nur eine Geste der Verstimmung; er wollte uns kundtun, daß wir für ihn keinerlei Wert haben. Aber ich halte ihn für imstande, sein Wort zurückzunehmen, um uns für das Unheil büßen zu lassen, das über Ägypten hereingebrochen ist, und auch, um uns für unsere Flucht zu bestrafen. Wir waren immerhin der wesentliche Teil seiner Arbeitskräfte.«
»Trotzdem«, beharrte Michael, »er hat sich die Mühe gemacht, einen Boten zu deinem Bruder zu schicken, der ihm sagen sollte, wir seien frei, um fortzugehen. Glaubst du, er würde das widerrufen? Daß er wortbrüchig würde?«
»Das einzige, woran die Mächtigen sich halten, ist ihre Macht.«
»Du kennst ihn. Besitzt er denn keine Ehre?«
»Die Macht kennt keine Ehre, Mischaël. Ramses ist machtbesessen. Sein Vater kannte vielleicht Ehre, aus Angst vor dem Gott Seth, der ihm seinen Namen gegeben hat. Doch Ramses ist der Meinung, er sei die verkörperte Gottheit. Und als solche meint er, er könne nicht wortbrüchig werden. Al-

les, was er tut, ist für ihn richtig, so wie es für Götter angemessen ist.«

Mischaël sagte nichts mehr, niedergedrückt von der Art, wie schonungslos realistisch sein Anführer die Situation betrachtete. Moses richtete die Augen zu den Sternen; die fünfte Stunde nach Mitternacht ging zu Ende. Er aß ein wenig Brot und Käse, mitgebracht aus Ezjon-Geber, kaute ein paar gedörrte Feigen und trank einen tiefen Schluck aus seiner Feldflasche. Dann entfernte er sich, um seine Notdurft zu verrichten, und schließlich ging er, um Aaron zu wecken.

Sein Halbbruder hatte einen bleiernen Schlaf. Endlich wurde er wach, fuhr sich mit der Hand übers Gesicht, starrte die über ihn gebeugte Gestalt an, seufzte und sagte: »Es ist noch Nacht.«

»In einer Stunde ist Morgengrauen. Steh auf. Ich wecke die Menschen am ägyptischen Ufer, und du jene an dem Ufer hier.«

Endlich erhob sich Aaron, laut schnaufend.

»Es kommt Wind auf«, erklärte Moses. »Beeilen wir uns.«

»Was hat das mit dem Wind zu tun?«

»Ich werde es dir erklären. Oder vielmehr, du wirst es sehen.«

Er sah sich suchend nach Mischaël um, fand ihn nicht und rief seinen Namen. Mischaël eilte herbei.

»Mach dich bereit, die Fackeln wieder anzuzünden«, wies Moses ihn an.

»Wartest du nicht bis zum Morgengrauen?«

»Nein. Ich gehe ans andere Ufer. Alle, die zum Aufbruch bereit sind, sollen schon mit der Durchquerung beginnen. Dazu brauche ich Fackeln.«

Einen Augenblick später kam Mischaël mit einer Fackel wieder, die wegen des Sand, der sich mit dem Pech vermischt hatte, laut knisterte. Eine zweite Fackel brannte in den Händen eines Mannes, der ein paar Schritte weiter weg stand. Moses ortete die Furt. Die Strömung war weit stärker geworden. Mit abgezählten Schritten ging er auf das ägyptische

Ufer zu. »Folge mir!« rief er Mischaël zu, der auf der östlichen Uferböschung stand. »Paß auf die Strömung auf!« Schließlich hatten sie die ägyptische Uferböschung erklommen, schöpften Atem und schritten durch die Haufen von Schlafenden, die wie die Toten einer geheimnisvollen Schlacht umherlagen. Moses schätzte, daß sich hier noch mindestens fünfzehntausend Menschen befanden.

»Aufstehen!« rief er ihnen mit Donnerstimme zu. »Alles aufstehen! Wir müssen über das Wasser!«

»Um diese Stunde?« versetzte eine Frau. »Hast du denn kein Mitleid im Leib?«

»Ich spreche aus Mitleid«, entgegnete Moses. »Steht auf, wenn ihr am Leben hängt! Wir müssen das Wasser durchqueren!«

»Mitten in der Nacht?« empörte sich ein Mann.

»In wenigen Augenblicken wird der Tag anbrechen«, antwortete Moses. »Packt eure Sachen zusammen und macht euch bereit.«

Schafe blökten und halfen so mit, die Menschen zu wecken.

»Eure Sippenoberhäupter sollen aufstehen und zu mir kommen!« rief Moses, der im Licht von Mischaëls Fackel stand. Langsam erschienen fünf oder sechs Männer.

»Wozu diese Hast?« fragte Kehat, einer von ihnen.

»Wir müssen das Wasser hinter uns haben, bevor der Tag gänzlich angebrochen ist.«

»Das sagst du!« erwiderte Kehat.

»Ich sage das auf Befehl des Herrn, der uns schützt. Soweit ich weiß, seid ihr nicht aus Auaris gekommen, um euch hier niederzulassen!«

Das Echo dieses Wortwechsels hatte weitere Schläfer geweckt. Die einen packten ihre Bündel, die anderen gingen, um ihre Notdurft zu verrichten, und bald waren mehrere Dutzend aufbruchbereit.

»Zeig ihnen den Weg«, forderte Moses Mischaël auf.

Er schalt die letzten Widerspenstigen. Manche wollten das

Schilfmeer nicht durchqueren, bevor es nicht ganz hell war. Der Marsch zu der Furt begann erneut, und der Himmel wurde unmerklich heller. Bald war der Strom der Emigranten ebenso dicht wie am Vorabend. Als das Dunkel der Nacht blasser wurde, stellte Moses sich in der Mitte der zweiten Furt auf, schwenkte die Arme und rief: »Hierher! Hierher! Schnell!«

Ein Teil der Menschenmenge strömte zu ihm. Er nahm die Alten bei der Hand und beruhigte sie. Mischaël in der anderen Furt hatte die Fackel gelöscht. Heftiger Wind war aufgekommen, immer stärkere Wellen brandeten über die Furten.

»Wie viele sind es noch?« rief Moses nach einer Stunde einem Mann zu, der sich durch seine Furt vorwärtskämpfte.

»Ungefähr zweitausend, ich weiß es nicht genau.«

»Geh zurück und sag ihnen, sie sollen sich beeilen.«

Der Mann gehorchte, froh, bei diesem Unterfangen eine Rolle zu spielen. Ein Schaf blökte mitten im Wasser, und als man ihm zu Hilfe kam, stellte man fest, daß ein armlanger Hai es am Schwanz gepackt hatte, und man mußte zuerst den Hai erschlagen, damit er losließ. Moses erinnerte sich, daß die Haie sich ein wenig oberhalb, in der Nähe des *Großen Schwarzen,* vermehrten.

Bald wurde der Emigrantenstrom spärlicher, und auf der Seite, auf der sich Moses befand, kam niemand mehr. Er lief zum Ufer, erklomm es eilig und blickte suchend über das Land. Nur noch glimmende Feuer waren zu sehen. Die letzten Flüchtenden kamen über das Ufer zu der Furt hinab, wo Mischaël stand.

»Schnell! Schnell!« rief er.

Sie hasteten herbei und begannen zu waten. Einer stürzte, und Moses hob ihn auf.

»Das Wasser ist eiskalt«, jammerte der Fliehende.

»Der Tod ist noch kälter!« entgegnete Moses.

Der Wind blies Wüstensand über die Menschen. Moses durchquerte als letzter die Furt und stürzte sich auf Aaron.

»Sag ihnen, sie sollen vorwärtseilen! Wir bleiben nicht den ganzen Tag an diesem Ufer!«
»Wo sind wir?« fragte Aaron.
»Am Rand der Wüste Schur.«
Aaron, der keine Ahnung hatte, was diese Wüste war, dachte einen Augenblick über diese Antwort nach.
»Wo müssen wir hin?« erkundigte er sich.
»Nach Süden.«[2]
Das Morgengrauen kündigte sich an, mit Wind, schwarzen Wolken und Kälte.

Am östlichen Ufer des Exils stehend, kniff Moses die Augen zusammen und blickte über den letzten Landstrich dieses Ägyptens, von dem er sich verabschiedete. Dort war er geboren worden, man hatte ihn mit Ehren überhäuft, aber ihm blieb im Mund nur ein Geschmack wie von Asche. Die Menschen dort hatten sich die Götter dienstbar gemacht, aber Gott war niemandes Diener. Armseliger Dünkel! Mit aromatischen Pflanzen und Einbalsamierern glaubten sie gegen die Fäulnis zu kämpfen. *In euren Köpfen ist die Fäulnis!* Ein kaum wahrnehmbares Schwirren trübte im Norden den Horizont, dann wurde es deutlicher: Es waren Ramses' Fußsoldaten, vor denen zwölf Streitwagen herfuhren, umflattert von hysterisch kreischenden Möwen.
»Da sind sie!« rief Moses mit erstickter Stimme.
»Wer?« fragte Aaron.
Moses antwortete nicht. Ein paar Männer hatten sich zu ihnen gesellt und fragten sich, worauf sie wohl blickten – dann fragten sie es sich nicht mehr.
»Genau, was ich befürchtet habe!« murmelte Moses. »Sie kommen von Norden! Sie haben versucht, uns die Küstenstraße zu versperren! Das ist der Grund für ihre Verspätung.«
Aaron und die anderen begriffen nichts von dem, was Moses sagte, und begannen zu schreien: »Sie werden uns einholen! Sie werden uns niedermetzeln!«

»Es hat keinen Sinn zu fliehen«, erwiderte Moses. »Wir sollten sie besser hier erwarten.«
»Du bist verrückt!« rief einer der Männer.
»Läufst du schneller als ein Pferd?« fragte ihn Moses.
»All diese Strapazen für nichts«, seufzte ein anderer. »Wir sind verflucht!«
»Das muß die erste Garnison von Auaris sein«, meinte Moses. »Tausendneunhundert Mann.«[3]
Aus Aarons Kehle drang ein anhaltendes Röcheln.
»Können die Streitwagen die Furten passieren?« fragte er keuchend.
»Bei gutem Wetter ist es möglich«, erwiderte Moses. »Vorausgesetzt, man kennt die Furten.«
Vielleicht hatten die Kaufleute die Ägypter von der Existenz der Furten in Kenntnis gesetzt, aber wußten sie auch von der Fahrrinne? Es erschien zweifelhaft, daß die Streitwagen sie passieren konnten. Doch weshalb waren sie dann gekommen?
»Sicherlich glaubten sie, uns noch an ihrem Ufer zu finden«, sagte Moses.
»Sie hätten uns in Stücke gerissen!« rief einer der Männer.
»Jetzt verstehe ich deine Eile«, sagte Aaron zu Moses. »Aber was nun?«
»Betet zum Herrn!« befahl Moses und drehte sich um.
Zu über tausend standen sie nun da und betrachteten fasziniert den Vormarsch der Ägypter, die sich mit der Schnelle des Windes zu nähern schienen. Bald waren die Streitwagen am Rand des anderen Ufers, das voller Schilf stand. Erneut zählte Moses zwölf Streitwagen.[4] Auf jedem stand ein Offizier mit Helm und Panzer, dahinter jeweils ein Soldat. Sie blieben stehen und schrien etwas in Richtung der Apiru. Sicherlich Beschimpfungen, doch der Wind, der die Mäntel der Flüchtlinge wild klatschen ließ, trug die Worte fort in die Wüste. Moses versuchte, die Verfolger zu zählen, es waren ungefähr zweitausend. Die ganze erste Garnison von Auaris.

Ramses hatte also dem Auszug der Apiru eine weit größere Bedeutung beigemessen, als die an Aaron gerichtete Botschaft hatte ahnen lassen. Er rechnete wohl damit, daß zweitausend Männer genügten, um den Großteil der Flüchtlinge niederzumetzeln und zehn- oder zwanzigtausend Gefangene zurückzubringen. Sechs oder sieben ägyptische Fußsoldaten kletterten das Ufer hinab, zweifellos auf der Suche nach den Furten. Sie wateten einige Zeit lang unter den ängstlichen Blicken der Apiru herum und kämpften ungeschickt gegen die anscheinend sehr heftige Strömung an. Schließlich ließen sie erkennen, daß sie eine Furt gefunden hatten.

»Wir müssen fliehen!« schrie Aaron.

»Beruhige dich, ich habe dir gesagt, daß uns das nichts nützen würde«, erklärte Moses, die Augen starr nach Süden auf das Schilfmeer gerichtet. »Wir können nur hoffen, daß sie uns schnell angreifen.«

Einer der Streitwagen fuhr holpernd auf die Furt zu, die Pferde bäumten sich vor den Wellen auf. Der Offizier auf ihm drehte sich um und winkte die Fußsoldaten heran, die ebenfalls zu der Furt herabstiegen, wobei sie kaum sicherer wirkten als die Flüchtlinge bei ihrem Durchzug durch das Meer. Die erste Welle von Fußsoldaten stürzte sich ins Wasser, einige verloren das Gleichgewicht und schrien auf. Einer von ihnen, der nicht wußte, was eine Furt war, wurde von einer Sprungwelle erfaßt, und die anderen mußten ihm zu Hilfe eilen. Der erste Wagen fuhr in die Wellen hinein, dicht gefolgt von einem zweiten, dann von einem dritten. Die Offiziere waren zu sehr damit beschäftigt, die vor der Strömung, die immer heftiger in die Engstelle des *Großen Schwarzen* im Norden hereinbrach, zu Tode erschrockenen Pferde zu halten, um auf die Hebräer zu achten, die ihnen vom anderen Ufer aus, starr vor Entsetzen, zusahen. Nur von Zeit zu Zeit warfen sie ihnen einen unmißverständlichen Blick zu. Es begann zu regnen.

»Moses«, stöhnte Aaron.

Mit zusammengepreßten Zähnen starrte Moses immer noch auf das südliche Schilfmeer.
Und da geschah das Unmögliche.
Sieben hintereinander fahrende Streitwagen und tausend ägyptische Soldaten kämpften im Meer gegen die Strömung an und versuchten, sich in der Furt zu halten, als der Sturm mit voller Macht losbrach. Eine erste Welle aus dem Süden, hoch wie ein großgewachsener Mann, brandete über die Ägypter. Die Fußsoldaten verloren den Halt und trieben im Wasser, die Offiziere auf den Streitwagen verloren das Gleichgewicht, ein Streitwagen kippte um, die Pferde bäumten sich auf und wieherten, richteten Aufruhr unter allen anderen, nun unbesetzten Streitwagen an und ließen auch die restlichen Offiziere das Gleichgewicht verlieren. Eine zweite, noch stärkere Welle ertränkte die Pferde und den größten Teil der Fußsoldaten. Die Lenker der Streitwagen und die Soldaten, die noch nicht begonnen hatten, das Meer zu durchqueren, starrten vom ägyptischen Ufer herab fassungslos auf die Katastrophe, die die Ihren ereilte.[5]
»Sie können nicht schwimmen«, murmelte Moses. »Sie haben keinen Meeresgott. Aber der Herr ist auch der Gott des Meeres.«
Wieder einmal verstand Aaron nicht, was Moses sagte. Er war auf die Knie gefallen und schluchzte unter dem windgepeitschten Regen. »Der Herr! Der Herr hat uns gerettet!« rief er. An Mose Hand geklammert, umarmte er ihn. »Du wußtest es! Du wußtest es!«
»Er wußte es!« riefen auch die anderen. Sie umringten ihn, die Gesichter überströmt von Tränen und Regentropfen. Moses wandte den Blick nicht vom anderen Ufer ab. Nun konnte keine Rede mehr davon sein, daß die Ägypter durch das Meer zogen. Einem Pferd war es gelungen, sich von seinem Geschirr zu befreien, und es erklomm das Ufer, wo sich die Apiru befanden.
»Man soll es fangen!« befahl Moses. Und als sei es der Wille

des Herrn selbst, stürzten mehrere Männer zur Verfolgung des Pferdes herbei.
»Fangt das Regenwasser auf!« befahl er weiter. Er öffnete selbst seine Feldflasche und stellte sie auf den Boden, damit sie gefüllt wurde. Die Ägypter am anderen Ufer schienen ratlos. Leichen trieben auf dem Wasser. Ein ägyptischer Fußsoldat, noch einer und noch einer, erreichten das Ufer der Apiru, taumelten und brauchen keuchend zusammen. Moses betrachtete den ersten prüfend und nahm ihm den Dolch ab, den er am Gürtel trug.
»Bringen wir sie um!« rief ein Sippenoberhaupt.
»Nein«, widersprach Moses. »Das sind unsere Gefangenen. Jetzt sind wir an der Reihe, Gefangene zu machen!«
»Sollen wir jetzt Ägypter durchfüttern?« murrte der Mann.
»Wir werden unsere Sklaven durchfüttern«, entgegnete Moses.
Andere Gerettete erklommen die gegenüberliegende Böschung und brachen am Boden zusammen.
»Warum bleibst du hier?« fragte Aaron mit versagender Stimme.
»Ich will sehen, was sie jetzt machen werden …«
Er mußte nicht lange warten; die fünf Streitwagen, die der Katastrophe entronnen waren, begannen bereits umzukehren. Es war eine kluge Entscheidung, denn der Sturm wurde noch heftiger.
»Ramses!« rief Moses. »Der Gott der Apiru ist der größte!«
Er sah zu, wie die letzten Ägypter den Rückzug antraten. Sein Mantel war tropfnaß.
»Wir haben unsere Feldflaschen gefüllt«, sagte er.
Er beauftragte Aaron, die Sippenoberhäupter zusammenzurufen. Mischaël, der Zuneigung zu Moses gefaßt zu haben schien, und drei andere, darunter ein stolzer junger Mann, kamen und teilten ihm mit, sie hätten einunddreißig Gefangene gemacht und fünf der zwölf Streitwagenpferde eingefangen.[6]

»Wir ziehen nach Süden; jedes Oberhaupt an der Spitze seiner Sippe«, ordnete Moses an. »Wir werden den ganzen Tag lang marschieren, und wenn die Stunde gekommen ist, werde ich euch sagen, wo ihr Schutz suchen sollt.«
Er bemerkte, daß seine Stimme rauh war. Und plötzlich, vor all diesen Männern und trotz all seines Bemühens um Selbstkontrolle, sah er schonungslos vor sich, welchem Tod sie entronnen waren. Seine Gefühle übermannten ihn, er begann an allen Gliedern zu zittern, barg das Gesicht in den Händen und weinte.

3

Erstes Bedauern

Sie zogen weiter, immer noch bis ins Mark erschüttert. Nur davon sprachen sie: Wenn der Herr nicht eiligst seine Fluten gesandt hätte, um die ägyptische Armee zu ertränken, würden jetzt ihre Leichname zu Tausenden in der Wüste liegen! Sie weinten so sehr, daß man sich fragen konnte, ob das wirklich Dankbarkeit war; bei der Beschreibung, welch gräßlichem Tod sie knapp entronnen waren, rollten die Kinder entsetzt mit den Augen und weinten ebenfalls.

Wieder einmal hatten sie sich spontan nach Sippen aufgeteilt, und jedes Oberhaupt schritt voran, die Söhne an seiner Seite, gefolgt von den Frauen, Schwestern und Töchtern, schließlich von den übrigen Verwandten und Abhängigen und ganz zum Schluß von den Dienern. Das wenige Vieh und die paar Esel und Maultiere, die man vom fetten ägyptischen Boden fortgezerrt hatte, liefen hin und her. Moses und Aaron marschierten an der Spitze, hinter ihnen Miriam mit ihrer Familie und Aarons Frau Elischeba mit ihren vier Söhnen Nadab, Abihu, Eleasar und Itamar. Von Zeit zu Zeit drehten sie sich um, um den anderen zu zeigen, daß sie bei der Sippe an der Spitze waren. Zwei- oder dreimal hatte Moses Miriam schon »mein Bruder Moses« sagen hören, was ihn verärgerte. Sie war sogar auf den Gedanken gekommen, die Zukunft vor-

herzusagen, wie ihm Aaron verlegen gestanden hatte. »Weshalb tut sie das?«
»Sie behauptet, der Herr wohne in ihr.«
»Seit wann?« fragte Moses.
»Seit ein paar Monaten«, antwortete Aaron ohne große Überzeugung.
Seit sie erfahren hatte, daß Moses in der Wüste die Stimme des Allmächtigen gehört hatte, ja! Er mußte ihr bei Gelegenheit den Kopf waschen. Auch Aarons Frau hatte herumkrakeelt, als sei sie es gewesen, die den Durchzug durchs Schilfmeer organisiert hatte. Gestern schon hatte er die beiden Klatschbasen wegen ihrer Wichtigtuerei ausschelten müssen.
»Die Frauen nach hinten!« hatte er in einem Ton befohlen, der keinen Widerspruch duldete, und Miriam und Elischeba einen vernichtenden Blick zugeworfen. Sie waren baß erstaunt gewesen. Aaron hatte kaum einen Laut des Protestes von sich gegeben.
Wirklich, seine Gattin Zippora hätte sich nicht so aufgeführt wie dieses Hühnervolk ... Zippora, Intelligenz der Anmut, Anmut der Intelligenz! Unwiderstehlich schweiften seine Gedanken zu der Frau, die er als seine wahre, seine einzige Gattin betrachtete, doch er riß sich fort von ihrem Bild. Er würde sie wiedersehen, das wußte er. Der Herr würde ihn nicht von der einzigen Verbindung trennen, die er noch zu dieser materiellen Welt bewahrte. Aus ihr schöpfte er seine Kraft; weil es sie gab, konnte er den Willen des Herrn ausführen. Ein Mann, der allein ist, verzehrt seine Eingeweide, so sagte man einst in Ägypten.
Plötzlich beschloß er, eines der eingefangenen Pferde zu reiten; das war das beste Mittel, die Frauen auf Distanz zu halten. Er schickte einen von Aarons Söhnen, um ihm ein Reittier zu holen. Eine Stunde später kam der Knabe mit zwei Pferden wieder, und Moses entschied, das zweite Aaron zuzuteilen, der größte Mühe hatte, aufzusteigen und sich oben

zu halten, es jedoch verbissen versuchte, da er nicht in aller Öffentlichkeit herunterfallen wollte.

Bald entdeckte Moses einen zusätzlichen Vorteil. Abgesehen davon, daß er seine Kräfte schonte, überblickte er so die Landschaft, und hin und wieder wandte er den Blick zum anderen Ufer des *Großen Grünen* und spähte ängstlich nach möglichen ägyptischen Beobachtern. Doch die beiden Meeresufer glitten immer weiter auseinander, und nach einer Stunde war die ägyptische Küste nur noch eine weiße Linie jenseits des Wassers. Nichts sah man mehr auf jenem Streifen, auf dem sich seine Jugend, Intrigen, Launen und Frauengeschichten abgespielt hatten. Weder die Paläste von Memphis noch die Granatapfelbäume von Auaris waren noch zu sehen; geschweige denn die Intrigen Hape-nakhts, die Schreiber vor ihrem Abakus oder Butos Hexenkünste. Man sah auch nichts mehr von den beiden Kindern, die Moses dort zurückgelassen hatte.[1] Sicherlich würden die Höflinge sie voll Mißfallen betrachten, und sie würden unter einem anderen Namen aufwachsen.

Dennoch bewegte eine Sorge Moses. Während der Zeit, als er in Ägypten gedient hatte, hatten Sethos und Ramses Galeeren bauen lassen, die das östliche *Große Grüne* durchfuhren; es blieb das Risiko, daß Ramses in seiner Wut einige zur Verfolgung der Flüchtlinge losschickte. Es waren große Galeeren, von denen jede etwa sechzig Bogenschützen transportieren konnte. Fünf- oder sechshundert Schützen mit ihren verschiedenen Bögen konnten ihnen schmerzliche Verluste zufügen. So blickte Moses suchend über das Meer, ob verdächtige Segel zu sehen waren. Er kannte die Besegelung der Galeeren; ein großes Segel und ein kleines. Doch seit dem Aufbruch hatte er nur eine Händlerbarke mit einem einzigen viereckigen Segel ausgemacht, die bestimmt aus dem Lande Kusch kam.[2] Moses richtete den Blick daher wieder nach vorn.

Die Wüste. Die Wüste, die er ein paar Jahre zuvor kennengelernt hatte, als er ebenfalls die Küstenstraße gemieden und sich nach Süden aufgemacht hatte, als würde er von einer Vorahnung geleitet. Von der Hand des Herrn. Die Wüste vor sich, endlos weit. Die rosafarbenen und gelben Berge zur Linken, das Meer zur Rechten. Er erkannte die Ausgangspunkte der Pfade wieder, das von Witterung und Kamelhufen zerbröckelte Schottergestein, und er erkannte auch die Art wieder, wie Büsche und Dornengestrüpp zu beiden Seiten des Weges zurückwichen, bedrängt und mitgenommen von der höllischen Hitze, dem beißenden Wind, den sie fieberhaft aushöhlenden hungrigen Insekten, Fischadlern und Geiern, von der durchdringenden Kälte der Nächte.

Aaron, der diese Gegenden nicht kannte, sah sich um, bestürzt über die Kargheit der Landschaft. Unfruchtbares Bergland, Sand, Meer ... Er sah nichts vom Reichtum der Wüste, erkannte weder die Tamarisken noch die Akazien, den Kreuzdorn mit den winzigen eßbaren Früchten, die nach Moschus und Orangen dufteten, noch den Beifuß; all das, was Hussam und seine Söhne Moses einst vertraut gemacht hatten. Aaron sehnte sich zurück nach dem bestellten Land. Moses erriet das aus seinem betrübten Blick; sein Bruder wünschte sich eine Welt, die ganz bereit lag, bestelltes Land mit Dattelpalmen, die sich unter dem Gewicht der Früchte bogen, und breithüftige Frauen, im Gegensatz zu Moses, für den der Mangel Fülle und Durst das Versprechen von Wasser bedeutete. »Im Grunde bin ich für die Wüste gemacht«, sagte sich Moses melancholisch. In der Wüste war er frei gewesen, er hatte in ihr überlebt, er hatte in ihr gekämpft; und er hatte sich in der Wüste selbst gefunden, an jenem Tag, vor dem brennenden Busch ...

»Ist es dort, wo wir hingehen, auch so?« fragte Aaron schließlich.

»Nein. Kanaan ist grün und fruchtbar. Wir machen nur gerade einen Umweg«, antwortete Moses.

»Warum?«

»Weil wir auf dem direkten Weg in Gebiete kämen, die von Ramses' Armeen kontrolliert werden. Übrigens, hol mir einen der Gefangenen«, setzte er hinzu.
Ein paar Augenblicke später brachte Aaron einen ägyptischen Soldaten, dem man die Hände hinter dem Rücken zusammengebunden hatte. Moses stieg vom Pferd ab und führte es am Zügel, um den Pfad näher auf eventuelle Spuren kürzlich hier durchgezogener Truppen zu untersuchen.
»Wer hat ihm die Hände gebunden?« fragte er Aaron, der keine Antwort geben konnte. Moses band den Soldaten los und erteilte Befehl, auch die Fesseln aller anderen zu lösen.
»Ich mache dich nicht zum Gefangenen, indem ich dir die Hände binde«, erklärte er dann dem Ägypter in seiner Sprache.
»Wie dann?« erwiderte der Ägypter, ein junger Mann von zwanzig Jahren mit eigensinnigem Kinn, und massierte sich die Handgelenke.
»Indem ich dich begreifen lasse, daß es in deinem Interesse ist, in meinem Dienst zu stehen. Welchen Rang hattest du in der Armee?«
»Ich bin immer noch Offizier eines Streitwagens«, entgegnete der Ägypter.
»Im Augenblick bist du mein Gefangener. Woher kamt ihr, als ihr am Schilfmeer angelangt wart?«
»Von Sin her, auf der Küstenstraße.«
Das war also der Grund, warum die ägyptische Armee ihnen so verspätet nachgekommen war. Trotz ihrer Langsamkeit hatten die Fliehenden ihren schicksalhaften Durchzug durchs Schilfmeer vollenden können.
»Glaubtet ihr, uns in Sin einzuholen?«
»Ja, wir wollten euch den Weg über Sinai abschneiden. Aber als die Grenzposten uns sagten, daß sie euch nicht gesehen hatten, haben wir gedacht, ihr hättet eine Route nach Süden genommen und wärt sicherlich noch auf dem Gebiet des Königreichs.«

»Weißt du, warum der König seine Meinung geändert hat, nachdem er uns die Erlaubnis gegeben hatte, daß wir fortgehen?« fragte Moses.
»Wir in der Armee haben nie geglaubt, daß ihr gehen würdet. Warum seid ihr fortgezogen?«
»Wir hatten es satt. Euer Land war ein riesiges Gefängnis geworden.«
Der Offizier dachte über diese Antwort nach, begriff aber anscheinend nicht deren Tragweite.
»Und wo zieht ihr jetzt hin?« fragte er.
»Nach Kanaan, dorthin, woher wir gekommen sind.«
»Was gibt es dort, was es in Ägypten nicht gibt?«
»Freiheit.«
Auch dieser Begriff ließ den Ägypter ratlos. Was konnte für ihn Freiheit sein? Er war frei in seinem Land und konnte sich nicht vorstellen, daß es für andere anders sein könnte.
»Du sprichst so gut Ägyptisch, weil du der Neffe Usermaatrês bist, nicht wahr?«
»Ja.«
»Du bist der Anführer der Apiru?«
»Ja.«
»Wir haben in der Armee von dir gehört. Usermaatrê wird dich den Hunden zum Fraß vorwerfen, wenn er dich faßt.«
»Er wird mich nicht fassen.«
»Warum?«
»Weil mein Gott mächtiger ist als seine Götter und euch besiegt hat.«
»Wir sind besiegt?« staunte der Offizier. »Aber ihr besitzt keine einzige Lanze!«
»Wie du siehst, braucht man keine Lanzen, um Gefangene zu machen«, erwiderte Moses und beugte sich vor, um den Pfad näher zu prüfen.
»Was braucht man dann?«
»Einen Gott.«

»Wir haben auch Götter.«
»Sie haben euch nicht aus dem Wasser gerettet. Nicht vor den Heuschrecken, nicht vor dem Nil voller Blut, nicht vor den Fröschen, nicht vor den Mücken. Nicht vor dem Tod eurer Neugeborenen«, entgegnete Moses.
Der Ägypter dachte einen Augenblick lang nach.
»Aber das waren doch auch deine Götter«, meinte er. »Bist du nicht Usermaatrês Neffe?«
»Was sind das für Götter? Götter mit Tierköpfen, Götter, die sich gegenseitig umbringen ... Nein, das sind nicht mehr meine Götter. Mir hat sich der wahre Gott offenbart.«
»Wer ist also dein Gott?«
»Er ist der, der ist.«
»Das sagt nichts.«
»Vielleicht weil deine Ohren verstopft und deine Augen blind sind. Vielleicht hast du die Plagen nicht gesehen, die er auf Ägypten herabgesandt hat, weil Ramses sich weigerte, uns gehen zu lassen. Und hast du jetzt gerade nicht gesehen, wie er die Soldaten im Meer verschlungen hat, die uns verfolgen wollten?«
»Sag mir, wer dein Gott ist. Wenn er so mächtig ist, soll er auch meiner sein«, rief der Soldat laut.
»Dann sage dich von deinen Göttern los.«
»Warum, ist er ein Feind der anderen Götter?«
»Es gibt keine anderen Götter außer Ihm!« donnerte Moses mit mächtiger Stimme.
»Womit hat er Ähnlichkeit?«
»Er hat Ähnlichkeit mit nichts und mit allem, denn er hat diese Welt erschaffen.«
Der Himmel, bisher schwarz von Wolken, klarte plötzlich auf, doch der Wind wehte immer noch heftig, und das Meer war von Schaumkronen bedeckt. Kurz nach Tagesmitte kamen vier Sippenoberhäupter – Machli, Josua, Korach und ihr Großvater Kehat – zu Moses und Aaron.
»Nun, da wir Ägypten hinter uns gelassen haben und es nicht

mehr eilt, würden wir gerne Rast machen, um uns ein wenig zu stärken und auszuruhen. Viele sind erschöpft.«

Moses willigte ein, wies aber darauf hin, daß es besser sei, nicht zu lange anzuhalten, um den Marsch nicht zu lange auszudehnen.

»Wann werden wir Wasser und etwas zu essen finden?« fragte Korach weiter.

»Wasser frühestens in drei Tagen«, antwortete Moses, der sich an den Weg erinnerte, den er einst in diesem Landstrich zurückgelegt hatte. Noch dazu hatte er damals kaum Rast gemacht, außer nachts.

Miriam war hinter den Sippenoberhäuptern aufgetaucht, begleitet von ihrem Mann; sie hörte mit ihrem ewig verdrießlichen Gesichtsausdruck zu, den sie nie abzulegen schien.

»Wieviel Wasser habt ihr noch?« fragte Moses. »Ich habe euch am Schilfmeer, als es geregnet hat, geraten, eure Flaschen zu füllen.«

»Das haben wir auch getan. Aber es reicht nur für einen oder zwei Tage, und außerdem ...«

»Sag ihnen, sie sollen sparsam damit umgehen.«

»Nun gut, soweit zum Wasser«, erwiderte Korach. »Aber was ist mit dem Essen?«

»Ihr habt Brot mitgenommen, oder nicht?« fragte Aaron. »Und Käse, Eier, Datteln, Feigen ...«

»Ja, aber das reicht nur noch für vier oder fünf Tage ...«

»Dann werden wir weitersehen«, erwiderte Moses.

»Einen Augenblick«, mischte sich Jemuël ein, ebenfalls Sippenoberhaupt, der sich zu den anderen gesellt hatte, »willst du uns sagen, daß es in Kanaan keine Nahrung gibt?«

»So etwas habe ich nie gesagt«, erklärte Moses. »Kanaan ist ein fruchtbares Land, und der Herr hätte uns niemals aus Ägypten befreit, um uns in der Wüste leben zu lassen. Aber der Weg nach Kanaan ist weit, er führt durch die Wüste, und bis wir dort hinkommen, müssen wir uns von Wenigem ernähren. Ist das klar?«

Die Sippenoberhäupter schwiegen einen Augenblick, dann fragte Jemuël weiter: »Wie viele Tage sind es bis Kanaan?«
Moses dachte kurz nach. »Ich kann es nicht genau sagen. Je nachdem, wie schnell wir vorankommen, ein bis zwei Monate.«
»Ein bis zwei Monate?« riefen die Sippenoberhäupter. »Aber wir werden verhungern und verdursten!«
Und sie warfen feindselige Blicke auf den Ägypter, der immer noch bei Moses war. Er und die anderen Gefangenen waren zusätzliche, unnütze Esser, sagten sie sich.
»Aber wir haben stillende Frauen unter uns!« sagte jemand.
»Sie werden beim Wasser und bei den Nahrungsmitteln Vorrang haben. Habt ihr nicht gesehen, daß der Herr die Kinder der Ägypter hat sterben lassen und die unseren verschont hat? Glaubt ihr, er würde Kinder an der Mutterbrust umkommen lassen? Der Herr hat euch vor Ramses' Armee gerettet, und das ist erst ein paar Stunden her«, erklärte Moses mit kaum zurückgehaltenem Zorn. »Ist euer Gedächtnis so kurz? Glaubt ihr, er würde euch verhungern und verdursten lassen? Oder glaubt ihr nicht an den Herrn?«
»Vergib uns, vergib uns!« baten die Sippenoberhäupter eilends. »Wir glauben an den Herrn, Moses, wie konnten wir es wagen … Wir haben uns nur ein paar praktische Fragen gestellt …«
Moses nickte, aber jeder konnte sehen, daß seine Miene sich verfinstert hatte. Die Sippenoberhäupter kehrten zurück zu ihren Familien, außer Josua, einem der Söhne des Nun[3], ein vierschrötiger, kräftiger Mann, der Moses beim Durchzug durchs Schilfmeer aufgefallen war, weil er mit solcher Tatkraft Frauen und Alten geholfen hatte, ohne daß jemals ein Schatten über sein unbewegtes Gesicht geglitten wäre.
»Moses, sind es nur die Ägypter, die wir zum Feind haben?« fragte er.
Wenigstens einer, dem es nicht nur ums Essen und Trinken ging …

»Was willst du damit sagen?«
»Ich will sagen, daß wir außer den Stäben der Sippenoberhäupter und den Stöcken der Alten und den Dolchen, die ein paar von uns besitzen, keinerlei Waffen haben, falls wir angegriffen werden. Keine einzige Lanze, keinen Bogen, keinen Pfeil. Ich habe gehört, daß du schon einmal in diesem Land warst, und ich frage dich, ob es nicht noch andere Feinde zu fürchten gibt.«
»Es gibt Räuberbanden, aber die können nichts gegen uns ausrichten. Ein paar Dutzend Reiter, die Karawanen angreifen, können uns nicht viel tun.«
»Und sonst?«
»Ich weiß nicht«, antwortete Moses, dem sich die Frage zum ersten Mal stellte. Die Einheimischen hatten ihn einst gut aufgenommen, weil er jung, stark, schön und vor allem allein gewesen war, aber wie würde es sein, wenn sie Zehntausende von Fremden ankommen sahen? Bestand nicht Gefahr, daß sie sie als Eindringlinge betrachteten?
»Was schlägst du vor?« fragte er den jungen Mann.
»Ich sehe, daß es immerhin Bäume in diesem Land gibt«, erklärte Josua. »Man könnte die geradesten Äste abschneiden, sie noch gerader zuschneiden, sie zuspitzen und die Spitzen dann im Feuer härten. Das wären doch ein paar Waffen ...«
Moses nickte und erinnerte sich an die Mühe, mit der er einst einen Bogen hergestellt hatte.
»Wir haben viele junge Leute unter uns«, fuhr Josua fort, »sie könnten unterwegs die Äste abschneiden und sich während der Rastzeiten damit beschäftigen.«
»Ein ausgezeichneter Gedanke«, meinte Moses. »Wählt also die längsten Äste aus, oder auch die jungen geraden Zypressen; wir werden auf unserem Weg bald welche finden. Habt ihr nicht auch Schleuderschützen unter euch?«
»Ja.«
»Sag ihnen, sie sollen immer ein paar geeignete Steine bei sich haben und üben.«

Der junge Mann nickte und ging zu den Seinen.

Nach Josua kam Miriam. Sie runzelte die Brauen. »Moses«, sagte sie, »einige von uns vertrauen dir blind, aber es gibt andere, die nur gegangen sind, weil sie nicht allein in Ägypten zurückbleiben wollten.«

»Und?« fragte Moses.

»Wir haben sehr wenig zu essen«, fuhr sie fort, »und wenn es soweit ist, daß wir Hunger und Durst haben, werden diese Leute sich auflehnen. Bist du dir des Weges sicher, den du uns führst?«

»Ich bin ihn schon einmal gegangen, als ich geflohen bin«, sagte Moses. »Er ist beschwerlich, aber nicht tödlich. Wenn diese Leute nicht glauben, daß der Herr sie aus Ägypten geführt hat und sie beschützt, sind sie verloren.«

»Sie müssen ihn sehen, Moses!« rief Miriam leidenschaftlich. »Sie müssen sehen, welcher Herr sie beschützt! Aaron hat es mir gesagt, er hat es uns gesagt, daß du den Herrn in einer Flamme gesehen hast« – so faßten sie das Ereignis mit dem brennenden Dornbusch also auf –, »aber sie selbst haben nichts gesehen!«

»Was verlangst du von mir?« fragte Moses nach einer Weile. Er sah finster drein.

»Ich bitte dich, im Gedächtnis zu behalten, daß all diese Menschen nicht an den Herrn glauben«, erwiderte sie und hielt dem Blick ihres Bruders stand.

»Woran glauben sie denn?«

»Sie glauben an alle möglichen Götter, weißt du das nicht? Du kennst uns schlecht. Du hast am Hof des Königs gelebt, dann wie ein Prinz, und du sprichst kaum unsere Sprache. Sie glauben an Baal, an Apis, an Osiris und an Isis. Wenn du vom Herrn zu ihnen sprichst, denken sie, das ist Baal oder ein anderer von diesen Göttern.«

»Und?« fragte Moses mit barscher Stimme, verärgert über den herablassenden Ton seiner Schwester.

»Man muß ihnen zeigen, daß der Herr nicht einer dieser Göt-

ter ist«, erwiderte Miriam. »Man muß es schnell tun, so bald wie möglich.«
Moses nickte, und sie ging mit wichtigtuerischer Miene. Sie hatte nicht unrecht, aber sie machte den Fehler, das viel zu plump mitzuteilen.
Man hatte eine erste Rast beschlossen, doch Aaron mußte die ganze Menschenmenge entlanglaufen, um zu verhindern, daß Zelte aufgeschlagen wurden. Manche wollten sich schlafen legen, andere sich vor dem Wind oder der Sonne schützen ...
»Nein«, rief Aaron, »wir halten nur an, um etwas zu essen und uns ein wenig auszuruhen. Wir müssen unseren Marsch fortsetzen!«
Die Kinder und die jungen Leute waren zum Meer gelaufen und stürzten sich ganz nackt und schreiend hinein.
Moses schritt durch die große Menge, und beim Vorbeigehen hörte er eine Frau sagen: »Es ist uns gutgegangen in Ägypten. Jetzt sind wir in der Wüste und haben nichts.«
Miriam hatte recht: Man mußte es ihnen zeigen.
Seine Gedanken schweiften einen Augenblick zu seinen Erinnerungen, zu seinen Treffen mit Lumi, Arphaxad und einigen anderen in den heißen Nächten von Auaris, als sie gekommen waren und ihn gebeten hatten, sie in ein imaginäres Exil zu führen. Er suchte in seinen Erinnerungen nach dem Lotusduft, der von den Brüsten seiner Konkubine Buto aufgestiegen war, nach den wachsamen Katzen, die sich in dem Garten mit den Granatapfelbäumen und Asphodelen streckten, nach dem Säuseln der Papyrusstauden in der aprikosenfarbenen Abenddämmerung. Er fühlte die Schwäche und die Enttäuschungen im Schatten der Macht.
Das gab es nicht mehr. Die Macht aus dem Jenseits hatte gesprochen. Die Schwingungen der ›Großen Stimme‹ hatten die Nichtigkeiten auseinandergeblasen, die er für sein Leben gehalten hatte, den Anschein von Macht, die einfache Geschlechtslust, die Ebenholzstühle und Alabastertische, so

wie der Wind den Staub auf der Straße wegbläst. Ein höherer Wille hatte ihm ein Schicksal geschmiedet und es ihm auf die Schultern gelegt, wie einen Brustschmuck aus Sternen.

Er hätte nicht in Ägypten bleiben können, selbst wenn er nicht diesen Vorarbeiter umgebracht hätte. Es war zu korrupt. Er zog den Geruch des Staubes dem der blühenden Mandelbäume und der kleinen, mit Jasmin eingeriebenen Tänzerinnen vor.

»Vorarbeiter Jahwes«, murmelte, als er am Meer entlangschritt, »das ist es, was ich bin.«

4

Das Gold der Prinzen, das Blut der Freiheit

Nachdem sie am Fuß der Berge einen Zufluchtsort für die Nacht gefunden, die Feuer entzündet und das Volk überzeugt hatten, sich mit einer einfachen Mahlzeit zu begnügen, um Vorräte zu sparen, und schließlich die Zelte für die Nacht aufgebaut waren, teilten sich Moses und Aaron ein Zelt. Elischeba hatten sie mit ihren Kindern in Miriams Zelt geschickt.

»Wollten sie wirklich die Freiheit?« fragte Moses mit enttäuschter Stimme.

»Hast du es nicht mit eigenen Ohren gehört, als du in Ägypten warst?« rief Aaron aus. »Meinst du, ich wäre deinen Anweisungen gefolgt, wenn sie nicht hätten fortgehen wollen? Meinst du, das hätte ich gekonnt? Jeden Abend sind sie gekommen und haben mich gefragt: ob ich den Boten des Königs empfangen habe? Ob ich Nachrichten von dir habe?«

»Doch dann gab es diesen Aufstand …«

»Das ist der Beweis!« rief Aaron.

»Wie ist er zustande gekommen?«

»Erinnerst du dich an den neuen Nomarchen, den Ramses ausgewählt hatte?«

»Setepentoth.«

Moses bewahrte keine gute Erinnerung an ihn. Ein spröder

und pedantischer junger Mann, ein guter Verwalter, aber vertrauenswürdig wie ein Fuchs an der Leine. Kurz sah er wieder Auaris vor sich, die Hitze, den Duft der blühenden Akazien, der sich mit dem Mistgestank mischte, die tollwütigen Hunde, die durch die Straßen rannten, die fast erstickende üble Atmosphäre der Intrigen …

»Ja, Setepentoth. Nachdem du fortgegangen bist, war plötzlich eine Lücke da. Du warst immerhin der Vertreter von Ramses, du hast einen gewissen Zwang auf die Beamten ausgeübt. Deine ganze Befehlsgewalt wurde schließlich auf Setepentoth übertragen, weil auch er ein Mann war, der das Vertrauen des Königs hatte. Die Lust an der Macht ist ihm dann bald zu Kopf gestiegen. Die Landeigentümer der Gegend sind in Scharen zu ihm geströmt. Sie dankten Amon, daß er sie von dir befreit hatte. Sie sagten, es sei unerträglich für sie, daß die Königsherrschaft einen solchen Machtmißbrauch über sie ausübe, wie sie es unter dir erduldet hatten …«

Moses hörte belustigt zu. »Für diese Leute war Gerechtigkeit tatsächlich ein Machtmißbrauch.«

»Sie argumentierten immer kühner. Für den König, sagten sie, sei Unterägypten nur dazu da, Steuern zu bezahlen und billige Arbeitskräfte zu stellen. Ihr Los sei kaum beneidenswerter als das der Apiru. Im Grunde mache Memphis sich über Auaris nur lustig, Ramses sei nur ein einziges Mal dorthin gekommen, und das Beste, ach das Beste wäre es, wenn Unterägypten ein eigenes Land wäre, geführt von einem so aufgeklärten Geist wie Setepentoth …«

»Und wir, was haben wir mit dem Ganzen zu tun?« unterbrach Moses.

»Wir haben Besuche von breit lächelnden Schreibern bekommen, was neu war. Sie brachten uns kleine Geschenke und redeten auf ganz unerwartete Art: Im Grunde seien wir doch schon so lange da, daß wir wie sie seien, Ägypter, und sie würden uns bedauern.«

»Uns bedauern!«

»Unser unglückliches Los sei verursacht durch die Grausamkeit der Leute in Memphis – sie redeten plötzlich immer von ›den Leuten in Memphis‹. Wenn Unterägypten sich von der Königsmacht befreien würde, wäre unser Los ein weitaus besseres ... Nachdem sie ein paar Wochen lang so auf uns einzuwirken versuchten, haben Arphaxad und ein paar andere unserer Oberhäupter sie ganz direkt gefragt, was sie vorhatten. Da haben sie uns folgenden Handel vorgeschlagen: Wenn wir dem Nomarchen helfen, sich von Memphis zu befreien, würden wir großzügig mit Gold, Silber und Kupfer entlohnt werden und könnten uns Land kaufen. Aber man müßte gegen die Soldaten des Königs kämpfen. Wir haben geantwortet, daß wir die Bezahlung im voraus fordern. Nach einigen Tagen Palavers haben sie zugestimmt.«

»Wer waren diese Abgesandten?«

»Schreiber, die uns mitten in der Nacht aufgesucht und kaum ihre Namen gesagt haben. Doch die Bezahlung ist eingetroffen. In vollen Säcken. Es waren die Großgrundbesitzer, die dazu beigesteuert haben, und sie haben sich nicht lumpen lassen. Sie hatten nun Apiru in ihrer Privatarmee, weil sie niemals genügend Bauern zu ihrer Verteidigung gefunden hätten, und die königlichen Garnisonen wären zweifellos auf Ramses' Seite gewesen. Wir sind nicht einmal dazu gekommen, dieses ganze Gold, Silber und Kupfer zu wiegen. Man hat uns mitgeteilt, zwei Tage später solle der Aufstand stattfinden. Wir sollten die Garnisonen von Auaris erstürmen und die Soldaten des Königs als Gefangene nehmen. Und dann sollten wir schnell große Barrikaden an den Straßen von Memphis bauen, um den Truppen von Ramses den Weg zu versperren.«[1]

»Und all das habt ihr akzeptiert?«

»Das beantwortet deine Frage, ob es die Sehnsucht nach Freiheit gegeben hat. Wir wünschten, sie wünschten sich ihre Freiheit so brennend, daß sie mit Apophis gemeinsame Sache gemacht hätten!«

»Und wie ist der Aufstand gescheitert?«

»Gleich am nächsten Tag ist ein Truppenkommando nach Memphis gekommen. Die Großgrundbesitzer wurden alle eingesperrt und ins Gefängnis geworfen. Ein General von Ramses hat sofort die Nachfolge des Nomarchen angetreten.«

»Sie sind sicher verraten worden, zweifellos von diesem Fuchs Hape-nakht. Und ihr?«

»Wir haben das Gold behalten. Aber wir waren beunruhigt. Wenn die Bauern und Setepentoth ausgesagt hätten, daß sie uns bezahlt hatten, damit wir Partei für sie ergriffen, dann wäre es mit uns aus gewesen. Und da kam die Botschaft von Ramses. Wir haben so schnell wie möglich Reißaus genommen, wie du dir vorstellen kannst.«

»Und dieses Gold habt ihr bei euch?«

»Ja.«

Moses dachte lange nach.

»Es fällt mir trotzdem schwer zu begreifen, daß dieses Volk so kleinmütig ist«, meinte er, während er sich halb ausstreckte, auf einen Ellbogen gestützt. »Erst heute morgen haben sie gesehen, wie der Wille des Herrn – was sonst? – die Flutwelle ausgelöst und die Ägypter ertränkt hat. Aber alles, was ich den Tag über gehört habe, waren Nörgeleien über Lebensmittel, Wasser, Wein, was weiß ich noch ... Haben sie nicht verstanden, daß man Freiheit nur mit Opfern erlangen kann? Bisher haben wir weder Hunger noch Durst gelitten, wir mußten uns nicht gegen wilde Tiere verteidigen; was wird sein, wenn wir wirklichen Bewährungsproben ausgesetzt sind?«

»Die Sippenoberhäupter sind überzeugt, Moses«, erwiderte Aaron in besänftigendem Ton. »Sie werden die anderen beeinflussen. Aber die Masse, was willst du, sie weiß nicht einmal, was der Herr ist! Ein Gott, wie Amon oder Rê ... In Ägypten hatten sie ein Stück Land, auch wenn es ihnen nicht gehörte. Und nun sind sie in der Wüste, gezwungen, sich auf das Wort eines einzigen Mannes zu verlassen ... Versteh doch.«

»Ich verstehe nur, daß die Sippenoberhäupter, die gekommen sind, um mich zu befragen, kaum aufgeklärter schienen als die anderen.«

»Vielleicht wissen sie nicht, was der Herr ist, Moses. Es ist vierhundert Jahre her ... Vierhundert Jahre!«

»Ich weiß«, sagte Moses. »Morgen werden wir dem Herrn ein Opfer bringen, um öffentlich unseren Gehorsam gegen seinen Willen zu bekunden.«

»Womit willst du ein Opfer bringen?« fragte Aaron alarmiert.

»Wir haben Lämmer und Schafe ...«

»Daran kannst du nicht denken!« rief Aaron. »Sie richten sich darauf ein, diese Tiere für sich selbst zu schlachten, sobald wir eine Rast machen, die lange genug ist! Es gäbe einen Aufstand, wenn ...«

»Es wird keinerlei Aufstand geben!« schnitt Moses ihm das Wort ab. »Wir werden ein Opfer bringen, und anschließend werden sie das Tier essen. Es ist absolut notwendig, dem Herrn ein Opfer zu bringen.«

»Du denkst nicht genügend ans Praktische, Moses«, entgegnete Aaron. »Man kann nicht ein Schaf an dreißigtausend Personen verteilen! Und wenn man das Schaf nur unter einigen aufteilt, unter höchstens zwanzig Leute, wird es Eifersucht und noch mehr Nörgeleien geben. Um so mehr, als du ägyptische Gefangene gemacht hast, anstatt sie zu töten. Es ist besser, mit diesem Opfer zu warten, bis wir lange genug haltmachen, um weitere Tiere zu schlachten und uns vor allem mit neuem Nachschub zu versorgen.«

Moses gab Aarons Überlegungen nach. »Dann werden wir öffentlich zum Herrn beten.«

»Das scheint mir vernünftig«, stimmte Aaron zu. »Aber sag mir, wie lange wird es deiner Ansicht nach dauern, bis wir uns neue Nahrungsmittel beschaffen können?«

»Ich weiß nicht«, antwortete Moses. »Die erste Stadt, in die ich auf diesem Weg gekommen bin, El Alaat, ist zumindest acht Tage von hier entfernt, je nachdem, wie schnell wir vorwärtskommen. Dort leben Hirten, von denen wir Schafe, und Bauern, von denen wir Mehl, Bohnen und Linsen kaufen können. Aber ich bin nicht sicher, ob ihre Vorräte oder ihre Herden ausreichend für alle sind. Dreißigtausend Leute, das ist ein ganzes Volk, das man ernähren muß. Auf jeden Fall werden wir in El Alaat nicht schlemmen.«

»Und wie sollen wir sie bezahlen, diese Schäfer und diese Bauern?« fragte Aaron.

Immer diese praktische Seite Aarons, die Moses häufig amüsierte, diesmal aber verärgerte. »Wozu sollte euer ganzes Gold nütze sein?«

Er erriet die Antwort; es widerstrebte ihnen, etwas von diesem Gold für Nahrungsmittel auszugeben, da sie wahrscheinlich gehofft hatten, beim Auszug aus Ägypten ein gastliches Land und bereits eingerichtete Häuser mit Töpfen und Bechern vorzufinden. Moses hörte das vertraute Heulen der Schakale in der Nacht, das die Insassen des Nachbarzeltes beunruhigte. Ein Mann rief im Dunkeln, man solle Wachen gegen wilde Tiere aufstellen. Es war die Stimme von Miriams Gatten. Dieser Mann wußte offenkundig nicht, daß Schakale keine Menschen angriffen, sondern nur Tiere, und daß es bestimmt der Geruch der Schafe war, der sie aufstachelte. Moses ging hinaus, um ihn zu beruhigen, und kehrte wieder zurück.

»Es wird spät«, meinte Aaron. »Ich lege mich schlafen, denn ich nehme an, wir werden im Morgengrauen aufstehen.«

Sie hatten sich bereits unter dem Zeltdach, das der Wind knattern ließ, ausgestreckt, als Aarons Stimme im Dunkeln noch einmal ertönte: »Woher wußtest du, daß es im Schilfmeer eine Flutwelle geben würde?«

Die Frage stachelte Moses auf. Aaron glaubte also nicht ganz an das Eingreifen des Herrn, oder vielleicht sogar überhaupt nicht.

»Ich wußte nicht, daß es eine Flutwelle geben würde«, antwortete er. »Ich wußte nur, daß eine Flut kommen würde, so wie jeden Morgen. Die Flutwelle, die der Sturm verursacht hat, war der Wille des Herrn. Natürlich konnte ich den Sturm nicht vorhersehen.«

Dieser Erklärung folgte langes Schweigen. Doch Aaron war hartnäckig. »Hätte die normale Flut genügt, um die ägyptische Armee daran zu hindern, uns zu verfolgen?«

»Ja. Die Streitwagen wären auch durch die normale Flut behindert und fortgerissen worden. Es hätte bestimmt weniger Tote gegeben, aber der Angriff der Ägypter wäre gebremst worden.«

»Deshalb hast du uns durch das Schilfmeer ziehen lassen?«

Moses nickte.

»Ja.«

»Du warst dir also sicher, daß es gelingen würde?«

»Der Herr hat gewollt, daß ich sowohl das Schilfmeer als auch die beiden Furten kannte, während die ägyptische Armee sie nicht kannte, und deshalb habe ich die Verantwortung auf mich genommen, dort hindurchzugehen«, erwiderte Moses.

»Woher hast du gewußt, daß die ägyptische Armee nichts von der Flut des Schilfmeers und den Furten wußte?«

»Die ägyptische Armee hat niemals Anlaß gehabt, das Schilfmeer zu durchqueren, da sie ja über die Küstenstraße ziehen kann. Es war wenig wahrscheinlich, daß sie vom Phänomen der Flut, geschweige denn von den Sturmfluten wußte, die von einem Gewitter ausgelöst werden können. Sie hätte höchstens einmal etwas von den beiden Furten gehört haben können.«

»Also sind wir gerettet worden, weil du das Schilfmeer kanntest?« fragte Aaron.

»Hör zu, Aaron«, erklärte Moses, den dieses Gespräch langsam ungeduldig machte, »was ich wußte, ist ebenfalls Sache des Herrn. Ebenso wie die Plagen, die über Ägypten hereingebrochen sind, bevor Ramses uns die Erlaubnis gegeben hat fortzuziehen.«

Er brauchte noch einige Zeit, um einzuschlafen, da ihn die Skepsis seines Halbbruders beunruhigte. Der Herr hatte ihn, Moses, als Werkzeug zur Befreiung der Apiru auserwählt. Das war offenkundig, aber die anderen waren nicht davon überzeugt. Noch nicht.

»Ich bin der Sauerteig«, sagte er sich. »Und der Teig ist schwer.«

5

Der Sauerteig

Im Morgengrauen war Moses voller Tatendrang, Sinne und Geist hellwach. Er trat aus dem Zelt, um auf dem Kies am Fuß der Berge sein Bedürfnis zu verrichten. Der Himmel hellte sich auf. In den Grautönen des frühen Morgens knatterten einige tausend Zelte im Wind, überragt von den Silhouetten der fünf Pferde und der Esel. Etwa dreißigtausend noch schlafende Menschen, unter dem Auge des Herrn, ein künftiges Volk, das noch keine feste Gestalt angenommen hatte. Moses drehte sich um, und sein Blick verweilte auf einem hohen flachen Felsen, der sich über ein weites, von Gebüsch überwuchertes Terrain erhob – eine geeignete Tribüne für eine Rede. Ein Leopard hatte sich dort niedergekauert, auch er betrachtete die Landschaft. Moses lächelte über dieses Zusammentreffen. Er warf einen Stein nach dem Tier und traf es am Hinterteil. Die Raubkatze nahm Reißaus. Moses ging zum noch kalten Meer, um dort seinen Blutkreislauf anzuregen.

Im Lager regte sich noch nichts.

Moeses kehrte ins Zelt zurück, um Aaron zu wecken, trank einen tiefen Schluck Wasser, schüttelte seine Feldflasche und kam zu dem Schluß, daß er noch genug für den Tag und auch den nächsten hatte, doch danach drohte Durst. Die Lage

würde schwierig werden, denn man konnte mit wenig Essen auskommen, mußte aber genügend trinken.
»Moses!« rief draußen eine Frauenstimme.
Er trat aus dem Zelt. Miriam hielt ihm eine Schale Milch und ein halbes flaches Brot hin. »Das habe ich für dich auf die Seite getan.«
Er zögerte. Von wann war diese Milch?
»Ich habe sie gestern abend abgekocht«, sagte sie, da sie erriet, warum er so zurückhaltend war. »Du brauchst heute all deine Kräfte. Denn heute wirst du zu ihnen sprechen, nicht wahr?«
Ohne Antwort nahm er das Brot und die Schale und kehrte in sein Zelt zurück. Wollte sie ihm sein Verhalten vorschreiben? Aaron kam nur schwer aus dem Schlaf; auch ihm mangelte es an Sauerteig. Zum ersten Mal drängte sich Moses ein Bild Aarons auf, das nicht von natürlicher oder erzwungener Zuneigung geschönt war. Ein Mann zwischen dreißig und vierzig, mit schlechter Haltung, zur Korpulenz neigend, mit Plattfüßen und bald kahlköpfig und mit einem Hang zur Trägheit. Man konnte nichts daran ändern, der Herr gewährte manchen seine Gnade und verweigerte sie anderen, und die Gnade wurde als Ganzes gewährt, für Geist und Körper. Ali und seine Brüder oder Stitho besaßen einen Geist, der ebenso geschmeidig war wie ihre Glieder, eine rasche, himmlische Art, sich an die Welt anzupassen, die Fähigkeit, sich von einem Augenblick zum anderen mit dem Wind zu ändern, mit flinkem Fuß und scharfem Geist. Das war bei Aaron nicht der Fall. Er mußte an einem Tag gezeugt worden sein, als seine Eltern den Bauch voller Bohnen und Zwiebeln hatten.
»Steh auf«, sagte Moses zu ihm. »Der Tag bricht an.«
Aaron gab eine Reihe von Grunzern, Schnaufern und Geräusper von sich, dann setzte er sich auf, richtete den glasigen Blick auf Moses und suchte nach Worten, um sich seine Verwirrung nicht anmerken zu lassen, fand jedoch keine. Offen-

sichtlich hatte er erwartet, seine Frau bei sich zu sehen, dabei war es nur sein Bruder, der vor ihm aufgestanden und frisch und munter war.
»Es gibt viel Arbeit«, sagte Moses. »Erleichtere deinen Körper und trink Wasser. Du kannst auch im Meer baden, das macht wach.«
Aaron gehorchte widerwillig. Moses ging ihm nach und stellte fest, daß Aaron ins Nachbarzelt gegangen war. Er brauchte Frauen so wie Säuglinge ihre Mütter; nicht als Eroberer, nein, nicht als geflügelter Bote, die Blume eines Lächelns auf den Lippen, mit ehernem Stab, sondern als nicht ausgewachsener Knabe mit Leistenbruch und Warzen. Tatsächlich trat Aaron mit einer Schale Milch in den Händen aus dem Zelt, gefolgt von drei der vier verdrießlichen Kinder, die Elischeba ihm geschenkt hatte. Nein! Dieser würde den brennenden Dornbusch nicht sehen. Er trank seine Milch mit verfrorener Miene und bemerkte plötzlich Moses.
»Es ist kalt«, seufzte er.
»Aaron, beeil dich«, sagte Moses in betrübtem Tonfall. Und plötzlich ermaß er seine Einsamkeit. Er schritt an dem Lager entlang und freute sich, nacheinander auf Josua und Mischaël zu stoßen. Diese waren vielleicht Gefährten, solche Gefährten wie die von einst, die einem mit Begeisterung beim Schnitzen eines Bogens zusahen. Josua war schon seit einer Weile auf den Beinen, sein Körper tropfte vom Meerwasser, und er rieb sich kräftig ab, mit fröhlichem Blick.
»Das macht wach«, meinte er, um etwas zu sagen.
Mit solchen Männern konnte man etwas anfangen. Auch Mischaël kam lächelnd heran. Moses stellte fest, daß ein Lächeln beim Aufwachen der Segen der Welt war. Der Herr hatte den Menschen, die früh aufstanden und freundlich waren, seine Energie verliehen. Wieder einmal schweiften seine Gedanken zu Zippora, die stets frisch und sanft erwachte. Eine Quelle, die wieder zu sprudeln begann.
»Was machen wir heute?« fragte Mischaël. »Machen wir

uns sofort wieder auf den Weg, oder gibt es etwas Besonderes?«

»Es gibt etwas Besonderes«, erklärte Moses, »ich werde etwas tun.«

»Was wirst du tun?«

»Ich werde euch daran erinnern, was wir tun«, antwortete Moses.

Sie warteten, daß er eine Erklärung gab, aber er tat es nicht.

»Geht und weckt die Leute auf, ihr beide«, sagte er. »Sie haben einen klebrigen Schlaf.«

Mischaël begann zu lachen. »Moses, du bestehst aus Luft und Feuer, das ist nicht bei jedermann der Fall!«

Moses klopfte ihm auf die Schulter. Mischaël und Josua liefen die Zelte entlang und riefen aus vollem Hals: »Auf, der Tag ist da! Die Nacht ist tot, der Tag ist geboren! Auf, um den Herrn zu preisen!« Mit den Handflächen schlugen sie auf ein Tamburin, das sie irgendwo gefunden hatten.

Wütende Gesichter erschienen in den Zelteingängen; die einen beschränkten sich darauf zu murren, die anderen riefen den beiden lästigen Kerlen Verwünschungen nach.

»Das sind wahrhaft tugendhafte Leute«, murmelte Moses und beobachtete Aaron, der sich mit jammervollem Schritt dem Meer näherte.

»Wo geht er denn hin?« fragte Elischeba.

»Er wird sich auf meinen Rat hin im Meer baden, Elischeba«, erwiderte Moses in herrischem Ton. »Das macht stark.«

»Im Meer? Aber es ist eisig! Er wird krank werden!« rief Elischeba und schickte sich an, Aaron zu folgen, um ihn am Baden zu hindern.

»Es ist nicht eisig, nur kalt. Bleib hier. Oder tu es ihm nach.«

»Man merkt, daß du keine Frau hast, die dir Vernunft beibringt, ›Moses‹«, sagte sie, warf ihm einen gehässigen Blick zu und kehrte in ihr Zelt zurück, um dort herumzukeifen.

Eine gute Stunde verging, bis alle fertig waren. Moses rief die Sippenoberhäupter zusammen und trug ihnen auf, die Apiru um den großen Felsen herum zusammenzurufen, den er entdeckt hatte. Als sie da waren, kletterte Moses von hinten hinauf und erschien vor ihnen. Er kehrte dem Berg und der Sonne, die plötzlich zu funkeln begann und ihn allein in goldenes Licht tauchte, den Rücken zu. Einen Augenblick betrachtete er das Menschenmeer. Vielleicht hatte der Schöpfer mit demselben Blick die leblose Masse betrachtet, der er Leben einhauchen und die Identität des Bewußtseins verleihen wollte. Ein Chaos jämmerlicher Gefühle, lächerlicher Eigensucht, schäbiger Berechnung, dumpfer Qualen, verzeihlicher Ängste, lachhafter Aufregung, infantiler Enttäuschungen, das man zum höchsten Bewußtsein eines einzigen Gottes erheben mußte. Fast wäre er müde gewesen, bevor er überhaupt angefangen hatte.

»Gestern«, begann er dennoch mit lauter Stimme, »wart ihr Sklaven. Heute seid ihr freie Männer und Frauen auf dem Weg in das Land eurer Vorfahren. Gestern hat ein König, der euch verachtete, euch den Leiden einer unablässigen Arbeit für seinen eigenen Ruhm unterworfen. Heute ist euer Leiden nur dazu bestimmt, den Gott, der euch befreit hat, zu rühmen.«

Seine Stimme klang von den Felsen wider, und das Echo war gewaltig und hart wie das Gestein, von dem es abprallte. Moses nutzte es für sich aus, als bestünde es aus lauter Spitzen, mit denen er die Schale aufbrechen wollte, in der all diese Gehirne schliefen.

»Ohne diesen Gott, der euch aus der Sklaverei geholt hat, wärt ihr immer noch kaum besser als der Nilschlamm und würdet von Schweiß zu Tränen und von Tränen zu Schweiß wechseln. Ihr wärt gefangen in eurer blinden Qual, beherrscht von Göttern mit Tiergesichtern, von Schakalen, Krokodilen, Affen, Flußpferden, kurz, von Göttern, die niedriger Wesen würdig sind!«

Sie hörten zu wie immer – ohne große Aufmerksamkeit. In der ersten Reihe seiner Zuhörer erkannte er Mischaël und Jo-

sua und staunte über ihre glühenden Gesichter. Diese beiden hörten begierig zu.
»Und dieser Gott, der Gott eurer Vorfahren Abraham und Jakob, hat das Leichentuch zerrissen, unter dem ihr nach so vielen Jahren der Knechtschaft begraben wart! Ihr wart Leichnamen gleich, er hat euch das Leben zurückgegeben! Er ist mir in der Wüste erschienen, dieser Herr, eine Flamme, die einen Busch einhüllte, ohne ihn zu verzehren, eine Stimme, die lauter war als jeder Donner, und er hat mir gesagt: ›Du wirst bei der Befreiung meines Volkes mein Werkzeug sein! Geh und sag ihnen, die Stunde ist gekommen! Geh, geh und sag dem Pharao, daß er sie ziehen lassen muß!‹«
Schweigen kehrte in die Menschenmenge ein; Moses spürte es.
»Ich habe auf Befehl des Herrn an Ramses geschrieben, ich, der Diener des Herrn. Ich habe ihn aufgefordert, euch ziehen zu lassen. Aber ihr wißt, ihr habt es gesehen, Ramses hat nicht an den Willen dieses Gottes geglaubt. Ramses ist der Diener der Götter mit Tiergesichtern, der Götter, die nur von tierischen Instinkten sprechen. Und der Herr hat ein erstes Mal seine Macht und seinen Zorn kundgetan, ihr wißt es, ihr habt es gesehen: Der Nil ist blutrot geworden, sein Wasser ist untrinkbar geworden. Habt ihr es nicht gesehen?«
»Wir haben es gesehen«, antworteten Stimmen, zuvorderst die Mischaëls, Aarons und Josuas.
Es war das erste Mal, daß die Menge reagierte.
Herr, dachte Moses, *gib mir, gib mir den Sauerteig, um diesen schweren Teig aufgehen zu lassen!*
»Aber Ramses fürchtet den Herrn nicht, er kennt ihn nicht. Ramses ist wie ein wildes Tier, das nur den Pfeil des Jägers kennt! Und der Herr hat das Land mit Fröschen überzogen, habt ihr es nicht gesehen?«
»Wir haben es gesehen!« antworteten viel mehr Stimmen als das erste Mal.

»Aber Ramses ist taub geblieben, und der Herr hat Stechmücken ins Land einfallen lassen, die Mücken, die Fieber bringen, und das ganze Land wurde von ihnen heimgesucht, außer Unterägypten, wo ihr wart. Ramses wollte die Warnungen der größten Macht des Universums nicht hören! Dann hat der Herr Steine vom Himmel regnen lassen. Habt ihr es nicht gesehen?«

»Wir haben es gesehen!« rief ein Chor von Stimmen.

»Doch der Schädel von Ramses ist noch härter als die Steine vom Himmel, und so hat der Herr mitten am Tage Finsternis herrschen lassen, ich weiß, daß ihr es alle gesehen habt. Und Ramses blieb weiter taub. Dann hat der Herr, der euch, die Apiru, im Namen des Versprechens, das er euren Vorfahren gegeben hat, befreien wollte, die Geduld verloren. Er hat verderbliches Fieber geschickt, an denen die kleinen Kinder und viele Erwachsene starben. Das habt ihr nicht gesehen, weil der Herr in seiner Güte Unterägypten, wo ihr gewohnt habt, verschont hat, aber ich weiß, daß ihr es erfahren habt. Da bekamen sogar die Priester der Götter mit den Tiergesichtern Angst. Sie sahen, daß es die künftigen Generationen waren, die den Preis für den bestialischen Eigensinn von Ramses bezahlten. Sie begriffen, daß ihre niedrigen Götter nicht imstande waren, unserem einzigen Gott zu widerstehen, sie gingen und flehten Ramses an, uns ziehen zu lassen. Erst in diesem Augenblick hat Ramses einen Boten geschickt, um uns endlich aus der Sklaverei zu entlassen und uns das Recht zum Fortgehen zu gewähren.«

Moses schöpfte Atem und blickte über seine riesige Zuhörerschaft. Die Menschen waren gepackt, erwarteten eine personifizierte Darstellung, die sie sich nicht vorstellen konnten, aber dunkel ahnten.

»Eure Oberhäupter haben euch mitgeteilt, daß die Stunde des Aufbruchs gekommen war. Sie haben euch nach Sukkot gerufen, wie ich es euch nach dem Befehl des Herrn gesagt habe, und dann haben sie euch an die Ufer des Schilfmeers ge-

führt, wie der Herr mir ebenfalls befohlen hat, euch zu sagen. Denn der Herr ist von unendlicher Weisheit und Voraussicht. Er hatte die Falschheit von Ramses begriffen. Er wußte, daß Ramses seine Armeen über die Küstenstraße schicken würde! Deshalb hat er euch über die südliche Route ziehen lassen, was Ramses nicht vorhergesehen hatte!
Seht ihr ihn, Kinder Abrahams? Seht ihr ihn jetzt? Es ist der Wille des Herrn, der euch aus Ägypten hat ziehen lassen, der euch bisher geschützt hat! Seht ihr ihn?«
»Wir sehen ihn!« riefen sie.
»In seiner Allwissenheit hat der Herr die Armee des Pharao ins Schilfmeer geführt, und nach Seinem Willen sind die Wasser, die euch passieren ließen, über den Streitwagen und den Soldaten von Ramses zusammengeschlagen!« Er richtete Arme und Augen gen Himmel. »Wer kann sich mit Dir vergleichen, Herr aller Götter? Wer ist in seiner majestätischen Macht mit Dir vergleichbar? Deine Liebe hat Dein Volk durch die Gefahren geführt. Deine Kraft hat die Streitwagen des Feindes verschlungen wie geschmolzenes Blei!«
Wie versteinert hörten sie ihm zu.
»Spürt ihr nun die Macht des Herrn?«
»Wir spüren die Macht des Herrn!«
Er nahm deutlich die Stimmen von Mischaël, Josua und Aaron in der ersten Reihe und von Tausenden von Männern und Frauen hinter ihnen wahr.
»Nein, ihr ahnt sie nur! Denn wenn jeder von euch so viele Jahre leben würde, wie es Sandkörner in der Wüste gibt, würde er immer noch nur einen winzigen Teil davon sehen. Deshalb, weil die Macht eures Herrn unendlich ist. Versteht ihr, daß der Herr euer Gott ist und daß er der einzige Gott ist?«
»Wir verstehen, daß der Herr unser Gott und unser einziger Gott ist!« wiederholten sie.
»Ich will euch alle sagen hören, daß der Herr euch beschützt!«

»Der Herr beschützt uns!« riefen sie.
Noch nie hatten so viele Stimmen ihm als Echo geantwortet; der Berg hallte davon wider.
»Aber der Herr hat sich über eure Undankbarkeit empört«, fuhr Moses fort. »Er hat sich mir offenbart, um zu verkünden, daß er euch befreien will. Seit Wochen hat er euch mit Beweisen seiner Güte, seines Schutzes und seiner Macht überhäuft, und ein paar Stunden nachdem ihr unter Seinem Schutz durch das Schilfmeer gezogen seid, habt ihr angefangen, euch zu beklagen und immer wieder zu murren. Ist das etwa das Betragen dankbarer Kinder?«
Bedrücktes Schweigen antwortete auf diese Frage.
»Wir bereuen es!« riefen ein paar Stimmen aus den ersten Reihen, wieder waren es Aaron, Josua und Mischaël. Sie drehten sich um und forderten die übrige Menge mit Gesten auf, ihrem Beispiel zu folgen. Moses schien es, als hätten sie verstreute Helfer, die sich unter der Menschenmenge verteilt hatten, junge Leute wie sie, die energisch den Arm hoben. Weitere Beteuerungen wurden laut, zuerst schüchtern, dann entschlossener.
»Der Herr hat Kanaan als euer künftiges Land ausersehen«, fuhr Moses fort. »Es ist ein fruchtbares Land. Aber der Herr, der euer Oberhaupt ist, will, daß ihr euch wie Soldaten benehmt, die Seiner würdig sind, und nicht wie Vieh, das in Ägypten für die Schlachthäuser von Ramses gemästet wurde! Der Weg wird lang sein, er wird schwierig sein. Er wird Entbehrungen mit sich bringen. Wollt ihr den Herrn mit weiteren Nörgeleien beleidigen? Wollt ihr noch einmal den Zorn eures einzigen Herrn erregen?«
»Nein! Nein!«
Es war wie das vorherige Mal, zuerst eine matte Antwort, dann ein wenig überzeugter, als sie von ein paar Anführern angeheizt wurde.
»Wann werden wir Wasser finden?« fragte eine Frauenstimme ungestüm, und Moses erkannte Aarons Frau Eli-

scheba. Aaron und einige andere versuchten sie zum Schweigen zu bringen, doch sie wehrte sich wütend.
»Ich habe das Recht zu fragen, wann wir Wasser finden werden! Seid ihr Heuchler? Ihr seid ebenso begierig wie ich, es zu erfahren! Da Moses weiß, was der Herr will, soll er uns auch sagen, wann wir Wasser finden werden!«
Sie wandte Moses ihr hochrotes Gesicht zu.
»Redest du so mit dem Herrn, Frau?« erwiderte Moses.
»Ich rede nicht mit dem Herrn, ich rede mit dir, Moses, da du behauptest, der Bote des Herrn zu sein, denn mein Herr bist du sicher nicht. Wann werden wir Wasser finden?«
»Frau, du verdienst es, daß der Herr dich verdursten läßt!« konterte Moses, bemühte sich aber um Beherrschung. »Doch der Herr wird dir kein besonderes Schicksal zuteilen. Er wird keinen einzigen von euch verdursten lassen, und auch dich nicht, kleingläubige Frau.«
»Er antwortet immer noch nicht!« rief sie. »Er weiß es nicht!«
Schließlich zerrte Aaron sie aus der Menge, und der Lärm ihres Zanks wurde von den Vorwürfen der Menschen erstickt.
»Habe ich denn umsonst gesprochen?« schrie Moses, der seinem Ärger nun freien Lauf ließ. »Wollt ihr, daß ich euch dem Zorn des Herrn überlasse? Wenn ich fortgehe, werdet ihr keinen einzigen Mittler finden, um euch an den Gott eurer Vorfahren zu wenden!«
Eine Bewegung ging durch die Menge, und die Sippenoberhäupter schritten auf den Felsen zu, gefolgt von einer Masse junger Leute und einigen Frauen.
»Nein, Moses, nein! Du bist unser Anführer! Hör nicht auf diese Frau! Willst du uns alle wegen der Unverschämtheit einer verrückten Frau verurteilen?«
Zwei oder drei der Sippenoberhäupter stiegen auf den Felsen; sie ergriffen Moses an der Hand und an der Schulter und murmelten weitere beruhigende Worte. Josua und dann Mischaël gesellten sich zu ihnen.

»Moses«, sagte Josua und nahm seine Hand, »und wenn es nur für mich wäre, ich beschwöre dich, besänftige deinen Zorn.«

»Gut«, erwiderte Moses. »Machen wir uns auf den Weg.«[2]

6

Essen! Trinken!

Waren ihm alle Frauen so feindlich gesinnt? Während man die Zelte zusammenfaltete, sah er von weitem, wie Miriam und Elischeba miteinander tuschelten, was mehr nach einem Einverständnis zwischen den Schwägerinnen aussah als nach Vorwürfen von Miriam. Aaron fing seinen Blick auf und verstand.

»Es liegt in der Natur der Frauen, Heim und Herd zu schützen. Du hast sie dazu gebracht, ihren Haushalt aufzugeben, um ins Unbekannte zu ziehen.«

»Ins Unbekannte? In die Freiheit, willst du sagen!« konterte Moses. »Sind sie zur Knechtschaft bestimmt?«

»Sie leben bereits in der häuslichen Knechtschaft.«

»Deine Frau ist auf jeden Fall zur Unverschämtheit bestimmt.«

»Das geht vorbei, sobald wir Wasser finden. Das ist die Frage, die sie am meisten ängstigt. Du mußt zugeben, es läßt nichts Gutes ahnen, wenn man diese Gegend hier betrachtet«, erwiderte Aaron.[1]

Moses schätzte, daß sie seit ihrem Aufbruch vom Schilfmeer nur die Hälfte des Weges geschafft hatten, den er bei seiner Flucht aus Ägypten in der gleichen Zeit zurückgelegt hatte. Er war zu Pferde gewesen und hatte fast nicht geschlafen; nun gingen sie zu Fuß und hielten lange Rasten. Sie würden den Wildbach, an dem er damals seinen Durst gelöscht hatte, wohl erst in zwei Tagen erreichen. Doch all diese Leute würden keine zwei Tage ohne Wasser mehr durchhalten, und man mußte schnell eine Quelle finden oder einen Brunnen graben, um so mehr, da die Hitze mit der steigenden Sonne immer stärker wurde.

Gegen Mittag wurden erste Verwünschungen innerhalb der Karawane laut.

»Was ist los?« fragte Moses Josua.

Der junge Mann ging, um nachzusehen; als er zurückkam, berichtete er, daß viele Leute großen Durst hatten und befürchteten, in der Wüste zu sterben. Moses erinnerte sich, daß Hussam ihm geraten hatte, nach natürlichen Vertiefungen im Gelände zu suchen, um dort einen Brunnen zu graben, denn dort sammelte sich das Wasser. Die kürzlichen Regenfälle mußten den Boden getränkt haben. Nach einer Stunde entdeckte er eine Mulde, um die herum die Vegetation ein wenig reicher schien. Er stieg vom Pferd und schickte Josua und Mischaël, um kräftige Männer mit Schaufeln herzuholen. Es war ihm aufgefallen, daß zahlreiche Arbeiter ihre Geräte mitgenommen hatten, da sie naiv dachten, sie würden dort, wo sie hingingen, Arbeit finden.

»Warum hältst du an?« erkundigte sich Aaron.

»Weil wir hier Wasser finden werden.«

»Hier?«

Moses antwortete nicht, doch als die beiden jungen Männer und die Erdarbeiter kamen, erklärte er Aaron: »Sag ihnen, daß wir einen Brunnen graben und darin Wasser finden werden.«

»Und wenn es keines gibt? Du wirst dein Gesicht verlieren!«

»Es wird Wasser geben!« entgegnete Moses ungeduldig und zeigte den Männern, wo sie graben sollten.

Die Gruppen an der Spitze, darunter Issar, Lumi und Arphaxad, kamen in diesem Moment bei ihnen an und blieben ste-

hen, um zu schauen, was hier vor sich ging. Die Debatten wurden lebhafter und entwickelten sich rasch zu einer Beratung der Sippen. Moses hörte aus der Entfernung ihre Überlegungen.
»Wasser mitten in der Wüste? Das wäre ein Wunder!«
»Wer hat entschieden, hier zu graben?«
»Moses.«
»Aber wenn es hier Wasser gäbe, wäre doch zumindest ein Rinnsal da!«
»Moses ist kein Narr.«
»Nein, aber ich habe noch nie gesehen, daß man einen Brunnen in der Wüste gräbt!«
Die Erdarbeiter hatten bereits ein Loch von etwa drei Ellen im Durchmesser und eineinhalb Ellen in die Tiefe gegraben. Moses beugte sich hinunter und sah, daß der Boden dunkler wurde, weil er feuchter war. Es war eine Mischung aus Kies und Felsgestein.
»Grabt weiter.«
Eine Elle tiefer erreichten die Erdarbeiter ein Niveau, wo der Kies vor Feuchtigkeit glänzte, was ihren Eifer beflügelte. Nun machten sie sich daran, den Brunnen zu verbreitern, bis er groß genug war, daß zwei Männer zusammen darin stehen konnten.
»Der Boden unter unseren Füßen ist naß!« rief der eine.
»Sehr gut. Macht weiter.«
Ein riesiger Menschenkreis hatte sich um das Loch gebildet; die Bemerkungen wurden seltener.
»Das ist ein Wunder!« rief Aaron. »Wasser! Der Herr beschützt uns wirklich, seht nur!«
»Bleibt nur noch abzuwarten, ob wir genügend Wasser für uns alle finden«, sagte jemand.
Bei einer Tiefe von etwas mehr als vier Ellen riefen die beiden Erdarbeiter von unten herauf: »Wasser!« Sie waren bis zu den Knöcheln naß.
»Grabt noch etwas weiter«, ordnete Moses an.

Nun war es nasser Kies, den sie herauswarfen. Eine knappe Stunde später war das Wasser bis zu den Knien der Erdarbeiter gestiegen.

»Wir sind soweit«, meinte Moses. »Man soll mir eine Schale geben.«

Mischaël ging, um ein Gefäß zu holen, und Moses bat die Erdarbeiter, es ihm zu füllen. Zwei- oder dreitausend Augenpaare beobachteten den Anführer eines neuen Volkes, wie er das Wasser kostete.

»Es ist brackig, aber trinkbar«, stellte er fest. »Man kann Lebensmittel darin kochen, um es zu reinigen.«

Der Brunnen war zu nahe am Meer, und das Regenwasser hatte sich wohl auf Salzboden gesammelt.

Er reichte dem Sippenoberhaupt Kehat, der auch probieren wollte, die Schale.

»Es ist brackig!« sagte er. »Es ist brackig, Herr! Was sollen wir tun?«

Ein Raunen erhob sich aus der Menschenmenge.

»Ruhe!« rief Moses. »Wer von euch Lebensmittel zum Kochen hat, soll kommen und sich brackiges Wasser holen. Später werde ich dafür sorgen, daß es zum Trinken genießbar wird.«

»Wie willst du es genießbar machen?« fragte Aaron.

»Wir haben immer noch kein Trinkwasser!« sorgte sich Elischeba mit mürrischem Gesicht.

»Ruhe, habe ich gesagt«, befahl Moses.

Es dauerte gut drei Stunden, bis sich alle, die Wasser zum Kochen und Brotbacken brauchten, versorgt hatten. Moses hatte in der Zwischenzeit nach den Büschen gesucht, deren Zweige sie damals geschält und dazu verwendet hatten, um das Wasser trinkbar zu machen. Dann befahl er, man solle Behälter mit Wasser füllen, das zum Trinken bestimmt war, und ließ die geschälten Zweige hineinwerfen. Der klebrige Saft bedeckte das Wasser sofort mit einer Haut.

»Laßt die Behälter eine halbe Stunde stehen, ohne sie zu be-

wegen«, riet Moses, »bis diese Haut nach unten sinkt und das Salz aufsaugt. Dann könnt ihr das Wasser trinken oder in eure Feldflaschen füllen.«
Nach dieser Wartezeit probierte Moses etwas Wasser und fand es trinkbar; es hatte zwar noch einen Hauch von Salzgeschmack, aber es war besser, als zu verdursten. Selbst die Mißtrauischen warfen das geschälte Holz, das man an sie verteilt hatte, in ihre Töpfe. Bis alle – nicht ohne Grimassen – ihren Durst gelöscht und ihre Trinkvorräte aufgefüllt hatten, stand die Sonne tief am Horizont, und Moses beschloß, man werde hier das Lager aufschlagen und am nächsten Tag vor Morgengrauen aufbrechen, um die verlorene Zeit aufzuholen. An diesem Tag hatten die Flüchtlinge nur eine dreistündige Wegstrecke zurückgelegt. In diesem Tempo würden sie erst in mehreren Wochen in Ezjon-Geber ankommen.
»Gibt es Gründe, warum wir uns beeilen müssen?« fragte Josua.
Es stimmte, warum sollten sie es jetzt, da sie Ägypten hinter sich hatten, so eilig haben? Die Naivität dieser Frage brachte Moses zum Lachen.
»Wir sind eine gestaltlose Masse, Josua«, erklärte er. »Wir müssen ein Volk werden. Verstehst du? Der Herr hat uns von Ramses befreit, aber das genügt nicht. Wenn wir monatelang herumirren müßten, wären wir nichts anders als Tiere, ohne Gesetze und ohne Seele.«[2]
Man stellte also die Zelte, die man vor ein paar Stunden zusammengefaltet hatte, wieder auf und zündete Feuer an. An einem der Feuer versammelte Moses einige der Sippenoberhäupter und der Männer, die ihm am ergebensten waren, wie Josua, Mischaël, Lumi, Issar und Arphaxad.
Das Mahl war von vorbildlicher Kargheit: Brot, das Miriam gebacken hatte, ein Bissen Käse, ein hartes Ei und Dörrobst. Als Getränk Wasser, das etwas salzig schmeckte.
»Wir gehören zu denen, die sich mit wenig begnügen können«, sagte Issar. »Aber es gibt viele, die darunter leiden.

Wann können wir hoffen, zwar nicht Überfluß, aber doch eine weniger karge Lebensweise zu finden?«

Immer diese Nahrungsfrage. Moses gab sich Mühe, sich seinen Ärger nicht anmerken zu lassen.

»Morgen werden wir fischen«, antwortete er.[3]

»Fischen? Und wie sollen wir das machen?«

»Wir werden Netze knüpfen.«

»Ist es sicher, daß wir Fische finden werden?«

Moses ging auf diese Absurdität nicht ein.

»Und wie fabriziert man Netze?«

»Indem wir Stoffe zu Fäden zerzupfen und sie dann zusammenknüpfen.«

Der Plan begeisterte Mischaël und Josua offensichtlich, aber die anderen blieben nachdenklich.

»Wenn du mich fragst, Issar, wann wir in unseren eigenen Häusern sein werden, mit unseren Küchengeräten, mit Geflügel, Fleisch, Brot, Gemüse und Obst im Überfluß, mit unseren Spinnrädern, unseren frischen Strohschütten, so antworte ich dir, im besten Fall in einigen Monaten. Wir müssen auch unsere Häuser erst bauen und unser Land bestellen. Aber ich füge hinzu, wir sind kein Vieh, das man in Untätigkeit mästet, und ich meine, daß Menschen, die der Herr gerettet hat, ihm ein wenig mehr Dankbarkeit zeigen und ein bißchen weniger über das Essen reden sollten.«

»Unsere Dankbarkeit steht außer Frage. Ich sage nur, daß man leben muß, und um zu leben, Moses, muß man essen.«

»Du warst es, Issar, der mich in Ägypten gedrängt hat, die Führung unseres Volkes zu übernehmen, wenn ich mich nicht täusche.«

»Das war ich, Moses. Ich habe meine Meinung nicht geändert.«

Moses nickte. »Hat der Herr es euch an etwas fehlen lassen, seit ihr Ägypten verlassen habt? Er wird es euch an nichts fehlen lassen, selbst wenn ihr nicht gleich saftige Zwiebeln und süße Melonen findet.«

Er war sichtlich schlecht gelaunt, und niemand hatte Lust, ihm die Stirn zu bieten. »Ich habe genug davon, euch über Mangel klagen zu hören. Ihr habt Ziegen und Schafe mitgenommen, ihr braucht sie nur zu essen!« Er stand auf. »Essen! Trinken, das verstehe ich ja noch! Aber essen! Ich höre nur das!«

»Wir sind fast dreißigtausend, Moses«, erwiderte Issar, ohne sich verunsichern zu lassen, »und die paar Ziegen und Schafe, die wir mitgenommen haben, würden kein Fünftel von uns ernähren.[4] Niemand bestreitet, was du sagst. Wir stellen lediglich Fragen, weil du diese Gegend hier kennst.«

Moses antwortete nicht; er hatte es bereits getan.

»Fangen wir sofort an, Netze zu knüpfen«, sagte Mischaël. »Ich bin nicht müde. Wir haben auch schon fünf Spieße zugeschnitten.«

Diese Jungen hatten die Gabe, ihn zu besänftigen. »Wir brauchen sehr viel mehr als fünf Spieße.«

»Wie viele?«

»Mindestens tausend.«

»Tausend!«

»Sogar fünftausend, Mischaël. Wenn wir zu Waffen greifen müssen, dann nicht für eine Straßenrauferei. Sammelt im Augenblick aber erst alle Hanf- und Wollstoffe ein, die von den Leuten nicht dringend gebraucht werden. Wir brauchen nötiger etwas zu essen als Spieße. Ich hoffe es zumindest.«

Eine Stunde später kamen sie wieder, während die Gäste des kärglichen Mahls gegangen waren, um sich unter einem Viertelmond, der einer bereits gegessenen Melonenscheibe ähnelte, mit immer noch knurrendem Magen niederzulegen. Sie trugen Berge von Stoff. Um besser zu sehen, fachten sie erneut das Feuer an und begannen unter Moses Anleitung, sie zu zerzupfen, dann fünf oder sechs Fäden zusammenzudrehen, bis sie Schnüre von mehreren Ellen Länge hatten.

Er selbst ging allein und finster in der Gegend spazieren. Er war erregt. Dreißigtausend Menschen ernähren. Tausende menschlicher Wesen, deren Unzufriedenheit sie auf den Rang gieriger, schreiender, unleidlicher, zänkischer Kleinkinder erniedrigte. Das Lager war, schätzte er, etwa zehntausend Ellen lang. Es war beängstigend; dreißigtausend Menschen, die ernährt werden mußten – die Vorstellung lähmte ihn fast.

»Herr, ich weiß, daß Du uns aus Ägypten hast ausziehen lassen. Ich weiß, daß Deine Pläne geheimnisvoll sind und sich nur ausnahmsweise offenbaren. Dennoch sind sie mit der Helligkeit des Mondlichts auf dem dunklen Nachthimmel erschienen. Du bist der absolute Herr, Du weißt alles, siehst alles vorher und vermagst alles. Ich bin nur Dein Werkzeug, aber was soll ich mit diesen Leuten anfangen? Sie reden nur von Essen und Trinken. Wenn es Dein Volk ist, kannst Du sie nicht begreifen machen ...?«

Uhus, Fledermäuse, flüchtige, geschmeidige Vierfüßler mit Zähnen, Pfoten und hungrigen Mägen regten sich in der Nacht, geheimnisvolle Räuber, die man nur am Rascheln des Laubes im Dunkeln erriet, am Knacken von Zweigen, am Gepiepse, am Gefauche. Was suchten sie? Auch sie bestimmt nach etwas zu essen und zu trinken, um die elementarste Form des Lebens zu bewahren. Er, Moses, mußte ihnen allen die Augen öffnen für den Willen des Herrn. Seine Einsamkeit packte ihn wie Fieber, und seine Gedanken wanderten zu Zippora. Sie verstand, selbst wenn sie nicht verstand. Sie war sein Volk. Aber der Herr hatte sich ihm nicht nur offenbart, damit er Zippora eroberte. Der Himmel und seine Unzahl von Sternen erschienen ihm als unerträglich schwere Last. Er schwankte beinahe, als er schließlich in Aarons Zelt zurückkehrte, und sein letzter Gedanke war, daß der Mensch, der im Besitz der Erkenntnis war, oft der bejammernswerteste von allen war. Der einsamste.

7

Tag der Berechnungen

»Haben wir genug gemacht?«

Sie zeigten ihm mehr oder weniger gleichmäßig zusammengedrehte Schnüre. Sie waren, wie Mischaël sagte, im Morgengrauen aufgestanden, um die am Abend zuvor unterbrochene Arbeit wieder aufzunehmen, und sie hatten auch wirklich rote Augen. Aaron besah sich skeptisch über Moses Schulter hinweg die Schnüre. Moses nahm eine davon und zog kraftvoll mit beiden Händen daran.

»Das wird schon gehen. Nun müssen wir sie in gleich lange Stücke schneiden, jedes zwölf Ellen lang, und sie mit einem Abstand von drei Fingerbreit kreuzweise zusammenknoten.«

Mischaël nickte.

»Machen wir heute Rast hier?« fragte er. »Diese Arbeit kann man nicht beim Marschieren ausführen.«

Moses bestätigte, daß sie den ganzen Tag lang rasten würden, und Mischaël ging mit Josua und zwei jungen Mädchen davon. Moses wandte sich an Aaron.

»Ich möchte, daß du die Sippenoberhäupter versammelst und ihnen sagst, daß jeder die Seinen zählen soll, alle, auch die Diener. Wir müssen genau wissen, wie viele wir sind.«

»Was ändert das?«

»Es ist wegen der Lebensmittelversorgung notwendig.«

Aaron schien verdrießlich, doch Moses maß dem keine Bedeutung bei.
Danach mußte für den Fall eines Angriffs eine Truppe aus den kräftigsten Männern zusammengestellt werden. Moses konnte sich zwar kaum vorstellen, von woher ein Angriff kommen sollte oder was er zum Ziel haben konnte, aber man mußte auf eine solche Möglichkeit vorbereitet sein. Der Herr mußte zu Beginn der Zeiten, als er das Chaos gestaltete, indem er ihm eine Logik verlieh, eine vergleichbare Arbeit geleistet haben. Moses stieg auf sein Pferd und ritt los, um den Weg zu erkunden.
Die Landschaft hatte sich in den drei Jahren verändert. Manche Teile des Gebirges schienen eingebrochen zu sein, einzelne Flecken mit Vegetation, an die er sich nicht erinnerte, waren neu, er sah Gruppen von Jujuben und Zwergeichen, reingewaschen von den kürzlichen Regengüssen. Er stieg vom Pferd, um sich einen Überblick über die Pflanzen zu verschaffen, und stieß einen Schrei aus: Tamarisken waren reichlich vorhanden, und er zupfte sich ein paar Stücke Manna herunter, um es zu probieren. Es war wirklich Manna, und wenn man genug davon fand, konnte man es anstelle von Brot verwenden. Moses fand sogar einen wilden Feigenbaum, dessen Früchte er alle pflückte, und wilde Zichorien im Überfluß, von denen er einige Pflanzen ausriß. Nein, nicht der Mangel an Wasser beunruhigte ihn, auch nicht der Mangel an Nahrungsmitteln. Sorgen machte ihm die Frage, wo sie sich endgültig niederlassen würden. Er aß ein paar Feigen und wusch die Zichorien im Meer, um sie zu kosten. Es war kein Leckerbissen, sondern füllte nur einfach den Magen, aber das war immerhin etwas. Gegen Mittag kehrte Moses ins Lager zurück.
Mischaël lief herbei und half ihm vom Pferd. »Komm! Ich will dir etwas zeigen!«
Sie hatten rasch gearbeitet. Zwei Netze lagen fertig auf dem Boden.

»Sehr gut«, sagte Moses. »Man muß die Ränder noch mit einem Stück Schnur verstärken und an den Enden feste Griffe anbringen.«

Eilig befolgten die Jungen und Mädchen seine Anweisungen. In der Zwischenzeit kamen ein paar Männer, um die Netze prüfend zu betrachten und dies und jenes zu kritisieren.

»Habt ihr denn selbst Netze?« fragte Mischaël. »Nein? Was nörgelt ihr dann herum? Wir haben diese Netze mit unseren Händen gemacht, um damit zu fischen, und wenn ihr unsere Fische nicht wollt, essen wir sie allein!«

»Mit so leichten Netzen werdet ihr nie Fische fangen«, konterten die Männer. »Netze, die von Mädchen gemacht worden sind!«

Scharfe Worte fielen, fast wäre man handgreiflich geworden.

»Verschwenden wir keine Zeit!« rief Moses. »Für jedes Netz werden vier Männer gebraucht. Josua, hole Verstärkung.«

Das erste Netz war kaum fertig, als Mischaël und die beiden Mädchen, die ihm geholfen hatten, es zu knüpfen, auch schon ins Wasser stiegen. Die jungen Leute, die Josua gerufen hatte, kamen im Laufschritt herbei. Überwacht von Moses und unter den spöttischen Blicken von etwa hundert Männern, die der Szene mit verschränkten Armen zusahen, waren die beiden Netze im Nu im Wasser. Moses selbst watete bis zur Brust hinein, um eines der Netze weiter ins Meer hineinzuziehen. Nach ein paar Minuten begann das Netz sich zu spannen, die Mädchen schrien aufgeregt, und auch die Gruppe, die das andere Netz hielt, schrie auf. Alle waren naß bis zu den Haaren.

»Haltet gut fest!«

Wirklich drohte das Netz zu entgleiten, und eines der beiden Mädchen hatte bereits losgelassen und kam keuchend und verdrossen das Ufer herauf.

»Genug! Holt das Netz ein!«

Das Netz hatte bis auf ein paar Maschen gut gehalten. Sie

schütteten den Inhalt auf den Sand; die Fische hüpften, krümmten sich, zappelten, schnappten nach Luft. Große graue, rosafarbene, gelbliche Fische, runde und schmale, und eine Menge von kleinen, die bizarr aussahen.

»Werft alle kleinen zurück!« befahl Moses.

Auch er selbst packte ein paar der wertlosen Fische am Schwanz, um sie ins Wasser zu schleudern. In dem Netz, das Moses und Mischaël einholten, waren ein kleiner Hai und zwei schlangenartige Fische, Aale. »Auch die Fische ohne Schuppen zurück ins Wasser! Rührt sie nicht an! Ihre Haut ist giftig!« Er erinnerte sich daran, was er bei den Fischern in Ezjon-Geber gelernt hatte, bei denen die Berührung mit Aalen an den Händen besorgniserregende Entzündungen hervorgerufen hatte, und ging mit gutem Beispiel voran, indem er die Aale mit einem Stock ins Meer zurückbeförderte. Schnell war eine Bilanz gezogen: Der Inhalt der beiden ersten Netze konnte etwa dreißig Personen ernähren. Man hätte fünfhundert Netze gebraucht, um mit zwei Fängen alle Menschen satt zu machen, berechnete Moses, der sich auf seine Fähigkeiten als Leiter der ägyptischen Baustellen besann. Bei vier Fängen zweihundertfünfzig Netze, bei acht hundertfünfundzwanzig, bei sechzehn zweiundsechzigeinhalb, wenn man so sagen konnte ... Doch sie hatten nur zwei Netze und konnten an diesem Tag nicht mehr als zehn Fänge einholen, genug also für dreihundert Personen. Die Zuschauer beobachteten sie weiterhin ohne Begeisterung.

»Wie viele Leute willst du damit satt bekommen?« erkundigte sich einer.

»Wir werden weitermachen, und vor allem werden wir noch weitere Netze knüpfen«, erwiderte Moses gleichmütig.

Einige Frauen waren gekommen und besahen sich den Fang, bewunderten die Thunfische und die Goldbrassen, während Josua, Mischaël und die Mädchen sich bereits daran machten, ihre Netze zu flicken.

»Es sind schöne Fische«, meinte eine der Frauen.

»Meine Schwestern und ich könnten auch ein Netz knüpfen«, bot eines der beiden Mädchen an, die den Jungen geholfen hatten.
»Macht das! Schnell! In der Zwischenzeit«, wandte sich Moses an die Frauen, »könnt ihr anfangen, die Fische hier abzuschuppen und auszunehmen. Kommt in einer halben Stunde wieder, dann wird es noch einmal so viel geben.«
»Wem wollen wir diese Fische zuteilen?« fragte Aaron, der von seiner Beratung mit den Sippenoberhäuptern zurück war.
»Alten, Frauen, stillenden Müttern und Kindern zuerst. Hast du den Oberhäuptern meine Anweisungen übermittelt?«
»Erledigt. Sie haben mit der Zählung angefangen.«
Moses machte sich auf und suchte nach kräftigen Männern, die anstelle von Mischaël und Josua Netze knüpfen konnten.
»Habt ihr noch Schnur?«
»Für ein paar Netze reicht es noch.«
»Wie viele Netze könnt ihr damit noch herstellen?«
»Vier vielleicht. Wir müssen sehen. Wir brauchen auch noch Faden, um die beiden ersten zu flicken.«
Als der Abend dämmerte, verkündete Mischaël, daß wieder drei Netze fertig waren und die übrige Schnur noch für weitere zwei reichen würde. Dann hätten sie insgesamt sieben. Moses begann wieder zu rechnen und erinnerte sich beiläufig an seinen Lehrer Amsetse, der ihn das Rechnen gelehrt hatte, ohne zu ahnen, wozu seine Lektionen eines Tages dienen würden. Ein Fang würde für einhundertfünf Personen reichen, zehn Fänge für eintausendfünfzig. Doch am nächsten Tag konnten sie schon im Morgengrauen mit dem Fischfang beginnen. So konnte man mindestens zwanzig Fänge einholen, genügend Nahrung für zweitausendeinhundert Personen. Die Männer würden von diesem Fisch noch nicht so bald kosten. Man müßte die doppelte Zahl von Netzen knüpfen und vor allem eine weitere Nahrungsquelle finden.

Moses widmete sich zunächst dem ersten Problem. Es war nicht mehr viel Stoff vorhanden, auf den die Menschen verzichten konnten und der Faden lieferte, der fest genug war. Er trug noch so viel zusammen, daß es für fünf weitere Netze reichte, dann war Schluß. »Bei zwanzig Fängen reicht es für dreitausendsechshundert Personen«, murmelte Moses. Bei weitem nicht genug; der Zusammenhalt seines Volkes hing vom Teilen der Lebensmittel ab.
Gegen Abend konnte er seine Berechnungen revidieren. Josua hatte Mannschaften zusammengestellt, die ohne Unterbrechung fischten, selbst während der Nacht.
»Wie viele Fänge?« fragte Moses.
»Mindestens dreißig an einem Tag und in einer Nacht, vielleicht auch mehr.«
»Sehr gut. Aber belastet die Netze nicht zu schwer.«
Der Fang eines einzigen Netzes diente fünfzehn Menschen als Speise, das bedeutete nach Josuas Angaben Essen für fünftausendvierhundert Personen, etwas mehr als ein Drittel der Frauen. Immer noch nicht genug. Mindestens siebzig Netze waren nötig, um alle mit Fisch zu versorgen.
Miriam kam und bot ihm zwei Stücke von einer gebratenen Goldbrasse an. Nach seinen eigenen Empfehlungen hätte er kein Anrecht darauf gehabt, aber er wollte den Geschmack kennenlernen; der Fisch schmeckte delikat und war nahrhaft. Doch das Problem blieb bestehen: Wenn sie noch länger an diesem Ort kampierten, bis sie noch weitere Netze geknüpft hatten, verringerten sie ihre Chancen, anderswo Nahrung zu finden, und die Unzufriedenheit der Männer würde wachsen. Moses saß vor dem Zelt, betrachtete die Sonne, die über Ägypten unterging, und die Fischer, die bis zum Oberkörper im Wasser standen, als Aaron langsamen Schrittes herbeikam. Er verkündete das Resultat der Zählung: Sie waren siebenundzwanzigtausend Menschen.
»Weniger, als ich dachte«, bemerkte Moses erstaunt, die Brauen hochgezogen. »Viel weniger. Fast zehntausend weni-

ger, wenn ich mitrechne, daß ihr auch Diener mitgenommen habt.«
Aaron hielt den Blick gesenkt, und Moses wurde bewußt, daß er ihn, als sie sich am Ufer des Schilfmeers wiedergesehen hatten, nicht gefragt hatte, ob alle ihres Volkes Ägypten verlassen hatten. Alle. Bis auf den letzten Apiru. Das Blut stieg ihm ins Gesicht. Es war der Abend des vierten Tages seit ihrem Aufbruch, und erst jetzt enthüllte man ihm die Wahrheit.
»Aaron«, sagte er mit kaum hörbarer Stimme.
Sein Bruder hob den Blick.
»Ramses sagte, wir seien dreißig- oder vierzigtausend, ich habe es aus seinem eigenen Mund gehört.«
»Es hat nie eine genaue Volkszählung gegeben«, erwiderte Aaron. »Ramses hat nur geschätzt!«
»Aber es sind einige dort geblieben, und du weißt es.«
»Ja, es sind welche geblieben. Ich weiß nicht, wie viele.«
»Hast du gar keine Ahnung?«
»Drei-, viertausend, vielleicht ein wenig mehr.«
Josua kam, um Feuer zu machen. Als er einen Blick auf die beiden Männer warf, spürte er die Spannung zwischen ihnen und verschwand wortlos, sobald das Feuer brannte.
»Warum hast du mir das nicht früher gesagt?«
»Die Umstände waren nicht danach. Du mußtest dich um genügend Probleme kümmern. Wir haben sie immer noch; und außerdem dachte ich, du hättest das aus meinen Briefen herausgelesen. Ich habe dir geschrieben, daß sich nicht alle Sippenoberhäupter unserer Meinung angeschlossen haben.«
Drüben, im Schatten der Berge, begannen die Fledermäuse ihre ersten Flüge. Das frische Holz knisterte und qualmte. Moses begriff, daß er seine Autorität überschätzt hatte.
»Warum sind sie geblieben?«
»Zu manchen konnten wir keine Boten schicken. Manche Arbeitstrupps waren in Oberägypten, um das Grab für Sethos

auszuheben. Und manche wollten sich uns auch nicht anschließen.«

Aaron hielt die Hände ans Feuer, dann öffnete er einen Beutel mit gedörrten Datteln und bot Moses davon an.

»Übrigens, was hätten wir mit Leuten angefangen, die gegen ihren Willen mitgekommen wären?« fuhr er fort. »Sie hätten nur Ärger gemacht.«

»Warum wollten sie sich uns nicht anschließen?« fragte Moses, der nachdenklich an einer Dattel kaute.

Weiter unten holten die Fischer Netze ein, die schwer zu sein schienen, zu schwer.

Aaron zuckte die Achseln. »Vielleicht hingen sie weniger als wir am Glauben unserer Väter. Vielleicht waren sie überhaupt nicht mehr damit verbunden. Viele hatten ein wenig Besitz, Häuser, Felder. Sie haben Ägypterinnen geheiratet, sie waren nicht unglücklich. Ihre Kinder betrachten sich als Ägypter ...«

Er warf Moses einen Blick zu, der bedeutete: *Und auch du warst fast ein Ägypter.*

»Wir sind also siebenundzwanzigtausend«, meinte Moses, um das Gespräch abzubrechen.

Er war nicht mehr in der Stimmung zu berechnen, wieviel Fisch man für alle benötigte. Nur eines beschäftigte noch sein Denken: Dieses Volk war noch kein Volk. Nichts schweißte all diese Leute zusammen als eine vage Treue zur Religion ihrer Väter, verstärkt durch den Haß gegen ihre ehemaligen Unterdrücker. Der Schutz des Herrn war für viele von ihnen nur eine verschwommene Vorstellung. Wenn der Herr sie beschützen wollte, warum gab er ihnen dann kein klares Wasser und etwas zu essen? Kein Essen, kein Glaube! Der Auftrag, den der Herr ihm anvertraut hatte, war noch nicht erfüllt ... Die Rede vom Vortag war sicher über ihre Köpfe hinweggegangen. Worte! Und was bewies ihnen, daß dieser Moses, dieser Ptahmose, wirklich den Befehl des Herrn gehört hatte?

Moses seufzte und stand auf, um den Fang zu begutachten, der auf dem Ufersand lag. Frauen warteten schon, um sich gleich selbst zu bedienen und den Fisch mit in ihre Zelte zu nehmen. Manche griffen bestimmt zwei- oder dreimal zu. Man brauchte jemanden, der für die Verteilung der Fische sorgte. Allerdings kam es Moses so vor, als sei nun jeder Fang üppiger als während des Tages. Er machte sich auf die Suche nach Josua, um ihm aufzutragen, Fackeln für die Nacht anzuzünden und darüber zu wachen, daß sich nicht dieselben Frauen zweimal Fisch nahmen.[2] Mehrere Gruppen hatten sich gebildet, damit fast ohne Unterbrechung gefischt werden konnte, und diese Männer bedienten sich auch offenkundig, ohne sich groß darum zu kümmern, was Moses befohlen hatte. Man konnte es ihnen nicht vorwerfen, sie hatten ihr Essen verdient. Der Abendwind ließ am ganzen Ufer entlang Rauchwolken von gebratenem Fisch nach oben steigen.
Als Moses am Lager entlangging, hörte er, wie eine Frau sich darüber beklagte, daß sie kein Öl hatte.
Er schlief erst spät ein, da er zum ersten Mal seit langer Zeit wieder seine Meditations- und Konzentrationsübungen aufnahm. Nicht mehr den Feuerstrahl versuchte er zu erblicken, sondern die lodernde Flamme, aus der die Stimme gesprochen hatte. Ohne die Erinnerung an diese Stimme, das Gefühl für sie und ohne ihre Immanenz war er hilflos, er war wie alle diese Leute, ein Mensch im Exil mit einem fast leeren Bauch.
»Der Herr ist meine Stärke«, murmelte er, als Ruhe über ihn gekommen war.

8

Erste Streitfälle

Am nächsten Morgen beschloß Moses, das Lager zu verlassen. Es war Zeit; die Männer zeigten die schlechte Laune, die man mit knurrendem Magen hat, selbst wenn ihre Frauen den Fisch mit ihnen geteilt hatten.
»Wir haben nicht einmal mehr Brot! Kein Mehl mehr!«
»Wir werden Mehl finden.«
»Wo?«
»Wir werden Mehl finden. Versorgt euch zunächst einmal mit Wasser.«
»Das nennst du Wasser?«
Um alles noch schlimmer zu machen, war im Morgengrauen ein alter Mann, Eliab der Rubeniter, gestorben, was in der ganzen Sippe zu Szenen gemeinsamer Hysterie führte.
»Warum sind wir nicht auch gestorben!« stöhnten die Frauen und schlugen sich ins Gesicht. »Die Wüste wird unser Grab sein!« Sie schrien, kreischten und klagten aus vollem Hals, versetzten die Nachbarn in Aufruhr, schoben den Tod Eliabs auf ihren Auszug aus Ägypten und versuchten offenkundig, eine Revolte anzuzetteln.
Moses, gewarnt von seinem Onkel Issar, der dieser Sippe angehörte, der Sippe Kehats, Vater von Issar und Großvater von Moses und Aaron, begab sich in Begleitung Aarons, der sich,

seinem Gesichtsausdruck nach zu urteilen, nicht gerade wohl in seiner Haut fühlte, an den Schauplatz. Allerdings wußte Moses nicht, daß die Revolte von Issars eigenem Sohn angeführt wurde, der ihm, seinem Vetter, nicht gewogen war. Er nannte ihn »Bastard«. Ein Familienstreit stand ins Haus, unter dem das Ansehen, das Moses genoß, zu leiden drohte.
»Euer Gejammer beleidigt den Herrn!« rief Moses erzürnt. »Ich werde Ihn wahrhaftig selbst darum bitten, eurem Leben ein Ende zu machen, da ihr Seiner Güte in solchem Maße unwürdig seid!«
»Haben wir nicht einmal mehr das Recht, unseren Vater zu beweinen?« fragte ihn eine Frau mit übelwollender Miene.
»Ihr habt das Recht, euren Vater zu beweinen, aber ihr habt nicht das Recht, mit eurer Unzufriedenheit Krach zu schlagen!«
»Mein Vater, Moses, ist wegen dieser Flucht aus Ägypten gestorben«, erwiderte ein Mann namens Datan, der Moses wegen seiner Aggressivität bereits aufgefallen war, mit drohender Stimme.
»Unser Vater, verstehst du?« schrie Abiram, Darans Bruder.
»Was hast du uns nun zu sagen, Moses, da Eliab aufgrund der Leiden, die du ihm auferlegt hast, gestorben ist?« steigerte die Frau den Vorwurf noch.
»Der Blitz des Herrn komme über dich! Sind denn alle Männer in Eliabs Alter gestorben? Eliab hat seine Seele ausgehaucht, weil der Herr entschieden hat, daß seine Stunde gekommen ist, und das Genörgel von dir und deinesgleichen beleidigt den Herrn!«
Kehat war blaß geworden. Moses maßte sich also das Recht an, die Angehörigen seiner Sippe auszuschelten, ohne sich zuerst an ihn, den Ahnen, zu wenden ...
»Sprichst du so zu meinem Großvater, Ägypter?«
»Wenn du«, erklärte Moses, »in deiner Sippe nicht für Ordnung und Unterwerfung unter den Herrn sorgen kannst, werde ich ein anderes Oberhaupt an deiner Stelle ernennen.«

»Mit welchem Recht?« schrie Kehat und fuchtelte Moses wütend mit der Hand unter der Nase herum. »Ich habe hier die höchste Autorität inne, und ich bin dein Ahne! Und ich beklage es! Du sprichst nicht einmal unsere Sprache! Du bist der Sohn einer Ägypterin, einer Schwester von Ramses!«
»Dein Gejammere interessiert nur dich und die Leute, die dumm genug sind, um dir zuzuhören, Kehat. Deine Macht ist nichts im Vergleich zu der, die der Herr mir über euch alle und auch über dich verliehen hat! Was mich angeht, so gilt das Gesetz des Blutes nichts, Kehat! Noch einmal eine solche Auflehnung, und alle Oberhäupter, die mir aus freien Stükken gefolgt sind, werden einverstanden sein, euch hier in der Wüste zurückzulassen. Wir werden sehen, wie ihr mit dem Fluch des Allmächtigen auf euren Häuptern überleben werdet! Einstweilen fordere ich dich auf, deinen Enkel zur Vernunft zu bringen.«
»Ruhe, mein Vater!« schaltete Issar sich ein.
»Ich verfluche dich!« schrie Kehat, an Moses gewandt; der Speichel lief ihm aus dem alten faltigen Mund. »Ich verfluche dich, unreines Blut!«
Issar bedeckte sein Gesicht mit den Händen. Geraune stieg um sie herum auf, Frauen weinten, andere schrien, und Mischaël, ein Vetter von Moses, ergriff mit einer flehenden Geste seinen Arm.
»Kehat, Vater meines Vaters, und du, Korach, hört, jeder Fluch, den ihr gegen den Gesandten des Höchsten ausstoßt, wird sich gegen euch richten«, erwiderte Moses, bleich vor Zorn. »Es bleibt euch nur wenig Zeit, um zu bereuen, denn es ist der Herr, der euch verflucht!«
Der Ernst dieser Drohung brachte das Geschrei zum Verstummen. Man stützte Kehat und hielt Korach, Datan und Abiram zurück, die sich auf Moses stürzen wollten, während Mischaël Moses ins Ohr flüsterte: »Mein Vetter, mein Vetter, ich flehe dich an!« Ein Menschenauflauf hatte sich gebildet. Aaron, aschfahl, schien einer Ohnmacht nahe, und seine

Frau Elischeba, die sich an seinen Arm klammerte, knurrte wie ein Tier.
»Ich weiß, wer du bist, Korach«, rief Moses mit volltönender Stimme. »Du gehörst zu denen, die sich gesträubt haben fortzugehen. Du gehörst zu denen, die lieber den Bauch voller ägyptischer Zwiebeln und Bohnen haben als den Segen des Herrn! Du gehörst zu denen, die weder den Sinn für Freiheit noch den Sinn für Würde kennen!« Er holte Atem. »Ich setze dich ab, Korach, mein Vetter. Ich erkläre, daß deine Familie ab jetzt direkt der Autorität Aarons unterstellt ist. Begrabt nun euren Vater, damit wir das Lager so bald wie möglich verlassen können.«
»Wir sollen ihn hier begraben, in der Wüste, wie ein wildes Tier?« fragte eine alte Frau, bestimmt Eliabs Witwe.
»Willst du ihn mitnehmen, damit er bei dieser Hitze auf einem Eselsrücken verfault?« schaltete sich Aaron ein. »Hast du den Verstand verloren? Wo willst du ihn begraben, Frau? Hast du etwa hier in der Nähe eine Grabstätte für deine Familie?«
»Ja, wirklich, wo willst du ihn denn begraben?« fragte Issar die Frau.
»Halt den Mund!« schrie die Greisin. »Du bist ein Diener von Moses!«
»Halt du selbst den Mund, Frau!« befahl Aaron.
Dieser plötzliche Mut rührte daher, daß Verstärkung gekommen war. Mehrere benachbarte Sippenoberhäupter wollten die Gründe dieser Szene in Erfahrung bringen, und sie schienen nicht geneigt, Kehats Partei zu ergreifen.
»Wir können im Moment keinen Aufstand brauchen«, erklärte Jemuël, einer von ihnen. »Euer Geschrei und eure Unverschämtheiten, die wir zu hören bekommen, seit wir Ägypten verlassen haben, sind ein schlechtes Beispiel für die Angehörigen unserer Sippen. Ständig habt ihr euch beklagt und euch gegen Mose Autorität aufgelehnt. Wir haben ihn als Anführer gewählt, und wir haben nur diesen Anführer, der vom

Allerhöchsten bestimmt ist. Wir beschwören euch öffentlich, den Zorn des Herrn zu fürchten.«

Kehat schluckte seinen Speichel hinunter.

»Begrabt Eliab«, befahl er. »Schnell.«

Verkrampft vor Zorn entfernte sich Moses, gefolgt von Aaron, Issar, Mischaël und Josua.

»Du hast mir nicht gesagt, daß die Gegner so viele sind«, warf Moses Aaron vor.

»Die Dinge liegen nicht so einfach. Ich habe getan, was ich konnte«, antwortete Aaron. »Vielleicht habe ich zuviel des Guten getan. Vielleicht habe ich manchen meinen Willen aufgenötigt, so wie Korach. Er hat sich uns nur auf Druck seines Vaters angeschlossen, nicht wahr, Issar? Vielleicht habe ich auch zu wenig bedacht, daß du für die Angehörigen deiner ... unserer Familie ..., daß du für sie ein Teil von Ramses' Familie bist. Du sprichst unsere Sprache nicht gut genug. Es gibt Neid und Mißgunst ...«

Die anderen hörten mit gesenktem Haupt zu.

»Dein Sohn ist neidisch auf mich?« fragte Moses Issar.

»Ich entdecke es auch erst jetzt, wie du.«

»Hattest du keinen Verdacht?«

»Ganz sicher habe ich den Fehler begangen, seine Vorbehalte nicht genügend zu beachten. Für ihn, und auch für viele andere, gehörst du nicht richtig zu uns. Wir waren Sklaven. Wieder einmal ist es ein Herr, der den Befehl über uns übernommen hat.« Issar sprach wie bedauernd.

»Gibt es noch viele andere, die gegen mich sind?«

Issar nickte. »Ja, ich kann dich nicht anlügen. Eine große Zahl hegt dir gegenüber die gleichen Gefühle wie mein eigener Sohn. Sie sind neidisch. ›Schon wieder kommandiert uns ein Ägypter‹, sagen sie. Ich kann noch so oft darauf hinweisen, daß du uns vor den Ägyptern beschützt hast ...«

Aaron ging, um seinen Söhnen beim Zusammenfalten des Zeltes zu helfen. Auch die anderen machten sich an ihre Vorbereitungen, außer Josua.

»Du bist wütend«, stellte der junge Mann fest. »Ich verstehe es, Moses, und du wirst noch oft Veranlassung haben, in Zorn zu geraten, bis wir dort ankommen, wo du uns hinführen willst. Aber Zorn hemmt dich nur. Und hemmt so uns alle.«
Moses warf Josua einen Blick zu. Ein breites, gedrungenes Gesicht, das durch den geschorenen Schädel noch massiver wirkte. Woher wußte er mit fünfundzwanzig Jahren solche Dinge? Und warum hatte er sich auf seine Seite gestellt? Er fragte ihn.
»Ich mag Schwerfälligkeit nicht«, erwiderte Josua. »Du dagegen hast Flügel.«
»Sie haben zu viele Bohnen gegessen«, meinte Moses.
Und beide brachen in Gelächter aus.
Diese Zusammenstöße und Eliabs Begräbnis kosteten drei Stunden. Die Fischer hatten sie genützt, um erneut ihre Netze auszuwerfen. Moses fragte Josua, wie es mit der Bildung eines Verteidigungstrupps aussehe, die er ihm anvertraut hatte.
Eine Gruppe von Frauen unterbrach sie. »Und was ist mit dem Fisch?«
»Wir werden wieder fischen, wenn wir etwas weitergezogen sind.«
»Aber der Fisch, den wir jetzt gefangen haben?«
Den wir gefangen haben!
»Er wird sich ein paar Stunden halten«, erwiderte Moses, »aber nicht länger. Wir müssen ihn heute abend braten.« Er wandte sich an Josua. »Zeig mir die Spieße, die du hast machen lassen.«
Josua entfernte sich im Laufschritt und kam, gefolgt von Mischaël und einem Dutzend junger Männer, zurück, die alle mehrere Spieße in den Händen hielten.
»Die anderen helfen gerade dabei, die Zelte zusammenzufalten und Bündel zu machen«, erklärte Josua. »Wir sind fast tausend. Hier sind die Spieße.«
Moses war überrascht, wie gut sie waren. Sie waren unter-

schiedlich lang, aber so gerade, wie man es sich unter den Bedingungen, unter denen man sie hergestellt hatte, nur wünschen konnte. Fast alle waren aus Zypressenholz. Die Spitzen waren im Feuer gehärtet worden, wie Moses es geraten hatte, der nun eine Spitze mit dem Zeigefinger prüfte und nickte. Er nahm einen Spieß, wog ihn in der Hand und warf ihn. Er flog etwa fünfzig Ellen weit und bohrte sich etwas weniger als eine Elle tief in den Sand, der Beweis dafür, daß er schwer genug für einen wirkungsvollen Wurf war. Die jungen Männer beobachteten die Vorführung mit bewunderndem Staunen. Der Mann, dem sich der Herr offenbart hatte, besaß also auch körperliche Kraft! Moses holte den Spieß und ging wieder zu den anderen zurück.

»Wie viele solche Spieße habt ihr?«

»Zweihunderteinundachtzig«, antwortete Josua. »Ich weiß, das reicht nicht, aber wir hatten nicht viel Zeit. Wir mußten uns ja auch um die Netze kümmern.«

Moses lächelte. Prüfend betrachtete er die jungen Männer. Alle waren ehemalige Arbeiter von ägyptischen Baustellen. Kräftige, behende Körper und entschlossene Gesichter.

»Nun«, sagte er zu ihnen, »wir sind unterwegs in das Land, das uns verheißen ist, das Land, aus dem unser Vorfahr Abraham stammt. Alle, die bereits Land besitzen, werden uns als umherziehendes Volk betrachten, also als Bedrohung. Wir könnten auch von solchen angegriffen werden, die uns noch einmal zu Sklaven machen wollen, oder von anderen, die uns daran hindern wollen, unser Land zu erobern. Daher sind wir gezwungen, uns unsere eigenen Waffen herzustellen. Tausend Spieße, das wäre gut, und sie sollten so bald wie möglich fertig sein. Aber genügen wird das noch nicht.«

Sie warteten. Wieviel?

»Wenn wir angegriffen werden«, fuhr Moses fort, »dann muß es schon ein mächtiger Feind sein, der es wagt, es mit siebenundzwanzigtausend Menschen aufzunehmen, von denen zumindest die Hälfte in der Lage ist, sich zu verteidigen. Und wenn wir angreifen, dann muß es der Mühe wert sein. Erst mit einer Streitmacht von fünftausend Männern könnten wir uns verteidigen oder angreifen.«

An Josua gewandt setzte er hinzu:

»Ich bin sicher, daß du unter uns schnell weitere viertausend Männer finden wirst. Kräftig und behende, so wie diese hier. Habt ihr Dolche?«

Mehrere besaßen eine solche Waffe.

»Eine Armee braucht verschiedene Arten von Waffen«, erklärte Moses. »Bogen, Schwerter, Lanzen oder als Ersatz solche Spieße, wie ihr sie mir gezeigt habt, Keulen, und zur Verteidigung auch Schilde. Wir werden nur die Waffen zur Verfügung haben, die ihr selbst herstellt. Ich will auch, daß ihr mit der Schleuder übt. In der Hand eines Mannes, der mit ihr umgehen kann, ist das eine gefährliche Waffe, und man kann sie leicht anfertigen.«

Sie nickten. Es gebe einige unter ihnen, die geschickt mit der Schleuder seien, sagten sie.

»Später werden wir die Waffen besitzen, die ihr erobert habt«, fuhr er fort.

Sie schienen erstaunt.

»Ein besiegter Feind ist doppelt besiegt, weil er seine Waffen zurückläßt.«

Er warf einen Blick über ihre Schultern. Die meisten Zelte waren bereits zusammengefaltet.

»Aber denkt immer daran«, schloß er lächelnd, »Waffen sind nur von untergeordneter Bedeutung. Was zählt, ist der Kopf, der den Arm mit der Waffe kommandiert. Ich brauche Leute, die schnell sind, flink und gewitzt. Ich bin nur euer Anführer. Euer Befehlshaber, euer wahrer Befehlshaber ist der Herr. Ich fordere euch auf, euch Seines Schutzes würdig zu erweisen. Sagt es laut und leise: *Der Herr beschützt mich.*«

Sie wiederholten es.

»Josua, nach mir bist du das Oberhaupt dieser Männer und der anderen, die du noch auswählst. Ihr werdet zusammen

marschieren, nicht mit euren Sippen, die Hälfte von euch gleich hinter mir, die andere Hälfte als Abschluß des Zuges.«[2]
Es war fast Mittag, als alle Zelte zusammengepackt waren. Moses schätzte, daß sie nicht länger als sechs Stunden marschieren würden. Eliab war bestattet, sein Grab mit großen Steinen bedeckt. Josua führte fünfhundert Männer an, die hinter Moses marschierten, weitere fünfhundert bildeten den Schluß des Zuges. Die Leute fragten, was diese Eskorten zu bedeuten hätten. Die Schafe blökten, und die Esel schrien. Moses bestieg sein Pferd, und die Kolonne setzte sich in Bewegung. Eine Kolonne aus siebenundzwanzigtausend Menschen, einige zehntausend Ellen lang, mit Hoffnungen, Verbitterung und Ängsten – in jedes seiner Geschöpfe hatte der Herr alles gelegt, Schmutz und Goldplättchen.
Herr, werden wir wirklich ein Volk begründen? dachte Moses.
Der Himmel war währenddessen klar. Im Osten wirkte er wie Perlmutt mit einer Nuance von Grün.

9

»Ohne Ihn bist du nur eine Eule!«

Man mußte ihnen bald ein Gesetz geben, dachte Moses, während er über die Mähne seines Pferdes hinweg das Meer und den vom Sonnenuntergang vergoldeten Sand betrachtete. Nun, da sie dem ägyptischen Joch entronnen waren, wurden sie rebellisch. Doch vor dem Gesetz mußte man ihnen vor allem zu essen geben. Moses dachte wieder einmal an Zippora, an seine Kinder und an Jitro, als Aaron, der ebenfalls auf einem der Pferde ritt, die von den Ägyptern erbeutet und erstaunlich ausdauernd waren, hervorstieß: »Ich werde allmählich hungrig.«

»Schon so lange her ...«, erwiderte Moses.

Nachdem er den Blick über die Vegetation zu seiner Linken hatte gleiten lassen, die von einem so dunklen Grün war, daß sie vor dem Hintergrund der rötlichen und violetten Berge fast schwarz wirkte, drehte er sich um und befahl anzuhalten. Dabei hätten sie noch eine gute Stunde Tageslicht gehabt, bevor es Nacht wurde.

»Jetzt?« wunderte sich Aaron, der Datteln kaute.

»Halt!« rief Josua, der sich ebenfalls umdrehte. »Halt!« riefen die Männer in der letzten Reihe der Eskorte. »Halt!« gaben ein paar Männer nach hinten bis ans Ende der Kolonne weiter. Moses stieg vom Pferd und bat Aaron, die Sippenober-

häupter zusammenzurufen, und zwar nur sie. Er forderte sie auf, ihm zu einer Tamariske zu folgen.
»Seht ihr diese weißen Wucherungen?« fragte er und löste ein Stück vom Stamm. »Sie sind eßbar.« Einem der Oberhäupter reichte er ein Korn von der Größe einer dicken Bohne. »Du kannst es probieren.«
Der Mann nahm das Manna vorsichtig in den Mund und begann es zu kauen.[1] »Es schmeckt ähnlich wie Honigbrot.«
»Auf jeden Fall kann man Brot daraus backen.«
Aaron, der kein Manna kannte, nahm sich ebenfalls eine Probe, die er mit den Zahnspitzen testete. Die anderen Oberhäupter folgten seinem Beispiel.
»Was ist das?«[2]
»Das ist das Brot, das der Herr euch gibt, damit ihr nicht Hungers sterbt«, antwortete Moses.
Mißtrauisch sahen sie ihn an. Bestimmt waren unter ihnen einige, die sich fragten, ob dem Herrn gerade das Mehl oder zumindest das Getreide ausgegangen war. Moses erriet es an ihren Blicken; ihnen wäre es lieber gewesen, einfach so, hier in der Wüste, auf ein Kornfeld zu stoßen.
»Es ist tatsächlich eßbar. Gibt es genug davon, daß alle satt werden?«
»Es wird genug dasein. Ich will, daß die Frauen es morgen bei Sonnenaufgang von den Bäumen pflücken, je ein *Gomer* für jede Familie.[3] Das Manna muß frühmorgens gesammelt werden, und immer nur für den Bedarf eines Tages.«
Wieder einmal richteten sie erstaunte Blicke auf Moses. Sogar Aaron.
»Und wenn wir am nächsten Tag keines finden?«
»Ihr werdet keines finden, wenn ihr nicht dem Herrn vertraut«, erwiderte Moses.
»Warum muß man dieses Zeug ernten, bevor die Sonne hoch steht?« fragte ein anderes Sippenoberhaupt.
»Weil es in der Sonne schmilzt und von Würmern befallen wird. Man muß es zerstampfen und sofort Brot daraus bak-

ken. Und seht ihr außerdem diese Pflanzen?« fuhr Moses fort, riß eine Staude der wilden Zichorien aus und wusch sie im Meer. »Auch das kann man essen, es sind Zichorien. Wenn sie gewaschen sind, sind sie eßbar.«
Er ließ den Worten die Tat folgen, kaute ein paar Blätter und gab ihnen den Rest.
»Es gibt sie im Überfluß. Brot und Salat, das wird die gewöhnliche Nahrung bereichern ...« Er sah zu, wie Finger die Blätter auseinanderzupften, und sagte sich, daß sogar Finger Skepsis ausdrücken konnten.
»Wenn es überhaupt gewöhnliche Nahrung gibt ...«, murmelte ein Sippenoberhaupt.
»Es ist ein wenig bitter«, meinte ein anderer.
»Salat ohne Salz?« fragte sich ein Dritter.
»Wenn ihr Salz haben wollt, stellt einen Topf voll Meerwasser in die Sonne. Abends, wenn das Wasser verdunstet ist, findet ihr ein wenig Salz.«
Sie wirkten kaum begeistert, aber sie hatten gelernt, mit Moses besser nicht zu diskutieren, und kehrten zu den Ihren zurück. Wieder einmal wurden die Zelte aufgebaut und Feuer angezündet, während die Fischer ihre Arbeit aufnahmen.
Unter lautem Flügelklatschen und Schnäbelklappern stürzte sich plötzlich ein Schwarm Schwarzstörche, die aus dem Süden kamen, auf den Sandstrand, wo die frischen Fischfänge ausgekippt worden waren, und die Vögel begannen, sich an den kleinen Fischen zu bedienen. Kleine Jungen und Mädchen liefen herbei, um sie zu verscheuchen, doch die Vögel ließen sich nicht so leicht einschüchtern, stießen mit dem Schnabel zu und schlugen mit den Flügeln. Es waren mindestens hundert; wenn man sie auf der einen Seite verjagte, kamen sie von der anderen her wieder.
»Laßt sie!« riefen die Fischer, die die Eindringlinge beobachteten. »Sie fressen nur das, was wir zurück ins Wasser werfen!«
So sah man ihnen eine Weile zu, wie sie sich in die Netze ver-

irrte Krabben, Weichtiere und Fische, so klein, daß man sich wunderte, warum sie nicht durch die Maschen geschlüpft waren, schmecken ließen. Dann stießen sie ein paar Schreie aus und flogen ins Gebüsch, wo sie ihre Mahlzeit mit Heuschrecken, Eidechsen und anderen Tierchen abrundeten, bevor sie ihre Nachtlager aufsuchten. Am Morgen würden sie bereits fort sein.

Moses hatte das Schauspiel beobachtet, er schien nachdenklich.

»Woher kommen sie?«

Er wandte sich dem Mädchen zu, das gefragt hatte; es war seine Nichte, Aarons Tochter. Eine Blume, die im Wind der Wüste und des Meeres, fern von der Trägheit Ägyptens, neue Farben annahm. Moses hoffte einen Augenblick, daß es ihr erspart bliebe, bissig wie ihre Mutter zu werden oder eine kleine dumme Gans, die dann ein launisches junges Ding und schließlich ein fruchtbares Weibchen wurde.

»Sie kommen aus Afrika«, antwortete er. »Dort verbringen sie den Winter, und wenn der Frühling kommt, fliegen sie fort.«

Jugend ist immer schön. Häßlich wurden die Erwachsenen durch böse Gedanken, Verbitterung, Niederträchtigkeiten, Lügen, schmutzige Eifersüchteleien und die unheilbare Eitelkeit der Menschen, die im Mittelpunkt der Welt zu sein schien. Häßlich wurden sie durch Faulheit, die ihnen jede Energie nahm, durch fehlenden Mut, die Unkenntnis des Todes und – schlimmer noch – durch die Angst vor dem Tod. Er wollte ein Volk von jungen Leuten, ein Volk der Schönheit und Tapferkeit. Nicht diese Alten, deren Gesichter so gezeichnet waren, daß man hätte meinen können, sie liefen auf ihnen und nicht auf ihren Füßen.

»Wo fliegen sie hin?«

»Nach Norden. Jenseits des *Großen Grünen* liegen unbekannte Länder.«

Er hob den Blick und sah ein Geierpaar, das sehr hoch am

Himmel kreiste, in der Hoffnung, sich an den Kadavern von ein paar erschöpften Störchen weiden zu können.

»Aaron!«

Es war die Stimme Elischebas, die einen Dämpfer erhalten hatte und sich nun in respektvoller Entfernung von Moses hielt. Aaron ging davon, um seiner Familie beim Aufstellen des Zeltes zu helfen, dann kam er wieder und baute das Zelt auf, das er allein mit Moses teilte. Eine Stunde später waberten wieder Rauchwolken von gebratenem Fisch über dem Ufer. Moses zog sich aus und badete im Meer. Nur ein paar junge Leute folgten seinem Beispiel, die anderen warteten wohl auf eine Quelle. Als er zurückkam, sich abtrocknend, stellte er fest, daß sein Vetter Mischaël ein Feuer für ihn angezündet hatte und auf einem flachen Stein zwei große Fischfilets für ihn briet.

»Ich habe gesagt, der Fisch ist den Frauen vorbehalten«, erklärte Moses.

»Das ist der Anteil meiner Mutter und meiner Tanten«, antwortete Mischaël. »Sie sagen, daß sie gestern zuviel Fisch gegessen haben. Sie haben ein wenig herumgekaut, aber dann haben sie gesagt, daß sie satt sind. Sie wollen heute abend keinen Fisch.«

»Es ist also nicht der Hunger«, lachte Moses, »der sie dauernd nach Nahrung jammern läßt. Sie wollen das Vergnügen am Essen.«

Mischaël sah ihn mit einem Blick voll unausgesprochener Ironie an und drehte die Filets mit seinem Dolch um.

»Und du, hast du von dem Fisch gegessen?« fragte Moses kopfschüttelnd.

»Nein, ich folge deinen Anordnungen. Du hast gesagt, der Fisch ist für die Frauen.«

»Aber warum hast du nicht zugegriffen, da die Frauen in deiner Familie keinen wollten?«

»Ich wollte lieber zuerst dir Fisch servieren.«

»Warum?«

»Weil ich sehe, was du siehst, und errate, was du denkst.«
»Glaubst du?«
»Viele von uns begreifen, daß wir ohne dich immer noch die Peitsche der ägyptischen Vorarbeiter auf dem Rücken spüren würden.«
»Das ist alles, was ihr begreift?«
»Und auch, daß du ein Vater bist.«
Moses nickte. Ein Vater! Er, der nie einen gehabt hatte …
»Dann teile dir ein Fischfilet mit mir, das andere heben wir für Aaron auf«, sagte er.
»Wenn du es befiehlst.«
Als Aaron kam, gab Moses ihm das zweite Fischfilet.
»Das ist gut«, sagte Aaron beim letzten Bissen. »Morgen wird es also Brot für alle geben. Aber wir haben immer noch kein Fleisch.«
Moses und Mischaël brachen in Gelächter aus, und Aaron sah sie voll empörter Verwunderung an. Nadab und Eleasar, zwei seiner Söhne, beobachteten ihn aus der Ferne, offensichtlich erstaunt, ihn Fisch essen zu sehen.
»Habe ich etwas Dummes gesagt?« fragte er und tat so, als wende er sich nur an seinen Vetter.
»Du hast gerade frischen Fisch gegessen und beklagst dich, kein Fleisch zu haben! Außerdem haben Mischaël und ich uns ein Filet geteilt und dir ein ganzes gelassen.«
»Ich beklage mich nicht. Ich sage, daß die anderen daran gewöhnt sind, Fleisch zu essen, und daß wir immer noch keines haben«, entgegnete Aaron gekränkt.
»Und wir sind immer noch nicht an Hunger oder Durst gestorben!«
»Nachsicht ist nicht deine Stärke«, bemerkte Aaron. »Du solltest die Leute auch verstehen.«
»Nein, Nachsicht darf einen Anführer nicht beherrschen, Aaron. Du irrst dich. Jemanden zu verstehen heißt, sich dazu zu verdammen, immer Rücksicht auf seine Schwächen zu nehmen, also bei allen wichtigen Entscheidungen behindert

zu sein. Ich habe nicht die Absicht, Rücksicht zu nehmen auf das Genörgel über den Unterschied zwischen dem Essen in Ägypten und dem, was wir hier in der Wüste finden! Glaubt ihr, daß wir ewig bei magerer Kost bleiben müssen? Könnt ihr nicht im Namen des Herrn, der euch befreit hat, ein wenig Geduld aufbringen?«

Erstaunlich, diese Unfähigkeit, sich die Zukunft vorzustellen! Sogar Kinder waren imstande, sich mit Geduld zu wappnen, wenn man ihnen etwas für den nächsten Tag versprach. Aber nein, diese Menschen mußten Fleisch haben, und zwar sofort. Die einzigen, die er nicht nörgeln hörte, waren die Jungen. Warum? Weil in der Jugend stets Rebellion gärt? Weil Rebellion Hoffnung in sich trägt? Oder waren sie noch nicht durch die Gewöhnung an Bequemlichkeit verweichlicht wie die Älteren?

Josua und ein anderer junger Mann namens Zikri, den Moses bereits an Josuas Seite gesehen hatte, gesellten sich zu ihnen.

»Der Herr hat mir aufgetragen, unser Volk in dem Land anzusiedeln, das er gewählt hat, Aaron. Und ich habe nicht die Absicht, eine Nation mit Leuten zu gründen, die besessen von Fleischragouts sind! In Kanaan erwartet uns kein leichtes Leben, auch wenn das Land fruchtbar ist. Ich will eine junge und mutige Nation gründen, die imstande ist, sich zu verteidigen, anzugreifen und Entbehrungen auszuhalten. Ich fordere von euch, daß ihr des Herrn würdig seid! Soldaten des Herrn! Wenn ihr Geschöpfe des Herrn seid, will ich in euch das Licht der Hoffnung sehen!«

Doch er gestand sich ein, daß Hoffnung nicht ohne Ziel überleben konnte, denn ohne das versickerte sie in der Welt wie Wasser im Sand. Er mußte ihnen ein Bild anbieten, an dem sie sich festhalten, an das sie sich klammern konnten, ein genau umrissenes Bild, das sie sogar noch im Traum sehen würden. Der Begriff Freiheit war zu abstrakt, ebenso wie Würde. Wenn sie Freiheit und Würde mit einem leeren Magen verbanden, würden sie abgeschreckt sein ohne jede Begeisterung. Er mußte das berücksichtigen, wenn er das nächste Mal das Wort an sie richtete.

Aaron schwieg betroffen. Sein ganzer Sinn für Diplomatie war ausweglos widerlegt.

»Die Alten werden tot sein, zum Glück für sie«, murmelte er schließlich düster. »Übrigens ist gerade eine alte Frau gestorben.«

»Woran hat sie gelitten?«

»Am Alter. Sie wollte ihre Söhne nicht allein aufbrechen lassen. Die Erschöpfung hat sie überwältigt.«

Niemand hatte versprochen, der Auszug aus Ägypten sei eine Garantie gegen den Tod.

»Für jeden von uns kommt die Stunde. Es darf nicht sein, Aaron, daß der Tod alter Leute, den man in Ägypten als vorhersehbaren Kummer aufgenommen hätte, in der Wüste eine neue Bedeutung bekommt und als Strafe für die Freiheit angesehen wird. Achte bitte darauf. Der Auszug aus Ägypten und die Heimsuchungen der Wüste sind keine Falle, um unsere Alten loszuwerden, hast du verstanden? Alte Leute besitzen einen Teil unseres Gedächtnisses, und deshalb habe ich ihnen, so wie den Frauen, bei den Nahrungsrationen den Vorrang gegeben.«

Aaron schien verwirrt. Diese ganzen Ideen … Er war müde, und fast beglückwünschte er sich, daß der Herr nicht zu ihm gesprochen hatte. Moses war ein gebildeter Mann, er hatte bereits Erfahrung mit der Macht, er konnte mit diesen Begriffen und Problemen umgehen, während er …[4]

»Zikri«, fuhr Moses nach einer Weile fort, »stimmt es, daß einige Frauen sich weigern, Fisch zu essen?«

Der junge Mann wirkte verlegen.

»Ich kann nicht für alle Frauen antworten, Moses. Und ›sich weigern‹ ist vielleicht zu hart gesagt. Aber es stimmt, daß ich einige habe sagen hören, sie hätten es satt, für das gleiche Gericht, das sie am Tag zuvor schon gegessen hatten, Fisch

abzuschuppen und auszunehmen. Sie möchten auch gebakkenen Fisch.«
»Gut. Sag den Fischern, da die Sache so ist, steht ihnen ein Zehntel der Fänge zu.«
Zikri warf Moses einen belustigten Blick zu und stand auf, um zum Strand zu gehen.
»Übrigens, was Fleisch angeht«, meinte Josua, »ich habe gesehen, daß es oben auf den Bergen Gazellen gibt. Könnten wir sie nicht jagen?«
»Vorausgesetzt, wir erwischen sie. Womit willst du sie denn jagen?«
»Mit der Schleuder.«
»Und wenn du eine erlegt hast, müßtest du auf die Berge steigen und sie holen. Und dann müßte man sie teilen, und ich bin nicht sicher, ob es genug Fleisch für alle gibt. Die Gazellen in dieser Gegend sind klein, ein Tier kann nur zehn oder zwölf Personen satt machen. Ist dir das klar? Für eine einzige Mahlzeit müßte man zweitausendfünfhundert Gazellen erlegen! Sonst schaffst du nur Neider!«
Josua begann zu lachen, was Moses ein Lächeln entlockte.
»Man hätte nicht mehr das dauernde Gerede von Fleisch«, bemerkte er.[5]
Die Nacht war schon lange hereingebrochen. Müdigkeit und die Unannehmlichkeiten des Tages trieben Männer und Frauen, Junge und Alte in den Schlaf.
Der Schrei einer Eule weckte Moses in der Nacht. Er kam ihm vor wie eine Frage. Allein auf einem nahen Baum sitzend, schrie sie, wie es ihm schien, die Angst eines einsamen Lebewesens in die Nacht hinaus. Sie suchte nach dem Sinn ihres Lebens.
»Der Herr«, murmelte er, um ihr zu antworten. »Der Herr, Eule! Mit Ihm herrschst du über die Nacht; ohne Ihn bist du nur eine Eule!«
Als hätte sie ihn verstanden, verstummte sie, und er schlief wieder ein.

Vom Morgengrauen an waren Hunderte unterwegs, um das Manna von den Tamarisken zu pflücken. Dabei entfernten sie sich weit vom Lager, und das löste einige Aufregung aus, denn in dem Felsgestein, auf dem die Büsche wuchsen, lief man Gefahr, auf Schlangen zu treffen. Und so geschah es auch. Ein paar wurden tatsächlich gebissen, und sie kamen zu Moses, als wäre es seine Schuld, daß sie sich von der Schlange hatten erwischen lassen.

»Wie hat diese Schlange ausgesehen?« fragte Moses.

»Na, eben eine Schlange!« sagte ein Mann und zeigte seine geschwollene Hand.

»War der Kopf oval oder dreieckig?«

»Oval, glaube ich.«

»Die Farbe?«

»Schwarz.«

»Wie lang?«

»Sehr lang, vier oder fünf Ellen.«

Moses suchte im Gras nach Wegerich, pflückte ein Dutzend Blätter und erklärte dem Opfer: »Deine Frau soll das eine halbe Stunde lang mit etwas Fettem kochen, mit Öl, wenn noch welches da ist, ansonsten genügt auch Wasser. Leg dir die gekochten Blätter auf die Hand und befestige sie mit einem Verband. Morgen wird man fast nichts mehr sehen. Es ist eine syrische Natter, die dich gebissen hat; sie ist nicht giftig.«

Es gab auch zwei Fälle von Viperbissen. Moses öffnete die Bißwunden mit der Spitze seines Dolches und ließ das Blut abfließen.

Die Mannapflücker bekamen sofort die Anweisung, mit ihren Stäben auf das Gebüsch zu schlagen, bevor sie sich hineinwagten. Das war nicht ungefährlich, denn es gab auch schwarze Kobras, die sich nicht einschüchtern ließen und sich wütend aufrichteten, um die Störenfriede anzugreifen. Auf Mose Befehl hin wurde die Ernte schließlich beendet, bevor die Sonne zu hoch am Himmel stand.

Das Manna wurde zerstampft, mit Wasser vermischt und auf Steinen gebacken. Es wurde ein natürlich sehr flaches, süßliches Brot, das man mit Zichorien, Käseresten oder Fisch essen konnte. Der Geschmack war neu; dennoch bekam man es bald satt.

10

Was Ali, der Karawanenführer, sagte

Fünf Tage lang aßen sie unterwegs Manna und Fisch. Manche ergänzten diese Speise mit Jujubenbeeren, die süßsäuerlich schmeckten, und wilden Datteln, aber es gab keinerlei Fett. Moses konnte noch so sehr seine Erinnerungen an die Zeit durchforsten, in der er mit Hussam und seinen Söhnen die Mahlzeiten geteilt hatte, aber ihm fiel keine einzige Fettquelle ein, die es in der Wildnis gegeben hatte; das einzige Fett, das sie hatten, war Milch, aber die drei aus Ägypten mitgenommenen Kühe waren bei weitem nicht imstande, den Bedarf der Gemeinschaft zu decken. Zudem konnten Milchprodukte bei dieser Hitze sehr schlecht konserviert werden. Deshalb hatte Moses strikt befohlen, daß die Milch nur schwangeren und stillenden Frauen und kleinen Kindern, denen er Hungersnot ersparen wollte, vorbehalten war.

Doch er mußte eine Lösung finden.

Am Morgen des fünften Tages sah er eine Karawane herannahen und eilte auf sie zu.[1] Woher kamen diese Leute? Aus Ezjon-Geber und den Lagern weiter oben, antworteten die Mitglieder der Karawane, verblüfft über die Menschenmasse, die sie hinter Moses in der Sonne erblickten.

»Und ihr?« fragte der Anführer.

»Wir kommen aus Ägypten.«

»So viele Leute?«
»Wir haben das Königreich verlassen.«
»Es stimmt also?«
»Was?«
»Was die Schiffer uns erzählt haben – daß die Apiru geflohen sind!«
Moses nickte.
»Und wohin geht ihr?«
»Nach Kanaan.«
Sie starrten ihn an, als hätte er ihnen geantwortet, sie würden auf den Mond wandern.
»Und du bist ihr Anführer, nicht wahr? Es kommt mir vor, als würde ich dich kennen. Bist du nicht Moses, der König der Dämonen?«
Moses fing an zu lachen, und der Anführer der Karawane stimmte ein. Die übrigen Kameltreiber gaben es von einem zum anderen weiter und lachten ihr sonniges, gutturales Lachen. Sie hatten den Spitznamen, den ihm seine Kämpfe gegen die Räuber eingebracht hatten, also nicht vergessen! Josua, Mischaël und Aaron, die sich zu Moses gesellt hatten, betrachteten die Kamele verblüfft.
»Und Ali? Und seine Brüder?« erkundigte sich Moses.
»Ali ist wohlhabend. Er fragt oft, ob man dich in der Gegend gesehen hat. Im Augenblick ist er mit seiner Familie in Alaat.«
»Wie weit sind wir von Alaat entfernt?«
»Heute abend werdet ihr dort sein. Aber die Zitadelle kann euch nicht aufnehmen, wie du weißt.«
»Ich weiß.«
Moses wagte es nicht, die Möglichkeit zu erwähnen, sich dort mit Wasser und Vorräten zu versorgen.
»Gibt es in der Wüste Pflanzen, aus denen man Öl gewinnen kann?« fragte er.
Der Karawanenführer wirkte ratlos.
»Es gibt wilde Mandelbäume, aber man findet sie nicht oft,

und die Mandeln geben nur wenig Öl her. Vielleicht könnt ihr in Alaat Olivenöl kaufen.«
Sie umarmten sich. »Sei gegrüßt, König der Dämonen! Sei gegrüßt, mein Bruder!« Und die Karawane zog weiter, vorbei an der ungeheuren Masse der Flüchtlinge.
»Kennst du diese Leute?« fragte Josua. »Sie scheinen dich zu mögen.«
Moses erklärte ihm, daß die Bevölkerung dieser Gegend ihn einst aufgenommen hatte, als er aus Ägypten geflohen war.
»Und damals hast du aus ihrer Mitte eine Frau genommen.«
Moses war überrascht, daß Josua von dieser Ehe wußte. Aaron hatte diese Information verbreitet, Aaron, der nach hinten zu der endlosen Karawane zurückgekehrt war, um das Gespräch zwischen Moses und den Beduinen auf seine Weise zu kommentieren.
»Was hat er sonst noch gesagt?«
Josua schien verlegen: »Daß du keine fremde Frau hättest nehmen dürfen.«

Bei Einbruch der Dunkelheit kamen sie wirklich in Alaat an. Moses erkannte die Umrisse der Zitadelle, die in den vergangenen drei Jahren größer geworden zu sein schien. Rufe wurden laut. »Lichter! Es sind Leute da!«
»Wir machen halt!« befahl Moses. Er verkündete, daß er zur Zitadelle hinaufreiten und versuchen würde, die Erlaubnis zu erhalten, sich mit Wasser und Nahrungsmitteln zu versorgen. Aufregung breitete sich aus, denn einige hatten sich in die Ebene am Fuße Alaats gewagt, und da sie in der Dämmerung Palmen und bestelltes Land gesehen hatten, glaubten sie, endlich in Kanaan angekommen zu sein.[2] Moses machte sich zu Pferde auf den Weg, den er kannte, und wurde eingelassen, als er sich auf Ali, den Sohn Hussams, berief.
Der Empfang! Die Umarmungen! Ungeschickte Beteuerungen. Lachen, Rührung. Wärme. Dann das Abendessen. Das

Aroma des Weines, des Brotes, des gewürzten Schneehuhnes ... Schließlich die Erklärungen.
»Wo sind deine Brüder, Samot und Nibbiot?«
»Sie werden bald zurück sein. Ich habe immer noch deinen Bogen und deine Pfeile, weißt du ... Du kommst zurück nach Ezjon-Geber? Wirst du deine Frau wiedersehen? Ich habe deinen Schwiegervater Jitro und deinen Sohn Gerschom gesehen ... Man erzählt, du seist der König der Apiru geworden, du hättest sie aus Ägypten herausgeführt ...«
Und Moses erzählte.
Ali hörte zu und staunte immer mehr.
»Wie viele seid ihr?«
»Siebenundzwanzigtausend.«
»Siebenundzwanzigtausend!«
»Wir brauchen Wasser und Nahrungsmittel.«
»Für diese Menschenmenge! Ich kann das nicht allein entscheiden. Wie du weißt, haben wir drei Quellen und elf Brunnen. Aber ihr werdet sie mehrere Tage lang besetzen, und es ist die Zeit der Viehmast ...«
»Bewilligt uns eine bestimmte Anzahl von Stunden pro Tag. Wir werden es bezahlen«, erwiderte Moses. »Könnt ihr uns Öl und Mehl verkaufen?«
»Sicher. Aber ich weiß nicht, ob unsere Speicher ausreichen, um euch zu versorgen.«
»Wo sind die Oberhäupter?«
»Hier, in Alaat. Wir suchen sie sofort auf«, antwortete Ali und erhob sich. »Komm mit mir.«
So gingen sie in der kalten Nacht von Tür zu Tür, und jedesmal war es dasselbe Ritual. Sie fanden das Familienoberhaupt, das sich vor einem Kohlenbecken oder einem Herdfeuer wärmte, umringt von seinen Söhnen, den kleinsten Töchtern, von seinem Gefolge und von Sklaven. Ali stellte Moses vor, aber ja, jeder erinnerte sich an ihn, den König der Dämonen, die Familienoberhäupter lachten, luden ihn ein, sich zu setzen, und Ali schilderte das Problem: Der König der

Dämonen war Anführer der Apiru geworden, und er bat darum, sich gegen Entgelt mit Wasser versorgen zu dürfen, und er wollte Mehl und Öl kaufen. Jedesmal mußte man erklären, warum die Apiru das Reich des Pharao verlassen hatten, dann mußte man gestehen, wie viele Exilanten es waren. Jedesmal folgte derselbe Ausruf: »Siebenundzwanzigtausend!«

Drei Stunden später erreichte Ali endlich eine Vereinbarung, was das Wasser betraf. Für hundert Schekel sollten die Apiru berechtigt sein, sich drei Tage lang jeweils in den ersten drei Tagesstunden zu versorgen. Samot und Nibbiot, die vor kurzem zurückgekehrt waren, entschieden, daß es besser sei, den Inhalt der Speicher am nächsten Morgen bei Tageslicht zu inspizieren, um über die Lebensmittel zu entscheiden.

»Schlaf bei mir«, meinte Ali, als die Verhandlungen beendet waren, »bei mir ist es wärmer als in einem Zelt.«

»Dann schick einen Boten zu meinem Bruder, sonst macht er sich Sorgen.«

Wie der Bote bestätigte, waren Aaron und die anderen tatsächlich bereits beunruhigt und befürchteten, Moses sei entführt worden. Ali und Moses zogen sich für die Nacht zurück, jeder auf seiner Strohschütte ausgestreckt, im rötlichen Licht des Feuers, wie an jenem Abend vor drei Jahren, als Moses das erste Abendessen mit Hussam geteilt hatte. Zum ersten Mal seit langem streckte sich Moses auf einer Strohschütte aus, im Duft von verbranntem Holz, Weihrauch und Wollschweiß, der seiner Decke aus Schaffell entströmte. Er aß Datteln, Mandeln, Feigen, Honig- und Sesamkuchen, die in der Mitte des Raumes auf dem Boden standen, und versuchte, die Selbstvorwürfe zu ersticken, die er innerlich wegen dieser Privilegien verspürte. Beim Essen bekam er noch mehr Hunger, und schließlich sagte Ali: »Es tut mir weh.«

»Was?«

»Dein abgemagertes Gesicht zu sehen.«

Und nach einer Weile: »Warum bist du nicht bei uns geblieben?«
»Dein Vater hat es gesagt: Gott hat seine Hand auf mich gelegt.«
»Wärest du bei uns geblieben, hättest du eine Frau genommen und müßtest dich nicht um all diese Leute kümmern. Wir haben auch Götter.«
»Meiner hat mir aufgetragen, dieses Volk aus Ägypten herauszuführen.«
»Und wo geht ihr hin?«
»Nach Kanaan.«
Ali hatte sich verändert. Er hatte an Gedankentiefe gewonnen, war weniger ungestüm. Moses hatte einen wilden Jugendlichen gekannt, nun entdeckte er einen nachdenklichen, intelligenten, weichen Mann.
»Wollt ihr das Gebiet dort erobern? Es ist schon besiedelt, dort leben die Kanaaniter, die Amoriter und die Hetiter, die schlimmer sind als alle anderen ...«
»Es gibt dort auch Apiru. Sie werden sich uns anschließen. Es muß sein, wir werden dieses Gebiet einnehmen.«
»Womit? Willst du Bögen schnitzen? Pfeile?«
Moses lächelte bei der Erinnerung an einstige Zeiten. »Nein. Aber wir werden es einnehmen. Der Herr will es.«
»Glaubst du, daß dein Gott das Glück der Menschen will?«
Die Frage überrumpelte Moses.
»Was ist Glück? Gut essen, eine Frau haben, gesund sein? All das hatte mein Volk in Ägypten. Es war nicht genug, Ali. Sie haben beschlossen aufzubrechen.«
»Warum?«
»Ihnen fehlte Freiheit, Würde, Stolz.«
»Und wir, Moses, besitzen wir nicht Freiheit, Würde und Stolz? Und besitzen wir nicht zugleich das Glück?«
»Ohne Zweifel. Ja, ihr besitzt das alles, ich habe mich davon überzeugt. Aber wir hatten das nicht. Wir mußten es erobern.«

»Aber es ist eigentlich gar nicht dein Volk«, argumentierte Ali. »Du hast uns gesagt, du bist Ägypter ...«
»Der Herr hat mir dieses Volk anvertraut.«
»Wie?«
»Ich habe ihn gesehen, eine weiße Flamme, die aus einem Busch emporstieg. Eine Stimme, die bis zu den Bergen reichte und die Erde erzittern ließ. Ich habe ihn gesehen, er hat sich mir offenbart, Ali. Ich kann ihn nicht verleugnen.«
»Hast du deine Frau verlassen, um seinem Befehl zu folgen?«
»Er ist stärker als alles, Ali«, erwiderte Moses mit schläfriger Stimme. Der Wein, das Essen, die Wärme – sein Kopf pendelte hin und her.
»Schlaf«, sagte Ali. »Frage deinen Herrn eines Tages, warum ich das Gefühl habe, daß du ebenso mein Bruder bist wie die Söhne meines Vaters.«
Dieser letzte Satz erfüllte Moses mit einem Schwindelgefühl, aber sein Kopf gehorchte nicht mehr seinem Willen, und er glitt in den Schlummer hinüber wie in die Arme einer Frau. Und er dachte, wie verwirrend die Zärtlichkeit von Männern war. Er hatte sie nie beurteilen können ...

11

Die vergessene Danksagung

Am nächsten Morgen hob eine Hand seinen Kopf hoch, und Moses erkannte die braunen Augen Alis, der ihm eine Schale mit heißer Milch hinhielt. Nachdenklich trank Moses, gerührt von dieser Geste.

Dann ritt er hinunter, um Aaron und den Sippenoberhäuptern, die ihn – immer noch besorgt – erwarteten, die Resultate seiner Verhandlungen mitzuteilen. Ja, sie durften Wasser schöpfen, aber er mußte noch einmal nach oben, um zu erfahren, was die Oberhäupter von Alaat ihnen an Öl, Mehl, Linsen, Bohnen und Gemüse bewilligen würden ...[1] Mehrere von ihnen hatten sich seit dem Morgengrauen wieder weiter in die Ebene am Fuß des Berges gewagt, und da sie bestelltes Land, Viehherden und Quellen gesehen hatten, nahmen sie ihre alte Leier wieder auf: Hier sei Kanaan, hier würden sie sich niederlassen. Er brachte sie zur Vernunft. Die Ebenen hier konnten sicherlich nicht ihr ganzes Volk aufnehmen; Kanaan war weiter weg.

Anschließend wusch er sich und badete im Meer, bevor Ali mit einem weiteren Karawanenführer kam, um den Warenaustausch zu regeln. Konnten die Hebräer hundert Säcke Mehl bezahlen? Zwanzig Säcke Linsen? Zehn Säcke Bohnen? Zehn Säcke Dörrobst? Fünfzig *Gomer* Olivenöl? Die anwe-

senden Sippenoberhäupter fragten nach dem Fassungsvermögen der Säcke. Fünfzehn *Gomer,* antwortete Moses, der es wußte. Sie fragten nach dem Preis. Fünf Silberschekel für einen Sack Mehl, sechs für einen Sack Linsen, ebensoviel für Bohnen und Dörrobst. Das machte siebenhundertvierzig Silberschekel, dazu noch die hundert Schekel für die Brunnenrechte an drei Tagen, im ganzen achthundertvierzig Silberschekel. Würden die Beduinen auch Gold nehmen, erkundigten sich die Oberhäupter. Der Karawanenführer, der für die Buchhaltung zuständig war, antwortete, sie würden für zehn Schekel Silber oder fünfzehn Schekel Kupfer zwei Schekel Gold berechnen. Die Oberhäupter gingen, um mit den übrigen zu beratschlagen, und kamen eine gute Stunde später mit zwei klirrenden Jutesäcken wieder. Aaron hielt die Frauen auf Abstand, die sich ungläubig herbeidrängten, um die Händler zu sehen, die diese ungeheuren Vorräte verkauften, und auch, um ihre Kommentare abzugeben. Aarons Bemühungen ließen erregte Stimmen laut werden und führten sogar zu einem Streit zwischen Aaron und seiner Frau.
»Das Öl! Wir vergessen das Öl!« rief Moses.
Drei *Gomer* Öl kosteten fünf Schekel, aber Nibbiot konnte nicht garantieren, daß er mehr als zehn Krüge à drei *Gomer* liefern konnte. Halb erstaunt, halb belustigt beobachtete Ali diese Transaktionen.
Der Karawanenführer holte eine Waage hervor, die Aaron und ein paar der Sippenoberhäupter mißtrauisch zu prüfen begannen, was hätte beleidigend sein können, doch der Buchhalter lächelte ironisch, während sie sich gegenseitig die Waage weiterreichten und die Schalen mit der Hand abwogen, um sicher zu sein, daß nicht eine schwerer war als die andere. Moses und Ali beobachteten das Wiegen der Schekel von weitem. Es dauerte den ganzen Vormittag. Dann beauftragte Moses Aaron und Josua, hundert Männer zusammenzurufen, die die Säcke mit Lebensmitteln holen sollten.
»Worauf wollt ihr sie laden?« fragte Nibbiot, der seinen Blick

über das Lager schweifen ließ und nur ein paar Esel und Pferde sah.

»Wir werden sicher nicht alles mitnehmen«, antwortete Moses. »Ich vermute, daß wir während der dreitägigen Rast hier einen guten Teil verbrauchen. Seit unserem Aufbruch aus Ägypten vor vierzehn Tagen hatten wir keine richtige Mahlzeit mehr. Nehmen wir an, daß wir dann um ein gutes Drittel der Vorräte leichter sind.«

»Du hast von Gemüse gesprochen«, meinte Aaron, an Moses gewandt. »Alle sprechen mich auf das Gemüse an. Was können wir für Gemüse haben?«

»Salat und Zwiebeln«, antwortete Nibbiot.

»Wer sind diese Männer?« tuschelte Aaron und zeigte verstohlen auf Ali und Nibbiot.

»Brüder.«

»Wie kannst du Leute anderen Glaubens Brüder nennen?«

»So wie du mich Bruder genannt hast«, entgegnete Moses.

»Soll ich das Gemüse mitliefern?« fragte Nibbiot.

»Aber ja!« rief eines der Oberhäupter.

Der Buchhalter fügte also zwanzig Silberschekel für Gemüse hinzu.

»Wer ist dieser Mann?« erkundigte sich Ali mit leiser Stimme und deutete auf Aaron.

»Mein Bruder«, antwortete Moses und lächelte wegen der Gleichheit der getuschelten Fragen.[2]

»Aber, aber! Du weißt, daß wir deine einzigen Brüder sind«, entgegnete Ali lachend. »Und wovon habt ihr die ganze Zeit gelebt?«

»Von Manna und Fisch. Können wir auch Schafe kaufen?«

»Fünfzehn Schekel pro Schaf«, erklärte Nibbiot. »Aber wir können euch nicht mehr als zwanzig Stück überlassen.«

Der Buchhalter fügte dreihundert Schekel für die Schafe hinzu.

»Was für eine Verantwortung hast du dir da auf die Schultern geladen!« seufzte Ali.

Die Träger brachten die ersten Säcke Mehl von der Zitadelle herunter, und der Menschenauflauf, der sich um sie bildete, warf sie beinahe um. Man schrie, man sang und tanzte sogar um die Säcke herum, während Moses nachdenklich zusah. Aaron und die Sippenoberhäupter bekamen Anweisung, daß nur ein Drittel des Mehls, der Linsen und der Bohnen während dieser Rast verbraucht werden dürfe. Nur die Schafe würde man alle essen.

»Von hier bis Ezjon-Geber werdet ihr keine vergleichbaren Vorräte mehr finden«, hatte Nibbiot gewarnt.

»Wir haben den Wein vergessen!« rief Moses.

Und an Ali gewandt: »Habt ihr auch Wein?«

»Wir können euch nur ein paar Schläuche überlassen.«

»Ist es klug, ihnen Wein zu trinken zu geben?« sorgte sich Aaron.

»Man kann ihn mit Wasser verdünnen«, schlug Josua vor.

»Fünf Schläuche also, mehr nicht.«

Der Abend ließ alle vorhergegangenen Entbehrungen vergessen. Die Frauen hatten den ganzen Nachmittag Brot gebakken, richtiges Brot, wie sie riefen. Die Schafe hatte man geschlachtet und dann auf Spießen aus Zypressenholz gebraten, und allein der Duft berauschte so manchen. In unzähligen Töpfen hatte man Bohnen und Linsen gekocht; das Lager funkelte, glühte und knisterte von tausend Feuern. Ali bot Knoblauch an, um die Speisen zu würzen, und als es soweit war, saß man um die Feuer herum und aß – oder eher, man stopfte sich voll. Schaffleisch mit Salat, der in Öl angemacht war, Linsen mit Knoblauch, Lauch und Lattich. Schmausen und Völlerei überall! Obwohl das Wasser kaum vom Wein gefärbt war, gab es mehrere typische Ausfälle von Trunkenheit. Ein Mann stürzte mit überkreuzten Armen zu Boden, ein anderer hüpfte wild das Lager entlang und wäre fast in die Glut gefallen. Frauen tanzten, Männer sangen im Chor oder bekamen unsinnige Lachkrämpfe.

Die Befriedigung der Sinne entfesselte die Natur schamlos,

man zeigte Verhalten und Launen, die der Hunger zurückgehalten hatte. Bald waren Brüste zu sehen, dann Bauchnabel und Unterleiber, Begierde regte sich, und einzelne Paare kamen zusammen. Die Tiere der Nacht erschraken, und der Schrei der Schakale in der Dunkelheit schien die Empörung auszudrücken, die Moses empfand. Diese Leute glaubten immer noch, in Ägypten zu sein, sie feierten wie in den Zeiten ihres Aufenthalts im Königreich. In ihren Köpfen waren sie immer noch Untertanen des Pharao und glaubten an seine Götter. Dabei waren die ägyptischen Soldaten, die sie gefangengenommen hatten, am zurückhaltendsten. Sie wahrten immer noch die Disziplin der Armee, selbst fern von ihren Vorgesetzten. Moses seufzte. Ihm oblag es, dieses Volk in sein Land zu führen. Ein Land, das ihm gehören würde, unter dem Blick eines Gottes, der sein Gott war, der einzige, der Unbenannte, der Unbenennbare, der reinigende Geist.[3]

Er beobachtete das Treiben mißbilligend. »Sie haben den Herrn vergessen«, murmelte er. »Kein einziges Gebet, keine einzige Danksagung!«

Samot, Nibbiot und Ali fanden ihn in diese düstere Betrachtung versunken und nahmen ihn zum Abendessen mit zu sich. Errieten sie seine Gedanken? Auf jeden Fall respektierten sie sein Schweigen.

12

Das Fleisch, das vom Himmel fiel

Schläuche, Feldflaschen und Krüge wurden mit Wasser gefüllt. Die Esel wurden mit Säcken voller Mehl, Linsen und Bohnen beladen, bis sie fast zusammenbrachen. Mehrere Säcke hatte man in drei oder vier kleinere Säcke aufgeteilt, die ein Mann tragen konnte. Vom Wein war kein Tropfen mehr übrig. Sie mußten sich wieder auf den Weg machen. Der Aufbruch aus Elim war für Moses schmerzlicher als seine Flucht aus Ägypten.

»Wir verlieren uns nicht mehr aus den Augen«, sagten Hussams Söhne, als sie Geschenke auf sein Pferd luden – Säckchen voller Dörrobst, das er so gerne mochte, Salz, Gewürznelken … Dann setzte sich die riesige Karawane der Apiru in Bewegung. Vom Meer kam Wind auf, der die roten Segel eines Schiffes auf offener See blähte.

Wieder marschierten sie zwischen den Bergen zur Linken und dem Meer zur Rechten auf ihre vor ihnen liegende Zukunft zu; die Menge wogte bereits unter der Wirkung der Hitze, die Luftspiegelungen erzeugte.

Bald müssen wir wieder fischen, dachte Moses. Und neue Netze flechten aus der Schnur, die er in Elim gekauft hatte – richtige Schnur aus gedrehtem Hanf, die ausgezeichnete Netze ergeben würde.

Als sie abends haltmachten, versammelte Moses die Sippenoberhäupter.
»Es sind nun drei Wochen, seit der Herr uns aus Ägypten geführt hat«, begann er. »Während dieser Tage waren wir erregt von konfusen Gedanken, und ich habe darunter gelitten, daß ich nach der Schlemmerei in Elim von euch keine Dankgebete an den Herrn gehört habe. Was wärt ihr ohne Ihn? Denkt ihr an Ihn? Wenn ihr Ihn nicht in euren Gedanken gegenwärtig behaltet, wird Er in gerechten Zorn geraten und sich von euch abwenden. Ich will, daß von nun an ein Tag in der Woche, der siebte, dem Gebet geweiht wird. An diesem Tag werdet ihr nichts anderes tun als zu Ihm beten. Ihr werdet nicht kochen und euch nicht mehr als hundert Ellen weit bewegen. Es wird keinen Fischfang geben. Ich will weder Geschrei noch Streitereien hören; dieser Tag muß heilig sein, nur dem Herrn geweiht. Der siebte Tag fällt auf morgen. Bereitet also heute abend schon euer Essen vor.«
»Das Licht ist wirklich mit dir, Moses«, meinte Zefon, eines der Oberhäupter vom Stamme der Gaditer, einer von denen, die Moses immer schon, während der ganzen bisherigen Wüstenwanderung, ihre Bewunderung gezeigt hatten. »Das war seit unserem Vorvater Abraham unser Brauch. Was du sagst, ist richtig und stimmt mit dem göttlichen Willen überein. Dieser Tag war der siebte, und der, den du bezeichnet hast, ist der siebte. Gedankt sei deiner Weisheit.«[1]
»Jeder von euch soll diejenigen unterweisen, die seiner Autorität unterworfen sind.«
»Können wir Feuer anzünden?« fragte ein anderer.
»Nein. Keinerlei Tätigkeit. Errichtet die Feuer und zündet sie an, bevor die Sonne untergeht.«
»Können wir sie anblasen?«
Moses wandte sich Zefon zu.
»Nur anblasen«, antwortete dieser.
»Wir haben Sklaven unter uns, die nicht zu den Unseren gehören. Können wir ihnen auftragen, die Feuer am Brennen zu

halten, so wie wir es in Ägypten gemacht haben?« fragte ein anderes Oberhaupt.
»Das ist zulässig. Die ägyptischen Gefangenen sind zahlreich genug, um sich darum zu kümmern. Jeder von euch soll die Seinen überwachen.«
Moses machte eine Pause.
»Ich war entrüstet über die Ausschweifungen bei dem Fest, das am ersten Abend in Elim stattgefunden hat«, fuhr er dann fort. »Trunkene Mädchen haben nackt getanzt. Kaum mehr bekleidete Knaben bewegten sich anstößig, Leute in reifem Alter waren kaum besser ...«
»Moses!« unterbrach eines der Sippenoberhäupter. »Essen, sie hatten so lange kein richtiges Essen gesehen ...«
»Drei Wochen, ich weiß. Die ägyptischen Soldaten haben sich besser gehalten. Das ist nicht das Benehmen eines Volkes, das seinem Herrn Respekt bezeugt und eine Nation gründen will. Ich will so etwas nicht mehr erleben.«
Die Ruhe und das Schweigen, die am nächsten Tag im Lager herrschten, waren erstaunlich. Nur die ägyptischen Gefangenen gingen von einem Feuer zum anderen, um Holz daraufzuwerfen oder einen Topf mit Ragout, der umzukippen drohte, wieder richtig aufzustellen. Der Geist dieses Volkes war wie ein aufgewühltes Meer, dachte Moses, Ruhe würde ihn reinigen.
»Und wenn wir an einem Sabbat angegriffen werden sollten?« fragte Josua, der sich wie gewöhnlich Moses angeschlossen hatte.
»Dann verteidigen wir uns. Und anschließend bringen wir ein Opfer dar, damit der Herr uns vergibt.«
Zwei Tage später, nach reichem Fischfang, wurde das Lager aufgehoben. Aaron hatte durchgesetzt, daß man alle Fische, die nicht am selben Tag verzehrt wurden, ausnahm und trocknete. Unter der heißen Sonne und im Wind ging das schnell. Man breitete sie am Morgen aus, und am nächsten Tag waren sie wie Leder.

Am vierten Tag waren nur noch winzige Mengen der Vorräte übrig, die sie in Elim gekauft hatten. Die Alltagskost war nun wieder Manna und Fisch, und nach den Köstlichkeiten in Elim kam das die Leute besonders hart an.
Daher begann von neuem das Gejammer, mit dem die Menschen Moses, Aaron, Josua und Mischaël ständig in den Ohren lagen. Frauen liefen von der Nachhut aus ein paar hundert Ellen weit, um sich zu beschweren, daß sie kein Mehl und kein Öl mehr hatten, und so weiter. Auch das Wasser fing an, knapp zu werden.
Am Abend schlug man schlechtgelaunt das Lager auf. Überall wurde geschimpft. Den Leuten deshalb Vorhaltungen zu machen hätte gar nichts genützt.

Es geschah am darauffolgenden Morgen.
Plötzlich rauschte es am Himmel, er wurde dunkel, und Gepiepse war zu hören, dann fielen unter den verblüfften Blikken der Apiru zu Hunderten kleine, gefiederte Tiere auf den Boden. Moses begriff im Bruchteil einer Sekunde, daß es Wachteln waren. Rasch verständigte er die Männer, die am nächsten bei ihm standen.
»Schnell! Fangt sie, bevor sie wieder losfliegen!« rief er ihnen zu.
Gefolgt von Mischaël und Eleasar eilte er im Laufschritt durchs Lager, um auch die anderen aufzuscheuchen. Aber schon waren Frauen schreiend aus den Zelten gelaufen und warfen Decken, Kleider und Röcke über die Vögel; von links und rechts liefen Kinder herbei, und fast alle Männer hatten sich zum Fang niedergekauert, wie Frösche, die sich ihre nächste Mahlzeit schnappen wollen. Eine Aufregung ohnegleichen hatte das Lager ergriffen und erreichte ihren Höhepunkt, als aus dem nahen Gestrüpp zwei Rotfüchse auftauchten, die sich ein paar Wachteln holen wollten und daher so unvorsichtig waren, sich unter die geschäftigen Menschen zu wagen, bevor sie sich wieder in ihre Bauten zurückzogen.

Moses hatte fünf Wachteln gefangen, die er mit einem flachen Stein tötete und in sein Zelt warf.
Er blickte nach oben und sah zuerst drei rötlichbraune Sperberpärchen, dann einen weiteren Wachtelschwarm, der den Himmel sprenkelte. Die Bedrohung durch die Sperber ließ den Vogelschwarm wie ein Stück Stoff im Wind flattern, dann löste er sich auf, und ein großer Teil der Schar verlor benommen taumelnd an Höhe und landete ebenfalls auf dem Boden, begleitet vom Geschrei der Menschen. Die Sperber hatten sich bereits oben im Flug bedient. Der Rest des Wachtelschwarms formierte sich neu, irrte von links nach rechts und nahm dann seine ursprüngliche Richtung wieder auf.
Moses fing noch zwei Wachteln. Er unterließ es zu zählen, wer wie viele der Vögel erwischt hatte, oder Anweisungen zu geben. Am nächsten oder übernächsten Tag würden wieder Wachtelschwärme kommen, es war die Jahreszeit dafür. Wer noch keine gegessen hatte, konnte sich dann bedienen. Als er Atem geschöpft hatte, rief er: »Sei gepriesen, Herr! Sei gepriesen für Deinen Großmut!«
Diese Wachteln waren für Moses ein noch größeres Geschenk als für die Gemeinde; sie erlösten ihn zumindest für gewisse Zeit von dem Genörgel über das Essen. Der Herr hatte sich offenbart, und allein das zählte.[2]
Den ganzen Nachmittag über rupfte man die Vögel, nahm sie aus und briet sie. Manche hatten die Wachteln einfach zum Dörren ausgelegt. Abends am Feuer verzehrten Moses, Aaron, Josua, Mischaël und Zikri in Schweigen versunken jeweils zwei Wachteln. Man hörte, wie die zarten Knochen zwischen den Zähnen knackten, was bereits genug sagte.

13

Der Streit um die Wachteln

Als Moses wie gewöhnlich frühmorgens aus dem Meer kam, stieß er auf Mischaël, der ihn, bereits gebadet und mit glänzendem, am Kopf anliegendem Haar, am Ufer erwartete. Fragend sah Moses ihn an. Mischaël hatte sichtlich etwas zu sagen. Seine Augen, denen eines nachdenklichen Pferdes ähnlich, funkelten dunkel.

»Nun?« fragte Moses und schüttelte den Kopf wie ein Hund, der aus dem Wasser kommt. »Du siehst nicht gerade fröhlich aus.«

Wie den Ägyptern – im Grunde genommen war er ja bis vor einem Monat Ägypter gewesen – widerstrebte es Mischaël, schlechte Neuigkeiten zu verkünden. Er malmte mit den Backen, was nur bewirkte, daß er noch pferdeähnlicher aussah.

»Muß man dich prügeln, bis du redest, mein Vetter?«

Mischaël lachte kurz auf, es klang wie ein Wiehern, und Moses empfand eine Welle der Zuneigung für jemanden, der derart ungekünstelt war.

Schließlich redete Mischaël, während Moses sich das Wasser aus dem Haar schüttelte. Er stieß die Nachrichten in einzelnen Brocken hervor, als glaube er nicht ganz daran. Moses hörte bestürzt zu.

Vertrugen die Mägen der Leute nur mehr so wenig? Zwei oder drei Wachteln, und so viele hatten nur die Gierigsten gegessen, waren doch wohl noch keine Schlemmerei? Tatsache war, daß eine große Zahl der ihm anvertrauten Leute eine unruhige Nacht verbracht hatten, und für manche war der Ausgang fatal gewesen. Michael berichtete, was er erfahren hatte. Viele waren krank geworden und klagten über Herzrasen. »Herzrasen« war der Begriff, den die Gebildetsten verwendeten. Drei Personen waren gestorben, zehn andere keuchten in ihren Zelten. Aus Mischaëls kaltem, fast beamtenhaftem Tonfall hörte man Verwirrung heraus; konnte es sein, daß die Wachteln, die man als Großzügigkeit des Herrn aufgenommen hatte, im Gegenteil eine Rache des Allerhöchsten waren? Aber wofür?

Moses war fassungslos. Er hatte kein Heilmittel gegen ein Übel, dessen Ursache er nicht kannte. Er wußte nur, daß die Wachteln daran schuld waren. Er hatte in Ägypten Wachteln gegessen, ohne Beschwerden zu haben oder gar krank zu werden, und die Hebräer sicher auch. Er erinnerte sich daran, daß man von einem zu reichlichen Verzehr abriet, aber er hatte nicht mehr daran gedacht. Auf jeden Fall mußte er dieses Phänomen erklären. Es rechtfertigen.

Bestürzung ergriff ihn. Er stand an der Spitze eines Volkes von Exilierten, die auf der Suche nach einem Land, einer Identität und einem Glauben waren. Diese Leute hatte ihm ihr Vertrauen gewährt, aber nur sehr zurückhaltend, und sie ertrugen seine Autorität nur murrend. War er wirklich vom Herrn gesandt? Viele waren sich, so wie Korach, dessen nicht sicher, das erriet er aus ihrer Unverschämtheit, ja sogar Feindseligkeit. Er konnte sich vorstellen, was diese ihm nun vorwarfen: »Wir haben um Fleisch gebeten und geglaubt, der Herr habe unsere Bitte erhört, aber wir haben uns geirrt. Die Wachteln, die er uns geschickt hat, haben uns vergiftet und den Tod mehrerer unserer Leute verursacht. Ist das der göttliche Schutz, von dem du uns gestern erzählt hast? Oder kann es sein, daß dieser Gott, der dir erschienen ist und von dem du behauptest, er sei der Gott unserer Väter, ein anderer ist?«

Er sah sie am Ufer entlang auf sich zukommen. Etwa dreißig Männer, unter ihnen natürlich Kehat und Korach. Er erwartete sie in entschiedener Haltung. Zunächst standen sie einander wortlos gegenüber, dreißig zornige Männer und er, mit nacktem Oberkörper und barfuß. Er sah ihnen über die Schulter und sah etwas weiter weg Josua und Mischaël an der Spitze einer Gruppe junger Männer, die mit Spießen bewaffnet waren. Spontan kamen sie herbeigelaufen, um ihn zu schützen. Der Feind war nicht der, den er vorhergesehen hatte. Kam es zu einer ernsten Konfrontation, so war eine Spaltung noch die beste Lösung. Auch Aaron kam herbeigeeilt.

»Moses«, begann Abiram mit einem drohenden Unterton in seiner kalten Stimme, »vier von uns sind tot, und viele andere sind krank. Und zwar deshalb, weil sie Wachteln gegessen haben.« Kehat versuchte ihm das Wort abzuschneiden, aber Abiram ließ das nicht zu. »Wir haben den Herrn um Fleisch gebeten. Wir haben geglaubt, unsere Bitte sei erhört worden. Aber es war Betrug ...«

Kehat versuchte erneut, ihn zu unterbrechen: »Der Herr Abrahams kann uns nicht betrügen! Es ist nicht der Allmächtige, der uns erhört hat!«

Abiram fuhr fort: »Ist es der Allmächtige, der uns erhört hat? Oder ist es ein falscher Gott, dessen Prophet du zu sein behauptest?«

Genau was Moses vorhergesehen hatte.

»Hast du keine Wachteln gegessen, Abiram?« fragte Moses. »Und du, Kehat? Und ihr anderen?«

Sie gaben zu, daß auch sie die Vögel gegessen hatten.

»Und dennoch seid ihr kräftig genug, daß ihr laufen könnt, und ihr macht keinen kranken Eindruck.«

Überrumpelt blinzelten sie ihn an.

»Mir scheint, ihr unterstellt dem Herrn die Absicht, euch vergiften zu wollen. Das wahre Gift ist eure unstillbare Gier. Ihr hattet Fisch, dann Manna, und dann habt ihr immer noch Fleisch verlangt. Ihr habt euch nie gezügelt, ihr habt nie daran gedacht, daß eure unablässigen Forderungen den Herrn schließlich erzürnen könnten!«
Josua und seine mit Spießen bewehrten jungen Leute waren neben der Gruppe angelangt. Empörte Blicke empfingen sie.
»Woran sind dann jene gestorben?« fragte Nemuël, ein weiterer Sohn Eliabs, und reckte unverschämt das Kinn.
»Habt ihr in Ägypten nicht gelernt, daß man von Wachteln nicht zuviel essen darf? Wußtet ihr nicht, daß man diese Vögel ausnehmen muß und nur das Fleisch essen darf? Oder wart ihr etwa so gierig, daß ihr alle Vorsicht vergessen habt? Der Herr hat die Gier bestraft.«
»Du hast immer gelehrte Erklärungen, aber es hat Tote gegeben!« rief Korach. »Und vielleicht werden noch weitere sterben! Du bist schuld. Du sagst, du seist unser Anführer, du hättest uns warnen müssen. Du hast diese Todesfälle verursacht«, brüllte er und kam Moses dabei zu nahe.
Issar schritt ein, um seinen Sohn zurückzuhalten. Aber Moses hatte ihn bereits mit fester Hand zurückgestoßen.
»Ich habe keinen einzigen Todesfall verursacht, Korach. Aber paß du auf, daß du nicht vor der Zeit deinen eigenen Tod heraufbeschwörst.«
»Drohst du mir?« schrie Korach, das Gesicht zu Moses gewandt. »Du wagst es, mir zu drohen?«
Starke Arme hielten ihn fest. Aus vollem Hals schrie er: »Wir ziehen dir die Haut ab, kleiner Prinz! Wir bringen dich um, du Bastard!«
Issar gab ihm eine Ohrfeige, und Josua und Mischaël, die den Tobenden festhielten, begannen ihn mit den Fäusten zu schlagen. Datan und Abiram wollten sich in ohnmächtiger Wut auf Moses stürzen, wurden aber auch an den Armen gepackt.

»Ihr werdet hier nicht den Ton angeben«, erklärte Aaron.
»Diese Männer bleiben unter deiner Aufsicht gefesselt, Josua, bis ich anders entscheide«, befahl Moses.
»Wir haben die Unseren!« schrie Korach. »Du, Moses, du bist es, der nicht länger den Ton angeben wird!«
Doch Mischaël hatte ihm mit einer brutalen Geste das Wort abgeschnitten, zerrte ihn vor sich und drehte ihn um, damit er ihm die Hände binden konnte. Man stellte ihn neben Datan und Abiram, die ebenfalls gefesselt waren.
»Hat euch der Herr wirklich aus Ägypten geführt, um solche Szenen zu sehen, Issar? Ich wäre besser in Auaris geblieben und hätte euch unter der Peitsche der ägyptischen Vorarbeiter gelassen.«
»Sag das nicht«, murmelte Issar. »Mein Herz ist eine Wunde.«
»Der Herr hat mich ausersehen, ihr habt mich gewählt, das Schicksal ist besiegelt, Issar. Und wenn ich deinen eigenen Sohn umbringen müßte, werde ich euch dorthin führen, wohin der Herr gesagt hat.«
»Ich weiß es, Moses.«
Die Frauen beobachteten die Auseinandersetzung von weitem, mit aschgrauen Gesichtern und schwarzen Augen. Die Gruppe der Männer, die gekommen war, um Korach bei seinem Streit zu unterstützen, löste sich unter dem strengen Blick der von Josua befehligten Garde auf.
Es war das erste Mal, daß Moses die Tötung eines Mannes erwähnte, eine Tötung, die er befehlen würde, und schlimmer noch, die Tötung eines Mannes von seinem Blut. Doch diese Menschen widersetzten sich den Absichten des Herrn; es gab kein schlimmeres Verbrechen auf der Welt.
Moses fand sich schließlich allein wieder, nur in Gesellschaft Aarons und Josuas. Eine lange Weile blieben sie stumm. Der Tag war verloren, man mußte die Toten bestatten und warten, bis die Kranken sich wieder erholt hatten.
»Ich bin nichts«, murmelte Moses schließlich. »Aber wer

sich gegen mich stellt, lehnt sich gegen den Willen des Herrn auf. Josua, du mußt über den Willen des Herrn wachen.«

»Ich bin sein Diener.«

Moses sah den jungen Mann an, ihre Blicke begegneten sich. Zwei Achatkugeln. Weder Haß noch Zorn, so mußte ein Diener des Allmächtigen sein.

»Ich habe gestern noch einmal fünfhundert Männer rekrutiert«, teilte Josua mit.

»Nimm auch die Ägypter dazu.«

»Das habe ich schon. Sie sind gute Soldaten und geben den anderen ein Beispiel.«

»Ihr seid also eintausendfünfhundert. Wir brauchen noch weitere dreitausendfünfhundert. Mindestens. Und Spieße. Jeder Mann soll sich einen zurechtschneiden. Zeige es ihnen.«

»Das wird alles in den nächsten Tagen geschehen.«

Moses nickte, dann stieg er auf sein Pferd und entfernte sich, um zu meditieren. Er hatte die alte Gewohnheit wieder aufgenommen, so zu beten, daß das ganze Wesen erfüllt war von der göttlichen Gegenwart. Aber diesmal erstrahlte in ihm nicht diese Gegenwart. Er sah sich plötzlich wieder als jungen Mann vor König Sethos.

»Und wer ist deiner Meinung nach der Mann im Königreich, der höchster Wahrer der Gerechtigkeit ist?«

»Das bist du, weil du die höchste Autorität besitzt.«

»Und wenn ich ungerecht wäre?«

»Seth würde dich bestrafen.«

»Ja, Seth würde mich bestrafen. Es gibt keine Gerechtigkeit, die nicht von den Göttern kommt, weil sie die stärksten sind. Die Gerechtigkeit, Ptahmose, ist das Gesetz, und das Gesetz kommt von den Göttern, vergiß das nie.«

Die Szene drängte sich ihm mit solcher Macht auf, daß er erstaunt war. Er riß die Augen auf, und die Landschaft aus Bronze, Gold und Azurblau verscheuchte das Bild des königlichen Audienzsaales. *Das Gesetz. Das Gesetz kommt von den Göttern.* In seinem Volk wird es keine Gerechtigkeit geben, wenn es kein Gesetz gab. Es würde nicht einmal mehr ein Volk geben, nur noch ungeordnete Banden, die sich von ihrem Stolz, ihrer Raubgier und ihren Tollheiten leiten ließen. Ja, er mußte ihnen das Gesetz aufzwingen. Aber wie? Er erinnerte sich an die Textstelle aus der Weisheit des Ptah-Hotep, die sein Lehrer Amsetse ihm diktiert und die er in hieratischer Schönschrift auf einen neuen Papyrus geschrieben hatte.

> *»Flöße den Menschen keine Furcht ein, denn der Gott wird dich ebenso bekämpfen. Wenn jemand auf diese Art und Weise leben will, wird der Gott ihm das Brot aus dem Mund nehmen. Wenn jemand sich bereichern will, sagte er: ›Ich werde diesen Reichtum an mich zu bringen wissen.‹ Wenn jemand kämpfen will, wird er schließlich ohnmächtig enden. Man soll dem Menschen keine Furcht einflößen, man soll ihm ein Leben in Frieden schaffen und sich so verhalten, daß er freiwillig gibt, was man ihm durch Furcht entreißen müßte.«*

Worte der Macht, dachte er, dazu geeignet, jede Rebellion zu entmutigen. Kämpfte er denn nicht? Und wie sollte er Leuten wie Abiram und Datan das Gesetz aufzwingen, wenn nicht durch Furcht? Nicht durch die Furcht von Moses, sondern durch die Furcht vor dem Herrn. Solange der Herr an seiner Seite war, würde er gegen ein Scheitern geschützt sein.

Die Ägypter hatten ihre eigenen Lehren nicht angewandt, sie hatten den Apiru Furcht und Haß eingeflößt. Sie hatten vergessen, daß Gott an der Seite der Seinen war. Er sah wieder Schu-enschi, den Priester von Auaris, vor sich, das Gesicht voller Falschheit und Arroganz. Schnell verdrängte er dieses Bild. Nein, das Volk des Herrn würde niemals solche Priester wie diese haben!

»Herr, stärke mich«, flehte er. »Diese Entscheidungen sind schwierig, kläre mich auf.«

Ein Leopard, der hoch hoben auf einem Felsen saß, warf ihm

aus seinen gelben Augen einen Blick zu. Moses legte die Hand auf seinen Dolch. Doch der Leopard folgte ihm mit dem Blick seiner Goldaugen, und es schien Moses sogar, als lächle er.

Als er zum Lager zurückkam, teilte Aaron ihm mit, daß die Leute beschlossen hatten, diesen Rastplatz ›Giergräber‹ zu nennen, *Kibrot-Taawa.* Sie hatten die Ursache des Übels also erkannt. Nur vier Personen waren gestorben, und man hatte sie begraben. Die Kranken erholten sich. Am nächsten Morgen konnte man weiterziehen.[1]

14

Die Gotteslästerer

Sie mußten schnell Wasser finden, schon vor der Rast am Abend.[1]

Moses erinnerte sich wohl, daß zwei Tagesreisen von Alaat entfernt die Oase Sebiia lag. Aber das galt, wenn man auf einem Kamel ritt. Zu Fuß und mit den langen Pausen während der Nacht mußte man das Doppelte rechnen. Von hier bis dort würde der Durst bei der Hitze unerträglich werden.

Daher behielt er den mehr oder weniger dichten Streifen Vegetation im Auge, der sich zwischen den Bergen und dem Meer erstreckte, und spähte nach Geiern, Sperbern und dem hellsten Pflanzenbewuchs. Wenn Raubvögel zu sehen waren, mußte Wild vorhanden sein, und in diesem Fall war in der Nähe eine Quelle oder ein Wasserlauf. Heller Pflanzenwuchs deutete darauf hin, daß Wasser an die Oberfläche kam. Die fast schwarzen kleinen Eichen, die am Küstenstreifen wuchsen, begnügten sich mit dem Tau der Nacht und wurzelten häufig sehr tief.

Plötzlich erspähte er eine Stelle, an der die Vegetation hellgrün war, und stieg vom Pferd, um sie näher zu untersuchen. Akazien, Sykomoren und ein paar wilde Mandelbäume wuchsen in einem dichten Urwald aus Steinbrech, Tamaris-

ken, Stechäpfeln und Oleander. Da der Frühling nahte, gab es grüne Blätter im Überfluß. Er ließ die Erdarbeiter kommen.
»Hier gibt es Wasser.«
Sie stießen ihre Schaufeln in den Boden.
»Und wenn das Wasser brackig ist?« fragte Aaron.
»Wir werden es reinigen.«
»Selbst dann ist es nur zur Not trinkbar.«
»Besser nur zur Not trinkbares Wasser als der Tod.«
Eine Stunde später stießen die Erdarbeiter auf feuchte Tonerde. Ein wenig später standen sie mit den Füßen in einer Pfütze.
»Eine Schüssel!«
Er probierte das Wasser.
»Es ist fast Süßwasser.«
»Es reicht nicht für alle«, seufzte Aaron, der sich ständig Sorgen machte.
»Es wird reichen.«
Moses kannte diese Wasserstellen. Die geringe Tiefe des Grundwasserspiegels, verursacht durch den Frühlingsregen, zeigte an, daß reichlich Wasser vorhanden war. Im Sommer allerdings ging die Menge auf die Hälfte zurück.
»In zwei oder drei Tagen erreichen wir die nächste Oase.«
»Woher weißt du das?«
»Weil ich sie kenne.«
»Wir finden nicht mehr viel Manna.«
»Etwas weiter werden wir wieder welches finden.«
»Du weißt alles.«
»Ich weiß genug.«
Es gab tatsächlich genügend Wasser, und es war gut trinkbar. Dennoch zogen die Leute eine angewiderte Miene – das ist wirklich das letzte, wollten sie damit ausdrücken.
Gott ist wirklich nur für manche gemacht, dachte Moses. Wie würde Er von da oben darüber urteilen?
Die Leute betrachteten den Himmel, aber es waren keine Wachteln da. Die Jungen machten sich nach Josuas Anwei-

sungen mit der Schleuder auf die Jagd nach Gazellen. Das brachte natürlich nicht genug Fleisch für alle, aber Moses hatte festgelegt, daß der jeweilige Jäger das Fleisch für seine Sippe behalten durfte, so wie er es für richtig hielt. Schließlich mußte man die Eigeninitiative ein wenig anstacheln.
Mischaël, der am Vorabend eine Gazelle erlegt hatte, brachte Moses ein Viertel, der es in drei Teile teilte und zum Braten auf einen Eichenast spießte, was das Wildbret ein wenig würzte. Es war zäh und schmeckte stark nach Wild, aber es war eine Abwechslung vom Fisch.
Eine Enttäuschung erwartete sie in Sebiia. Die Beduinen hatten nur drei Säcke Mehl und drei Schläuche Wein zu verkaufen; den Rest behielten sie für sich. Sie hatten auch keine Schafe mehr, da sie ihr Vieh in Ezjon-Geber verkauft hatten, und ihre Zuchttiere gaben sie natürlich nicht her. Moses entschied, daß das Brot, das man aus den drei Säcken Mehl buk, nach der nun akzeptierten Hierarchie verteilt wurde: zuerst Frauen, Kinder, Alte, dann die Soldaten und die anderen. Zehn Bündel Zwiebeln wurden willkürlich verteilt. Aber endlich hatte man Wasser.
In der Oase Temina bekamen sie kaum mehr. Ein wenig Gazellenfleisch, eine größere Menge Dörrfisch, Pfannkuchen. Aufgrund der Monotonie, der Erschöpfung und auch des Wetters sank die Laune. Von einem Augenblick zum anderen färbte sich der Himmel schwarz, und ein Wolkenbruch ging hernieder, der den Weg zu einem Schlammloch machte und alle durchnäßte. Bald war man völlig durchgefroren, bald briet man in der Hitze. Der einzige Vorteil der Regengüsse war, daß sie die Wasservorräte auffüllten. Die jungen Leute und die Kinder ertrugen diese Duschen gutgelaunt und sogar lachend, denn sie wuschen den Staub des Weges von ihnen ab, und die Kinder liebten es, mitten in die Pfützen zu springen. Mischaël jagte mit der Schleuder Schneehühner. Pro Tag erlegte er eines oder zwei, und abends kochte er halb verstohlen Eintöpfe, von denen er immer eine Portion für Moses re-

servierte. Dieser nahm diese heimlichen Geschenke nach anfänglichem Sträuben schließlich an. Mischaël , Josua und einige andere junge Männer waren Moses mit Leib und Seele ergeben. Sie konnten frei miteinander sprechen, und das war ein Luxus, denn selbst zu Aaron hatte Moses nicht immer volles Vertrauen. Doch mit diesen Jungen verband ihn ein Einverständnis. Sie hatten Feuer in sich. Sie würden Israel aufbauen, nicht diese Leute, die auf Fleisch aus waren und sich nach den Zwiebeln und Melonen zurücksehnten.

»Es kann nicht mehr lange so weitergehen, Moses«, sagte Josua. »Sie sind bald am Ende ihrer Geduld.«

»Und dann?«

»Sie werden einen Aufruhr anzetteln.«

»Und dann?«

»Dann lassen wir sie in der Wüste zurück«, meinte Josua ruhig und lutschte am Unterschenkel eines Schneehuhns. »Sie wissen nicht einmal, wo sie Wasser finden können. Nicht einmal die Hälfte dieses Volkes ist dir ergeben. Die anderen sind unzufriedene Trödler. Vielleicht wäre es wirklich besser, sie in der Wüste zurückzulassen. Du sagst, du willst ein Volk gründen. Willst du es mit ständigen Nörglern gründen?«

»Ich kann sie nicht im Stich lassen. Der Herr hat sie mir alle anvertraut.«

»Manche verfluchen dich.«

»Ich weiß.«

Schweigen trat ein.

»Wie viele Männer hast du nun unter deinem Befehl?« fragte Moses dann.

»Dreitausendzweihundert. Dreitausend Spieße.«

»Mach schnell. Ich habe gesagt fünftausend.«

»Ich habe getan, was ich konnte. Sie fragen sich, gegen wen sie kämpfen sollen. Die Älteren entmutigen sie. Sie glauben alle, daß wir nach Kanaan kommen und dort vorgeheizte Öfen für das Brot, eingelegte Gurken und Kühe auf den Weiden vorfinden werden.«

Josua hob ruhig den Blick und sah Moses an.
»Sich in Unterägypten dank der Verschwörung Setepentoths ein kleines Königreich zurechtschnitzen, das wollten sie, Moses, aber nicht so wie jetzt in der Wüste herumirren.«
Die Jugend sah die Lage also mit mehr Abstand und Realismus als die Alten. Für sie ging es bei dem Auszug aus Ägypten nicht um Brot und Gurken, für sie war er ein großartiges und ruhmreiches Unterfangen. Die oft bittere Ironie Mischaëls, Josuas, Zikris und einiger anderer war für Moses der einzige wahre Trost.
»Der Herr hat anders entschieden, Josua.«

In Refidim, das weiter im Süden lag[2], begann der Tag wegen des Mangels an richtigem Süßwasser mit einer Unruhe, die fast einer Meuterei gleichkam. Es hatte seit fünf Tagen nicht mehr geregnet, und die drei Brunnen, die man an den vorangegangenen Tagen gegraben hatte, hatten nur brackiges Wasser geliefert. Zusätzlich zum Hunger und der Erschöpfung hatte die Feindseligkeit gegen Moses zugenommen und bereitete den Boden für einen abscheulichen Konflikt. Am Vorabend hatte man das Lager am Fuß der hohen Berge errichtet, die am Rand der Wüste Sin lagen. Am nächsten Tag, im Morgengrauen, kamen etwa zweihundert Männer zu dem Zelt, in dem Moses schlief. Ihr Geschrei weckte ihn und versetzte Aaron in Angst und Schrecken, als er sah, daß mehrere Männer Steine in der Hand hielten.
»Wir haben die Nacht durstig verbracht!« riefen sie. »Dein brackiges Wasser verschlimmert unseren Durst nur! Und was sollen wir bei der Tageshitze machen? Unter dem Vorwand, der Herr habe es dir befohlen, hast du uns bis hierher geführt. Aber was ist das für ein Herr, der uns seit drei Monaten dem Hunger und dem Durst aussetzt? Der Prophet welches Herrn bist du, Moses? Ist es unserer? Oder vielleicht ein anderer? Bist du vielleicht der Hirte von Pazuzu?«[3]
Moses sah wohl die Steine, aber er hörte sich diese Gottes-

lästerungen ruhig an. *Warum hat der Allerhöchste dieses dumme Geschöpf geschaffen?* fragte er sich. Die Morgenluft war frisch, doch der Haß um ihn herum brannte heiß. Er hob den Blick und sah die schneebekrönten Berge. Die Frühlingswärme ließ den Schnee sicher schmelzen, so daß ein Gebirgsbach gespeist wurde. Allerdings mußte man ihn zuerst finden.

»Wartet hier«, antwortete er, ohne sich aus der Ruhe bringen zu lassen. »Vor dem Mittag werde ich zurück sein und euch sagen, wo wir Wasser finden.«[4]

Er zog sich an, nahm seinen Mantel und seinen Stab und schritt auf die Berge zu. Er kletterte die Felsen hinauf und beglückwünschte sich, daß er immer noch kräftige Schenkel und geschmeidige Waden hatte. Es war eher ein Weg für eine Gazelle als für einen Mann. Er schürfte sich die Hände und Waden auf, schnaufte tief, stieg, sich festklammernd, von einem Felsen zum anderen und blieb erst nach zwei Stunden stehen, um Atem zu schöpfen.

Selbst wenn ich Wasser finde, dachte er, kommen sie nicht bis hier herauf, um ihren Durst zu löschen.

Er blickte sich um. Eine gewaltige Landschaft aus Gold und Azurblau lag unter ihm, eine riesige Drachenhaut, die über der Oberfläche der Welt lag, hier felsig, dort unten glatt. Von diesen Höhen aus betrachtete der Allmächtige also die Welt, geschützt vor stinkendem Atem und schmutzigen Gelüsten. Ein gigantischer Wind fegte über ihn hinweg, peitschte ihn und begeisterte ihn. Ein Wind, der das Gehirn durchblies und den Körper reinigte.

»Herr! Wenn Du willst, daß ich sie dort hinführe, wo Du sie haben willst, dann zeig mir wenigstens, wo Wasser ist!«

Seine Arme schienen schwerer geworden zu sein, niedergedrückt von der Hoffnung, die auf sie zurückfiel.

Ein kurzes Geräusch ließ ihn den Kopf wenden. Etwas hatte sich am äußersten Rand seines Gesichtsfelds bewegt. Eine Gazelle. Bestimmt hatte sie mit dem Huf ein Stück Stein losgetreten. Sie hatte ihn bereits bemerkt und spähte mit samtigen, unruhigen Augen auf ihn, etwa hundert Ellen entfernt. Gazellen mußten mindestens einmal am Tag trinken. Gefährlich weit wagte er sich auf ein Felsplateau und sah über den anderen Abhang der Gebirgsausläufer. Die Gazelle nahm Reißaus wie alle wilden Tiere. Moses ließ den Blick über die Bergflanke gleiten, bis er ein sattgrünes Tal erblickte, das sich stufenweise zu der weiter unten liegenden Ebene hin öffnete. Und inmitten dieses Tales stürzte in Kaskaden ein Gebirgsbach hinab.

Er beobachtete den Wasserlauf. Das Wasser rauschte tosend von Stufe zu Stufe, in einem alten Flußbett, das stellenweise recht tief war. Unten in der Ebene schäumte der Bach unter einem kleinen Regenbogen und mäanderte dann spiegelnd in östlicher Richtung.

Würde es ihm gelingen, dem Gebirgsbach zu folgen? Er betrachtete die Gegend prüfend, spürte die Hitze, zog seinen Mantel aus und befestigte ihn als Bündel an seinem Gürtel, dann stieg er den steilen Abhang hinunter, bis das Gefälle sanfter wurde, hielt sich an Buschwerk, an Wurzeln und den stabilsten Steinen fest, argwöhnisch beobachtet von zwei oder drei weiteren Gazellen. Eine Stunde später kam er schweißüberströmt am Fuß des Gebirgsbachs an und tollte wie ein Kind in dem brausenden, kühlen Wasser herum. Er trank nach Herzenslust, kaute ein würziges Kraut, das die Zähne reinigte, und erforschte die Ebene.

Sie führte um die Gebirgsausläufer herum. Er folgte ihr und stieß wieder auf die Ebene der Küste. Nach einer weiteren Stunde war er zurück im Lager, mit müden Muskeln und freiem Kopf.

»Und?« fragte Aaron.

»Folgt mir mit euren Schläuchen, Feldflaschen und Töpfen.«

Als sie ankamen, betrachteten sie ungläubig den Gebirgsbach. Selbst in Ägypten hatten sie noch nie so reines Wasser gesehen. Dann richteten sie ihre Blicke auf ihn.

»Der Herr hat ihn mir gezeigt«, sagte Moses. »Und jetzt trinkt. Ich habe genug von eurem Gejammer, ihr Ungläubigen. Ihr seid des Allmächtigen nicht würdig.«

Betretenheit und Furcht malten sich auf ihren Zügen.

»Dieser Gebirgsbach wird ›Versuchung und Streit‹ heißen«, schloß er.[5]

Seine Stirn war dunkel umwölkt. Nur Josua, Mischaël und Zikri wagten es, ihm zu folgen.

»Ich habe noch nie so klares Wasser gesehen«, bemerkte Josua.

Reines Wasser und das Gesetz, dachte Moses. Er sollte ihnen besser das Gesetz aufnötigen, bevor die Gotteslästerer zuviel an Boden gewannen.

Das Schicksal, der verschleierte Name des Allmächtigen, sollte es anders entscheiden.

15

Erste Waffen, erster Sieg

Seit zwei Tagen lagerten sie hier und versorgten sich regelmäßig mit dem kristallklaren Wasser aus dem Gebirgsbach, als es passierte.

Um die vierte Stunde nach Sonnenaufgang saß Moses in seinem Zelt und klärte mit einem Sippenoberhaupt und klagenden Parteien einen Streitfall, bei dem sich die Kinder aus zwei verschiedenen Ehen ein Erbe teilen mußten, als schreiende Frauen herbeiliefen, sich das Haar rauften und weinten. Die Männer, die sie begleiteten, schrien ebenfalls. Moses und das Sippenoberhaupt, konsterniert über die Unterbrechung, kamen aus dem Zelt.

»Moses! Sie haben unsere Männer entführt! Unser Brüder! Unsere Söhne!«

»Wer?«

»Ich weiß nicht! Männer auf diesen abscheulichen Tieren, wie deine Beduinenfreunde sie hatten!«

Sie redeten alle gleichzeitig, und Moses hatte Mühe zu verstehen, was passiert war. Etwa tausend Männer und Frauen waren wie am Vortag zum Gebirgsbach gegangen, um Wasser zu holen, als eine Bande von Männern sie angegriffen und eine unbestimmte Zahl von Gefangenen gemacht hatte. Mehrere Apiru waren mit Dolchen verletzt worden. Moses gelang es nicht, sich eine Vorstellung von der genauen Zahl der Angreifer zu machen.

Josua und Mischaël waren herbeigeeilt.

»Josua! Ruf deine Männer zusammen!« befahl Moses.

Josua und Mischaël entfernten sich im Laufschritt. Nicht einmal eine halbe Stunde später kam Josua wieder, an der Spitze des Streitheers, das er zusammengestellt hatte, einschließlich der Ägypter.

»Wie viele seid ihr?«

»Dreitausendachthundert.«

»Wähle sofort sieben Hauptleute aus. Jeder von euch soll vierhundertfünfundsiebzig Männer befehligen. Stell die mit Spießen bewaffneten Kämpfer an die Spitze.«

»Wir haben fast alle Spieße.«

»Gut. Geht zum Gebirgsbach und folgt der Spur der Angreifer. Wenn ihr sie gefunden habt und sie euch gesehen haben, werden sie euch vom Kamelrücken aus angreifen. Zielt mit euren Spießen auf ihre Beine und werft sie herunter. Bleibt in genügender Entfernung von ihren Schwertern. Mit den Spießen müßte das möglich sein, denn solche Waffen haben sie nicht. Es kommt vor allem darauf an, sie abzuwerfen; wenn sie am Boden liegen, könnt ihr sie durchbohren. Diejenigen, die nachkommen, werden zu Fuß und daher weniger verwundbar sein. Aber auch dabei müßten eure Spieße euch einen Vorteil verschaffen. Sucht dann nach unseren Gefangenen und befreit sie. Ich werde auf den Berg steigen und Ausschau halten, wo diese Feinde ihren Schlupfwinkel haben. Gebt mir einen gelenkigen Mann mit, der mich begleitet und euch dann nachlaufen kann, um euch zu informieren.«

Josua war ein flinker Kopf. Die Hauptleute waren im Handumdrehen ausgewählt, die Befehle wurden mit vorbildlicher Klarheit weitergegeben. Ein schmächtiger Junge, dem Moses nicht viel zugetraut hätte, kam zu ihm.

»Ich bin dein Bote. Ich heiße Hur.«

»Los!« rief Moses Josua zu. Und er machte sich ans Erklettern des Berges, so wie an dem Tag, als er den Gebirgsbach entdeckt hatte. Unterwegs dachte er nach. Das waren keine Plünderer, die den Angriff organisiert hatten, sondern Leute, die in Alarm versetzt worden waren, weil man ihre Wasserstelle nutzte, also Hirten. Sie mußten zahlreicher sein als Plünderer, die es nicht gewagt hätten, tausend Personen, selbst unbewaffnete, anzugreifen.[1]

Schließlich erreichte er das Plateau, von dem aus er den Gebirgsbach entdeckt hatte, und stellte fest, daß der junge Bote, den Josua ausgesucht hatte, verblüffend gelenkig war. Hur sprang wie eine Ziege von Fels zu Fels, zehn Ellen auf einen Satz, und landete selbst auf dem unebensten Boden völlig sicher. Moses sah sich suchend nach einem Lager von Fremden um, das er neulich vielleicht übersehen hatte. Ein Lager sah er nicht, aber trinkende Schafe. Fast hundert Stück Vieh, bewacht von schwarzen Hunden. Ein Dutzend Männer in hellen Mänteln blickten suchend umher, als spähten sie nach möglichen Feinden. Wo waren die übrigen? Moses kniff in der grellen Sonne die Augen zusammen.

»Da unten!« rief Hur.

Wirklich, im Süden stieg Rauch auf. Dort befanden sich die feindlichen Lager, in einem Tal, das von dem Felsen aus, auf dem Moses und Hur standen, nicht einsehbar war und sich auf der anderen Seite bestimmt zur Küste öffnete. Moses drehte sich um und sah das von Josua angeführte Heer, das um den Berg herum marschierte. Und zu spät bemerkte er den Ansturm der Plünderer, zwei- oder dreihundert Männer auf Kamelen, die die Küste entlangritten! Ein paar Augenblicke später kam es zum Zusammenstoß. Die Räuber, in Fünferreihen, stießen auf eine Armee von Spießen, und die ersten Reihen wurden im Nu auseinandergetrieben. Daraufhin verteilten sich die anderen, um Josuas Männer und ihre vom Kamel gestürzten Mitkämpfer, die von Spießen durchbohrt oder von ihren nun am Boden liegenden Tieren zerquetscht worden waren, zu umzingeln. Sie schwangen ihre

Säbel in hohem Bogen, aber Josuas Soldaten, die Mose Ratschläge hervorragend umsetzten, hielten sie mit ihren Spießen in Schach, reizten sie mit den Spitzen, täuschten sie, und kaum gaben sich die Reiter beim Parieren des Angriffs eine erste Blöße, wurden sie mit einem raschen Stoß durchbohrt. Die Angreifer begingen allesamt den Fehler, den drohenden Spieß mit einer Hand blockieren zu wollen, während sie mit der anderen Hand den Säbel gegen ihre Kontrahenten schwangen. Doch die Säbel reichten weniger weit als die Spieße, und die Reiter, die die Spieße umklammert hielten, verloren rasch das Gleichgewicht und stürzten vom Kamel.
Von der ersten Angreiferwelle blieben nur noch etwa zehn bis zwanzig Räuber übrig, die auf das Lager der Apiru zuritten. Von oben hörten Moses und Hur die Frauen schreien, sahen aber auch, wie die Kamele sich aufbäumten und Gruppen von zwanzig oder dreißig Leuten sich auf die Angreifer stürzten, die zu Boden geworfen waren, und sie gnadenlos mit ihren eigenen Säbeln niedermetzelten.
Das war nur die erste Welle. Kurz darauf folgte eine zweite, doch als die Männer die Leichname der Ihren auf dem Boden sahen, ergriff sie eine fatale Unentschlossenheit. Die Angreifer wurden langsamer, bestürzt über die Niederlage einer so großen Zahl tapferer Krieger. Josua und seine Männer stürmten gegen sie an und bereiteten den ersten Reihen der Räuber dasselbe Los wie ihren Vorgängern. Die letzten Reihen kehrten daraufhin um, und zu Mose Erstaunen packten Josua und mehrere seiner Männer die noch lauftüchtigen Kamele, schwangen sich hinauf und verfolgten ihre Feinde.
»Was für Kerle!« murmelte Moses.
Die Schenkel um die Kamele geklammert, holten die jungen Lanzenwerfer die Plünderer ein und durchbohrten ihnen Bauch, Brust oder Hals und warfen sie dann mit ein paar Stößen ihrer Spieße aus dem Sattel. Einige verfolgten ihre Angreifer bis zum Horizont.
»Die Gefangenen!« rief Moses und stieg so rasch er konnte

vom Berg, von Fels zu Fels springend und gefolgt von Hur. Unten traf er einen der Männer Josuas auf einem von den Ägyptern erbeuteten Pferd und rief ihm zu: »Gib mir dein Pferd!« Er galoppierte in Richtung des Tals, in dem sich das Lager der Plünderer und auch die hebräischen Gefangenen befanden. Bald stieß er auf Hufspuren, und er rief allen vorbeikommenden Männern zu, sie sollten Josua verständigen.

Eine Stunde später formierten sie sich am Eingang des Tales und trabten im Bett eines fast ausgetrockneten Flusses hinein. Das Lager erstreckte sich im Hintergrund des Tales, stufenförmig auf den Ausläufern der Berge angelegt. Doch die Plünderer, ihre Frauen und ihre Kinder sahen sie kommen, und das Tal war von ihrem Geschrei erfüllt. Noch nicht unterrichtet von der Flucht ihrer Kämpfer, kamen alte Männer, junge Burschen und sogar Frauen aus den Zelten, bewaffnet mit den restlichen Säbeln, Dolchen, Stöcken und Keulen. Moses zählte tausend bis tausendfünfhundert Menschen. Der Anblick der Waffen, die man vor ihrer Nase schwenkte, verdoppelte die rachsüchtige Wut Josuas und seiner Gruppe. Die noch ungeübten Kamelreiter, gefolgt von Fußsoldaten, ritten in zwei oder drei dichten Gruppen zum Lager. Die Kamelreiter richteten ein Gemetzel an; blind durchbohrten sie jedes menschliche Wesen, das ihnen entgegenkam, gleichgültig, welches Alter oder Geschlecht … Eine Frau stürzte sich mit erhobenem Säbel auf Moses, der sich aus dem Sattel beugte und sie mit einem einzigen Hieb des bereits blutigen Bronzeschwerts enthauptete, das er zuvor einem der Toten geraubt hatte. Die Männer Josuas, die sich ebenfalls Waffen von ihren toten Feinden geholt hatten, vollendeten die Arbeit der Kamelreiter, zerschnitten die Zelte und legten Feuer. Da sah man die hebräischen Gefangenen hervorstürzen; als sie begriffen, daß die Stunde ihrer Befreiung gekommen war, hatten sie sich auf ihre Bewacher geworfen. Moses war überrascht, wie behende sie sich der auf dem Boden liegenden

Waffen – Schwerter und Dolche – bemächtigten und mit welcher Wildheit sie Rache für ihre geraubte Freiheit nahmen. Er hatte sie falsch eingeschätzt; diese ehemaligen Sklaven brannten darauf zu kämpfen. Der jahrhundertelang in den Hebräern aufgestaute Groll ließ sie kämpferisch werden, und Moses kam ein flüchtiger Gedanke: Wäre Setepentoths Aufstand erfolgreich gewesen, hätten sie Ramses' Soldaten ordentlich zu schaffen gemacht.

Bald war nicht mehr ein Feind übrig, der noch kämpfte. Zwischen den Leichen irrten noch ein paar Greise, ein paar verstörte Frauen, kleine Mädchen und Jungen umher ... Das Feuer verzehrte den Rest der Zelte. Von der verkohlten Wolle stieg ekelerregender, schwarzer Rauch zum Himmel.

Josua übertönte die Klagen der Besiegten mit seiner Trompete. Seine Männer hielten inne, und er trabte zu Moses.

»Deine Befehle«, fragte er.

»Du bist ein wahrer Anführer«, antwortete Moses und betrachtete das schweißüberströmte, aber immer noch ungerührt maskenhafte Gesicht des jungen Mannes. »Zählt unsere Gefangenen und seht nach, ob welche verwundet sind. Dann komm wieder zu mir.«

Ein kleiner Junge von sieben oder acht Jahren stand neben seinem Pferd und betrachtete ihn. Er stürzte sich auf das Pferd, und Moses stieg rasch ab, packte den Jungen und ohrfeigte ihn, während der Kleine schrie und sich wehrte. Moses ergriff ein herumliegendes Tuch und fesselte dem Jungen die Hände hinter dem Rücken. Er hätte niemals ein Kind umbringen können; das hätte bedeutet, sich selbst zu töten.

»Du willst ein Mann sein, also wirst du mein Gefangener sein. Verstehst du, was ich sage?«

Verblüfft sah das Kind ihn an.

»Verstehst du?«

Der Junge nickte.

Genau wie bei Stitho, dachte Moses. Macht und Großmut machen Lämmer aus ihnen.

»Hundertsechsundachtzig«, verkündete Josua. »Mehrere sind verletzt, aber anscheinend nichts Lebensgefährliches.«[2]
»Wir werden die Verletzten untersuchen. Jenen, die mit dem Tod ringen, geben wir den Gnadenstoß. Wer sich erholen und laufen kann, wird als Sklave mitgenommen. Das Lager wird geplündert; überwache du die Verteilung der Beute. Die Waffen stehen zunächst den Tapfersten zu, die vorher noch keine hatten. Ich will nicht, daß eine Unze von Eßbarem zurückbleibt. Danach wird das Lager komplett abgebrannt, die Leichen werden eingeäschert. Unsere Gefangenen sollen sofort die Herden zu uns treiben. Morgen werden diese Schafe unserer Siegesfeier dienen. Aber ich will nicht, daß während meiner Abwesenheit ein einziges angerührt wird.«
Josua nickte. Zum ersten Mal zeichnete sich ein Lächeln auf seinem Gesicht ab.
»Wer sind diese Leute?« fragte Moses.
»Ich habe eine Frau gefragt. Untertanen Amaleks.«
»Woher kommen sie?«
»Von Norden her.«
Eine vage Information. Später konnte man versuchen, mehr herauszufinden.
Die Geier kreisten bereits über den Überresten, die einmal das amalekitische Lager gewesen waren.
Nach Einbruch der Nacht kehrten sie zurück, vor ihnen Fackelträger, hinter ihnen die Gefangenen, die sie gemacht hatten, die vor sich her die mit der Beute beladenen Schafe, Kamele und Pferde trieben. Ihre Augen waren hohl vom gräßlichen, rachsüchtigen Schauspiel der brennenden Leichname ihrer Feinde. Sie waren erst aufgebrochen, als die letzten verkohlten Knochen in dem Feuer, das sie in der Mitte des Lagers errichtet hatten, zerfielen.
Die Schreie, mit denen die ersten Krieger empfangen wurden, stiegen bis zum Himmel, als Moses hinter seinen Fackelträgern ankam. Männer, Frauen und Kinder drängten sich um ihn, nahmen ihn in die Arme und hoben ihn auf die Schul-

tern seiner Krieger. Der kleine Junge, den er als Gefangenen genommen hatte, blieb verblüfft allein auf dem Pferd zurück.

»Dankt dem Herrn«, wiederholte Moses immer wieder.

Denn der Herr hatte diesen Abend des Triumphs gewollt, und es war sein Gott.

16

Einsamkeit

Kaum daß Moses am nächsten Morgen aus dem Meer gestiegen war, beauftragte er Aaron, Josua und die Oberhäupter zusammenzurufen.

»Wir haben uns gestern gut geschlagen. Wir waren schlecht bewaffnet, aber wir haben gesiegt. Diesen Sieg hat uns der Herr gewährt, damit wir uns in unserer Schwäche Seiner Absichten und unserer Stärke bewußt werden, wenn er unseren Arm führt. Dieser Sieg hat bewiesen, daß wir kämpfen und siegen können, vorausgesetzt, es geschieht im Namen des einzigen Gottes. Und wir werden noch mehrmals kämpfen, das ist unvermeidlich.«

Moses räusperte sich.

Es waren all jene da, die ihm vor ein paar Tagen offen die Stirn geboten hatten. Sie hörten ernst zu, und er hätte viel darum gegeben zu wissen, was sie dachten. Da sie nichts sagten, fuhr Moses fort.

»Wir haben Herden als Beute mitgebracht. Das schönste dieser Tiere wird dem Herrn geopfert, bevor ihr irgendein anderes anrührt, damit wir ihm feierlich unsere Dankbarkeit erweisen.«

Sie nickten.

»Haben wir diesen Sieg nicht schon mit unserem Schweiß

und unserer Anstrengung bezahlt?« fragte eines der Oberhäupter.
Moses preßte die Kinnbacken zusammen.
»Willst du dem Herrn seinen Anteil streitig machen? Willst du den Zorn des Herrn erregen, daß du solche unverschämten Reden hältst? Oder hast du kein Hirn? Hätte ich nicht auf göttliche Eingebung hin Spieße zurechtschneiden lassen, würden wir jetzt vielleicht nicht mehr leben. Und hätten wir diese Spieße nicht so eingesetzt, wie die göttliche Eingebung es mir befohlen hat, wäre dasselbe der Fall. Trotz unseres Schweißes und unserer Anstrengung.«
»Bist du ständig von göttlicher Eingebung beseelt?« rief einer aus.
Schon wieder eine Unverschämtheit.
»Es gibt bestimmte Tatsachen. Der Herr hat euch aus Ägypten herausgeführt. Er hat das Land mit Plagen überhäuft, um dem König seinen Zorn zu zeigen. An der Stelle, wo ihr das Schilfmeer durchquert habt, hat er die ägyptische Armee ertränkt. Bewacht von ihm, haben wir mit behelfsmäßigen Waffen gekämpft. Glaubt ihr, das sind alles Beweise meiner wunderbaren Gaben? Habt ihr Augen und seht trotzdem nichts? Ich fürchte es. Mehrere von euch sind gekommen, um mir meine Autorität abzustreiten. Neulich am Morgen haben sie mich mit Steinen in der Hand geweckt. Es waren dieselben, die Gott gelästert haben, als sie zu viele Wachteln gegessen hatten. Wie wollt ihr denn all die Zeichen, die ich aufgezählt habe, interpretieren, wenn nicht als Beweise dafür, wie der Allmächtige, dessen Stimme ich gehört habe und der mir aufgetragen hat, euch seine Gebote zu übermitteln, über uns wacht?«
Ihre ungläubigen Blicke prallten an seinen Bronzeaugen ab. Sie senkten den Kopf. Wenn sie ihn als Bevollmächtigten des Herrn anerkannten, wäre seine Autorität über sie absolut, ihre eigene unbedeutend. Moses ahnte, daß all diese Männer erregt über seine Worte debattieren würden, sobald sie allein waren.

»Sollen die Gefangenen, die du mitgenommen hast, an dem Fest heute abend teilnehmen?« fragte einer.
»Es waren Gefangene, von jetzt an sind sie Sklaven und gehören zu uns. Es ist unrecht, daß sie dasselbe Los haben wie die anderen Sklaven.«
»War es denn gerecht, daß sie unsere Männer als Gefangene genommen haben?«
»Das war es nicht. Aber wir werden ihnen ein Beispiel von Gerechtigkeit geben. So zwingen wir ihnen unser Gesetz auf, das Gesetz des Herrn. Ihr könnt nun gehen.«
Sie standen auf; mehrere hatten immer noch finstere Gesichter.
Auf dem Weg zu seinem Zelt drehte sich ein Oberhaupt zu Moses um und fragte: »Sie beschimpfen uns. Was sollen wir tun?«
»Ich komme mit euch. Wie viele sind es?«
»Hundertelf.«
Der Bengel, den Moses am Tag zuvor gebändigt hatte und bei sich und Aaron im Zelt hatte schlafen lassen, beobachtete die Szene mit seinen ständig staunenden Augen.
»Komm mit«, befahl ihm Moses.
Die amalekitischen Gefangenen saßen oder lagen weiter oben im Lager zwischen zwei Zelten, bewacht von einem Dutzend von Josuas Soldaten. Zusammengekrümmt, manche noch vom Blut des Kampfes bespritzt, saßen sie da, die Hände gefesselt, und wirkten verdrossen.
»Habt ihr ihnen zu essen und zu trinken gegeben?« fragte Moses.
»Noch nicht.«
Die Sippenoberhäupter betrachteten die Szene mißtrauisch. Moses trat unter die Gefangenen. »Hört mir zu!« rief er. Einige wandten ihm und vor allem dem Jungen, der frei neben ihm lief, die Köpfe zu.
»Ihr habt uns angegriffen, und ihr habt verloren. Ihr seid Gefangene. Diese Lage könnt ihr gegen die Stellung von Sklaven

eintauschen. Dann teilt ihr unser Los und unsere Nahrung, dann werdet ihr unseren Gesetzen und unserem Gott unterstellt. Doch ihr dürft uns nicht mehr beleidigen und müßt uns dieselbe Ergebenheit bezeugen wie alle anderen Sklaven. Habt ihr mich verstanden?«

»Du hast unsere Väter, unsere Brüder und unsere Söhne töten lassen«, konterte einer, »und nun forderst du unsere Treue?«

Er sprach dieselbe Sprache wie die Midianiter, die fast gleich war wie die Sprache der Apiru, und jeder konnte das Gespräch verstehen.

»Wir haben die getötet, die uns angegriffen haben und unsere Leute gefangennehmen wollten. Wenn manche von euch ihren Haß pflegen wollen, steht es ihnen frei. Wer lieber in der Wüste zurückbleiben will, als das Los der Sklaven zu teilen, soll sofort antworten, indem er aufsteht. Wir werden sie mit einer Feldflasche Wasser und einem Brot zu den Überresten ihres Lagers zurückführen. Wer sich uns zu den von mir genannten Bedingungen anschließen will, soll sitzen bleiben.«

»Was wirst du mit dem Kind machen, das du bei dir hast?« fragte ein anderer.

»Es hat mich angegriffen, ich habe es überwältigt und zur Vernunft gebracht. Ich werde mich darum kümmern wie um ein Kind der Unseren«, antwortete Moses und drehte sich zu dem Jungen um, der ihn aus nachdenklichen Augen ansah.

»Was wird aus ihm werden?«

»In sechs Jahren wird er ein freier Mann sein.«

»Und wir?«

»In sechs Jahren werden auch unsere Sklaven freie Männer.«[1]

Die Gefangenen begannen zu debattieren. Einige wollten sich schon andeutungsweise erheben, setzten sich aber wieder, als die anderen protestierten.

»Ich erwarte eure Antwort«, sagte Moses. »Ich warte nicht den ganzen Tag darauf.«

»Wir nehmen an«, sagte schließlich ein schon älterer Mann.

»Sehr gut. Bindet sie los«, befahl Moses, an die Wachsoldaten gewandt. »Gebt ihnen zu trinken und zu essen und bringt sie dann ans Meer, damit sie sich waschen können. Aaron, überwache du die Verteilung der Sklaven auf die einzelnen Sippen. Sie sollen den Fischern helfen.«
Moses entfernte sich mit den Sippenoberhäuptern, die ihm wohlgesinnt waren, um die Herden zu inspizieren, die sie den Amalekitern abgenommen hatten. Er suchte den schönsten Widder aus und beschloß, daß dieser dem Herrn geopfert werden solle. Gefolgt von Aaron, schritt er majestätisch von dannen, um der Zeremonie die notwendige Feierlichkeit zu verleihen. Dann begab er sich zur Mitte des Lagers und sah sich suchend nach einem flachen, erhöhten Felsen um, der für alle sichtbar war und als Altar dienen konnte. Als er einen gefunden hatte, forderte er, alle Tätigkeiten im Lager sollten unterbrochen werden. Das dauerte eine gewisse Zeit. Aaron ließ sich den schärfsten Säbel geben, um das Tier zu opfern.
»Dieser Widder wird dem Herrn geopfert, dem einzigen Gott, der euch aus Ägypten herausgeführt hat!« verkündete Moses und ließ das Echo seiner Stimme von den Felswänden zurückklingen. »Der Herr ist euer einziger Gott und Meister, und Ihm müssen die ersten eurer kostbarsten Besitztümer geopfert werden. Wenn wir in Kanaan sein werden, werdet ihr Ihm den ersten Wein, die erste Getreidegarbe und die ersten Früchte aus euren Obstgärten opfern.«
Er suchte mit seinen Augen die Aufsässigen, jene, die mit Steinen in der Hand gekommen waren, und stellte fest, daß sie hier und da in Dreier- oder Vierergruppen zerstreut waren. Auch sie beobachten ihn, mit gerunzelten Brauen, aber stumm, da sie ahnten, daß sie beim ersten Protest von Josuas Soldaten ergriffen würden, von diesen Soldaten, die gesiegt hatten und es nicht dulden würden, daß man den Schutz des Herrn in Zweifel zog.
»Ohne den Herrn, euren Gott«, fuhr Moses fort, »seid ihr nur eine Horde von Flüchtlingen, die in der Wüste umherirren,

ohne Heim und Herd. Mit dem Herrn seid ihr ein Volk, das unterwegs ist in das Land, das seinen Vorfahren verheißen worden war. Seit wir Ägypten verlassen haben, wurden mehrere von euch von bösen Geistern ergriffen und haben sich aufgelehnt, da sie nicht imstande waren, noch ein paar Stunden Hunger oder Durst zu ertragen. Sie haben gedacht, sie würden sich gegen mich auflehnen, aber sie haben sich geirrt!« Seine Stimme donnerte. »Ich bin nur der Mann, den ihr als Anführer gewählt habt, um euch aus Ägypten zu führen, aber ich bin das Werkzeug des Herrn! Die Rebellen haben sich gegen den Herrn erhoben und Seinen Zorn erregt!«[2]

Gemurmel erhob sich, verstohlene Blicke richteten sich auf die Sippenoberhäupter, die ihm die Stirn geboten hatten. Moses wartete, bis das Schweigen drückend wurde. Im Hintergrund richteten Josua und seine Soldaten ihre Spieße auf. Man hatte Moses mit Gewalt, sogar mit Mord gedroht; er würde ebenso antworten.

»Ihr habt euch an die vergänglichen Götter Ägyptens gewöhnt, an diese Götter, die nicht in das Leben der Sterblichen eingreifen. Aber unser Herr ist ewig! Er ist allmächtig! Und er greift in das Leben derer ein, die er erwählt hat! Er ist in diesem Augenblick unter uns, er erforscht unsere Herzen! Die Furcht vor dem Herrn sei in euch wie die Furcht vor eurem Untergang!«

Diesmal herrschte absolutes Schweigen. Man hörte nur den Wind und das Rauschen der Wellen.

»Morgen ist der Tag des Sabbat, muß ich daran erinnern? Das Fleisch, das ihr heute kocht, muß euch auch für morgen reichen.«

Josua und Mischaël steckten das Holz auf dem improvisierten Altar in Brand. Moses gab Aaron ein Zeichen, und zwei Männer zerrten den Widder zum Altar. Das Blut spritzte auf den Stein; Josuas und Mischaëls Diener legten das Tier auf die Feuerglut. Zuerst stieg der beißende Rauch des verbrannten Fells auf, dann der süßliche Rauch des Blutes und des

Fleisches, das in der Glut verkohlte. Moses wandte sich an die Menge und musterte sie.

»Geht in Frieden.«

Langsam zerstreuten sie sich. Er wußte sehr gut, was sie dachten. Sie hatten ihn für einen der Ihren gehalten, zwar sicher mit einem besonderen Los, dessen Entscheidungen sie jedoch anfechten konnten. Sie hatten sich getäuscht; wenn er das Sprachrohr des Herrn war, liefen sie, wenn sie ihn nicht anerkannten, Gefahr, dem Herrn zu mißfallen. Moses begegnete Aarons Blick, der das Gesicht vom Feuer abwandte, und stellte fest, daß er ihm auswich. Der militärische Sieg und das Fleisch, das sie braten würden, hatten ihren Preis: die Unterwerfung unter die Autorität.

Die Klagelaute der Tiere, die man schlachtete, erfüllten das Lager. Moses stieg auf sein Pferd und galoppierte am Meer entlang. Sein Kopf war voll von Erinnerungen an Nesaton, an Jitros Stolz, ein Gewirr von Erinnerungen, in denen er den roten Faden nicht fand. Er spürte, daß Ernüchterung ihn bedrohte, und er füllte seine Lungen mit Luft, bemühte sich, so zu atmen, wie Nesaton es ihn gelehrt hatte, um rein zu werden! Die Einsamkeit würde er ertragen, doch unter der Bedingung, rein zu sein.

Die Einsamkeit war ihm sicher.

17

Rückkehr nach Ezjon-Geber

Zwei Monate später marschierten sie die Küste des Golfs von Ezjon-Geber entlang. Zahlreiche Schiffe kreuzten auf See. Ohne sie genau erkennen zu können, konnte man sich denken, wie ungläubig die über die Reling gebeugten Matrosen und Kaufleute ans Ufer starrten: Zehntausende von Menschen, die langsam, unaufhaltsam am Ufer entlangzogen, ein ganzes Volk, das sich auf den Weg gemacht hatte.
Moses stellte sich nicht das Erstaunen der Seeleute, sondern das Entsetzen der Bewohner von Ezjon-Geber vor, wenn sie sahen, wie diese Volksmasse ihre Stadt umzingelte.
»Wartet hier auf mich!« sagte er zu Aaron, als der Zug nur noch einen halben Tagesmarsch von der Stadt entfernt war, die von weitem in der Sonne funkelte. »Es ist sinnlos, wenn wir alle nach Ezjon-Geber gehen, das viel zu klein ist, um uns aufzunehmen.«
»Laß mich dich begleiten.«
Moses zögerte, dann stimmte er zu. Sie trabten auf ihren Pferden los.
Sie mußten am Hafen entlang, bevor sie die Hügel hinaufreiten konnten, wo Moses es vorhatte, dorthin, wo Zippora, seine Kinder und Jitro auf ihn warteten. Rufe erschollen. Sie hielten an und saßen ab. Kaufleute und Schiffer packten sie

am Arm, überrascht von ihrer Erscheinung, eine Umarmung nach der anderen folgte.
»Moses! Ist es wahr, was wir gehört haben?«
Natürlich hatten sie es von Seeleuten gehört, die in Ägypten gewesen waren.
»Moses, du reitest zu Jitro, nicht wahr? Er und deine Frau erwarten dich. Jitro hat gesagt, daß du zurückkommst.«
»Aber wo sind die Apiru?«
»Ich habe sie ein Stück zurückgelassen. Ich wollte über Durchzugsrechte und Brunnenrechte verhandeln und Lebensmittel kaufen.«
»Wie viele seid ihr?«
Einer der führenden Kaufleute hatte die Frage gestellt, einer der lokalen Herren, die ihm einst ihre Freundschaft entgegengebracht hatten.
»Siebenundzwanzigtausend.«
»Du hast siebenundzwanzigtausend Apiru aus Ägypten herausgeführt?«
Eine Menschenmenge hatte sich um sie angesammelt.
»Aber das ist ein ganzes Volk! Du bist ein König geworden! Wo zieht ihr hin?«
»Nach Kanaan.«
»Wir müssen im Stammesrat darüber sprechen. Die Durchzugsrechte werden euch gewährt, hab keinen Zweifel. Aber die Wasserrechte müßt ihr bezahlen, Moses. Ich weiß nicht einmal, ob wir genug Brunnen haben. Der Wasserspiegel des Araba sinkt gerade.«
»Ich verstehe das. Genau darüber möchte ich mit euch reden.«
»Geh zu Jitro, wir werden uns heute abend alle dort treffen«, riet man Moses.
Aaron schien besorgt.
»Wer ist dieser Jitro?« fragte er.
»Mein Schwiegervater. Du hast ihn gesehen. Du hast bei ihm geschlafen, als du aus Ägypten gekommen bist. Er ist ein Sip-

penoberhaupt der Midianiter, der mich aufgenommen hat, als ich aus Ägypten geflohen bin.«

»Du bist mit seiner Tochter verheiratet? Du bist mit einer Midianiterin verheiratet?«

»Ich habe sogar zwei Kinder mit ihr.«

»Du hast also vier Kinder, zwei von einer Ägypterin, und zwei von einer Midianiterin?«

Moses antwortete nicht; sein Gesicht verfärbte sich.

»Aber wie kannst du unser Anführer und der Gatte einer Midianiterin sein?«

Moses hielt abrupt sein Pferd an: »Bist du sicher, daß du mit mir zu Jitro kommen willst? Ich kann sehr gut allein darüber verhandeln, welche Rechte wir bezahlen müssen.« Sein Ton war barsch, fast drohend.

»Bist du ein Midianiter oder einer von uns?« konterte Aaron.

»Du bist kein Bruder nach meinem Herzen, Aaron!« erwiderte Moses mit zusammengepreßten Zähnen. »Immer ein Urteil im Mund! Immer ein giftiges Wort! Wie deine Schwester! Willst du Krieg gegen die Midianiter führen? Ihr Heuchler, habt ihr nicht genug mit den Ägyptern und Ägypterinnen herumgehurt?«

»Ich dulde nicht ...«

»Du hast nichts zu dulden, Aaron! Kehr um! Du kommst nicht mit zu Jitro. In deiner Anwesenheit wird die Milch sauer! Zurück!«

Keuchend und mit finsterem Blick galoppierte Moses los.

Als er sich später ein wenig gefaßt hatte, verlangsamte er das Tempo und rief: »Herr! Warum hast du mir Leute ohne Herz auferlegt? Du hast mich unter den Ägyptern auserwählt, damit ich diese engstirnige Masse hin zu Deinem Reich führe! Also hilf mir!«

Er holte tief Atem und dachte, daß es unter diesen Leuten immerhin auch Menschen wie Josua, Issar und Mischaël gab. Tränen traten ihm in die Augen.

Als er an seinem Ziel ankam, liefen ihm noch mehr Tränen

aus den Augen. Er ritt auf die Zelte zu. Ein paar Augenblicke später kam eine Frau heraus, einen Krug in der Hand, und rätselhafterweise, vielleicht weil sie Pferdehufe gehört hatte, blieb sie plötzlich reglos stehen und sah ihn von weitem an, dann von weniger weit, dann von nahem ... Eine Welle von Blut und Feuer erfüllte sein Herz.

Fast fiel er vom Pferd vor ihre Füße.

»Ich wußte, daß du es bist, ich weiß nicht, warum«, murmelte sie.[2]

Jitro und alle anderen waren herausgekommen. Stitho, der kleine Dieb von einst, fiel auf die Knie, umklammerte Mose Schenkel und wiederholte immer von neuem: »Mein Meister! Mein Meister!« Lebensfreude überwältigte Moses. Er lachte. Man vergaß darüber sein ausgemergeltes Gesicht, seine vorzeitigen Falten, seine ersten weißen Haare.

Der Herr gewährte ihm eine Atempause.

II

Der Berg des Herrn

1

Die Silhouette von Schwertern

Ein Bote wurde zu den Apiru geschickt, die einige Pferdestunden von Ezjon-Geber entfernt lagerten, um ihnen mitzuteilen, daß Moses erst am nächsten Tag zurückkehren würde, um sie von seinen Unterhandlungen zu unterrichten.
Die acht Stammeshäupter von Ezjon-Geber richteten bei Jitro ein Festmahl aus. Sie taten ihr Bestes, denn sie empfingen einen König. So bezeichneten sie ihn.
Erneut fragten sie Moses nach der Zahl der Apiru, die aus Ägypten fortgezogen waren.
»Siebenundzwanzigtausend!« riefen sie verblüfft. »Kannst du sie beherrschen?«
Da Moses bejahend antwortete, fuhren sie fort: »Wir hätten es nicht gerne, wenn irgendwelche Hitzköpfe plötzlich Geschmack daran finden, uns anzugreifen. Wir würden zurückschlagen, trotz der Freundschaft, die wir dir entgegenbringen.«
»Keiner der Unseren wird euch angreifen.«[1]
»Und wohin wollt ihr?«
»Nach Kanaan.«
»Es stimmt, daß dort unten Apiru leben ... Wir haben erfahren, daß du gegen die Amalekiter gekämpft hast.«
»Sie haben uns angegriffen. Sie nahmen ganz ohne Vorwar-

nung zweihundert unserer Männer als Gefangene. Wir haben uns aufgemacht, um sie zu befreien. Und dann haben wir Gefangene gemacht«, erklärte Moses.

Nachdenklich trank er seinen Wein. Seit einer Woche zeichnete sich eine Silhouette von Schwertern am Horizont ab. Die Wüste war nur eine Ruhepause gewesen. Von nun an mußte man mit der Feindschaft der anderen Völker rechnen. Er sagte sich, daß er letztendlich das Amt eines Lebensmittelverwalters und das eines Kriegsherrn hatte. Essen und kämpfen, das waren die beiden grundlegenden Tätigkeiten eines Volkes. In Seiner höchsten Weisheit hatte der Herr ihn das nicht vorher wissen lassen. Und zweifellos hatte er den Mann ausgewählt, der benötigt wurde; bei den Ägyptern hatte er die Erfahrung gewonnen, Befehle zu erteilen.

»Du bist also der Anführer von siebenundzwanzigtausend Personen«, fuhr der Älteste der Oberhäupter fort. »Die Macht der Größten unter uns erstreckt sich höchstens auf zweitausend. Du hast noch kein Königreich, aber wir kennen dich, seit die Diebe dich König der Dämonen genannt haben. Dein Königreich wird dir nicht lange versagt bleiben.«

Er hob sein Glas, und Moses tat es ihm nach. Der Wein war herb, aber für ihn war es ein Getränk, das Gott würdig war.

»Ich bin nur der Diener meines Gottes«, antwortete er.

»Es hat auf der Erde keinen Menschen gegeben, es gibt keinen und es wird keinen geben, der nicht Diener seines Gottes ist, Moses. Das Wesentliche besteht darin, es zu wissen.«

Erneut hoben sie die Gläser.

»Ruhm unseren Göttern!«

»Selbst unter jenen, die es wissen, gibt es wenige, die zu Königen bestimmt sind«, fuhr der Greis fort. »Manche erobern durch das Schwert. Du besitzt die wertvollere Gabe: Du eroberst durch deine Gegenwart. Wir haben Jitro gehört. Er ist unser Vermittler. Er spricht zu unseren Göttern. Sein Blick reicht weiter als unserer, obwohl es mir auch nicht an

Erfahrung mangelt. Er hat uns gesagt, daß die Hand der Götter sich auf dich gelegt hat. Er hat es wieder einmal richtig gesehen.«

»Trinken wir auf Jitros Scharfblick!«

Das war besser, als auf den Scharfblick des Redners zu trinken, dachte Moses, denn dieser würde es sich auch nicht versagen, zum Schwert zu greifen. Seine Miene mußte seine Gedanken verraten haben, denn er bemerkte plötzlich, daß einer der Gäste ihn lange belustigt ansah. Ebenso verlegen wie neugierig erwiderte Moses den Blick und stellte fest, daß es Hobab war, Zipporas Bruder, sein eigener Schwager! Er begann zu lachen, und Hobab lachte ebenfalls, dann stand er auf und setzte sich zu Moses, ein wenig hinter ihm, so daß sie sich unterhalten konnten, ohne daß alle sie hörten.

»Du hast mich zuerst nicht erkannt.«

»Nein. Verzeih mir.«

»Die Zeit. Ich habe mich verändert.«

»Dein Bart ist schöner, deine Miene selbstsicherer.«

»Du hast dich nicht verändert. Du bist derselbe, von dem mein Vater gesagt hat, die Hand der Götter habe sich auf ihn gelegt. Gerade hast du in dich hineingelacht, als die Sippenoberhäupter auf den Scharfblick meines Vaters tranken.«

»Ich habe nicht über die Glückwünsche gelacht, Hobab, und noch weniger über den Scharfblick deines Vaters, der groß ist. Sondern über die Flüchtigkeit menschlicher Bündnisse. Diese Männer, die mich ehren, werden mir einen Dolch in den Bauch stoßen, sobald ich sie bitte, das Wasser eines Brunnen mit meinem Volk zu teilen.«

»Du glaubst also nicht an Bündnisse zwischen den Menschen?«

»Habe ich das nicht gesagt?«

»Warum glaubst du dann an die Treue meines Vaters zu dir?«

»Weil sie nicht mir gilt, sondern der Tatsache, daß wir, einer im anderen, unsere Treuepflicht zur göttlichen Macht erkannt haben.«

»Du würdest also nicht an meinen Treueeid glauben, wenn ich ihn leisten würde?«
»Ich würde daran glauben, wenn du zustimmen würdest, mir zu folgen und mein Los und das meines Volkes zu teilen. Kein Mann kann sich die Treue eines anderen das ganze Leben lang bewahren. Nur der Bund mit einem Gott ist die Mühe wert.«
»Du würdest mir also nur glauben, wenn ich dir folge?«
»Ja, das meine ich. Willst du mir folgen?«
»Ich habe mein Land, meine Götter ...«
»Komm mit uns! Du wirst unser Führer sein und unser Schicksal teilen. Nicht ich, aber mein Herr wird dich belohnen.«
Hobab antwortete lange nicht.
»Ich komme, Moses«, erklärte er schließlich. »Aber das ist deinetwegen und wegen des Widerscheins, den dein Gott auf dich wirft. Es ist ein einziger Gott, der die Hand auf dich gelegt hat, ich weiß nicht, woher ich das weiß, aber ich weiß es von nun an.«[2]
Die Oberhäupter besprachen sich bis weit in die Nacht. Schließlich gewährten sie Moses für hundert Silberschekel die Brunnenrechte für einen Monat, unter der Bedingung, daß zu jedem der vierzehn Brunnen nicht mehr als hundert Personen pro Tag kamen, denn sie mußten ihre eigene Versorgung sichern. Sie wollten ihm an Mehl, Öl und Gemüse verkaufen, was sie konnten, ebenso das Vieh, über das sie verfügen konnten: maximal dreihundertdreißig Lämmer, Schafe und Mutterschafe. Alle stimmten Jitros Rat zu, daß es besser sei, wenn die Apiru nur in kleinen Gruppen nach Ezjon-Geber kamen; ihre Masse würde die Bevölkerung beunruhigen. Sie konnten sich auf den nördlichen Hügeln entlang des Araba niederlassen, am Rand der Wüste Paran. Dort, an den Ufern des Wildwasserflusses, konnten sie nach Regenfällen ihre Wasservorräte zusätzlich auffüllen. Dann bestiegen die Sippenoberhäupter ihre Kamele und kehrten zu sich nach Hause

zurück. Alles war zufriedenstellend, und Moses beglückwünschte sich, daß Aaron nicht an der Versammlung teilgenommen hatte.
Moses blieb mit Jitro allein.
»Man hat mir Berichte übermittelt, und mein Kopf glaubte nicht daran, wohl aber mein Herz. Du hast die Amalekiter geschlagen, hat man mir erzählt?«
Moses nickte.
»Aber ihr hattet keine Waffen?«
»Spieße, die wir aus Baumästen geschnitten und deren Spitzen wir im Feuer gehärtet haben.«
Jitro schüttelte den Kopf.
»Du bist ungeduldig, deine Frau wiederzusehen. Geh schlafen. Wir werden uns morgen abend weiter unterhalten.«

Sie, die Oase nach der Wüste.
»Du bist ein Geschenk meines Gottes«, murmelte er.
Lachend, sich in den Armen haltend, schliefen sie plötzlich ein. Manchmal beherrscht das Gefühl den animalischen Trieb. Im Herzen wird das sinnliche Blut zu Zärtlichkeit geläutert.
Die Kinder weckten sie. Gerschom, der fast fünf Jahre alt war, und Eliëser, dreieinhalb, zwei rundliche, goldene Löwenjungen, die sich lachend auf den Strohschütten ihrer Eltern herumrollten.
»Was wirst du mit ihnen machen?« fragte er. »Kommst du nicht mit mir?«
»Aber wohin gehst du?«
»Nach Kanaan.«
Sie stand auf, um den Zeltvorhang zurückzuschlagen, dann ging sie, um heiße Milch zu holen, und kam mit einem Krug, vier Schalen und Honigbrötchen zurück.
»Es wird vielleicht Kämpfe geben, Moses. Willst du deine Söhne den Schwertern der Feinde aussetzen?« Sie goß Milch in eine Schale und reichte sie Moses. »Ich werde kommen,

wenn du in Kanaan bist. Ich weiß, daß ich nicht lange warten muß.«

Er trank nachdenklich seine Milch. O ja, es würde Kämpfe geben. Da waren auch noch Aaron, Miriam und einige andere, voller Feindseligkeit gegen die Fremde.

Er hatte sich gerade in derselben behelfsmäßigen Hütte gewaschen wie früher, diesmal mit Stithos Hilfe, als Jitro erschien.

»Wollt ihr direkt nach Kanaan hinaufziehen, wie du gestern abend gesagt hast?« erkundigte er sich. »Ihr werdet die Edomiter um das Durchzugsrecht bitten müssen, und das sind keine sehr zugänglichen Leute.«

»Willst du sagen, daß wir gegen sie kämpfen müssen?«

»Ich befürchte es. Sie sind zahlreicher als die Amalekiter, mit denen ihr es zu tun hattet. Sie haben befestigte Orte. Und sie haben Bündnisse mit den Ägyptern geschlossen.«

»Das erfordert allerdings einiges Nachdenken.«

»Im übrigen beunruhigt es mich, was du alles zu tun hast. Du bist zugleich Anführer, Kriegsherr und Vorratsverwalter all dieser Leute. Ich kann mir vorstellen, daß es unter diesem Volk interne Streitigkeiten gibt und daß du obendrein noch als Richter tätig sein mußt. Dabei habe ich dein Amt als religiöses Oberhaupt noch gar nicht erwähnt. Wie kannst du das alles gleichzeitig machen?«

»Mein Bruder Aaron hilft mir. Und die Verantwortung für unsere Soldaten habe ich bereits abgetreten. Aber es ist richtig, daß ich zuviel zu tun habe. Weißt du eine Lösung?«

»Die Verantwortlichkeiten aufteilen, Moses. Richter, Vorratsverwalter, Schatzmeister einsetzen … Anders kannst du deinen Plan nicht zu Ende führen.«

»Aber bereits dazu brauche ich Hilfe.«

»Ich will dir gerne helfen.«

»Dazu müßtest du aber ins Lager kommen.«

»Ich komme morgen. Diese Probleme müssen geregelt werden, bevor ihr euch wieder auf den Weg macht.«[3]

Moses stieg auf sein Pferd, das Stitho vorschriftsmäßig gestriegelt und abgerieben hatte, und bat den jungen Mann, ihn zu begleiten, da er für die Verbindung zwischen dem Lager der Apiru und Ezjon-Geber einen Boten brauchte. Er fand das Lager, Aaron und die Sippenoberhäupter in einiger Aufregung vor und fragte sich, ob es nicht insgeheim ein Komplott gab, um an seiner Stelle einen anderen Anführer zu ernennen. Da er keine näheren Anzeichen erkannte, musterte er alle von oben herab und informierte sie über den Handel, den er mit den midianitischen Oberhäuptern geschlossen hatte.
»Warum können wir uns nicht bei diesen Leuten niederlassen?« fragte ein Sippenoberhaupt.
»Wir sind siebenundzwanzigtausend. Das hieße, bei ihnen einzufallen, und wir wären räumlich sehr beengt. Ihre Lager können höchstens zweitausend Personen aufnehmen. Zur Verärgerung käme noch Unbequemlichkeit hinzu.«
Aaron blieb wie immer noch skeptisch: »Wann werden sie uns die Lebensmittel liefern?«
»Im Lauf des Tages.«
»Wir haben Hunger.«
»Ihr habt immer Hunger«, entgegnete Moses. »Es ist nicht die Rede von Schlemmerei; die Zeit der einfachen Kost ist noch nicht vorbei. Dreihundertdreißig Schafe genügen kaum für die Mahlzeit eines Tages. Ich weiß noch nicht, welche Mengen an Mehl und Öl uns zugestanden werden, aber ich weiß, daß die Midianiter keine riesigen Vorräte haben. Brot soll nach und nach gebacken und möglichst gerecht verteilt werden.«
»Sind wir noch weit von Kanaan entfernt?«
»Was die Entfernung betrifft, nein. Was die Zeit betrifft, ja. Um dorthin zu gelangen, müssen wir die Edomiter um das Durchzugsrecht bitten, und es ist fraglich, ob sie es uns ohne Schwierigkeiten gewähren, wenn sie es überhaupt tun.«
»Wir haben die Amalekiter überwältigt«, sagte Aaron. »Warum sollten wir nicht auch die Edomiter überwältigen?«

»Weil sie zahlreicher sind, weil sie besser bewaffnet sind und die Straßen von befestigten Orten aus kontrollieren. Und weil ich Blutvergießen so weit wie möglich vermeiden will.«

»Also nun?«

»Also nun, ich werde mir etwas einfallen lassen.«

Zwei oder drei Dutzend Männer und Frauen jeden Alters kamen in diesem Augenblick herbei. Sie hatten alle Probleme, die geregelt werden mußten, baten um Ratschläge, hatten Streitigkeiten, die geschlichtet werden mußten ...

»Wie du siehst, haben wir viele Fragen, die wir erörtern müssen«, sagte eines der Oberhäupter. »Manche von uns sind gestorben, und das wirft Erbschaftsfragen auf. Es geht außerdem um Probleme des Freikaufs.«

Seit der Angelegenheit mit der Erbfolge Eliabs vor ein paar Monaten hatte Moses bereits mit vielen Streitigkeiten als Richter fungiert. Inzwischen waren weitere alte Leute gestorben, und so gab es natürlich neue Schwierigkeiten. Es schien, als würde ihre Zahl im Lauf der Tage immer mehr anwachsen.

»Worum geht es denn diesmal?« fragte Moses verstimmt. »Gibt es so große Erbschaften, daß man die Aufteilung gesetzlich regeln muß?«

»Wir werden nicht immer in der Wüste sein«, argumentierte eines der Oberhäupter. »Wir werden bald in einem Land ankommen, das uns gehören wird. Es ist besser, wenn die Dinge klar sind.«

»Wir brauchen rasch eine bessere Organisation«, entschied Moses, der an Jitros Ratschläge dachte. »Ich kann mich nicht persönlich um jeden von euch kümmern.«

Seine Aufgabe wurde immer schwieriger, sagte er sich. Dabei erriet er noch nicht einmal die Hälfte.

2

Die Schafe der Zwietracht

Fast gleichzeitig tauchten drei neue Schwierigkeiten auf, die Moses zu schaffen machten.

Die erste war die offenkundige Mißstimmung, mit der Moses empfangen wurde, als er wieder einmal nach der Nacht bei Zippora auf den Hügeln ins Lager zurückkehrte. Aaron und einige der Sippenoberhäupter, zu denen sich ein paar Frauen gesellten, musterten ihn feindselig. Miriam und Elischeba standen ganz vorn.

»Was sollen diese Schlangenblicke?« fragte Moses Miriam grob.

»Gehörst du zu uns oder zu den Midianitern, da du jeden Abend bei einer Midianiterin schläfst?« rief sie.

Die anderen Frauen hörten der Auseinandersetzung von weitem zu.

»Sie ist meine Frau, seit die Midianiter mir einst Zuflucht geboten haben.«

»Das weiß ich wohl«, kreischte Miriam. »Das ist der wunde Punkt! Du hast midianitische Kinder!«

»Sie sind keine Midianiter, da sie von mir sind.«

»Bastarde!« zischte Elischeba, Aarons Frau, verächtlich.

Moses trat drohend auf sie zu. »Bist du eine Frau oder eine Hyäne? Wenn sich der Herr von mir abgewandt hätte, hätte er nicht zu mir gesprochen, als ich diese Frau bereits als Gattin genommen hatte!«

Frauen und Männer standen hinter ihnen zusammen und tuschelten, daß »er« die Söhne einer Fremden in ihren Kreis bringen wollte.

»Der Herr! Der Herr! Du führst nur dieses Wort im Mund!« blaffte Elischeba. »Was hättest du denn getan, wenn mein Mann Aaron die Unseren in Ägypten nicht versammelt hätte?«

Moses hob den Arm, um seiner Schwägerin eine Ohrfeige zu geben, hielt sich aber zurück. »Jetzt reicht es!« donnerte er. »Das ist nicht nur Auflehnung. Das sind die Stimmen der Niedertracht, die den Herrn beleidigen! Diese Frau ist meine Gattin, und ich will, daß man sie achtet und mir nicht mehr damit in den Ohren liegt!«

»Die Frauen haben recht«, erklärte Aaron, plötzlich kühn geworden. »Wie kannst du unser Oberhaupt sein, wenn du eine Midianiterin in unser Volk bringst? Deine Kinder wurden mit fremder Milch gesäugt!«

Einige der Sippenoberhäupter, immer dieselben, wiederholten mit wenigen Abwandlungen Aarons Worte. Moses erriet, welches Spiel sie spielten: Sie wollten Aaron als Anführer. Da er weit beeinflußbarer war als er, könnten sie ihm leichter ihren Willen diktieren.

»Und was ist mit euch, ihr Heuchler? Wollt ihr, daß ich durch das Lager gehe und eure ägyptischen und nubischen Gattinnen zähle? Aaron, Miriam und du, Elischeba, die Gift aus dem Mund verspritzt, verschwindet aus meinen Augen! Noch ein Wort über meine Gattin, und ich behandle euch als Gefangene und lasse euch von Soldaten bewachen! Bereut! Oder ich lasse euch für eine Woche aus dem Lager ausschließen! Dich eingeschlossen, Aaron!«

Sein Vetter Mischaël, mittlerweile einer der Hauptmänner Josuas, wohnte in Begleitung einiger Soldaten der Szene bei; er schickte einen von ihnen, um Josua zu informieren. Aaron,

Elischeba und Miriam traten zurück und verschwanden murrend in ihren Zelten.
Moses zeigte mit dem Finger auf die Sippenoberhäupter: »Ihr auch! Verschwindet aus meinen Augen! Ich zögere nicht, auch euch aus dem Lager auszuschließen! Der Fluch wird auf jene fallen, die sich den Plänen des Herrn widersetzen, vergeßt das nie wieder!«[1]
In diesem Augenblick kam Miriam in einem Zustand äußerster Erregung wieder aus ihrem Zelt. Mit wirrem Haar, die Arme gen Himmel gestreckt, murmelte sie vor sich hin, doch ihre rauhe Stimme machte die Worte fast unverständlich.
»Der Herr!« rief sie dann. »Ich sehe den Herrn! Herr, komm uns bei unseren Leiden zu Hilfe! Der Herr befiehlt uns, daß wir uns von der Tyrannei befreien! Herr, ich höre dich! Du forderst von mir, daß ich mein Volk heiße, sich gegen die Tyrannei zu erheben!«
Wie wahnsinnig umkreiste sie ihr Zelt, die Augen verdreht und die Kleider so in Unordnung, daß eine Brust herausquoll. Sie spielte wieder einmal Prophetin. Eine kleine Menschenmenge scharte sich um sie, um die Szene zu beobachten, und man murmelte, ja, man müsse sich von der Tyrannei befreien!
»Die Frau kläfft nur«, sagte ein Alter spöttisch. »Sie hat Bilsenkraut gegessen, gebt ihr Nieswurz!«[2]
»Das ist meine Schwester!« protestierte Aaron. »Sie ist eine Prophetin!«
Auch wenn sich nicht alle täuschen ließen, so konnte Miriam doch aus den Reihen der Feinde Mose eine Gruppe um sich scharen. Man brauchte keineswegs große Intelligenz, um das Motiv ihrer improvisierten Vorstellung zu begreifen: Sie rivalisierte mit Moses und wollte ihm seine Autorität streitig machen. Ihre Reden über die Befreiung ihres Volkes waren regelrecht aufrührerisch, und Moses und Josua verstanden sie auch so.
»Sie wird einen Skandal auslösen«, murmelte Josua.

Moses ging entschlossenen Schrittes auf Miriam zu und packte sie am Arm. Sie tat so, als würde sie aus ihrer Trance gerissen, stieß einen durchdringenden Schrei aus und versuchte zurückzuweichen. Doch er hielt sie mit festem Griff.
»Wirst du sofort mit diesem Getue aufhören! Genug mit deinem Schwindel! Du bist ebensowenig eine Prophetin wie die erstbeste Ziege!«
Sie fixierte ihn mit weit aufgerissenen Augen, stumm, Speichel lief ihr aus dem Mund.
»Der Herr ...«, murmelte sie mit hohler Stimme.
»Der Herr wird dich zu Staub zermalmen, du dumme Gans!« rief Moses und schüttelte sie heftig. »Ab in dein Zelt!«
Zu seinem Halbbruder gewandt setzte er hinzu: »Bring dieses Frauenzimmer in ihr Zelt, und daß ich nichts mehr von ihr höre!«[3]
Die zweite Schwierigkeit tauchte kurz vor Mittag auf, als die Boten der Kaufleute von Ezjon-Geber kamen und mitteilten, daß sie die verkaufte Schafherde brachten, und Männer und Lasttiere forderten, um von ihren Kamelen das Mehl, das Öl und das Gemüse abzuladen, die Teil des Handels waren. Moses, der immer noch verstört an den Ausbruch von Gehässigkeit und die Fratzen des Morgens dachte, erkannte das Problem erst später. Alle kamen aus den Zelten, um das Vieh zu betrachten, das unter dem Hirtenstab eines halben Dutzends midianitischer Hirten von den Eichen und Zwergakazien beschatteten Weg entlangzog.
Moses schickte Mischaël nach Aaron. Dieser kam, widerwillig und freimütig zugleich.
»Ruf die Sippenoberhäupter zusammen«, befahl Moses barsch. »Sie sollen das Gold, Silber und Kupfer bringen, das wir brauchen, um die Schafe zu bezahlen.«
Daraufhin beauftragte Moses Mischaël, die Männer und Lasttiere, die man brauchte, um das Mehl, das Öl und das Gemüse zu holen, zusammenzurufen. Er selbst überwachte die Bezahlung, als das dritte Problem auftauchte. Jitro kam im

Lager an, gefolgt von zwei Dienern, die Moses Teller voller Leckereien und Früchten brachten.
Sobald Aaron Jitro sah, wurde seine Haltung stocksteif. Moses warf seinem Bruder von weitem einen tadelnden Blick zu. Aaron senkte den Kopf. Mehrere Sippenoberhäupter, die beobachteten, wie Moses auf Jitro zuging und die beiden sich nach den Regeln mit respektvollen und liebevollen Umarmungen begrüßten, fragten bei Aaron nach. Daraufhin steckten sie tuschelnd die Köpfe zusammen. Moses sah es aus den Augenwinkeln, und es verhieß ihm nichts Gutes. Als er Jitro in sein Zelt geführt hatte, ließ er Josua holen, um diesem den Auftrag zu geben, alle Sippenoberhäupter vor seinem Zelt zu versammeln.
Sie kamen, die einen – diejenigen, die am selben Morgen Aarons Partei ergriffen hatten – streng blickend, die anderen neugierig. Moses wartete, bis sie alle um ihn versammelt waren und Josua eine Hundertschaft mit Spießen bewaffneter Soldaten aufgestellt hatte, dann ergriff er das Wort.
»Jitro, der Midianiter, der uns die Ehre erweist, uns zu besuchen, ist mein Schwiegervater. Er ist ein weiser Mann.«
Jitro neigte lächelnd mehrmals den Kopf. Die Sippenoberhäupter musterten den Fremden, der von Moses mit solchen Artigkeiten bedacht wurde und der Schwiegervater ihres Anführers war.
»Deshalb habe ich um seinen Rat gebeten«, fuhr Moses fort. »Ihr wißt, wir sind so viele, und ich kann mich nicht gleichzeitig um Essen, Wasser, Fragen der Bezahlung, Urteile bei Streitigkeiten und die Kriegführung kümmern.«
Moses überließ Jitro das Wort, und dieser erklärte, eine so zahlreiche und so unterschiedlichen Bedürfnissen unterworfene Gemeinschaft könne man nur organisieren, indem man eine Hierarchie aufstellte. Er schlug vor, Moses solle die vertrauenswürdigsten Männer auswählen und ihnen die Verantwortung über eine gewisse Anzahl von Menschen – etwa hundert – übertragen. Diese Männer sollten wiederum Ver-

antwortliche benennen, die für etwa zehn Menschen zuständig waren. Diese Oberhäupter, von Moses in dem Gesetz, das er anwenden wollte, unterwiesen, sollten das Amt von Richtern ausführen, einfache Angelegenheiten entscheiden und sich nur in komplizierten Fällen an Moses wenden.

»Aber wir haben bereits unsere Sippenoberhäupter«, wandte einer mißmutig ein.

Jitro, mit verständnisvoller Miene, zögerte mit der Antwort. »Ein Richter muß unparteiisch sein. Und die Sippenoberhäupter sind doch mit ihren Sippen verbunden?«

»Das stimmt« unterbrach Moses, »und ich schließe mich Jitros Ansicht an. Die Sippenoberhäupter sind in erster Linie ihren Sippen ergeben. Im Fall einer Auseinandersetzung wären sie ganz natürlich geneigt, die Ihren zu bevorzugen. Doch wir sind nicht länger nur noch Sippen, sondern ein Volk, und ich will, daß jeder von uns zuerst das Interesse der Allgemeinheit im Auge hat.«

Die Sippenoberhäupter zogen ellenlange Gesichter; sie sahen, wie ihre ganze Macht im Nu zerrann. Doch offenkundig strebten mehrere von ihnen bereits eine Stellung als Oberhaupt einer Gruppe an.

»Bleibt uns dann überhaupt keine Macht mehr?« fragte einer.

»Euch bleibt die Macht über eure Familien«, entschied Moses. »Zudem will ich, daß ein Schatzmeister sich um die gesamten Zahlungen, die wir leisten müssen, und um die Verteilung unserer eroberten Beute kümmert. Es ist nicht gerecht, daß manche Sippen reicher sind als andere. Bis wir uns in Kanaan niederlassen, müssen wir all unsere Mittel gemeinsam verwalten. Wenn es etwa um die Bezahlung von Schafen geht, haben manche Sippen mehr bezahlt als andere, und es wäre nicht richtig, wenn sie über mehr Tiere verfügen wollten als andere, die nicht mehr bezahlen konnten.«

»Wir hatten auch in Ägypten nicht dieselben Reichtümer«, wandte jemand ein.

»In Ägypten waren wir dem Pharao unterworfen. Nun – ich

wiederhole es – sind wir ein freies Volk, und wir brauchen all unsere Stärke. Stark sind wir aber nur, wenn wir einig sind. Ihr habt zugestimmt, daß Josua den Befehl über unsere Soldaten übernimmt, und ihr könnt euch dazu nur beglückwünschen. Ihr werdet euch auch dazu beglückwünschen, wenn ein Schatzmeister sich um die Geldangelegenheiten der Gemeinde kümmert.«

Untereinander debattierend gingen sie auseinander. Die Landschaft schien friedlich, der Himmel war klar, die Luft mild. Die Fischer holten ihre Netze ein. Die Frauen teilten sich das Mehl und das Öl, duftender Rauch stieg auf, der von der Brise in verschiedene Aromen geteilt wurde, Akazienholz oder der sinnliche Geruch von Brot mit Öl. Es war fast wie Glück. Fast hätte man gemeint, so könnte das Leben ohne Unterbrechung weitergehen.

Gegen Abend, als Jitro fort war, kamen die Sippenoberhäupter wieder.

Nachschon, der älteste Sohn eines Oberhaupts namens Aminadab, wandte sich an Moses: »Wir haben nachgedacht, und wir bitten dich um deinen Rat. Diese Schafe, die wir gekauft haben, ergeben ein oder zwei Mahlzeiten, danach bleibt nichts, so wie beim letzten Mal. Und wir haben nicht unendlich viel Mittel an Gold, Silber und Kupfer.«

Er machte eine Pause und sah Moses aus seinen dunklen Augen an. »Unter den Tieren, die wir gekauft haben, sind viele Mutterschafe.«

Moses nickte billigend. Doch plötzlich erkannte er die Schwierigkeit, die ihm nicht klar gewesen war, als die midianitischen Hirten mit den Schafen gekommen waren. Diese Tiere tranken Wasser. Es bestand die Gefahr, daß sich die Probleme mit den Brunnenrechten verschärften, auch mit den Midianitern. Doch er konnte seinen Leuten nicht das Recht verweigern, Herden zu züchten, die ihnen gehörten und ihre Versorgung mit Fleisch sicherten – ein Vorrat, der um so wichtiger war, da die Apiru in wenigen Tagen in Richtung

Kanaan auf das Hochland kommen würden, weg vom Meer, so daß es keinen Fisch mehr gab. Das Schicksal hatte entschieden, dachte Moses. Israel brauchte Herden, um zu überleben, und daher mußte es gegen die anderen Völker kämpfen. Am Tag zuvor hatte er zu sehen geglaubt, daß sich Schwerter am Horizont abzeichneten; nun war er sicher, daß es die Schwerter waren, die das Land der Kinder Israels aus dem Stein des Landes hauen würden.

»Macht es so, wie ihr es vorschlagt«, erklärte er.

Sie nickten zufrieden, schienen aber nicht geneigt, sich zu erheben.

»Wir haben noch eine Frage«, fuhr Nachschon schließlich fort. »Soll Jitro einer unserer Richter sein?«

»Keinesfalls«, erwiderte Moses nach gewisser Zeit. »Er kennt unser Gesetz nicht.«

Diese Antwort verblüffte sie.

»Was ist unser Gesetz? Wo ist es geschrieben?« fragte einer.

»Der Herr wird es vorschreiben, wann er es für gut hält.«

Bisher kannte noch niemand das Gesetz. Wer konnte also Richter sein? Doch niemand stieß auf diesen Widerspruch.

»Wem würde deine Frau die Treue halten, wenn wir mit den Midianitern in Streit geraten? Und wem gilt deine Treue?«

»Zieht ihr meine Treuepflicht in Zweifel?« rief Moses gekränkt. »Genügt es euch nicht, daß ich euch auf Befehl des Herrn bis hierher geführt habe? Genügt es euch nicht, über die Ägypter und über die Amalekiter gesiegt zu haben? Was stellt ihr für Fragen? Glaubt ihr, daß ich gegen euch die Partei der Midianiter ergreifen würde? Und glaubt ihr, daß meine Frau gegen ihren Gemahl und gegen ihre Kinder die Partei der Midianiter ergreifen würde?«

Drückendes Schweigen kehrte ein.

»Wir wollten dich nicht beleidigen«, erklärte Nachschon. »Vielleicht solltest du unsere Offenheit als Vertrauensbeweis ansehen. Wir breiten vor dir aus, was wir auf dem Herzen haben.«[4]

»Ich wünschte, eure Herzen wären klüger, und eure Klugheit gelassener«, antwortete Moses.

Am Abend rief er Josua zu sich ans Feuer. Der junge Mann setzte sich neben ihn. Die Frage, die Moses stellte, war einfach: »Wie viele Männer und wie viele Waffen haben wir?«
»Ungefähr viertausenddreihundert. Alle bewaffnet. Entweder mit Spieß oder mit den Schwertern, die wir den Amalekitern abgenommen haben. Ein paar Schilde aus Leder. Die Schleudern habe ich nicht gezählt. Mit Schleudern schießen können wir letztendlich alle.« Josua hielt die Hände ans Feuer. »Ich habe alle ägyptischen Gefangenen einbezogen, und auch schon einige Amalekiter.«
Moses schien erstaunt.
»Sie sind ausgezeichnete Soldaten«, fuhr Josua fort. »Die Ägypter waren bereits ausgebildet. Und es ist besser, diese Männer als Soldaten zu verwenden. So behalten sie ihre Selbstachtung. Die Erniedrigung als Sklaven hätte sie aufrührerisch werden lassen.«
»Du weißt, was du tust, du hast mein Vertrauen«, erklärte Moses. »Ich habe dir gesagt, daß wir mindestens fünftausend Männer brauchen ...«
Josua wollte ihn unterbrechen, doch Moses schnitt ihm das Wort ab: »Ich bin sicher, daß du dein Bestes getan hast. Aber wir brauchen fünftausend Männer, Josua, sofort. Und noch mehr. Schnell!«
Josua richtete seinen ruhigen, klaren Blick auf ihn. »Wegen der Herden, nicht wahr?«
Die rasche Auffassungsgabe des jungen Mannes verblüffte Moses. »Du siehst das Problem richtig.«
Josua stand auf. »Die Zeit drängt.«
Die Sterne funkelten. Moses betete, dann nahm er sein Pferd und kehrte zu Jitro und Zippora zurück.
Demnächst würde er seine Frau und seine Söhne zu den Seinem mitnehmen müssen. Welchen Empfang würde man ih-

nen bereiten? Mußte es sein, daß sein Volk ihm sein intimstes Glück streitig machte? Er hob den Blick gen Himmel; die Sterne funkelten noch heller, da die Nacht nun noch dunkler war.

Wenn man tief einatmete, wenn man all diese fiebrigen Gedanken aus sich verscheuchte, begannen Nacht und Sterne in die Seele einzudringen, so wie eine offene Flasche sich mit dem Wasser des Himmels füllt ... Der Herr kehrte in die Seele ein. Ja, das konnte nur der Herr sein, diese Nacht voller wispernder Sterne.

3

Erste Niederlassung

Am Tag nach dem Sabbat machte sich der Zug wieder auf den Weg.

»Wo gehen wir hin?« fragte Aaron, als er feststellte, daß sie nicht der Straße nach Ezjon-Geber folgten, sondern nach Norden in ein enges Tal zwischen zwei Gebirgsmassiven abbogen.[1]

»In ein Gebiet, wo wir verschnaufen können«, antwortete Moses. »Ich habe bemerkt, daß viele von uns, darunter auch die Besten, keuchenden Pferden ähneln. Es sind nun drei Monate, seit wir aufgebrochen sind, und die Strapazen beginnen die Herzen zu verderben. Es ist an der Zeit, daß wir ein Bewußtsein erlangen, was wir sind, daß unsere Seelen zur Ruhe kommen, und daß die Gegenwart des Herrn unsere Herzen durchdringt.«

Er hatte geantwortet, fast ohne nachzudenken. Die Worte waren aus ihm herausgesprudelt, ohne daß er seine Überlegungen zu Ende gedacht hatte. Nun waren seine Ideen gereift.

»Die Wüste ist dabei, uns in eine Horde zu verwandeln, nicht in ein Volk, und die Organisation, die ich auf Jitros Rat hin bestimmt habe, genügt nicht als Abhilfe. Es nützt nichts, von Männern und Gesetzen regiert zu werden, wenn wir die Schwingung der Gottheit nicht verspüren.«

Er wandte kaum den Kopf, als er zu seinem Bruder sprach. »Wir sind hier durch den Willen des Herrn«, fuhr er mit volltönender Stimme fort, »aber ich sehe Ihn weder in euren Augen noch in euren Herzen. Seit wir aufgebrochen sind, verbreitet sich der Geist der Zwietracht. Selbst dich hat er angesteckt, Aaron.«
Aaron senkte den Kopf. Zippora und ihre beiden Söhne folgten ihnen dicht, auf einem der Kamele sitzend, die sie den Amalekitern abgenommen hatten. Moses hatte sie von Jitro geholt und durchgesetzt, daß sie bei ihnen blieben, sein Blick hatte dabei Blitz und Donner verbreitet. Doch nun sah er nachdenklich aus, fast sanft. Er dachte daran, wie gewaltsam er in der vergangenen Nacht Besitz von Zipporas Körper ergriffen hatte. Wie ein Dieb! Wie ein unersättlicher Vergewaltiger! Wie ein Jüngling, der zum ersten Mal den Körper des geliebten Mädchens erkannte! Wie ein Raubtier, das mit dem Mund, den Fingern, dem Geschlecht alles verschlang ... Nacheinander alles knetend, die Füße, das Hinterteil, die Brüste, als wolle er sie modellieren, dann wieder zum Angriff ansetzend, wie ein Mörder, bis ihm das Zucken Zipporas, von den Schultern bis zu den Lippen, bewies, daß sie für sich selbst gestorben war, daß sie ihm ganz und gar gehörte, Fleisch, Blut, Flüssigkeit und Atem ...
Zippora hatte sich schließlich vor diesem Ansturm von Muskeln und Haut, der wie ein Wirbelwind über sie gekommen war, geängstigt.
»Alles hat seine Zeit«, hatte er halblaut gesagt. »Es wird eine Zeit kommen, in der ich mir nicht mehr gehöre, Zippora. Ich werde dem Herrn gehören. So gebe ich dir, was ich dir geben kann, und nehme von dir, was ich nehmen kann, bevor unsere Erinnerung sich mit Staub füllt.«
Die Liebe ist ein Zweikampf mit der Welt, hatte er gedacht, als sie sich erschöpft nebeneinander ausstreckten. Der Körper einer Frau war das Chaos vor der Geburt des Universums. Und vielleicht hatte Adam Eva in einer wilden Umarmung

mit Lehm, dem der Schöpfer schließlich Leben zugestanden hatte, erschaffen ... Er stellte sich Adam vor, besessen von einer gewaltigen Erektion, wie er sich auf der Böschung eines Flusses rollte, übermannt von den Qualen und Wonnen des Begehrens ... Zweifellos hatte der Schöpfer genau das gewollt. Nach der Mühe, die gewaltige Wirrnis zu ordnen, die aus Seinen Händen entstanden war, hatte er dem Mann die Nachfolge überlassen und ihn damit betraut, selbst die Frau zu erschaffen ...

Doch diese Träumereien wurden durch Aarons Stimme unterbrochen.

»Du trägst es mir nach, daß ich Miriams Partei ergriffen habe.«

Moses richtete seinen goldenen Blick auf seinen Bruder.

»Wenn ich dir diese Verblendung nachtragen würde, Aaron, spräche ich nur für mich. Ich spreche aber nicht für mich. Ich spreche im Namen des Gottes, der euch aus Ägypten geführt hat, um aus euch ein Volk zu machen. Ihr habt in Ägypten die lasterhaften Gewohnheiten angenommen, die von der Sklaverei erzeugt werden, und hier, in der Wüste, seid ihr immer noch Sklaven. Sklaven auf der Flucht, aber ohne Frömmigkeit.«

Die Sonne malte die niedrigen Berge im Osten gelb und rosa; auf den Gebirgsstöcken im Westen verbreitete der Schatten Rot und Violett.

»Wenn wir so weitermachen, bis wir in Kanaan sind«, fuhr Moses fort, »dann sind wir wie die Amalekiter, eine riesige Horde, die nur an Festgelage, Schlachtgetümmel und Schlemmereien denkt und ohne Unterlaß über Rache und Rivalitäten brütet. Das ist des göttlichen Plans nicht würdig.«

»Was willst du tun?«

»Ich weiß es nicht. Der Herr, dessen Diener ich lediglich bin, wird es mir eingeben.«

Der Ton duldete keinen Widerspruch und wirkte durch seine stille Festigkeit um so gebieterischer. Aaron erkannte den ungestümen jungen Mann, den er am anderen Ufer des Schilfmeers angetroffen hatte, nicht wieder.

»Es gibt noch eins, das ich nicht gesagt habe«, fuhr Moses fort. »Aus jedem Stamm werden wir die Männer wählen, die uns am inbrünstigsten und am frömmsten erscheinen, die offen für den Herrn sind. Sie werden es sein, die den Herrn preisen.« Moses ließ einen Augenblick verstreichen. »Du wirst ihr Oberhaupt sein.« Nach einer weiteren Minute des Schweigens setzte er hinzu: »Es kommt nicht in Frage, daß jene Männer, die sich gegen mich gestellt haben, zu dieser Auswahl gehören.«

»Es gibt aber fromme Männer unter ihnen«, wandte Aaron ein.

»Reine Lippenfrömmigkeit. Ihr Herz war nicht offen für den Willen des Herrn.«

Drei Tage später kamen sie in die Täler im Westen der Wüste Araba. Die zurückgelegte Strecke war kurz, aber da sie nun Herden mit sich führten, kamen sie langsamer voran. Es war die fünfte Stunde nach dem Morgengrauen. Moses blickte über die Landschaft. In der Ferne erhob sich ein unregelmäßiger Gebirgsbogen. Täler weiteten sich, je tiefer sie lagen, und verschmolzen mit einer Gruppe von Hügeln, in deren Mulden sich die Vegetation alle Mühe gab zu gedeihen, hier und da aber immer noch eine graue Färbung behielt. Doch die Schafe würden hier nicht eingehen, in den kommenden Tagen würden sie genügend zum Weiden finden. Blitze hatten die Nacht durchzuckt, ein kurzer Regenguß hatte den Fluß Araba aufgefüllt und das Gras mit Wasser durchtränkt. Doch nach diesem Abend würde der glitzernde Strom nur noch ein Rinnsal sein. Man mußte Brunnen ausheben.[2]

»Hier sind wir«, erklärte Moses.

Aaron betrachtete prüfend die Landschaft, ohne erkennen zu können, warum sie besonders geeignet war, oder imstande zu sein, mit seinem Bruder darüber debattieren zu können. Er kehrte um und galoppierte bis zum Ende des Zuges, um die

Sippenoberhäupter und die Richter zu informieren. Moses wandte sich um und umfaßte Zippora, die mit ihren beiden Kindern sprach, mit einem zärtlichen Blick. Als nächstes sah er zu Josua, der auf ein kurzes Kopfnicken seines Anführers hin herbeikam.

»Erkunden wir die Gegend«, sagte Moses.

Zwergeichen, Akazien, Terebinthen, Lorbeerbäume, Tamarisken und auf den Anhöhen ein paar Kiefern und wenig Zypressen; an diesem Ort mangelte es also niemals völlig an Wasser. Davon zeugten die Büschel von Myrten, Doldengewächsen und verschiedenen Gräsern, die hartnäckig gegen Flecken unwirtlichen Schotters ankämpften. Moses erkannte den weißen Diptam, der sich eines Tages, als er weiter südlich herumgeirrt war, plötzlich vor seinen Augen entzündet hatte, gerade bevor er die Stimme hörte …

»Nicht leicht zu verteidigen«, bemerkte Josua. »Man kann leicht umzingelt werden.« Er zeigte auf alte Feuerstellen, auf Reihen von Steinen, auf Stellen, die sichtlich für die Errichtung von Zelten begradigt worden waren. »Wir sind hier weder die einzigen noch die ersten.«

Moses nickte. Auch er hatte die Feuerspuren gesehen, die gebleichten Knochen von einem Festmahl, die Stücke von zerbrochenem irdenen Geschirr. Josua begann den Blick eines Anführers zu entwickeln; jeden Tag verdiente er mehr das Vertrauen, das Moses instinktiv in ihn gesetzt hatte.

»Was schlägst du also vor?« fragte Moses.

»Daß wir uns auf den höchsten Hügeln niederlassen«, erwiderte Josua.

Er zeigte mit dem Finger auf Spuren, die Pfaden ähnelten, zwar schwach, aber dennoch zu deutlich, um zufällig zu sein. »Die Leute kommen hier von Osten und von Norden.« Er ritt einen dieser Pfade entlang, und Moses folgte ihm.

»Sieh hier, das ist Gras, das vor ein paar Wochen abgeweidet wurde. Und schau diese Sträucher an. Die niedrigen Äste sind abgefressen, an der Rinde ist genagt worden, hier wa-

ren Ziegen am Werk. Und auf dem Boden die vielen Tierkötel. Hierher kommen Herden zum Weiden.«
Er wandte sich an Moses.
»Wenn man uns bisher nicht angegriffen hat, so deshalb, weil man uns nicht gesehen hat. Aber ich gebe uns höchstens noch ein paar Tage, bevor wir bemerkt werden.«
»Dann werden wir also kämpfen müssen«, meinte Moses in fiebrigem Ton. »Wir können uns nur dort niederlassen, wo es Wasser gibt, und überall, wo es Wasser gibt, sind bereits Menschen. Unser Überleben hängt von Waffen ab. Das Wort Gottes wird uns schützen, Josua.«
»Wir sind noch nicht in Kanaan«, bemerkte Josua und sah Moses fragend an. »Wie lange willst du dich hier niederlassen?«
»Ein paar Monate.«
Die Antwort schien Josua zu verdrießen: »Dann müssen wir Schutzwälle bauen.«
»Bauen wir Schutzwälle.«
»Zuerst müssen wir wissen, auf welchem Hügel die Leute sich niederlassen werden.«
Erneut musterte er die Landschaft.
»Oder vielmehr, auf welchen«, fuhr er fort, »wir sind ja so viele. Ich werde die auswählen, die einen natürlichen Schutz bieten, weil sie sich an das Gebirge schmiegen. Etwa diese dort.«
Er zeigte mit dem Finger auf die Hügel im Osten.
Moses hörte zu, dachte nach, und plötzlich hörte er auf nachzudenken. Die Sonne schien, funkelte, explodierte über einem Berg, dort hinten im Norden, an einem vollkommen klaren Himmel, und Moses wurde davon ergriffen, als hätte er keinen Gedanken mehr, als sähe er die Sonne zum ersten Mal, als übermittle diese Sonne ihm eine außergewöhnliche Botschaft. Moses fühlte sich durch sie innerlich und äußerlich geblendet, er verspürte eine Glut, ein unverwandtes Brennen. Dieses Gefühl begann im Magen, so heftig, daß Mo-

ses gegen Übelkeit ankämpfen mußte, dann stieg es hinauf zum Herzen und erfüllte den ganzen Kopf, drohte aus den Augenhöhlen hervorzuschießen und Moses mit einer Glutwolke zu überschwemmen. Dieses Licht, das war ... ja, das war der Feuerstrahl, nach dem er einst gesucht hatte ... Seine Hand hob sich, als würde sie von einem anderen Willen angetrieben als dem seinen. Erfüllt von Strahlenglanz verharrte er so, den Arm ausgestreckt, sein ganzes Wesen schwebte, wie ein Block Metall, der geschmolzen wird.

Dann wurde er wieder gewahr, daß Josua sich an seiner Seite befand. Er wandte sich dem jungen Mann zu, und der alarmierte, bestürzte Gesichtsausdruck Josuas drang durch den leuchtenden Vorhang, der Moses blendete. Er öffnete die Lippen, doch er brachte nichts heraus.

»Moses!«

Wozu bloß diese Sorge? fragte sich Moses verwirrt. Warum der äußeren Welt Bedeutung beimessen? Warum sollte er, Moses, auf die lächerlichen Sorgen der anderen antworten?

»Moses!« wiederholte Josua, lenkte sein Pferd näher zu ihm und streckte den Arm nach seinem Anführer aus. »Fühlst du dich gut?«

»Vollkommen«, antwortete Moses. »Warum?«

Josua schluckte.

»Weiter hinten erwartet man uns«, erklärte er mit bemüht gleichmäßiger Stimme. »Ich sage den Leuten also, sie sollen sich auf den Hügeln niederlassen, die ich dir gezeigt habe?«

Moses nickte.

»Es wäre besser, du kommst mit mir, wenn ich das Lager organisiere«, fuhr Josua fort. »Einige haben sicher Einwände vorzubringen.«

Moses wischte die Erwähnung von Einwänden mit einer Handbewegung beiseite. Eine Bande von Nörglern, die auf die erste Gelegenheit lauerten, ihre lächerliche Existenz kundzutun und Speichel abzusondern.

Aaron kam besorgt herbeigeritten. »Was ist los? Was hast du beschlossen? Das Volk wartet, es wird ungeduldig.«
Diese Ungeduld verärgerte Moses.
»Sag ihnen, sie sollen kommen. Sie sollen sich auf diesen zwei Hügeln niederlassen.«
»Auf diesen beiden Hügeln? Aber wir werden dem Wind von allen Richtungen ausgesetzt sein …«
Moses strenger Blick schnitt Aaron das Wort ab.
»Gut, ich gehe.«
»Ich hole meine Soldaten zusammen!« rief Josua. »Wir müssen heute noch anfangen, die Schutzwälle zu bauen!«
Moses blieb allein in dem Tal. Sein Blick richtete sich unwiderstehlich auf den Berg. Wolken verschleierten die Sonne; der Strahlenglanz war unterbrochen. Zu Fuß schritt er auf den Berg zu, der einem ruhenden Löwen glich. Am Fuß eines Hügels bemerkte er neben aneinandergereihten Steinen, die sicher die Grenzen eines Lagers markiert hatten, einen flachen Felsen. Er betrachtete ihn prüfend und erkannte Blutspuren. Zorn überkam ihn. Die anderen Götter, die falschen Götter … Er würde sie vernichten! Er spuckte auf den Altar und setzte seinen Weg fort. Es gab nur einen einzigen Gott. Den Gott, der sich ihm in der Wüste offenbart hatte.
»Ein einziger Gott!« rief er.
Er kehrte um und sah in der Ferne Josuas Soldaten herankommen. Er hatte Josua versprochen, daß er bei der Niederlassung zugegen sein würde. Er saß auf, zog am Zügel und kehrte um, immer noch erstrahlt von dem Licht, das ihn vor wenigen Augenblicken besessen hatte. Es war Gott, es konnte nur Gott sein, der ihm dieses Zeichen gesandt hatte.

4

Die Eindringlinge

»Warum haben wir die Gipfel dieser Hügel ausgewählt, die so windig sind? Wir werden an Kälte sterben!«
»Und wo finden wir Wasser, wenn die Gebirgsbäche ausgetrocknet sind?«
»Die Sippe Issachars will ein größeres Gebiet haben als die anderen, das kann man nicht hinnehmen!«
»Was sind das für Schutzwälle? Wogegen sollen sie uns schützen? Gegen Ziegen?«
Im Morgengrauen des ersten Tages erwachte Moses vom Echo der Proteste und der empörten Bemerkungen. Er sprang mit einem Satz auf und ging zu Aaron. »Komm mit mir.«
Sie riefen die Richter für dringliche Beratungen zusammen. Es waren elf.
»Ich will diese Zwistigkeiten nicht mehr hören. Wenn sie an die Ohren des Herrn dringen, wird der göttliche Zorn uns eine größere Plage schicken als die über Ägypten. Ich beauftrage euch, unverzüglich den guten Willen aller wiederherzustellen, aus Ehrfurcht vor dem Herrn, der uns bis hierher beschützt hat. Aaron wird darüber wachen, daß aller Geist der Zwietracht bis heute abend aus unseren Reihen verschwunden ist.«
»Ist dies das Land, das der Herr uns zugeteilt hat?« fragte

Nadab, einer der Richter. »Warum halten wir hier an? Welchen Sinn hat diese Niederlassung?«
Die spürbare Verärgerung in seiner Stimme überraschte Moses, und er wandte sich an Aaron. »Hat euch mein Bruder, der nach mir euer Oberhaupt ist, nicht erklärt, daß bei unserem Marsch ins Gelobte Land eine Pause nötig ist, damit wir wieder zu uns kommen?« erwiderte er. »Seit wir aus Ägypten weggezogen sind, höre ich nichts als eure Unzufriedenheit. Nicht ein einziges Mal habt ihr eine frei von Herzen kommende Danksagung an die himmlische Macht gerichtet, die euch vom Pharao befreit hat. Ich will, daß dieses Land hier euch Gelegenheit gibt, euch zu sammeln und euch der Tatsache bewußt zu werden, daß ihr ein einziges Volk seid, das dem Willen des Herrn untertan ist, und keine Horde ausgehungerter und ständig unzufriedener Vagabunden.«
»Aaron hat es uns gesagt«, antwortete der Richter. »Aber das genügt nicht, um uns zu überzeugen. Wir sind unzufrieden, weil wir immer noch nicht in diesem Land sind, das der Herr unserem Vorvater Abraham verheißen hat. Bring uns schnellstmöglich dorthin, und die Unzufriedenheit, die dich verdrießt, wird von selbst verschwinden.«
»Und wie glaubt ihr denn, daß wir nach Kanaan kommen?« rief Moses. »Glaubt ihr, daß dort Ländereien auf uns warten, daß wir dort nur unseren Samen aussäen brauchen, damit wir ernten können, daß Brunnen und Flüsse nicht genutzt werden und nur darauf warten, bis wir uns die Mühe machen, das Wasser daraus zu schöpfen? Wo habt ihr bloß euren Kopf! Glaubt ihr, in Kanaan sind bereits unsere Häuser gebaut, mit einem Feuer im Herd und mit Töpfen, in denen man Fleisch kochen kann? Wir müssen dieses Land erobern! Wir müssen es mit Waffengewalt, mit unserer Tapferkeit und durch unsere Einheit erobern! Und was kann unsere Einheit festigen, wenn nicht unser Glaube an den Herrn! Aber euere Einheit existiert noch gar nicht! Ihr werdet ständig von Streitigkeiten umgetrieben! Der Beweis dafür ist, daß ich euch als Richter

bestimmen mußte, damit ihr diese unablässigen Zänkereien schlichtet, und ihr seid andauernd beschäftigt! Ich habe darauf vertraut, daß ihr weise seid, aber kaum seid ihr in eurem Amt eingesetzt, haltet ihr euch für die Anführer unseres Volkes! Und ihr seid so tapfer wie Kinder an der Mutterbrust, denn ihr könnt keinen einzigen Tag lang Hunger oder Durst ertragen! Und was die Waffen anbelangt, hätte ich euch nicht die Miliz gegeben, die von Josua geführt wird, nebenbei gesagt, ein sehr viel klügerer Mann als ihr, hätten euch bereits die Amalekiter vernichtet!« Er schöpfte Atem.

»Ich will, daß ihr euch während unseres Aufenthalts hier bewußt werdet, daß ihr das vom Herrn auserwählte Volk seid und daß ihr ohne den Herrn nichts seid! Nichts als eine Horde von Flüchtlingen mit Seelen, die in der Finsternis verweilen!«

Der Schall seiner Stimme hatte etwa hundert Männer angelockt, die sich um die kleine Gruppe scharten. Einer von ihnen, ein Greis, den Moses nicht kannte, trat vor und hob seinen abgemagerten Arm.

»Der Herr hat sich mir nicht offenbart«, sagte er. »Ich habe nicht das Format von Moses. Ich weiß nicht, was der Herr ihm gesagt hat. Aber ich höre an seiner Stimme, was er in seinem Herzen hat, und ich weiß es – was er sagt, ist richtig und gut für uns alle.«

Die Richter, aus der Fassung gebracht, drehten sich zu dem alten Mann um.

»Hört mich an, weise Männer«, fuhr dieser fort. »Ich habe während unseres Auszugs aus Ägypten gelitten, so wie wir alle, und aufgrund meines Alters sicher ein wenig mehr als die meisten von euch. Ich habe das Recht, zu euch zu sprechen, weise Männer. Ich werde dem, was Moses euch gerade gesagt hat, noch etwas hinzufügen. Er sagt euch, daß wir ohne den Herrn nichts sind. Und ich sage euch, daß wir auch ohne Moses nichts sind. Und ich bin nicht der einzige, der dieser Ansicht ist!«

Die Richter senkten betroffen die Köpfe. Wenn sie von denen mißbilligt wurden, von denen sie Unterstützung erwartet hatten, war ihre Autorität in Gefahr.
»Wie lange müssen wir in diesem Land bleiben?« fragte ein gewisser Gilead.
»Es kommt dem Menschen nicht zu, die Zeit des Herrn zu bemessen«, antwortete Moses. »Der Herr allein kann die Stunde entscheiden, zu der wir uns wieder auf den Weg machen müssen.«
Die folgenden Tage waren friedlich, trotz der Unruhe und der unvermeidlichen Diskussionen, die eine längere Niederlassung mit sich bringen. Josua und seine Männer waren damit beschäftigt, das Gelände der Lagers mit Mauern aus aufeinandergeschichteten Steinen zu schützen, denn Mörtel hatten sie nicht. Diese behelfsmäßigen Schutzwälle waren kaum höher als die Brusthöhe eines Mannes, doch das genügte als Schutz, entschied Josua. Am Hang der Hügel aufgeschichtet, ermöglichten sie es den Verteidigern, Angreifer mit Steinwürfen zurückzudrängen. Ideal wäre es gewesen, an ihrer Stelle Palisaden aus Baumstämmen zu errichten, aber an Bäumen mangelte es, und vor allem mangelte es an Zeit.
»Man braucht drei Stunden, um einen einzigen Baum zu fällen, zu behauen, und zuzuspitzen und ihn in den Boden zu rammen«, erklärte Josua in seinem Bericht an Moses. »Wir bräuchten mindestens tausend Bäume, und wir haben nicht genügend Äxte.«
Moses nickte.
»Siehst du diesen Berghang?« fuhr Josua fort. »Er überragt die beiden Hügel. Ich werde dort einen Wachposten mit zehn Männern errichten, deren Aufgabe es ist, die Umgebung zu überwachen und uns vor jedem Einfall von Fremden zu warnen. Ich möchte dich um eine Ausnahme bitten. Daß diese Männer die Erlaubnis haben, herunterzukommen und uns zu warnen, wenn ein Angriff bevorsteht, auch am Sabbat.«

Moses antwortete nicht. Er spürte Josuas Blick auf sich ruhen.
»Wenn wir das Volk des Herrn sind«, fuhr Josua fort, »ist es dann nicht gerecht, wenn wir Ihn an dem Tag verteidigen, der Ihm geweiht ist?«
Moses hob den Kopf, erstaunt über diesen Gedankengang.
»Zählt das, Moses, was im Herzen eingegraben ist, oder das, was das Gesetz sagt?«
Moses seufzte. »Das, was im Herzen eingegraben ist, wenn dieses Herz rein ist.« Er dachte einen Augenblick nach und fügte hinzu: »Aber wer unter den Menschen soll der Richter der Herzen sein?«
»Der Herr wird der einzige Richter sein«, erwiderte Josua.
»Ich kann die Menschen nicht allein im Angesicht des Schöpfers lassen, ohne daß sie sich vor irgendeiner irdischen Autorität verantworten müssen. Wozu wäre das Gesetz dann gut?«
»Befiehlt das Gesetz, daß jene, die es wortwörtlich befolgen, niedergemetzelt werden? Wenn jene, die es befolgen, niedergemetzelt werden, gäbe es kein Gesetz mehr, denn es wäre niemand mehr da, um es zu befolgen.«
»Josua«, meinte Moses leise, »warum quälst du mich?«
Zum ersten Mal überflügelte ihn der Mann, dem er am meisten Vertrauen geschenkt hatte.
»Verzeih mir, ich will dich nicht quälen. Ich bin gekommen, um dich um die Erlaubnis zu bitten, den Kampf zu eröffnen, wenn wir am Sabbat angegriffen werden.«
»Ich gebe sie dir, Josua. Wir werden anschließend ein Bußopfer darbringen. Aber ich bete zum Herrn, daß wir an diesem Tag nicht angegriffen werden.«
»Ich möchte dich um eine zweite Ausnahme bitten, Moses.«
Moses sah den jungen Mann aus besorgten Augen an.
»Ich möchte dich bitten, daß du zu uns nach oben kommst, wenn wir angegriffen werden.«
Moses senkte die Augenlider.

»Du bist unser Oberhaupt. Was soll aus uns werden, wenn du unter den Hieben unserer Feinde umkommst?«

Moses seufzte.

»Wer sollte mir verzeihen, Moses, wenn du sterben würdest?« rief Josua.

»Josua! Josua! Was ich fürchte, ist, daß eines Tages ein zweiter Josua kommen und anklagen wird, was ich getan habe!«

Moses barg das Gesicht in den Händen.

»Damit dieser Tag kommen kann«, fuhr Josua sanft fort, »muß unser Volk noch am Leben sein, das heißt, daß du mir die zwei Ausnahmen gewährt haben mußt, um die ich dich bitte.«

»Ich gewähre sie dir. Aber dann müssen deine Männer mich gewaltsam holen.«[1]

Josua schwieg einen Augenblick.

»Nein, Moses. Das kann ich nicht akzeptieren. Ich brauche all meine Männer, und was du von mir forderst, ist heuchlerisch. Der Herr ist zu klug, um so etwas anzunehmen.«

Moses nickte resigniert. Er fühlte sich müde. Er legte dem jungen Mann die Hand auf die Schulter.

»Moses«, meinte Josua nachdenklich, »vielleicht bist du mehr ein Ägypter, als du glaubst.«

Diese Einleitung kündigte eine Erklärung an; Moses wartete darauf.

»Dem Gesetz, das du uns auferlegst, waren wir in Ägypten nie unterworfen.«

Josua hob den Blick zu Moses, seinem Vorbild, doch dieser wartete immer noch auf die Schlußfolgerung: Josua genoß das außergewöhnliche Privileg, ihm sagen zu können, was er dachte; er wußte, welches Vertrauen sie verband; er würde es also sagen.

»Und die Armee, die du mich hast aufbauen lassen und die du mir anvertraut hast, ist nach dem Vorbild der Armee des Pharao.«

Moses unterdrückte ein Lächeln.

»Im Grunde bist du unser Pharao, Moses.«
Diesmal begann Moses zu lachen, dann wurde er nachdenklich. Es stimmte, er war Ägypter; waren sie das auf gewisse Weise nicht alle, nach vierhundert Jahren in Ägypten? Aber er war noch ägyptischer als die anderen, durch das Blut seiner Mutter und durch die Tatsache, daß er im Palast erzogen worden war. Und durch seine Gegnerschaft zu Ramses. Der Feind hatte ihn auch geprägt. Das war es wohl, was Josua spürte.[2]
»Der Herr hat sich nicht Ramses offenbart, Josua. Das müßte genügen, um mich von dem Pharao zu unterscheiden. Und ich habe kein Gesetz formuliert; wo siehst du, daß ich das getan hätte? Hätte ich euch ein Gesetz auferlegt, wenn der Herr es mir nicht eingegeben hätte?«
»Du hast keines formuliert, aber jeder errät es. Du hörst die Stimme des Herrn, und du wendest es nach und nach an, so wie damals, als du uns den Sabbat auferlegt hast.«
»Warum sagst du mir das alles?« fragte Moses verwirrt.
»Weil das Gesetz für unser Volk noch geheim ist, und dieser Herr, den sie in Ägypten vergessen hatten, ist für sie noch unsichtbar. Deine Autorität wird so lange angefochten werden, wie der Wille des Herrn nur von dir vernommen wird. Ich bin dein Soldat, Moses, und ich werde dich mit meinen Männern bis zum letzten Atemzug verteidigen, als ob ich dein Sohn wäre, aber ich würde dennoch darunter leiden, daß deine Autorität bestritten und unser Volk sich schließlich spalten wird.«
Josua sah die Sache richtig. Wieder einmal war Moses bewegt von der Intuition des jungen Mannes. Die Gegenwart des Herrn mußte in den Augen aller offenkundig werden. Aber das erforderte ein langes Nachdenken, insgeheim und ganz für sich; er konnte seine Gedanken nicht sofort formulieren. Moses legte Josua erneut die Hand auf die Schulter und nickte langsam. Die Geste forderte zu Geduld und Verschwiegenheit auf.

Sie sagten kein Wort mehr, bis Mischaël kam, um Josua wieder zu den Soldaten zu holen.
Danach kam Aaron, gefolgt von seinem Sohn Eleasar.
»Moses, es gibt viele Gebirgsbäche hier, aber sie sind nicht immer voll Wasser. Einige Frauen wollten bei einem, der gestern noch geflossen ist, Wasser holen, aber heute war er ausgetrocknet. Wir brauchen mindestens einen Brunnen.«
»Holen wir die Erdarbeiter«, erwiderte Moses.
»Du mußt sie abkommandieren, denn sie sind alle dabei, die Schutzwälle zu errichten.«
Moses zog also eine Mannschaft von Erdarbeitern von den Männern ab, die große Steine auf die behelfsmäßigen Begrenzungen türmten. Er ließ einen ersten Brunnen graben und fand nur ein wenig Grundwasser mittelmäßiger Qualität vor, ordnete aber an, daß man ihn trotzdem offen ließ. Er ließ einen zweiten ausheben, kostete das Wasser und fand es klar, und nachdem er einen mit einem Stein beschwerten Strick hatte nach unten senken und abmessen lassen, daß das Grundwasser mindestens vier Ellen tief war, ließ er diesen Brunnen erweitern und rundherum ausmauern.
Die Frauen kamen und sangen und tanzten am Brunnen, was ihm ein Lächeln entlockte.
»Du wirst dich noch krank machen«, sagte Zippora abends sanft zu ihm, als er in ihr Zelt zurückkehrte, um die einzige richtige Mahlzeit des Tages zu sich zu nehmen. Er aß fast wortlos, betrachtete seine Frau und seine Kinder, liebkoste sie mit Blicken und manchmal mit der Hand, dann streckte er sich aus und schlief sofort ein.
Die Arbeiten an der Niederlassung, die zehn Tage lang gedauert hatten, waren beendet, als Mischaël und ein weiterer Hauptmann Josuas im Morgengrauen kamen, um Moses zu wecken.
»Schnell! Sie kommen!«
Moses sprang mit einem Satz auf und begleitete die beiden Männer zur nördlichen Umfriedung. Im ersten Morgendunst

strömte eine Menschenmasse in das Tal. Stitho, der wie gewöhnlich vor dem Zelt geschlafen hatte, stürzte seinem Herrn nach. Zuerst kamen Schafe und Ziegen, dann etwa fünfzehn Kamele, die mit großen Bündeln beladen waren, die man als Zelte erkennen konnte, und schließlich Menschen zu Fuß, danach noch eine kleine Gruppe von Reitern. Es mußten an die zweitausend Personen sein.
»Wer können sie sein?« fragte Mischaël.
»Sicher Midianiter«, antwortete Moses.
»Kommen sie bis hierher?«
»Wir werden es sehen.«
Eine zweite, etwa gleich große Gruppe folgte der ersten; sie umfaßte mehr Reiter. Die ersten Ankömmlinge hatten angehalten, und einige Männer begannen bereits, die Kamele abzuladen. Hirten trieben das Vieh zum Weiden etwas weiter nach Norden. Die zweite Gruppe machte halt, zahlreiche Köpfe wandten sich den steinernen Umfriedungen zu. Moses glaubte zu erkennen, daß Beratungen abgehalten wurden. Noch weiter im Norden sah er eine dritte Gruppe auftauchen.
Sechstausend Menschen also, und niemand konnte sagen, ob nicht noch mehr kamen.
Am meisten verwirrte, daß diese Leute keine kriegerischen Absichten zu haben schienen. Man führt nicht Krieg, wenn man Schafe vor sich hertreibt. Zumindest nicht so rasch.[3]
Die Sonne übergoß das Tal mit rötlichem Licht. Moses wandte sich nach Süden um und erblickte die Hirten seines Volkes, die ebenfalls ihre Schafe und Ziegen zum Weiden trieben. Er rief sich kurz die Wasserreserven der Gegend ins Gedächtnis und überdachte die Probleme, die entstehen würden, wenn man sie teilte.
Doch vor allem lag Kanaan im Norden, und diese Neuankömmlinge standen zwischen ihnen und dem Weg ins Gelobte Land. Midianiter oder andere, es waren Eindringlinge.
Um alles noch komplizierter zu machen, kam Mose Schwa-

ger Hobab herbei, neugierig geworden durch das Stimmengewirr im Morgengrauen. Sein Blick folgte dem von Moses, und als Josua ihm sagte, es seien Midianiter, und er die sorgenvollen Mienen der Männer sah, verdüsterte sich sein Gesicht ebenfalls.

5

Faden und Nadel

Josua, keuchend nach einem Lauf von seinem Wachposten zu Moses, wartete nun stumm, die Augen voller Fragen, das Gesicht verzerrt.

»Sie sind nicht gekommen, um uns anzugreifen«, meinte Moses schließlich. »Zumindest nicht sofort.«

Josuas linke Hand krampfte sich um einen Mauerstein, die rechte um die Lanze, die er stets bei sich trug, seine Armmuskeln zeichneten sich unter der Haut ab wie Fische unter der Wasseroberfläche. Seine Schultern glänzten vom Schweiß. Es gelang ihm nicht, den Blick von diesen Fremden abzuwenden, die in sein Territorium eindrangen.

»Sie werden uns das Wasser streitig machen«, sagte er.

»In diesem Fall werden wir uns etwas einfallen lassen«, erwiderte Moses.

»Seht, sie schicken uns Boten!« rief Mischaël.

Eine Abordnung von zwei Dutzend Männern begleitete einen Reiter, der sich auf den ersten der beiden Hügel zu bewegte, auf dem Moses stand. Es war ein schon älterer Mann, der einen aus der Ferne sichtbaren Brustschmuck trug. Zwei Lanzenträger schritten rechts und links von ihm. Gefolgt von seiner Eskorte, ritt er den Hügel hinauf, den Blick auf die Männer geheftet, die ihm von den Steinmauern aus entgegensahen.

»Ich möchte mit eurem Oberhaupt sprechen!«
»Das bin ich, Moses, Oberhaupt der Apiru! Wer bist du?«
»Ich bin Ewi!«
Moses antwortete nicht.
»Wer ist Ewi?« fragte er Hobab.
»Einer der midianitischen Könige.«
»Hol zwei Dutzend Männer!« befahl Moses Josua.
Ewi ritt weiter den Hügel hinauf.
»Bleib auf halbem Weg stehen«, rief Moses ihm zu. »Dort werden wir uns treffen.«
»Warum sollte ich stehenbleiben?«
»Weil du hier auf dem Gebiet der Apiru bist und wir dich nicht erwartet haben.«
Diese Erklärung schien nicht nach dem Geschmack Ewis und seiner Eskorte. Sie begannen zu beraten, blieben aber dennoch stehen. Josua kam mit den angeforderten Männern, gebührend bewaffnet mit Spießen und Schwertern, und Moses, gefolgt von Josua, Mischaël, Hobab und den Soldaten, stieg den Hügel hinunter, Ewi entgegen. Er nahm sich Zeit und bewegte sich gemessenen Schrittes, das Auge streng.
Die beiden Oberhäupter standen einander einen langen Augenblick gegenüber, dann erklärte Ewi: »Möge die Kraft der Götter mit uns sein.«
»Möge der Friede des Herrn den Friedfertigen gewährt werden.«
»Ihr besetzt unser Territorium«, sagte Ewi schließlich.
Er sah nicht nach einem bösartigen Menschen aus, und sein Schmerbauch verriet eher einen Mann, der den Genüssen dieser Welt zugetan war. Aber Moses hatte schon lange aufgehört, auf die äußere Erscheinung der Menschen zu vertrauen. Manche, die dick und gutmütig aussahen, hatten die Seelen von Nattern, und manche, die mager und bissig wirkten, verbargen die Seelen von Löwen.
»Wir sind auf dem Territorium des Herrn, unseres Gottes«, antwortete Moses scharf.

»Hier lassen wir unsere Schafe schon immer weiden. Vor einem Monat wart ihr noch nicht hier.«
»Es kommt dem Menschen nicht zu, die Zeit des Herrn zu bemessen. Ich weiß nicht, was du unter *immer* verstehst, aber ich verstehe dennoch, was du sagen willst.«
Josua flüsterte Mischaël etwas ins Ohr, und dieser verschwand.
»Warum zieht ihr nicht weiter nach Norden, auf das Gebiet von Moab? Wir sind Midianiter, und hier lassen wir unsere Schafe weiden«, wiederholte Ewi.
Seine Eskorte maß die von Moses mit Blicken, betrachtete prüfend die Spieße und die Schwerter. Auch sie hatten alle Schwerter, aber nicht alle hatten Spieße.
»Ich habe dich verstanden, Ewi. Wir werden ganz sicher nach Norden weiterziehen, aber im Augenblick seid ihr dort. Zudem haben wir beschlossen, unsere Herden eine Weile hier weiden zu lassen.«
»Glaubst du, es gibt genügend Wasser für unsere beiden Völker?«
»Wenn es unglücklicherweise nicht reicht, bedaure ich es für euch.«
Einer der Hauptmänner Ewis trat vor und murmelte ihm etwas zu.
»Wir sind keine kriegliebenden Leute, Moses. Aber wir können für unseren Lebensunterhalt kämpfen.«
»Das wollten auch die Amalekiter, Ewi.«
Diese Erwiderung ließ die Midianiter einen kurzen Augenblick verstummen; sie hatten von dieser Geschichte gehört.
»Seht erst einmal, ob es genügend Wasser für euch gibt, bevor ihr von Waffen sprecht«, fuhr Moses fort. »Wenn ihr nicht genügend findet, gibt es weiter im Norden mehr. Das Wasser ist Blutvergießen nicht wert, glaub mir. Was uns betrifft, wir sind gut untergebracht, wo wir sind. Wir haben Schutzwälle gebaut. Sie werden uns so lange dienen, wie es nötig ist.«
Moses hörte in einiger Entfernung hinter sich ein Geräusch.

Ewi und seine Gefolge hoben den Blick und sahen auf etwas hinter Moses. Sie schienen bestürzt. Moses erriet, was sie sahen.
»Vielleicht können wir also in guter Nachbarschaft leben«, erklärte Ewi nach einer Weile in versöhnlicherem Ton. »Da ihr weiter nach Norden ziehen wollt, betrachten wir euch während dieser Zeit als unsere Gäste.«
Moses nickte. »Das scheint mir vernünftiger. Geh in Frieden, Ewi. Wie ich dir gesagt habe, möge der Friede des Herrn, unseres Gottes, mit den Friedfertigen sein, und Sein Schwert möge über die Feinde Seines Volkes kommen.«
»Ich schicke dir einen Schlauch von unserem Wein«, erwiderte Ewi in einem Ton, der gefällig klingen sollte. Dann kehrte er um und ritt den Hügel hinab, gefolgt von seinen Leuten.
Moses drehte sich um, da er wieder zum Lager hinaufschreiten wollte, und nun war es an ihm, überrascht zu sein.
Josua hatte seine Männer um die Schutzwälle herum Aufstellung nehmen lassen, in so dichten Reihen, daß kein Stein zwischen sie gepaßt hätte. Ein Wald von Spießen ragte gen Himmel, die Schwerter funkelten. Josua stand vor ihnen. Moses trat langsam auf ihn zu, sah ihm lange in die Augen, dann lächelte er, neigte sich zu ihm und umarmte ihn vor all seinen Soldaten.
»Du bist der Verteidiger des Herrn!« erklärte er mit volltönender Stimme.
Hobab wohnte der Szene bei.
»Ich bin glücklich, daß alles gut abgelaufen ist«, vertraute er Moses ein wenig später an. »Ich hätte darunter gelitten, wenn es … zum Konflikt gekommen wäre.«
»Es wird zum Konflikt kommen, zweifle nicht daran«, antwortete Moses. »Du bist im Lager des Herrn, ich habe es in Ezjon-Geber gesagt. Unsere Feinde sind die Feinde des Herrn, Hobab, und da du zu uns gehörst, sind es von nun an die deinen.«

Doch niemand – auch nicht Moses – hatte sich vorstellen können, wie oder warum es zum Konflikt kam. In den ersten Tagen nach der Niederlassung der Midianiter im Tal beschränkten sich die Kontakte zwischen ihnen und den Apiru auf einen kurzen Austausch zwischen den Hirten an den Ufern der Wasserläufe. Mehrere Regengüsse hatten die Bäche aufgefüllt, so daß es keinen Grund zum Streit gab. Die Hirten musterten sich aus der Ferne, ohne besondere Wärme, aber auch ohne Feindseligkeit. Dann begannen sie, ihre Herden zu vergleichen, und nach ein paar Tagen kam die Rede auf Fleisch, Krankheiten, die Qualität des Weidelands, die Schur der Schafe, die Fruchtbarkeit und das Decken. Es konnte niemandem schaden, wenn ein Midianiter einem Apiru ein Zuchttier lieh oder umgekehrt. Rasch kam man auf Rezepte zur Herstellung von Schafs- und Ziegenkäse, und schließlich tauschte man diese Produkte aus. Es stellte sich heraus, daß die Midianiter Textilien in reicher Fülle besaßen, während die meisten Apiru, die weder die Zeit noch die Mittel gehabt hatten, um zu spinnen, seit ihrem Auszug aus Ägypten dieselben alten Sachen trugen. Man ging zum Tauschhandel über. Ein Wollmantel gegen drei Käseplatten, ein Leinenkleid gegen zwei Platten. Da es um Kleidung ging, mischten die Frauen sich ein, und Midianiterinnen und Apiru-Frauen trafen sich auf der Wiese, auf neutralem Terrain, um Stoffe zu betasten.

Handel ist die Wiege der Höflichkeit, und so kam es natürlich dazu, daß man freundschaftliche Gastmahle abhielt. Ein Hirte der Apiru nahm eine Essenseinladung zu einem Midianiter an, und umgekehrt. »Ah, ihr habt dieses Gewürz, ah, ihr habt jene Kräuter ...« Man gewöhnte sich an, Koriander, Kümmel, Zwiebeln, Knoblauch, Bohnen, Dörrfisch auszutauschen ... Dann gaben die Midianiter ein Fest zu Ehren ihres Gottes Baal, dem Baal von Hor. Sie entzündeten Feuer auf dem Berg, opferten ein Zicklein auf einem Altar, sangen Hymnen, die ihren höchsten Gott feierten, und brieten

Schafe, dann tanzten sie, und unter den Tänzern waren sowohl Mädchen wie junge Männer.
Und es erscholl Musik! Tamburine, Sistren und Klappern, ganz zu schweigen von Flöten aus Widderhörnern und langen Harfen aus Zypressenholz, die einen sinnlichen Klang verströmten! Der Wein, die Melodien, das gute Essen und das Fleisch lockten auch andere an als Hirten. Die jungen Leute der Apiru, die sich seit dem Auszug aus Ägypten ständig langweilten, fanden hier erstmals Gelegenheit, sich zu beweisen, daß das Leben wieder lebenswert war, nicht nur ein langer Marsch durch die Wüste. Die besorgten Vorhaltungen der Alten zeigten kaum Wirkung; wenn auch wenige Apiru-Mädchen zu den Midianitern liefen, so gab es sie doch. Und die midianitischen Mädchen, weniger schüchtern, waren aufgeregt, die neuen Gesichter der jungen Apiru und unbekannte Aufmerksamkeiten zu entdecken.
Nach dem Fest für Baal gab es ein Herbstfest, bei dem man ein neues Bier kostete, und die Apiru, die die midianitschen Festlichkeiten ausprobiert hatten, machten es sich zur Pflicht, dort zu erscheinen. Nach Ablauf mehrerer Wochen brannten an jedem Abend Feuer auf den Hügeln, um die sich aus dem einen oder anderen Grund die Jugend der beiden Völker scharte und mehr oder weniger diskret feierte.
Moses beobachtete all das von weitem, kaum informiert über Einzelheiten dieser Scherze, da seine Abende in Gesellschaft der Richter und Sippenoberhäupter, wenn er sie nicht bei seiner Familie verbrachte, weit sittenstrenger verliefen, die nicht nach seinem Geschmack gewesen wären. Er wußte daher nicht, daß junge Leute der Apiru vor dem Altar Baals getanzt hatten, und daß sie sich an einem anderen Abend unter kaum bekleidete junge Midianiter gemischt hatten, die später, in der Verschwiegenheit der Nacht und der Hügel etwas gefeiert hatten, das sie Furchtbarkeitsriten nannten. Kurz, die Blüte der beiden Völker verschmähte es weder zu trinken noch Unzucht zu treiben. Aaron erriet es aus einigen Bemer-

kungen seines Sohnes Eleasar, der Umgang mit den jungen Leuten seines Alters hatte und selbst von prüder Gemütsart war. Doch er wußte nicht genug, um sich darüber zu entrüsten. Schließlich hatte man auch in Ägypten gefeiert, und daß man dieses Land verlassen hatte, bedeutete nicht unbedingt, daß man bis zum Grab ein Büßerleben führen mußte. Zudem stieß sich die Jugend aller Zeiten die Hörner ab, und man würde es ihr nicht übelnehmen, wenn sie zeigte, daß sie voller Saft und Blut war.

Eines Abends jedoch wagten einige Ältere zu bemerken, daß die enge Vermischung der beiden Völker vielleicht nicht der Zurückhaltung entsprach, die sie für angebracht hielten.

»Welche enge Vermischung?« fragte Moses streng. Er wandte sich an Aaron und sah ihn fragend an.

»Nichts Schlimmes«, erwiderte Aaron. »Tauschhandel, ein wenig Schlemmerei, zweifellos Freundschaften. Wir werden uns wohl nicht mit dem Dolch in der Hand auf alle Leute stürzen, die Linsen von uns kaufen. Du hast ebenfalls Ewis Wein angenommen und getrunken, oder nicht?«

Josua, der mehr darüber wußte und von den midianitischen Reizen gekostet hatte, warf ihm einen ironischen Blick zu, doch Moses bemerkte es nicht. Man wollte Moses wieder einmal nicht mit unnützen Betrachtungen über die gelegentlichen Verirrungen der Jugend behelligen. Aber so kam Aaron zu billig davon.

Josua konnte es sich nicht versagen, Aaron entgegenzuhalten: »Der Wein mag ja angehen. Aber ihr Gott?«

»Welcher Gott?« frage Aaron mit tonloser Stimme.

»Baal.«

»Was?« meinte Aaron. »›Baal‹ bedeutet ›Herr‹. Sie huldigen dem Herrn. Sogar Jitro hat zugegeben, daß unser Herr der größte ist.«

»Was du nicht sagst«, murmelte Josua.

»Wovon redest du, Josua?« fragte Moses.

»Ich spreche von dem Abend, an dem junge Männer und

junge Mädchen unseres Volkes und ihres Volkes halb nackt vor Baals Altar getanzt haben.«

»Das war ein Fest, das mit Baal nichts zu tun hatte ...«, stammelte Aaron.

»Moses, ich lege mich schlafen«, erklärte Josua. »Erinnere dich an das, was ich dir gesagt habe. Das Gesetz muß sichtbar sein. Sogar für deinen Bruder.«

6

Am Berg der Vorbereitung

Es kamen der Sturm und die Dunkelheit, die größte Dunkelheit in der Geschichte der Welt.

Kurz vor der Abenddämmerung wurde der Himmel so schwarz, wie ihn noch nie jemand gesehen hatte. Ein bläuliches Schwarz, das jeden in Schrecken versetzte, Apiru und Midianiter, Junge und Alte, Mutige und Ängstliche. Die Herden waren wieder zurück bei den Lagern, doch angesichts der drohenden Wolkenbrüche mußten die Hirten das Vieh zusammentreiben und mit großen Planen bedecken, die für diesen Zweck bestimmt waren. Einige Mutige versuchten, die Moral der anderen zu heben, indem sie versicherten, das bevorstehende Gewitter sei ein Segen, da es den Araba neu auffüllen würde, doch für die meisten war das nur ein armseliger Trost.

Der Sturm brach im Norden los, kurz nach der Stunde, in der es auch sonst dunkel wurde; nach der Wasseruhr, die Aaron aus Ägypten mitgebracht hatte[1], um die sechste Stunde, nach Sonnenuntergang. Das Tosen seiner Gewalt war ohrenbetäubend. Unablässig aufeinanderfolgende Blitze tauchten die Berge in grelles Licht; man konnte bis weit in die Ebene hineinsehen. Ein Donner nach dem anderen grollte, das Echo hallte vom Gebirge wider, so daß es ohrenbetäubend dröhnte.

Selbst Josuas Soldaten bekamen Angst und drückten sich, so gut es ging, in eine Gebirgsspalte.
Eine wahre Sintflut strömte hernieder und prasselte auf die Bäume, auf die Steine der Befestigungsmauern, auf die Zelte. Rinnsale bildeten sich auf dem Weg in die Täler, wurden rasch zu Bächen und schließlich zu Wildwassern, die im Schein der Blitze glitzernd in den Araba strömten.[2]
Zippora bemühte sich, ihre eigene Angst zu beherrschen, um die verängstigten Kinder zu beruhigen. Hobab kam herbeigerannt, um sich in Mose Zelt zu flüchten, gefolgt von Aaron. Beide suchten Trost bei ihrem Oberhaupt. Moses trat hinaus, um diese noch nie dagewesene Erscheinung zu beobachten, wobei er sich die Plagen Ägyptens ins Gedächtnis rief, die er nur aus Beschreibungen kannte. Der tiefhängende Himmel ähnelte einer Glutschicht, die rötlich durch dicken Qualm leuchtete. Welche Geißel konnte dieser Sturm mit sich bringen?
»Das muß etwas bedeuten«, murmelte er. Instinktiv richtete er den Blick auf den Berg, über dem die Sonne am ersten Tag, als sie sich niedergelassen hatten, mit solch greller Macht geschienen hatte. Sein Gipfel war unsichtbar. Die Midianiter hatten ihm seinen Namen gesagt: Berg der Vorbereitung. Dieser Name war ein Vorzeichen. Moses eilte mit langen Schritten auf die behelfsmäßigen Ställe zu; Aaron rannte ihm nach.
»Wohin gehst du?« schrie er durch das Getöse.
Moses antwortete nicht.
Er band sein Pferd los, stieg auf und ritt den Hügel hinunter, gefolgt von Aaron, Hur, Stitho, Hobab und Josua, die mit den Armen gestikulierten. Er trabte in diese jenseitige Dunkelheit hinein, mit triefendem Gesicht, blind vom prasselnden Regen.
»Herr, bist Du es?«
Ein Blitz schlug etwa hundert Schritte von ihm entfernt in einen Baum ein und ließ nur ein rauchendes Gerippe übrig. Furchtlos übersprang Moses plötzlich auftauchende Sturzbä-

che und Bodenerhebungen, trotzte dem strömenden Regen, der das Pferd hin und wieder zum Anhalten zwang, und empfand nur noch ein alles verschlingendes Fieber. Er erreichte den Fuß des Berges, der wie ein ruhender Löwe aussah, als ein Hörnerklang vom äußersten Rand des Universums, ein anhaltender Schall, immer mehr anschwoll. Betäubt riß Moses am Zügel und mühte sich ab, den Gipfel des Berges zu erkennen, der je nach dem Zug der Wolken auftauchte und verschwand.[3]

Was war das für ein Horn? Es mußte ein Instrument sein, das groß war wie der Berg selbst. Und was konnte es verkünden, wenn nicht die Ankunft des Herrn? Doch diesmal vor den Augen aller! Ein heftiger Wind kam auf, die Wolken teilten sich, und der Blitz traf den Gipfel, am Rückgrat des riesigen Löwen, in seinem Gefolge ein Tosen von Echos, die bis zu den nicht mehr sichtbaren Sternen widerhallten. Ein Blitz, wie noch kein Mensch ihn je gesehen hatte. Das Horn verstummte mit einem himmlischen Keulenschlag. Ein gewaltiges Beben – vom Berg ausgehend – breitete sich aus. Moses, der vom Pferd gestiegen war, stand zitternd da; das Pferd wieherte in panischer Angst.[4] Eine Funkenfontäne schoß aus der Einschlagstelle empor. Diese Funken prasselten im herabströmenden Regen; Hunderte von Ellen weit sah man ihre Lichtbogen. Gewaltige Windböen kamen auf, es regnete Wasser und Feuer zugleich, und Moses fiel auf die Knie, wie einst vor dem brennenden Dornbusch.

Ein entfesseltes Feuer tobte da oben in einem riesigen Schmelzofen. Die Wolken färbten sich schwefelfarben und blutrot, die Glut schien über die Gebirgshänge zu strömen. Das war kein Berg mehr, das war ein Altar!

»Herr! Herr! Hab Erbarmen!« schrie Moses in Todesfurcht. Nach einiger Zeit verlor der Wind an Heftigkeit, und Moses wagte es endlich verstört, den Blick zu heben. Der Gipfel des Berges brannte immer noch lodernd und sprengte Steine in die Luft.

Wie versteinert blieb Moses eine lange Zeit auf den Knien liegen. Dem nun sanft fallenden Regenvorhang gelang es nicht, das Feuer da oben zu löschen. Im Gegenteil, der Regen verdampfte über der Feuersglut. Moses erhob sich und ging auf den Berg zu. Der nasse Boden war rutschig. Fahles Licht kündigte vielleicht das Morgengrauen an. Der Hang stieg so sanft an, daß man ihn von Westen aus erklimmen konnte. Moses ging weiter, als gehöre er sich selbst nicht mehr. Er war auf halber Höhe, als die letzten Wolken eilig nach Süden zogen. Der Himmel klarte auf; der Mond schien. Doch sein Glanz konnte das Leuchten der Glut, auf das er sein kaltes Licht richtete, als wolle er die Welt beschwichtigen, nicht überdekken.
Moses erreichte den Rücken des Löwen und hielt an, um Atem zu schöpfen, ohne daß er den Blick von dem fantastischen Feuerherd lösen konnte. Was konnten diese Flammen dort denn verzehren? Und waren es überhaupt Flammen? Nein, es war der Felsen selbst, der sich zu verzehren schien. War er Opfer einer Sinnestäuschung? Auch das nicht, denn er spürte dreihundert Ellen von der Glut entfernt die Hitze, die so stark wurde, daß er stehenbleiben mußte, weil ihm Füße, Hände und Gesicht brannten. Er würde sich verzehren. Vielleicht war er der Widder, das Opfertier, das für den Herrn auserwählt war …
»Bleib stehen!«
Moses unterbrach seinen Schritt, seine Kehle war ausgetrocknet. Wer hatte da gesprochen? Wer sollte es anderes sein als der Herr des Universums?
»Das Gesetz!« rief Moses. »Gib mir das Gesetz. Nun, da Du Dich vor den Augen aller sichtbar gemacht hast, gib mir das Gesetz! Wir brauchen es!«
Ein Stein zersprang in der Höhe und schleuderte einen Splitter bis zu seinen Füßen. Ein Fingerzeig.
»Ich bin stehengeblieben. Ich flehe Dich an, mir das Gesetz zu geben.«

Das Gesetz. Moses wurde sich seiner Unwissenheit bewußt. Was konnte es für ein anderes Gesetz geben als das des Herrn? Und kannte er es denn nicht? Aber ja, er kannte es. Er bückte sich, um das abgesplitterte Stück Stein zu ergreifen. Etwa unterarmlang, eine Hand breit, brennend heiß, scharfkantig, dünn. Darauf mußte er es schreiben. Es war einfach: Nur der Herr ist das Leben, es gibt nur einen Herrn, den Herrn. Er ist Herr über alle und über alles Leben. Die Wahrheit.

Der Wind blähte Mose Kleid und Mantel. Seine ganze Gestalt zitterte krampfhaft, als sei er plötzlich vom Geist erfüllt.

»Ich habe es dir eingehaucht. Schreib es nun auf. Es ist das Gesetz Meines Volkes. Es wird ewig sein.«

Moses hatte die Augen geschlossen. Als er sie wieder aufschlug, wurde er von einem Schwindel ergriffen, dann faßte er sich wieder und blickte sich um. Er stellte fest, daß das Land in Mondlicht getaucht lag. Es war nicht mehr nur ein Land, es war das Land seines Herrn.

»Ich bin der, der ist.«

Moses seufzte. Die Macht Seines Atemhauchs ließ ihn erschöpft zurück. Er strengte sich an, sein Gleichgewicht wiederzufinden, und betrachtete seine Hände und Füße mit Erstaunen. Er war also immer noch am Leben! Genügend jedenfalls, um zu bemerken, daß er bis auf die Knochen durchnäßt war und fror. Er betrachtete den seltsamen flachen Steinsplitter, den er in der Hand hielt und der langsam abkühlte. Darauf sollte er also das Gesetz schreiben. Lange Zeit verweilte er so. Das Feuer brodelte. War nicht alles gesagt? Nein, alles begann. Zischende Rauchwolken stiegen in dicken Schwaden nach oben, wie von den letzten brennenden Teilen eines Opfers.

Josua, der ihm zu Pferde gefolgt war, kam in genau dem Augenblick am Fuß des Berges an, als der Himmel aufklarte. Er erkannte eine winzige Silhouette auf dem Rücken des steinernen Löwen, zwischen dem geheimnisvollen glühenden Widerschein, der rötlichen Rauch ausspie, und dem Mond. Zum ersten Mal in seinem Leben sah er den Umriß eines Menschen, der sich in den Himmel eingrub. Es ergriff ihn noch mehr als das, was er in den Stunden zuvor gesehen hatte.

7

Die Feuermähne

Josua war nicht der einzige gewesen, der Moses auf dem Gipfel des Berges gesehen hatte. Als der grelle Hornklang mit seinem donnernden Widerhall den Berg erschüttert hatte, waren die Apiru und die Midianiter aus ihren Zelten gestürzt. Ihre Blicke hatten sich auf die Feuermähne oben auf dem Berg gerichtet und sich nicht mehr von dem Schauspiel gelöst. Dann hatten sie die winzige Silhouette eines Mannes erkannt, der auf die Glut zuschritt. Die Apiru hatten sofort begriffen: Es war Moses, es konnte nur Moses sein. Der Herr offenbarte sich ihm noch einmal, aber diesmal vor den Augen aller. Sie hatten erwartet, daß Moses in diesem grauenhaften Feuer verbrennen würde; doch er war wieder herabgestiegen, schweißüberströmt nach dieser Prüfung.
Auf dem Rückweg hatte Moses, gefolgt von Josua, durch die Lager der Midianiter reiten müssen. Das Morgengrauen hatte die Erde in helles Licht getaucht, und die Midianiter erkannten, daß das erste dieser beiden in triefende Mäntel gekleideten Gespenster Moses war, »der Mann, der auf dem Berg gewesen war«. Sie sahen zu, wie er langsam vorbeiritt, ergriffen von Respekt und Furcht; sogar sein Pferd schien nachdenklich. Dann wandten sich ihre Blicke dem Berg der Vorbereitung zu, und der Rauch, der von ihm aufstieg, erneuerte ihr

heiliges Grauen. Als Moses zurück zu den Apiru kam, wurde er von einer schweigenden Menge empfangen. Er brauchte sie nicht anzusehen, um sie zu sehen. Aus diesem Grund nahm er ihre verwirrten Mienen nicht wahr. Er erreichte sein Zelt und ließ sich fallen. Abends, als er sich im Schlaf immer noch nicht bewegt hatte, richtete Zippora eine Lampe auf ihn und hielt ihn für tot. Die Dienerin heulte, und die verängstigten Kinder liefen davon und flüchteten sich ins benachbarte Zelt Aarons.

»Er schläft, er schläft«, sagte Stitho, aber Zippora glaubte es nicht und rief Aaron und Hobab, die sich über Moses beugten. Stitho saß zu Füßen seines Gebieters, erstaunt über diesen Trubel. Plötzlich schlug Moses die Augen auf, und sie waren vor Schrecken einer Ohnmacht nahe. Er las ihre Gedanken und sagte: »Ich bin nicht tot.«

Er setzte sich auf, strich sich mit den Händen über das Gesicht und spürte eine Brandwunde.

»Dein Gesicht ...«, murmelte Zippora. »Deine Haare, dein Bart ...«

Ihre Miene war verblüfft und besorgt zugleich.

»Was ist damit?«

»Sie sind verbrannt«, erklärte Zippora.

Er betrachtete seine Hände und seine Füße – sie waren rot, glühend. Er erinnerte sich an die starke Hitze, die er dort oben gespürt hatte, als er der Glut gegenübergestanden war. Zippora holte ihren Spiegel aus polierter Bronze. Es war Jahre her, daß er sich nicht mehr in einem Spiegel betrachtet hatte, und ihm wurde schwindlig. Er betrachtete den Fremden, den er in der goldfarbenen Scheibe erblickte, und sah nur eine verstörte Maske. War das er? Aufmerksam musterte er das Bild und stellte fest, daß seine Locken eine seltsame Farbe angenommen hatten, schwarz bis dunkelbraun, und daß sie sich durch die Wirkung des Feuers noch stärker geringelt hatten.[1]

»Das geht vorüber«, sagte er. Dann gab er Stitho ein Zeichen.

»Ich wasche mich jetzt.« Er stand auf und ging mit schlaffem Schritt, wie betrunken, zum Zeltvorhang, dann drehte er sich um und sagte zu Aaron: »Ich will, daß alle, bis hin zum letzten, auch die Ägypter und die amalekitischen Sklaven, sich selbst und die Kleidung, die den Körper berührt, waschen. Ich will Reinheit, Reinheit!« Aaron sah ihn an, dem Grauen nahe.

Stitho übergoß Moses mit duftendem Wasser, rieb ihn ab und massierte ihn mit Kräutern, die das Blut unter die Haut strömen ließen, dann wusch er ihm die Haare, spülte ihn ab und trocknete ihn, als wäre er ein staubiger Engel. Moses kam in der Hierarchie der himmlischen und irdischen Geschöpfe auch gleich nach den Engeln, nicht nur für Stitho, sondern auch für die fast vierzigtausend Menschen, die seiner Begegnung mit dem himmlischen Feuer auf einem Altar, groß wie ein Berg und geformt wie ein ruhender Löwe – ein Symbol, das niemanden täuschen konnte –, zugesehen hatten.

Als der ehemalige Dieb die Waschungen beendet und Moses saubere Kleider gereicht hatte, holte er einen beruhigenden Balsam hervor, mit dem er die Hände und Füße seines Herrn einrieb. Moses, verloren in seinen Gedanken und in vollkommenem Vertrauen, ließ ihn gewähren. Stitho gehörte zu den Menschen, die sich ihm mit Leib und Seele ergeben hatten und sich eher hätten umbringen lassen, als einen treulosen Gedanken zu hegen.

Am folgenden Abend war es so ruhig und still wie an einem Sabbat, obwohl es ein gewöhnlicher Wochentag war. Alle Menschen befolgten gewissenhaft Mose Befehl; sie wuschen sich und die Kleider, die den Körper direkt berührten, und ließen sie dann trocknen. In ihrer Unsicherheit verboten die Alten, daß die Männer Verkehr mit Frauen hatten, da Moses Reinheit geboten hatte. Doch den Männern stand kaum der Sinn nach sexuellen Beziehungen, denn ein verängstigtes Lebewesen ist nicht zur Fortpflanzung geneigt. Das Abendessen war noch kärglicher als gewöhnlich. Nach aufgeregten Beratungen beschlossen die Alten und die Richter, Aaron nach den Absichten Mose, des Boten des Herrn, zu befragen. Aaron wußte nichts.

»Was kann ich euch mehr sagen, als ihr schon wißt? Seit er zurückgekehrt ist, hat er kein Wort gesprochen, außer zu befehlen, daß wir uns alle reinigen sollen. Er ist hinaufgestiegen zu dem Feuer, das der Herr entzündet hat, und ist zurückgekehrt, ohne mit uns darüber zu sprechen. Der Herr hat sich ihm offenbart, das ist das einzige, dessen ich sicher bin.«

Als Moses, gewaschen und mit sauberen Kleidern, zu seinem Zelt zurückkam, erschien Josua. Moses hielt einen Augenblick in seinem Schritt inne und richtete den Blick auf den jungen Mann, der ihm nach seiner Frau, seinen Kindern und nach Stitho am nächsten stand. Die beiden Männer sahen sich lange an. Im Lidschlag seines Herrn glaubte Josua einen Satz lesen zu können: »Ich verstehe dich. Habe Geduld.« Dann schritt er weiter auf sein Zelt zu.

Die Alten belagerten Stitho. Hatte Moses Male auf seinem Körper? Ja, sein Gesicht war versengt von der Pracht des Herrn. Wie versengt? Sie hatten ihn seltsam gerötet gefunden. Klagte er darüber? Nein. Hatte er ein Wort gesagt? Nein, nichts. Stitho konnte nichts sagen; er hatte seinen Meister gewaschen und nichts Besonderes festgestellt. Nein, Moses hatte nichts gesagt. Immer mehr Spekulationen wurden laut, um so häufiger, als man erfuhr, daß ihr Oberhaupt seit seiner Rückkehr nur Wasser und keine Krume Nahrung zu sich genommen hatte.

Als er an nächsten Tag im Morgengrauen wieder zu dem Berg ging, das abgesplitterte Stück Stein unter dem Arm, fand er am Fuß des Berges eine Menschenmenge vor. Bevor Moses den Aufstieg begann, drehte er sich um. »Geht«, bedeutete er ihnen mit einer einfachen Geste. Sie wichen zurück. Er stieg den Berg hinauf, gefolgt von ihren Blicken.

Der Himmel war silbrig überpudert, das Plateau hatte sich abgekühlt. Ein schwärzlicher Streifen markierte die Feuerstelle, der Wind trieb dunkle Rußschwaden von Moses weg. Er setzte sich auf einen Felsen und erzeugte in sich die innere Leere, wie er es nun beherrschte. Ein wenig später sagte er: »Herr, kehre ein und sag mir deinen Willen.«

Er legte sich den Stein auf die Knie und betrachtete ihn. Es war eine gelblichgraue Platte, blättriger Schiefer mit geraden, fast scharfen Rändern und einer pulvrigen Oberfläche.[2] Wie sollte er darauf schreiben? Das war kein Papyrus, und Moses hatte weder ein zugespitztes Schilfrohr noch Tinte. Er kratzte mit dem Fingernagel über ein Eck des Steins und stellte fest, daß ein viel hellerer Streifen zu sehen war. Er mußte die Worte, die der Herr ihm diktierte, also einmeißeln. Doch womit? Er sah sich um und entdeckte einen spitzen Feuerstein. Eine unwillkürliche Bewegung führte seinen Arm und hob seine Hand, die fast davonzufliegen schien. Moses packte den Feuerstein. Die Stimme stieg aus seinem tiefsten Inneren empor. Und Moses begann zu meißeln.

»Ich bin Jahwe, dein Gott, der dich aus Ägypten geführt hat, aus dem Sklavenhaus. Du sollst neben mir keine anderen Götter haben.

Du sollst dir kein Gottesbild machen und keine Darstellung von irgend etwas am Himmel droben, auf der Erde unten oder im Wasser unter der Erde.

Du sollst den Namen des Herrn, deines Gottes, nicht mißbrauchen.

Der siebte Tag ist ein Ruhetag, dem Herrn, deinem Gott geweiht.«[3]

Die Steintafel war voll. Verzweifelt blickte sich Moses nach einer anderen um und fand eine, die fast genauso groß war.

»Ehre deinen Vater und deine Mutter, damit du lange lebst in dem Land, das der Herr, dein Gott, dir gibt.

Du sollst nicht morden.

Du sollst nicht die Ehe brechen.

Du sollst nicht stehlen.

Du sollst nicht falsch gegen deinen Nächsten aussagen.

Du sollst nicht nach dem Haus deines Nächsten verlangen, nach seinem Sklaven oder seiner Sklavin, seinem Rind oder seinem Esel oder nach irgend etwas, das deinem Nächsten gehört.«

Die Stimme verstummte. Moses wurde der Arm schwer. Der Wille des Herrn war ausgesprochen. Moses legte den Stein auf den Felsen und fiel auf die Knie. Er lehnte die Stirn auf den Boden und verharrte so, bis ein unwiderstehlicher Befehl ihm sagte, er solle aufstehen und seinem Volk den Willen des Herrn bringen. Von oben betrachtete er die Landschaft zu seinen Füßen. Die Hügel waren verschwunden; sie waren bedeckt von Menschen. Alle hatten den Blick zum Gipfel des Berges erhoben. In der ersten Reihe erkannte Moses eine winzige Silhouette, klein wie eine Ameise, doch er wußte, das war Josua. Hinter ihm war noch eine Gestalt zu sehen, windgepeitscht, und Moses erriet, daß es Aaron war.

Er begann seinen Abstieg, die Steintafeln an die Brust gepreßt, nun mit kühlem Kopf. Die Apiru empfingen ihn mit einem gewaltigen Raunen, einem wahrhaften Stimmgewitter, dem ersten Laut, den sie von sich gaben, seit der Herr die Mähne des Löwen entzündet hatte. Moses bot ihnen die Stirn. Josua stand allein in erster Reihe. Danach kamen die Alten, die Richter, die Sippenoberhäupter, mit gerecktem Hals, das Gesicht verzerrt vor Erwartung. Elende Häuflein voller Leidenschaften, Eitelkeiten, Wichtigtuerei, Feigheit, Rivalitäten, Vorurteilen, Kompromissen, Engstirnigkeiten, zusammenhanglosen und verwirrten Gedanken, Eigennutz, tückischen Feindseligkeiten ... Herzen, die unempfindlich waren gegen den göttlichen Plan, ein Gurgeln des animalischen Wesens, das den störenden göttlichen Funken löschte, magenknurrende Faulheit, Ausdünstungen des Tieres auf der Jagd ... Diese Blicke hatte er oft genug gesehen! Blind für den Herrn! Fuchs oder Wolf, so hatte er die Menschheit eingeteilt! Der Wille des Herrn würde Ordnung schaffen. Er bewunderte die Geduld, die Er zeigte, um bis zum Ende der Zei-

ten diese Masse aus weichem Lehm neu zu schaffen und ihr eine mehr oder weniger annehmbare Form zu verleihen!
Moses hob den Arm. Stille kehrte ein.
»Gestern habt ihr gesehen, wie der Herr, euer einziger Gott, sich auf diesem Berg offenbart hat!« begann er. »Um vor Seinem ganzen Volk Seine Fürsorge zu bekunden, hat Er den Berg entzündet. Ich bin auf Seinen Ruf hin hinaufgestiegen. Der Herr, euer einziger Gebieter, euer Befreier, hat gesprochen! Er hat zu mir gesprochen, damit ich euch Seinen Willen mitteile!«
Seine Stimme hallte von den Felswänden wider und schwoll an bis zum Himmel. Aaron hob die Arme, niemand wußte, warum. Verstreut in der Menge erkannte Moses seine Feinde, die Kleingeister, die immer Forderungen stellten, die jämmerlichen Personen, die nicht über ihre Nasenspitze hinaussahen, die so starr im Nacken waren, daß sie den Blick nicht zum Himmel heben konnten. Nun waren sie bestürzt, aschfahl, innerlich von Angst zerrissen. Auch sie hatten das Feuer auf dem Berg gesehen. Es würde Schluß sein mit ihren Spitzfindigkeiten, ihrem Genörgel, ihrem Geprahle und ihren Herausforderungen. *Herr, Du hast mir dieses Volk anvertraut, allein Dein Wille hat bewirkt, daß ich diese Aufgabe angenommen habe. Jetzt muß ich in ihnen das Feuer entzünden, so wie Du das Feuer auf dem Berg entzündet hast. Gib mit die Kraft, sie mit Glut zu erfüllen!*
»Der Herr hat mir Seine Gebote in den Mund gelegt!«
Er zeigte die beiden Steintafeln und hob sie hoch über seinen Kopf. Langsam verlas er dann die Zehn Gebote.
Das folgende Schweigen war wie ein grauenvoller Anstieg des Luftdrucks, ein Ersticken, vergleichbar dem, das lebend Begrabene empfinden müssen. Plötzlich barst es. Aus allen Kehlen, aus allen Brüsten stieg ein undeutlicher Schrei empor, ein Vibrieren des animalischen Wesens, konfrontiert mit der himmlischen Macht.
»Haaaaaaa ...«

Erneut hallte es von den Felswänden wider.
»Gepriesen sei unser Herr, der uns aus Ägypten herausgeführt hat!«
Wer hatte ihnen diese Lobpreisung eingegeben? Bestimmt Aaron, und ein paar edle Menschen, so wie dieser unbekannte Greis, der ihn neulich vor den Richtern verteidigt hatte.
»Der Herr hat mir auch Seine Gesetze vorgeschrieben!« fuhr Moses fort.
Hörten sie ihn? Hörten sie zu? Verstanden sie ihn? Zum ersten Mal hatte Moses das vernichtende, hoffnungslose Gefühl, daß die menschliche Natur das Göttliche nicht wahrnehmen konnte, ebensowenig wie die Haut das Feuer ertragen konnte, dieses Feuer, das ihm jetzt im Gesicht brannte. Durch das Göttliche wurde sie vernichtet, zu einem Nichts, zu einem elenden Häuflein Lehm, das austrocknen würde, zu Staub am Wegesrand. Die Stimme des Volkes schwoll an, ließ nach, schwoll noch einmal an, wie eine flüssige Masse. Moses stieg zu ihnen hinab, die Arme vor sich ausgestreckt, damit man ihn nicht berührte. Josua und Aaron hatten ihn verstanden. Sie stürzten herbei, liefen vor ihm her, um jene fernzuhalten, die den Erwählten des Herrn berühren wollten. Josua hatte sein Pferd mitgebracht und half Moses beim Aufsteigen, dann folgte er ihm, umgeben von einer Hundertschaft Soldaten.
Vor dem Zelt stand Zippora mit Gerschom und Eliëser. Moses, der vom Pferd gestiegen war, blieb stehen und betrachtete sie liebevoll, die Hände nach ihnen ausgestreckt.
»Der Friede des Herrn sei mit euch!«
Josua wollte ihnen verbieten, sich Moses zu nähern, doch er selbst rief sie herbei.
»Kommt her, mein Fleisch und Blut!« Sie liefen auf ihn zu, küßten ihm die Hände, und Moses, der die beiden Steintafeln in der linken Hand hielt, umfing mit der rechten Hand seinen kleineren Sohn. Zippora hielt die Tränen zurück. Er schritt

auf sie zu, stellte Eliëser wieder auf den Boden, berührte Stirn und Lippen seiner Frau mit der Hand und sagte:
»Du bist hier unten immer noch meine Lampe. Gib mir zu essen.«
Draußen hatte Josua seine Wache verstärkt. Mittlerweile waren es dreihundert Soldaten, die das Volk daran hinderten, sich dem Zelt, in dem Moses ruhte, zu nähern.
Nachdem Moses drei Tauben, die Stitho mit der Schleuder erlegt und die man mit Korn gefüllt hatte, gegessen hatte, dachte er nach.
Vor dem benachbarten Zelt sprach Aaron mit den Sippenoberhäuptern und den Richtern. Moses nahm ihre Stimmen wahr und erfaßte Wortfetzen ihrer Unterhaltung. Sie wiederholten nacheinander die Gebote und äußerten gelehrte Bemerkungen darüber. Was hatten ihre Überlegungen schon zu bedeuten! Eines war ihm bewußt: Der Herr mußte unter den Apiru noch gegenwärtiger sein. Er mußte in ihren Herzen sein. Unausweichlich. Allgegenwärtig.
Moses hob den Zeltvorhang, um die sonnenüberflutete Landschaft zu betrachten. Libellen flatterten über einem blühenden Busch vor dem Zelt herum. Sie hatten ätherische Flügel; sie waren reiner Geist, engelhafte Kindheit, Embryonen von Cherubim. Moses rief Gerschom.
»Sieh sie dir an. Deine Seele muß ebenso rein sein, ebenso leicht wie diese Libellen. Und dennoch hart wie aus Eisen. Verstehst du?«
Der Blick eines Kindes: Libellen.

8

Der Traum von der Bundeslade

Der Herr! Was war der Herr, wenn nicht der Große Spender aller irdischen Glückseligkeiten?

Der Gedanke war gerechtfertigt, wenn auch nicht gerade erhaben, aber was konnte man erwarten von ihnen – von Hirten, Webern, Zimmerern, Ziegelarbeitern und Bauern, die erst seit ein paar Monaten der steinernen Faust des Pharao entronnen waren, dann ausgedörrt vom Wind im Backofen der Wüste, und kaum jemals satt?

Sobald Moses wieder ein wenig zu Kräften gekommen war, rief er Aaron und Josua zu sich und schärfte ihnen ein, jedem zu verbieten, sich dem Berg zu nähern, bei Strafe, sofort vom Blitz getroffen zu werden. Kurz darauf trieben Gruppen von Erdarbeitern Pflöcke in den Boden, die mit einem Seil verbunden wurden, so daß der Zugang zu dem einzigen Weg, der auf den Berg der Vorbereitung führte, versperrt war.

Nachdem der erste Schrecken vorüber war und sich die Aufregung nach der Verkündung Mose ein wenig gelegt hatte, lief bei den Apiru ein Gerücht von Zelt zu Zelt. Die Gottheit hatte sich öffentlich offenbart, und auch wenn man noch nicht im Gelobten Land angekommen war, hatte sich doch die Gegenwart des Allmächtigen erwiesen, und somit war künftiges Wohlbefinden gesichert, eine immaterielle Nah-

rung, die ihnen seit dem Auszug aus Ägypten grausam gefehlt hatte. Dieses neue Gottvertrauen sollte fröhlich gefeiert werden.
Eine solche Deutung der Dinge war den Midianitern nicht fremd. Zwar hatte sich ihnen der große Gott, Baal der Herr[1], nie so aufsehenerregend gezeigt, doch die Launen der himmlischen Mächte waren eben wohl unvorhersehbar. Baal hatte mit einem außergewöhnlichen Feuerwerk an seine Existenz erinnert, zudem noch mit einem Überfluß an Wasser, ohne das die Menschen nur staubiger Ton waren. Baal war außerdem Herr der Blitze. Überzeugt davon, daß er es war, der sich auf dem Berg der Vorbereitung offenbart hatte, sahen die Midianiter etwas ratlos zu, wie das Oberhaupt der Apiru auf den ruhenden Löwen stieg, um mit diesem Gott zu reden, wie er sagte.
Ewi, Oberhaupt der Midianiter, rief einen Alten der Apiru, um ihn zu fragen, aus welchem Antrieb Moses auf den Altar gestiegen war, den der Gott persönlich entzündet hatte.
»Das ist ein Zeichen unseres Gottes«, antwortete der Alte.
»Wir haben also denselben Herrn«, erwiderte Ewi. »Aber diesmal hat er sich uns in der Gestalt von Baal-Samem gezeigt.«
»Baal-Samem?«
»Der Gott der Sonne.«
Einer der midianitischen Weisen, die bei dem Gespräch zugegen waren, zeigte dem Alten ein Amulett aus Bronze, das den Gott mit einer Mondsichel auf der Stirn und mit einem zinnenbewehrten Kreis in der rechten Hand darstellte, was ein Symbol dafür war, daß er die Sonne verkörperte. »Es ist offenkundig, er hat das Feuer ausgelöst, als der Mond schien.«
Der Alte, dem diese Mysterien über den Verstand gingen, nickte und erklärte, er werde es den Seinen mitteilen.
»Aber er ist auch mit Regen gekommen, was bedeutet, daß er ebenfalls in der Gestalt von Baal-Adad erschienen ist«, fügte der Weise hinzu.

Die Midianiter stellten sich einen vielgestaltigen Gott vor, doch der Alte, der sich noch an die Verwandlungen der ägyptischen Gottheiten erinnerte, war darüber nicht besonders erstaunt.
»Es ist der göttliche Stier«, sagte der Weise.
Der Alte nickte. »Die Ägypter nennen ihn Apis«, sagte er.
Der Weise stimmte zu. »Ja, wir wissen es. Es ist ein großer Gott, der über viele Völker herrscht.«
»Wir haben eine Figur von ihm«, erklärte Ewi. »Bald werden wir sie zeigen. Sie ist ganz mit Gold überzogen. Aus diesem Anlaß werden wir ein großes Fest geben.«
Das Datum dieser Feierlichkeiten wurde nicht festgelegt. Doch ein großes Fest war immer ein willkommener Gedanke, und der Alte nahm sich vor, es den Seinen anzukündigen.
Moses ahnte nichts von diesen Vorbereitungen oder von der Tatsache, daß auch die Midianiter den Herrn feiern wollten. Er war in seinem Zelt, unerreichbar. Um die Mittagsstunde kam er heraus, um den Berg der Vorbereitung zu betrachten, und sah, daß immer noch Rauchschwaden über ihm aufstiegen. Wie Bänder aus weichem Stoff rollten sie sich in die Luft.
Solange der Rauch da ist, zeigt sich dort oben die Gegenwart des Herrn, sagte sich Moses. Doch wenn der Rauch verflogen ist, wird die vergeßliche menschliche Natur glauben, daß es vorbei ist. Der Herr hat sich offenbart, er beschützt uns, führen wir also unser Leben fort wie bisher, wir kommen dem Ziel schon näher. Die Leute kehren zurück zu ihren Gewohnheiten. Herr, sag mir, was ich tun muß, damit Du für alle Ewigkeit unter uns gegenwärtig bist.
Er nahm sein Pferd und ritt erneut den Weg, der zum Berg der Vorbereitung führte. Josua bot an, ihm zu folgen.
»Nur bis zu der umfriedeten Grenze, die den Berg umgibt«, antwortete Moses. »Dort nimm dann mein Pferd und gib ihm Futter. Niemand darf sich dem Berg nähern.«[2]

»Wie lange wirst du dort oben bleiben?«

»Ich weiß es nicht. So lange, wie der Herr es will.«

Als er am Fuß des Berges angekommen war, stieg er vom Pferd ab und begann den Aufstieg.

Auf dem Gipfel angekommen, setzte er sich auf einen Felsen, betrachtete den Feuerherd, von dem die Fumarolen aufstiegen, und verfiel bald in eine Art Betäubung, obwohl seine Augen geöffnet blieben. Leuchtende Bilder stiegen auf, vermengten sich und drehten sich in solcher Fülle um ihn, daß es ihm schien, als spürte er sie tatsächlich mit den Händen ... Ein erneutes Aufblitzen von Formen und Funken, deren Pracht er erahnte, die jedoch so schnell waren, daß er ihre Substanz nicht erfaßte. Er keuchte. Die Bilder drohten ihn in ihrer Fülle zu verschlingen; sein Geist ertrank beinahe in ihnen. Er atmete tief und bemühte sich, wieder Kontrolle über seine Seele zu erlangen. Die Abfolge von Bildern wurde langsamer. Moses atmete ruhiger, die Bilder wurden schärfer.

Er sah einen prachtvollen Schrein, mit reinem Gold überzogen. An seinen beiden Enden blickten zwei Cherubim aus massivem Gold einander an.[3] Ihre Flügel bedeckten das Dach des Schreins. Moses erriet, daß in diesem das Kostbarste der Welt eingeschlossen sein konnte, wußte aber nicht, was es war. Aus Angst brach ihm der Schweiß aus.

Das Unterpfand meines Bundes ... Das Unterpfand meines Bundes mit euch ...

Die Gebote! Die Steintafeln!

Herr, diese Bundeslade wird in Ewigkeit unter uns sein, und Deine Gegenwart in unserem Herzen ... Ja, in ihr wird das Unterpfand Deines Bundes ruhen ...

Dann verschwammen die Bilder, und Moses glaubte, die Fumarolen seien in sein Gehirn eingedrungen und vernebelten es. Doch erneut zeichneten sich prachtvolle Bilder aus dem undeutlichen Wirbel ab und prägten sich seinem Geist ein.

Opfergeschirr aus Gold, Kelche in der Form von großen

Mandelblüten ... Funkelndes Geschirr, für den Dienst des Herrn ...
Und ein Baum aus Gold! Nein, kein Baum: ein Leuchter mit je drei Armen rechts und links. Auch die Tropfenschalen waren geformt wie Mandelblüten.
Die Bilder trübten sich, und nun spannten sich vor Moses Stoffe auf, violett, purpurfarben, scharlachrot. Prunkvolle Draperien, mit Goldfäden bestickt ... Im Muster der Stikkereien glaubte Moses Cherubim zu erkennen.
Als er die Augen wieder öffnete, ging die Sonne gerade unter, und der Himmel war violett, purpurn und scharlachrot ... Moses versenkte sich in die Erinnerung dessen, was er gesehen hatte.
Es war der Herr, der ihm all dies eingab. Sein Wille. Ja, der Schrein, die Bundeslade ...
Als Moses sich erhob, war die Nacht hereingebrochen, und er brauchte beträchtliche Zeit, um zum Fuß des Berges zu gelangen. Ein Mann wartete mit einer Fackel in der Hand auf ihn, und Moses erkannte Josua. Der junge Mann half ihm aufs Pferd, sprang auf sein eigenes Reittier, und im Schritt ritten sie zum Lager zurück, begleitet vom schmerzvollen Geheul der Schakale und den leidenschaftlichen Fragen im Schreien der Eulen.

9

Apis

Als Moses und Josua sich dem Lager der Midianiter näherten, vernahmen sie Geschrei, vermischt mit dem schrillen Klang von Sistren und dem dumpfen Schlagen von Trommeln. Wenig später mußten sie blinzeln, geblendet von einem Wald von Fackeln.

»Was ist hier los?«

»Ich weiß nicht.«

»Ein Sieg? Aber über wen?«

Die Fackeln bildeten einen weiten Kreis in der Mitte des Gebietes, das die Lager der Midianiter von den Lagern der Apiru trennte. Eine riesige Menschenmenge hatte sich hier versammelt, zwanzig-, dreißigtausend Personen; die meisten standen auf den Abhängen der Hügel und sahen dem Treiben der anderen im Talkessel zu. Im Mittelpunkt des Kreises stand eine Figur auf einem Pflock. Sie war golden und leuchtete im schwefelgelben, sinnlichen Licht der Fackeln. Moses kniff die Augen zusammen und erkannte das Abbild eines Stieres, in der Größe eines Lamms, mit einer silbernen Scheibe zwischen den Hörnern. Er blieb stehen. Drei- oder vierhundert junge Leute tanzten um die Figur herum, nackt oder fast nackt.

Sie sangen und hoben im Takt die Beine. Ein Orchester aus

Sistren, Flöten, Tamburinen und Trommeln skandierte ihre Bewegungen. Hier und da, in manchen Lücken, tanzten auch Leute einzeln, fast alle hatten ein Glas oder ein Horn in der Hand. Sie waren betrunken. Von Zeit zu Zeit entfernte sich ein Paar und warf sich ins Gebüsch. Selbst bei den Festen in Ägypten hatte Moses nicht so viele schlenkernde Brüste gesehen, nicht so viele kreisende Bauchnabel und ganz bestimmt nicht so viele erigierte männliche Glieder. Alles war schmierig von Geschlecht und Schweiß.

Ein Paar hatte den höchsten Punkt der Unanständigkeit erreicht. Beide waren vollkommen nackt und tanzten in einem affenähnlichen Springrhythmus, bei dem sie sich einander näherten und sich wieder voneinander entfernten. Wenn sie sich begegneten, rieb der Mann sein geschwollenes Glied am Schoß der Frau, die ihre Arme zum Himmel hob. Daraufhin legten sie sich beide die Hände auf die Schultern und fuhren in ihren Drehbewegungen fort.

»Preis unserem Gott, unserem Befreier!« sang die Menge, spöttisch und fasziniert zugleich.

Von Sprung zu Sprung kam das Paar der Umarmung näher, und vor der verdutzten Menschenmasse vollzog sich die unvermeidliche Kopulation, die Frau wurde nach hinten gebeugt, und der scheinbare Tanz endete im Koitus.

Moses und Josua hatten einen Augenblick zu lange hingesehen; wenn einmal die Aufmerksamkeit erregt ist, verhält es sich wie beim Geschlechtsakt selbst: Man kann ihn nicht abbrechen. So sahen sie beide, wie sich der Mann nach ein paar Augenblicken von der Frau löste, sein noch feuchtglänzendes Glied schüttelte und sich langsam wieder im Kreis drehte, während die Frau reglos mit ausgebreiteten Beinen dalag, die Arme zum glühenden Himmel gestreckt.

»Ruhm unserem Gott und Befreier!«

»Aber das ist der Gott Apis!« rief Moses mit rauher Stimme. »Und das sind ... das sind unsere Leute, die mit den Midianitern tanzen!«

»Es stimmt, es sind die Unsrigen.«
»Sie nehmen an dem Fest teil!«
Moses stieß seinem Pferd wütend die Fersen in die Flanken, und es setzte sich in Galopp. Zur großen Empörung der betrunkenen Menge ritt er alles über den Haufen und stürzte zu dem Feuerkreis, gefolgt von Josua. Ohne vom Pferd zu steigen, riß er den Pfosten und die darauf stehende Statue aus dem Boden, drehte um und warf die Figur in ein nahes Feuer. Entrüstete Schreie ertönten um ihn herum, man zerrte an seinen Beinen und riß sein Pferd am Schweif, doch er wehrte sich wütend. Josua ritt neben ihm, das Schwert gezückt. Männer und Frauen stürzten zu Boden, gepackt von Lachkrämpfen. Sie waren an einem Punkt angelangt, an dem es ihnen egal war, daß man das Symbol der männlichen Fruchtbarkeit ins Feuer geworfen hatte, sie hatten Wein getrunken, und diese lästigen Kerle würden sie nicht ernüchtern.
Moses galoppierte erneut an, diesmal zum Lager der Apiru. An seinem Zelt angekommen, hob er abrupt den Vorhang und fand dort zu seiner großen Erleichterung Zippora und seine beiden Söhne, Stitho und die beiden Sklaven. Alle sprangen hastig auf und liefen zu ihm.
»Du wenigstens bist da! Der Herr sei gepriesen!« sagte Moses mit rauher Stimme.
Sie sah ihn betrübt an. Er ging brüsk wieder hinaus und zu Aarons Zelt. Leer. Weder Aaron noch Elischeba. Auch im Zelt von Miriam war niemand. Moses wandte sich zu Josua.
»Deine Soldaten?«
»Sie sind auf ihren Posten. Ich sehe sie von hier aus. Sogar die Ägypter.«
Hur lief auf Josua zu und flüsterte ihm etwas ins Ohr.
Einen Augenblick lang wirkte er verstört. Ein paar Männer, die an der Umfriedungsmauer lehnten, drehten sich um, und Moses erkannte drei von Aarons Söhnen, Nadab, Abihu und Eleasar.
»Wo ist euer Vater?«

»Bei dem Fest«, antwortete Eleasar betrübt.
»Bei dem Fest!« donnerte Moses. »Bei welchem Fest?«
»Dem Fest für Baal-Adad.«
»Aber das ist ein Gott der Midianiter!«
»Ich weiß.«
»Aber ich habe die Statue von Apis gesehen ...«
»All diese Götter sehen sich ähnlich«, erklärte Eleasar müde.
»Wie hat dein Vater das zulassen können?«
»Er konnte sich dem Volk nicht widersetzen.«[1]
»Und die Richter?«
»Elf Männer gegen diese ganzen Leute? Sie sind in ihren Zelten und fürchten sich vor deiner Rückkehr.«
»Die Alten?«
»Die meisten sind ebenfalls in ihren Zelten.«
»Josua«, erklärte Moses mit gebrochener Stimme und gesenktem Kopf, während er die Schultern des jungen Mannes fest umklammerte. »Das ist zu unwürdig! Das ist schändlich!«
Er weinte. Dann löste er sich abrupt von Josua. Eine heftige Versuchung packte ihn, die Steintafeln mit dem gemeißelten Text zu zerstören! Allein der Gedanke zerriß ihn so sehr, daß er sich krümmte, als hätte er einen starken Magenkrampf. Nein, diese Steine gehörten nicht ihm. Es wäre Gotteslästerung, sie zu zerschmettern. Und eine zu große Befriedigung für seine Feinde. Er schloß die Augen, um den Schlag zu verdauen, den dieser Widerstreit in seinem Inneren ihm versetzte.[2]
»Ich müßte die gemeißelten Tafeln zerbrechen!« rief er.
»Nein!« schrie Josua.
»Nein!« rief auch Eleasar und stürzte zu Moses.
»Mein Herr«, sagte Josua, »dein Leben ist von nun an der einzige Garant für den Willen des Herrn. Ich flehe dich an, ruhe dich aus. Heute abend ist es zu spät, wir können nicht gegen dreißigtausend Menschen kämpfen.«
Auch Zippora war aus dem Zelt gekommen, gefolgt von

Stitho, der bestürzt war über die Erschütterung, die Moses zeigte.
»Mein Gebieter«, sagte Stitho, »es ist der Wille des Herrn, daß du dich ausruhst und neue Kräfte sammelst. Soll ich dir beim Waschen helfen?«
Moses schien unfähig, sich zu bewegen.
»Moses«, fuhr Josua fort, »was soll aus uns werden, wenn du dich nicht ausruhst?«
So gab er den Beschwörungen der Seinen nach und überließ sich Stithos Pflege, dann Zipporas, die ihn umsorgte. Josua hatte recht, man mußte weiterleben, um den Willen des Herrn zu verteidigen. Aaron und alle anderen mußten warten.
Bis in die frühen Morgenstunden erschollen Trompeten, zügelloses Geschrei der Mädchen und betrunkenes Gegröle der Männer; das Echo im Tal trug es bis hin zu Moses und zermürbte ihm die Nerven. Sein gärender Schmerz erzeugte kalte Wut. Auch Zippora schlief kaum, da ihr bewußt war, wie dieser Lärm auf ihren Mann wirkte. Einmal erhob sich Moses erzürnt, um zwischen seinem Zelt und der Mauer der Umfriedung ein paar Schritte auf und ab zu gehen. Er stieg über den ausgestreckt liegenden Stitho, der sofort erwachte und sich zu seinem Meister gesellte, der an der Mauer stand. Sie beobachteten die Feiernden, die mit unsicherem Schritt zurück in ihre Zelte torkelten und so laut redeten, daß man sie auf tausend Schritte verstand. »Sieh dir diesen unzüchtigen Haufen an!« knurrte Moses. »Den göttlichen Funken haben sie in Wein und Hammelfett ertränkt! Hast du Aaron zurückkommen sehen?«
»Ich habe ihn mit seiner Frau Elischeba gesehen, bevor ich eingeschlafen bin.«
»War er auch betrunken?«
»Nein, er sah eher bedrückt aus.«
»Und Miriam?«
»Sie hatte getrunken.«

»Dieses Gesindel!«

Als er aufstand, war er in scheußlicher Laune. Nachdem er sich rasch gewaschen und eine Schale heißer Milch hinuntergestürzt hatte, stellte er sich vor Aarons Zelt auf und rief mit Donnerstimme nach ihm. Kaum wach, aber bereits mit kleinlauter Miene, kam sein Halbbruder heraus.

»Erkläre mir die Schändlichkeiten dieser Nacht!« wetterte Moses.

»Ich habe sie nicht angestiftet. Jeder andere kann sie dir ebenso gut oder ebenso schlecht erklären wie ich«, antwortete Aaron.

»Du warst dort, zusammen mit deiner Frau.«

»Wir haben nicht getanzt. Und vielleicht hat meine Anwesenheit manche Ausschweifungen verhindert.«

»Schöne Zurückhaltung! Du hättest sie auspeitschen sollen, damit sie in ihre Zelte zurückgekehrt wären.«

Elischeba streckte den Kopf aus dem Zelt; doch der strafende Finger, den Moses ihr zeigte, und sein Blick, der keine Widerrede duldete, schickten sie zurück in ihren Bereich.

»Hätte ich auch die Alten peitschen sollen?« protestierte Aaron verärgert. »Mit welcher Machtbefugnis? Mit welchen Armen?«

»Wie hat das Ganze angefangen?«

»Die Midianiter planten ein Fest zu Ehren des Herrn. Und Feste hat unser Volk in den letzten Monaten nicht viele gehabt. Auch keinen Wein, kein Bier, kein Fleisch. Das Volk ist hingegangen. Es wußte nicht ... Nachdem du zum Berg aufgebrochen warst, sind mehrere von den Älteren zu mir gekommen und haben angekündigt, daß sie dem Herrn ein Opfer darbringen wollten. Hätte ich mich widersetzen sollen?«[3]

»Welchem Herrn? Apis?«

»Die Midianiter nennen ihren Gott ›Herrn‹. Sollte ich ihnen eine Predigt halten, daß der Herr der Midianiter nicht unser Herr ist? Vor ein paar Monaten waren wir noch Sklaven, Moses. Unsere Religion war ausgelöscht. Vierhundert Jahre, Moses, vierhundert Jahre sind seit Abraham vergangen! Kannst du dir das vorstellen?«

Von Mose dröhnender Stimme aufgeweckt und von ihren Frauen und Dienern alarmiert, kamen nacheinander die Richter an. Ein Menschenauflauf, der mit jedem Augenblick größer wurde, bildete sich um Moses und Aaron.

»Aber als sie mich da oben auf dem Berg gesehen haben ...«, fuhr Moses nach einer Weile fort.

»Auch die Midianiter haben dich gesehen. Für sie war der Herr, der sich offenbart hat, nicht nur der unsrige, sondern auch der ihre.«

»Aber unsere Leute!« rief Moses. »Als sie den Stier Apis gesehen haben, das Tier der Ägypter, hätten sie doch begreifen müssen, daß das nicht unser Herr ist. Sie haben nackt vor diesem obszönen Gott getanzt!«

Aaron senkte den Kopf.

»Erst gestern, Moses, hast du uns das Verbot des Herrn mitgeteilt, Abbilder herzustellen«, sagte einer der Richter. »Glaubst du wirklich, daß alle das innerhalb von ein paar Stunden erfaßt haben?«[4]

»Ihr habt selbst an diesem Fest teilgenommen«, erwiderte Moses in vorwurfsvollem Ton. »Konntet ihr die Leute nicht wieder nach Hause schicken und sie daran hindern, sich obszönen Verrenkungen hinzugeben?«

»Wir sind elf. Elf. Bei diesem Fest waren Tausende von unseren Leuten. Man hätte uns beschuldigt, daß wir uns einer Feier des Herrn widersetzen! Man hätte uns Gottlosigkeit vorgeworfen, uns mißhandelt, vielleicht gesteinigt!«

»Soll ich das so verstehen, daß es vollkommen normal ist, wenn unsere Männer und unsere Frauen nackt vor einer Statue des Apis tanzen?« frage Moses, der seinem Zorn freien Lauf ließ.

»Als es dazu kam, war es zu spät!« konterte ein Richter im selben Tonfall. »Wir konnten nichts tun!« Und er machte auf dem Absatz kehrt.

Moses, immer noch voller Wut, rief Josua, der ein wenig abseits stand.

»Ich will, daß du hundert Männer nimmst und ihnen Peitschen gibst. Sie sollen von Zelt zu Zelt gehen und fragen, wer gestern abend vor der ekelhaften Stierstatue getanzt hat. Wenn sie diese Leute gefunden haben, sollen sie jedem zehn Peitschenhiebe geben! Sie sollen ihnen sagen, daß dies auf meinen Befehl geschieht, weil sie den Herrn verraten haben, der sie aus Ägypten herausgeführt hat!«[5]

Die allgemeine Bestrafung dauerte den größten Teil des Vormittags. Das Geschrei, Gejammer und die Leiden der Erniedrigung von Männern, die am Vorabend vom Fortpflanzungswahn gepackt, und von Frauen, die der Anblick unzüchtigen Fleisches und die Aussicht auf einen Orgasmus erhitzt hatten, erfüllten bis zum Abend die Luft. Moses hörte sie mit tiefer Niedergeschlagenheit.

Sehen diese hurenden Leute nicht, daß sie sich selbst vergöttlichen wollen, wenn sie sich ihren Paarungen hingeben? Dem muß abgeholfen werden!

Es herrschte bedrückte Stimmung, als die Nacht hereinbrach. In beiden Lagern war es still.

»Und dennoch ist der Herr unser Ruhm«, murmelte Moses zu sich selbst. »Er ist unsere Freude, unser Stolz, unser Leben! Wie kommt es, daß sie das nicht begreifen?« Er fühlte tiefen inneren Schmerz. »Herr, welche Bürde hast du mir auferlegt!«

10

Die Gegenstände der Gottespräsenz

Moses hatte ihn von den Richtern, den Alten und allen, mit denen er gewöhnlich sprach, suchen lassen. Nun stand der Mann vor ihm. Mager, knorrig, mit kräftigen und zugleich zarten Händen. Bezalel, Sohn des Uri, des Sohnes Hurs aus dem Stamm Juda. Von Zeit zu Zeit sah er fragend auf Moses, der in Gedanken versunken schien und es nicht eilig hatte zu erklären, warum er ihn gerufen hatte. Bezalel streckte die Hand nach der Schüssel mit Eselsfeigen aus, die vor ihm stand. Er wählte sorgfältig eine Feige, die von einem Vogel angepickt worden war und so mehr Saft abgesondert hatte, was sie süßer machte.

»Du hast in Ägypten Möbel hergestellt?« fragte Moses schließlich.

Der Mann nickte.

»Aus welchem Holz?«

»Je nach Möbelstück, Gebrauch und Vermögen meines Auftraggebers. Für Betten etwa eignen sich Zedern und Zypressen am besten. Ihr Holz wird mit der Zeit härter. Für Schreine nehme ich lieber Ebenholz, Sykomore oder Akazie. Man kann daraus dünne und leichtere Bretter schneiden. Es hängt immer vom Geld ab.«

Moses dachte einen Augenblick nach.

»Und für eine mit Gold überzogene Lade? Wenn wir sie hier herstellen müssen?«

»Auf jeden Fall Akazie; Ebenholz haben wir hier nicht. Ich habe in der Gegend Akazien gesehen. Auch ein paar Zedern. Aber Gold zu hämmern ist nicht mein Handwerk.«

»Kennst du unter uns einen, der das kann?«

»Es gibt einige. Jehosaphat zum Beispiel. Er hat für den Nomarchen von Auaris eine goldgeschmückte Truhe gemacht. Eine schöne Arbeit.«

Er suchte sich noch eine Feige aus und hob den Blick zu Moses. »Was brauchst du?«

»Den schönsten Schrein, den die Erde gesehen hat.«

Langes Schweigen kehrte ein.

»Einen Schrein für die Ewigkeit«, fuhr Moses fort.

Der Mann bemerkte dazu nichts; er hatte die Gewohnheit, seinen Kunden zu sagen, ob er ihre Wünsche ausführen konnte oder nicht, er kommentierte sie nicht.

»In der Lade sollen die Symbole unseres Bundes mit dem Herrn aufbewahrt werden.«

»Die Steine?«

Die Steine! So nannte man sie also! »Die Gebote des Herrn.«

Der Mann zeigte keine besondere Gemütsregung.

»Welche Maße?«

»Zweieinhalb Ellen lang, eineinhalb Ellen breit und ebenso hoch. Tragbar.«[1]

»Tragbar?«

»Transportierbar, wenn du das vorziehst. Wir sind noch nicht in Kanaan angekommen. Diese Lade muß mit uns ziehen. Zwei Ringe auf jeder Seite sollen an ihr befestigt werden, durch die Stangen gesteckt werden können. Ringe aus Gold.«

»In welcher Zeit?«

»Wieviel Zeit brauchst du, um die Lade zu fertigen?«

»Das hängt davon ab, wie viele Männer mir dabei helfen.«

»So viele, wie du brauchst.«

»Dann in vierzehn Tagen.«
Moses nickte.
»Gut«, sagte er. »Diese Lade soll in einem Heiligtum stehen, das man ebenfalls transportieren können muß. Es soll dreißig Ellen lang und zehn Ellen breit sein und nur drei Wände haben, zwei von dreißig Ellen und eine von zehn Ellen Länge.«
Bezalel schien leicht überrascht.
»Das ist sehr groß.«
»Man muß das Heiligtum auch auseinanderbauen können.«
»Es wird schwierig sein, es so aufzustellen, daß es nicht wakkelt, denn wenn ich recht verstanden habe, soll es keine Fundamente haben.«
»Weißt du eine Lösung dafür?«
»Man könnte die Bretter der Wände durch Zapfen aneinander befestigen. Und dann bräuchte man Stangen, die durch Ringe gezogen werden, um alles zu verstärken.«
Moses nickte erneut.
»Ich möchte Zapfen aus Silber, zwei pro Brett. Und Ringe aus Gold, wie für die Lade.«
»Das mußt du mit Jehosaphat besprechen.«
»Ich werde also mit ihm sprechen. Wieviel Zeit braucht das insgesamt?«
»Mindestens fünf Wochen.«
»Kannst du nicht zwei Gruppen von Männern nehmen, von denen eine an der Lade, die andere am Heiligtum baut?«
»Das müßte möglich sein.«
»Niemand wird bezahlt werden, Bezalel. Lade und Heiligtum sind bestimmt zum Ruhm unseres einzigen Herrn und seiner ewigen Gegenwart unter uns.«
Bezalel warf Moses einen nachdenklichen Blick zu.
»Es wird also ein frommes Werk sein.«
Moses nickte.
»Es ist eine umfangreiche Arbeit. Ich brauche einen Vorarbeiter.«

»Kennst du einen?«
»Oholiab, Sohn des Ahisamach. Wir haben bereits zusammen gearbeitet.«
»Sehr gut. Hole ihn, und auch Jehosaphat.«
Oholiab war ein kräftig gebauter junger Mann mit lebhaftem Blick, Jehosaphat ein älterer Mann mit fröhlichem Gesicht. Sie setzten sich vor Moses.
»Manche von uns haben sich durch fremde Götter, durch falsche Götter täuschen lassen«, erklärte Moses. »Gestern haben sie unserem Herrn, der uns aus Ägypten geführt hat, ein abscheuliches Schauspiel geboten, sie haben einen fremden Gott anstößig gefeiert. Der Zorn unseres Herrn ist groß. Deshalb soll Er von nun an unter uns gegenwärtig sein, wo wir uns auch befinden, damit er uns vor Untreue bewahrt.«
Sie hörten ihm schweigend zu. Vielleicht hatten sie an dem Fest teilgenommen, oder sie kannten Leute, die dort gewesen waren. Sie hüteten sich davor zu urteilen.
»Er wird in einem Heiligtum gegenwärtig sein, in dem sich die Bundeslade befindet, die das Zeugnis des Bundes, den er mit uns zu schließen eingewilligt hat, bergen soll. Eure Aufgabe ist es, dieses Allerheiligste und diese Bundeslade zu bauen. Es wird seit der Erschaffung der Welt nichts Schöneres gegeben haben.«
Er beschrieb Jehosaphat die beiden Cherubim, deren Flügel das Dach der Bundeslade beschirmen sollten.
»Das bedeutet, daß die Flügel jedes Cherubs mindestens eineinviertel Ellen messen sollen«, meinte Jehosaphat. »Dafür benötigt man viel Gold.«
»Wir besitzen viel Gold«, antwortete Moses. »Und die Cherubim sollen ja auch nicht aus massivem Gold sein.«
»Du mußt dieses Gold fordern. Ich habe nicht die Befugnis dazu«, erklärte Jehosaphat.
»Das werde ich tun. Wie lange wirst du dafür brauchen?«
»Drei Wochen, sobald ich das Gold habe, ausgenommen den Tag des Sabbat.«

»Du kannst von einem Handwerker das Gold auf das Holz für die Bundeslade plattieren lassen.«
»Zuerst muß man das Gold schlagen.«
»Dann laß zuerst das Gold schlagen, damit man das Blattgold hat, wenn die Bundeslade gezimmert ist. Du mußt auch nicht auf die Fertigstellung der Bundeslade warten, um anzufangen, die Cherubim zu formen. Wichtig ist nur, daß sie mit dem Gold des Daches verbunden werden.«[2]
Jehosaphat hörte nachdenklich zu.
»Außerdem möchte ich, daß du die Ausstattung und das Geschirr aus Gold für den Dienst am Herrn herstellst. Ich will einen großen Leuchter aus massivem Holz, mit Armen und Kelchen. Jeder Kelch soll die Form von drei Mandelblüten haben, und der ganze Leuchter soll sieben Arme aus massivem Gold haben. Aus einem Talent puren Goldes sollen diese Gegenstände ausgeführt werden.«
»Ich fange an, sobald du mir das Gold gegeben hast«, erwiderte Jehosaphat, während er sich erhob.
»Ihr könnt sofort beginnen«, wandte sich Moses nun an Bezalel und Oholiab. »Wenn ihr fertig seid, habe ich noch eine andere Arbeit für euch. Ihr sollt einen Räucheraltar bauen. Aus Akazienholz, eine Elle lang, eine Elle breit, also quadratisch, und zwei Ellen hoch. An seinen Ecken soll er vier Hörner haben, die mit ihm eine Einheit bilden. Jehosaphat, das geht auch dich an. Dieser Altar soll ganz mit purem Gold überzogen werden. Ringsum soll er eine Goldleiste haben, unterhalb der Leiste je zwei Goldringe an seinen beiden Seiten, zum Aufnehmen der Stangen, so daß man auch ihn tragen kann.«
Die Handwerker nickten, dann gingen sie. Moses rief den Schatzmeister, Elizafan, Mischaëls Bruder.[3] Er teilte ihm seinen Plan mit und befahl ihm, das nötige Gold und Silber möglichst schnell einzusammeln und es Jehosaphat zu übergeben.
»Das wird gemacht. Aber warum diese Eile?« fragte Elizafan.
»Ich möchte, daß der Herr möglichst bald in unserer Mitte

gegenwärtig ist und daß man weder gehen noch kommen kann, ohne sich seiner Anwesenheit bewußt zu werden. Deshalb lasse ich eine Bundeslade, einen Altar und ein Heiligtum bauen. In der Bundeslade werden die Steintafeln liegen, auf denen die Gebote des Herrn eingemeißelt sind, und die Lade wird im Heiligtum aufbewahrt. Der Altar soll vor der Bundeslade stehen. Beide sollen ganz mit Gold überzogen sein; das Heiligtum soll reich mit Gold verziert werden, so wie es sich gehört. Außerdem will ich, daß Geschirr aus purem Gold zum Gottesdienst unseres Herrn gefertigt wird, unseres einzigen und allmächtigen Gottes. Wir brauchen also eine große Menge Gold. Mit diesem Gold hofften wir, unsere Freiheit zu erobern, und es ist nur gerecht, wenn es dem geweiht wird, der uns befreit hat. Das Gedächtnis der Menschen ist wie Sand. Es saugt die göttliche Fürsorge auf, dann trocknet es wieder und vergißt sie. Ich will, daß in den Seelen dieses Volkes, dank der Gegenwart des Hauses, das dem Herrn gehört, auf Ewigkeit das Bewußtsein bleibt, daß Gott uns beschützt.«

Wie Elizafan vorhergesehen hatte, ließen sich manche Sippenoberhäupter zuerst bitten, bevor sie ihr Gold hergaben.

»Was, wir haben uns noch nicht einmal in dem Gelobten Land niedergelassen, und man will uns schon dieses Gold abnehmen, das wir morgen vielleicht so nötig brauchen können!« protestierten sie.

»Ihr kennt Moses«, erwiderte Elizafan. »Wenn er erfährt, daß ihr euren Beitrag verweigert, wird seine Erwiderung schrecklich sein!«

»Wozu soll dieses Gold dienen?« fragte eines der Oberhäupter. »Wenn wir dich recht verstehen, sollen damit ein Schrein und Geräte geschmückt werden, die des Pharao würdig sind. Und wer wird sie benutzen? Die Anhänger von Moses.«

»Dieser Schrein und diese Geräte werden in der Mitte unseres Lagers aufgestellt, sie werden die Gegenwart des Herrn in unserer Mitte verkörpern. Alle Gegenstände sind ausschließ-

lich dem Dienst am Herrn geweiht«, erwiderte Elizafan vorwurfsvoll.
»Glaubt Moses, daß der Herr bis jetzt nicht in unserer Mitte weilte?« rief ein anderes Sippenoberhaupt.
»Der Tanz um das Abbild von Apis hat ihm allen Grund gegeben, das zu glauben«, konterte Elizafan.
»Das war eine Figur der Midianiter! Die Unsrigen, die dort getanzt haben, waren Unwissende! Und man hat sie genügend ausgepeitscht!«
»Unter euch sind dennoch einige, die gerne ihr Gold geben ...«
»Das ist ihre Sache. Jeder ist Herr seines Goldes.«
Elizafan sah sorgenvoll aus. Wenn er Moses die Sache erklärte, würde er eine weitere Krise auslösen. Und wenn er Jehosaphat nicht so viel Gold brachte, wie dieser brauchte, käme es ebenfalls zu einer schwierigen Lage. Er zog sich zurück, um nachzudenken.
Die Nacht kam ihm zu Hilfe, doch nicht so, wie er es sich vorgestellt hatte. Ein heftiger Wolkenbruch prasselte nieder, während alles schlief. Der Regen, der den Boden aufweichte, lockerte die Steine, die einen Zeltpfosten festhielten. Das Zelt begann zu flattern, Wind und Regen verfingen sich darin. Der Besitzer dieses Zeltes stand auf, um alles wieder in Ordnung zu bringen, doch da er nicht die Hand vor Augen sah, verfing er sich in der Zeltschnur und stürzte. Das Zelt befand sich am Rand des Lagers, ganz nahe an der Umfriedungsmauer. Der Mann fiel mit dem Kopf gegen die Mauer, und am nächsten Morgen fanden seine Kinder ihn bewußtlos im Schlamm liegen; kurz darauf starb er. Dieser Mann war eines jener Sippenoberhäupter, die sich widersetzt hatten, ihr Gold herzugeben.
Der Vorfall hatte eine tiefgreifende Wirkung. Am Tag darauf, gegen Mittag, hatten alle, die die besten Gründe vorgebracht hatten, warum sie ihr Gold behalten wollten, zugestimmt, ihr Gold herzugeben. Die Goldschmiede bekamen also neun-

undzwanzig Talente und siebenhundertdreißig Schekel Gold und hundert Talente und siebzehnhundertfünfundsiebzig Schekel Silber.[4]
Zuvor hatte Moses noch weitere Pläne gemacht. Er hatte sich vorgestellt, das Heiligtum mit ausladenden violetten, purpurroten und karmesinroten Vorhängen zu verhüllen. Doch die herbeigerufenen Weber erklärten ihm, daß sie ihre Webstühle nicht mitgenommen hatten. Und wo wollten sie Webfäden herbekommen? Und Farben?
Bedauernd nickte Moses. Das mußte also auf später verschoben werden.

11

Das Gespräch mit Miriam

»Werden wir hier noch lange bleiben?«
Moses erwartete Josuas Frage schon seit ein paar Tagen. Auf einem Felsblock sitzend, den er sich vor sein Zelt hatte tragen lassen, ließ er noch ein paar Augenblicke verstreichen, betrachtete den Himmel, dann antwortete er:
»Ich warte, bis die Bundeslade und das Heiligtum fertiggestellt sind. Ich will, daß sie in Sichtweite des Ortes aufgestellt werden, wo der Herr vor aller Augen erschienen ist.«
»Der Sommer kommt, das Wasser wird knapp, die Hirten fangen schon an, sich zu streiten.« Josua lehnte sich an die Mauer. »Und dann Kanaan – sie werden schließlich gar nicht mehr daran glauben.«
Er musterte das Gesicht von Moses. Obwohl noch keine vierzig, waren seine Mundwinkel bereits eingefallen, das Gesicht war gealtert durch die Verbrennung, die ihn dort oben auf dem Berg entstellt hatte. Die Haut begann sich zu schälen. Krähenfüße waren sichtbar; Haar und Bart graumeliert. Die letzten Erinnerungen an die Jugend waren seine widerspenstigen Haarlocken und sein Mund, der manchmal genießerisch, fast fröhlich wurde. Es wäre wünschenswert, daß Moses noch nicht zu alt war, wenn sie endlich ins Gelobte Land einzogen ... wenn sie je dort einzogen.

»Das Bewußtsein des Herrn ist wichtiger als das Gelobte Land«, sagte Moses. Dann warf er Josua einen fast spöttischen Blick zu: »Du willst kämpfen, nicht wahr? Sei beruhigt, du wirst kämpfen.«
Sechs Wochen später wurden die Bundeslade und die Teile des Heiligtums fast gleichzeitig fertig. Moses rief alle erwachsenen und waffenfähigen Männer aus dem Stamm Levi in der Ebene zusammen, getrennt von den anderen.
»Das Heiligtum wird in der Mitte unseres Lagers errichtet«, verkündete er. »Ihr sollt eure Zelte darum herum aufstellen. Ihr seid seine Wächter. Es wird unsere heiligste Stätte sein.«
»Wir haben zwei Lager«, bemerkte ein Mann.
»In den Augen des Herrn ist es nur eines. Ihr werdet das Allerheiligste aufstellen und die Bundeslade darin verwahren, und ihr werdet es auch abbauen und die Teile transportieren, wenn wir das Lager aufheben müssen; auch die Bundeslade werdet ihr tragen. Eurer Obhut sind die Kultgegenstände und alles Goldgeschirr anvertraut.«
»Warum wir?« fragten sie.
»Weil ihr die einzigen seid, wie man mir gesagt hat, die nicht bei diesem schändlichen Fest getanzt haben.«
»Werden wir ein Oberhaupt haben, wenn du das nicht bist?«
»Ja. Ihr werdet fünf haben. Aaron und seine Söhne, Nadab, Abihu, Eleasar und Itamar.«
»War nicht Aaron auch bei diesem Fest?« fragte ein Levit streng.
»Wenn er dort war, so weil er versuchen wollte, die Ausschweifungen zu verhindern.«
Die Leviten schwiegen und sahen Moses einen Augenblick lang an; er blieb unbewegt. Ließ er sich täuschen? Oder hatte er seinem Bruder verziehen?
»Seid ihr gegen Aaron?« fragte er.
Da ihre Mienen wahrlich keinerlei Begeisterung zeigten, fuhr er fort:

»Ist er nicht derjenige, der euch auf den Befehl des Herrn hin aus Ägypten geführt hat?«
Natürlich wußten sie nicht, daß er an ihnen ausprobierte, welche Wirkung die Ernennung Aarons als Hohepriester haben würde; der Hauptbetroffene war in diesem Amt noch gar nicht bestätigt.
Moses machte eine Pause, dann fuhr er fort:
»Die Lade unseres Bundes mit dem Herrn wird in der Tiefe des Allerheiligsten aufgestellt. Davor soll der Altar stehen, doch mit einem Vorhang abgetrennt, sobald es möglich sein wird zu weben. Das Heiligtum soll in der Mitte eines Vorhofes stehen, der hundert Ellen lang und fünfzig Ellen breit ist. Wenn wir Webstühle haben, soll das Heiligtum mit violetten, purpurroten und karmesinroten Vorhängen bedeckt werden, und die Pflöcke, die das Heiligtum abgrenzen, sollen ebenfalls mit solchen Tüchern, die mit Cherubim bestickt sind, bespannt werden.« Sie nickten und kehrten ins Lager zurück. Moses folgte ihnen und ging zu Aaron, um ihm seine Ernennung zu verkünden.
»Gesegneter Tag!« rief Aaron und brach in Tränen aus. Er rief seine Söhne herbei, die in der Nähe waren, und alle vier bedeckten Mose Hände mit Küssen.
»Gesegneter Tag!« rief Elischeba im Hintergrund des Zeltes.
Die Rufe lockten die Nachbarn herbei, sogar Miriam kam. Sie hatte sich von ihrer Strohschütte erhoben, um mit Moses zu sprechen. Sie war krank, und Moses erkannte auf ihrem Gesicht die Spuren und die Mattigkeit des nahen Todes. Sie hatte nicht mehr die Kraft zu rufen.
Lange standen sie einander gegenüber.
»Die Absichten des Herrn sind unerforschlich«, sagte sie schließlich, als habe sie das erst neu entdeckt. »Du, der Sohn der Ägypterin! Du bist jetzt unser Gebieter, und an dich wendet sich der Herr Abrahams!«
Er betrachtete sie wortlos, sein Respekt galt eher dem Tod als der Schwester. Er hatte Miriam nie gemocht. Sie war nicht

die tröstende Schwester gewesen, die er sich gewünscht hätte. Sie hatte an ihm nur geschätzt, daß er den Apiru nützlich sein konnte. Und im Grunde, dachte er mit melancholischem Lächeln, war sie ihm ähnlich. Er selbst hatte ohne Umschweife die Diener des göttlichen Plans vorgezogen, Josua etwa. Sogar Zippora schien ihm eine Dienerin dieses Plans zu sein, da sie die vollkommene Gefährtin war.
»Es mangelt uns nicht an tapferen Männern, doch dir kommt die Ehre zu, uns anzuführen!«
»Ich höre aus deiner Stimme ebensoviel Groll wie Staunen heraus«, erwiderte er.
»Du konntest nicht einmal unsere Sprache, und dir legt der Herr unsere Gebote in den Mund! Verstehst du, Moses, ich staune wahrhaftig. Ich staune über die Klugheit unseres Herrn! Denn du warst wirklich der Mann, den wir brauchten, du hast uns aus Ägypten geführt, und nun sind wir frei, haben ein Heer und Herden! Ich hätte das nie geglaubt, als ich kam, um dir im Palasthof von Memphis mitzuteilen, daß dein Vater gestorben war, und du dann fortgeritten bist, ohne dem schmutzigen Ding, das ich war, ein einziges Wort zu erwidern. Nein, ich hätte es niemals geglaubt, als du dich als Prinz in Auaris herabgelassen hast, mich zu besuchen und mir ein Kätzchen und eine Gans mitzubringen. Nein, wahrhaftig, ich hätte nie geglaubt, daß du unser Oberhaupt werden würdest!«
»Und der Groll?«
»Ich habe keine Zeit mehr für Groll.« Stolz sprach aus ihrem Mund. »Ich war damals dumm. Ich hatte nicht begriffen, daß der Apfel nicht weit vom Stamm fällt.«
»Was soll das heißen?«
Sie lachte höhnisch auf, ein heiseres Husten. »Das fragst du mich, Moses? Du hast die Macht im Blut! Du bist wie sie, wie die aus der Familie von Sethos und Ramses und all den anderen. Ihr seid für die Macht geboren. Sie ist eure einzige Nahrung. Ich habe beobachtet, wie du dich bei unserem Auszug

aus Ägypten mit fast nichts begnügt hast, mit ein paar gedörrten Früchten, einem Stückchen Brot, einer halben Feldflasche voll brackigen Wassers …«

»Ich habe Ägypten und die Königsfamilie schon vor langer Zeit verlassen. Ich habe eure Sache zu der meinen gemacht.«

»Es hat dir nicht gereicht, faktischer Herrscher in Unterägypten zu sein. Du warst dem Joch deines Onkels Ramses unterworfen. Dein Stolz, dein Ehrgeiz ließen dich danach streben, niemandem verantwortlich zu sein außer dem Herrn.«

»Immer wieder Unverschämtheiten, Miriam. Aber du bist zu krank, als daß ich in Zorn geraten könnte.«

Beide standen sie in der friedlichen Landschaft, wie Steinblöcke, er stark, sie im ersten Windhauch des Todes zitternd. Er wurde ungeduldig.

»Du hast nichts begriffen, Miriam. Nichts. Du wirst in die Tiefen des Sche'ol eingehen, beladen mit deinen falschen Vorstellungen und mit lächerlichen Gefühlen der Verbitterung.«

»Was habe ich nicht begriffen?« stieß sie herausfordernd hervor.

»Die Reinheit! Die Reinheit. Ägypten, Sethos, Ramses, weißt du, was all das für ein Kind bedeutete? Kompromisse, Tricks, Suche nach Gewinn und Macht! Macht um der Macht willen! All diese Leute, die Komplotte schmiedeten und Unzucht trieben, mit fettigem Mund von den Gänsen, die euch so fehlen! Der Atem stinkend nach diesem Knoblauch und diesen Zwiebeln, von denen eure Erinnerungen so erfüllt sind! Geschlechtstrieb und Geld und Lüge und Macht, deshalb habe ich mich von Ägypten abgewandt. Hast du vergessen, welchen Sinn für Reinheit und Gerechtigkeit ein Kind hat? Glaubst du wirklich, ich sei machthungrig? Habe ich mich mit Zeichen der Macht umgeben? Ich trage dasselbe Gewand, denselben Mantel, dieselben Sandalen wie damals, als ich zu euch kam, an der Grenze von Ägypten. Ich esse wenig und weniger gut als die meisten von euch. Nein, Miriam, nicht Machthunger treibt mich an, sondern die Reinheit des Herrn, die Gerechtigkeit und die Herrlichkeit des Herrn!«

Sie schien verwirrt, runzelte die Brauen und zuckte mit kummervoller, plötzlich ratloser Miene die Schultern.

»Und wo hast du ihn entdeckt, den Herrn, wenn nicht bei uns?«

»Du weißt nichts. Der Herr ist in jedem von uns. Er ist selbst im Herzen mancher Ägypter, die sich nicht von diesen Göttern blenden lassen, die bellen oder grunzen. Der hohe und reine Herr ...«

Er erinnerte sich an Nesaton, erinnerte sich daran, wie er selbst meditierend am Meeresufer gesessen hatte. Miriam unterbrach seinen Gedankenfluß.

»Warum hast du Aaron zum Hohepriester ernannt?« fragte sie weiter. »Du magst ihn nicht. Du hast Aaron nie gemocht, weil er ein schwacher Mann und voller Mitleid ist. Du magst nur die jungen und starken Männer. Du liebst Josua, der ein gewalttätiger Mensch ist. Du hast ihn fast zu deinem Sohn, zu deinem Erben gemacht.«

»Die Absichten des Herrn, die dich so staunen lassen, Miriam, dulden keine schwachen Menschen. Aus Schwäche hat Aaron vor dem Goldenen Kalb getanzt, nicht aus Verderbtheit.«[1]

»Warum hast du ihn dann ausgewählt?«

»Weil es eine Fortdauer geben muß. Er war es, der euch in Ägypten vereint hat.«

»Und vielleicht auch, weil du nicht der Hohepriester sein willst. Du bist ein Kriegsherr, nicht wahr, Moses?«

Mit einer Kopfbewegung deutete er an, daß sie Themen anschnitt, für die sie nicht befugt war.

»Die Kriege sind noch nicht beendet, Miriam. Der Dienst am Herrn nimmt viel Zeit in Anspruch.«

»Ich bin fast glücklich, daß ich bald sterbe. Denn ich werde bald sterben, du weißt es. Ich bin der Kriege müde. Ich bin der Gewalt müde. Ich bin wie alle Frauen Israels. Ich wollte das

Gelobte Land, wo die Mandelbäume blühen, ohne jemals den Atem betrunkener Krieger zu riechen, wo der Bauch der Frauen sich rundet, ohne daß sie je das Schwert fürchten müssen, wo die Männer nur müde sind, weil sie einen mit guter Arbeit ausgefüllten Tag hinter sich haben. Ich wußte nicht, was die Verheißung von Kanaan ankündigte. Ich hasse den Geruch von Blut.«

Moses nickte. »Nicht ich will Blut. Es sind die Pläne des Herrn.«

»Sie sind grausam.«

»Lästere nicht Gott!«

»Sie sind grausam!« rief Miriam. »Und du bist ihr Abbild!«

Moses sah sie lange an. Er wußte, daß sie nie wieder miteinander sprechen würden. Sie ging zurück in ihr Zelt. Er war traurig.

Die Ankündigung, daß die Bundeslade und das Heiligtum fertig waren[2], hatte bereits für gewisse Aufregung gesorgt, doch nun, als Moses die Mitte des Lagers räumen ließ, schäumte sie über. Die Leviten zogen dort ein, und der Umkreis des Heiligtums wurde allen verboten und von den Soldaten bewacht. Die Leviten trugen die Bretter und Stangen herbei, und stellten nach den Anweisungen, die Moses und die Handwerker ihnen gaben, das Gebäude auf, die Tür nach Süden gewandt. Alte und Junge kamen, um aus gehörigem Abstand zuzusehen, wie man die Wandteile aufstellte, wie man sie mit Zapfen miteinander verband und wie man nach Fertigstellung einer Wand die Stangen aus Akazienholz, die sie stützten, durch die Ringe schob. Danach trugen die Leviten die Bundeslade in das Heiligtum, und zuletzt stellten sie den Altar auf.

Die Apiru sahen die Lade nur, als sie vorbeigetragen wurde. Eine prachtvolle, funkelnde Truhe aus Gold, wahrhaft ein Stück Sonne. Das von den Flügeln der Cherubim beschirmte Dach rief staunende Kommentare hervor. Die Ringe, in die man die Tragholme schob, waren aus Gold! Die Menschen frohlockten über so viel Pracht und klagten darüber, daß sie ihre Blicke nicht länger darauf verweilen lassen konnten. Dafür hielten sie sich schadlos, indem sie das Heiligtum genau musterten. Als dieses schließlich aufgestellt war, bestaunten sie den Transport des Altars, der ebenfalls ganz mit Gold überzogen war. Und die Tragholme des Altars! Auch sie waren ganz mit Gold verkleidet! Man machte sich die Plätze streitig, um zuzusehen, wie die Pflöcke aufgestellt wurden, die den Umfang des Vorhofes absteckten. Nun wurde ihnen die Tatsache bewußt, daß ein Ereignis stattgefunden hatte, daß ihre Geschichte in Gang war, daß der Herr sie nicht vergessen hatte.

Sogar die Midianiter kamen, um soviel wie möglich in dem Gedränge zu sehen. Sie stiegen auf die Bäume, um die Wände des Heiligtums bestaunen zu können. Durch ihre Lager ging ein Raunen. Die Apiru hatten für ihren Gott ein mit Gold beschlagenes Haus gebaut.

Am meisten beeindruckt waren die jungen Leute und die Kinder. Der Anblick dieser Männer, die mit Würde die mit Gold überzogenen, mit Gold geschmückten, mit Gold beschlagenen Bretter trugen ...

»Wer ist der Herr?« fragten sie abends, bevor sie einschliefen.

»Unser unsterblicher König, der über uns wacht.«

»Wo ist er?«

»Im Himmel.«

»Ist er der König aller Menschen?«

»Er ist unser König.«

»Ist er mächtiger als Moses?«

»Er wird nie sterben.«

»Warum soviel Gold?« fragte Gerschom, der Sohn von Moses, als er von einer Schönschreibstunde bei einem Alten kam.

Erstaunt über die Frage wandte Zippora den Kopf.

»Weil Gold nie matt wird, wenn es rein ist. Der Herr ist rein, Gerschom. Er ist die Reinheit selbst. Vergiß das niemals. Die Reinheit.«

12

Revolte

Doch schließlich hatte Josua recht. Der Streit der Hirten um das Wasser drohte früher oder später zu einer Konfrontation zu führen.

»Es ist schwierig, gegen Menschen zu kämpfen, mit denen man sich gut vertragen hat«, sagte Josua.

»Brechen wir also auf«, stimmte Moses zu.

Acht ganze Tage, neun, wenn man den Sabbat mitzählte, waren nötig, um das Lager abzubauen. Während ihres langen Aufenthalts waren viele so töricht gewesen, etwas zu pflanzen: Zwiebeln, Salat, Endivien, Gurken ... Schweren Herzens rissen die Menschen Zwiebeln heraus, die sich kaum gebildet hatten, zartgrüne Salatköpfe, Endivien, deren Blätter sich gerade krausten, Gurken, die noch dunkelgrün waren.

»In Kanaan werdet ihr bessere haben«, versuchten die Alten zu trösten.

Nur der Fortpflanzungstrieb ist stärker als der Instinkt, etwas anzubauen. Manche hatten einen Feigenbaum, Koriander oder wilden Knoblauch in einem Beet gezogen.

»Zum Glück habt ihr kein Getreide angebaut, sonst wären wir für ewig hiergeblieben!«

Die Leviten entfalteten enorme Geschicklichkeit. Innerhalb von drei Tagen hatten sie alles abgebaut, die Pflöcke der Um-

friedung und die Wände des Heiligtums, hatten das Ganze in Matten und Decken gewickelt und warteten nur noch auf das Signal zum Aufbruch.
Josua lief mit seinen Männern durch die Lager, um sich zu vergewissern, daß alles fertig war, dann hallten Trompetenklänge durch das Tal. Betroffen unterbrachen die Midianiter ihre Tätigkeiten. Die Apiru zogen ab. Heimlich wurden Tränen vergossen, Liebende wurden getrennt, Freundschaften durchschnitten, Feindschaften verwandelten sich in Bedauern. Im Grunde waren diese Apiru keine so schlechten Gesellen gewesen. Sie konnten lachen, ihre Töchter waren leidenschaftlich und ihre Söhne kräftige Burschen.
Ewi selbst, seit dem Vorfall mit dem Goldenen Kalb, der ihn tief beleidigt hatte, nicht mehr aufgetaucht, kam, um Moses zum Abschied zu grüßen, gefolgt von einem Diener mit einem Sack voller Gewürze und einem Schlauch Wein.
»Ihr brecht also auf?«
»Das haben wir angekündigt.«
»Wo zieht ihr hin?«
»Nach Kanaan, das hatte ich dir gesagt.«
»Ich wünsche euch Wohlstand.«
»Der Friede des Herrn sei mit euch.«

Zwar waren während des Aufenthalts bei den Midianitern viele Leute gestorben, aber noch mehr waren geboren worden. Und bei den Tieren hatten die Eselinnen Eselfohlen und die Kamelstuten kleine Kamele empfangen. Ganz zu schweigen von den Herden, wo man weit mehr Schaf- und Ziegenlämmer zählte als bei der Ankunft. Außerdem hatten die Apiru Besitz angehäuft, Kleidungsstücke, Lebensmittel, Holz, und sie hatten sich an Bequemlichkeit gewöhnt. Anstatt sich wie einst, ganz eingefallen im Gesicht und das Bündel auf dem Rücken, in dichten Reihen zusammenzudrängen, wahrte nun eine Gruppe einen gewissen Abstand zur nächsten. So verging ein ganzer Tag zwischen dem Zeitpunkt, an dem man den Beginn des Zuges und dem Zeitpunkt, an dem man seinen Schluß sah. Ganz vorn kamen Moses und Aaron zu Pferd, dann ihre Familien, die eine kleine Gruppe bildeten, dicht gefolgt von den Leviten mit der Bundeslade und dem abgebauten Heiligtum, die von der halben Truppe Josuas bewacht wurden. Die andere Hälfte der Soldaten schloß den Zug ab.

Und natürlich brauchte diese ganze Schar zu trinken.

Als die Apiru nach elf Tagen Marsch in ein Tal kamen, das weit grüner war als das vorherige, wollten sie an den zahlreichen Bächen, die sich zwischen den Hügeln schlängelten, schleunigst ihre Herden und Tiere tränken und Krüge und Feldflaschen füllen. Fern in einem Tal zeichnete sich ein Dorf ab, und ein Hirte, der zuerst über diese heranströmende Menge von Menschen und Tieren zu Tode erschrak, stammelte, das sei Kadesch, Sitz des midianitischen Königs Reba.[1] Daraufhin machte er sich eilig aus dem Staub, seine zwei Dutzend Schafe vor sich hertreibend. Nicht weit entfernt waren zwei Brunnen, doch die Frauen der Apiru, die dachten, sie könnten sich dort versorgen, trafen auf midianitische Frauen, die ebenfalls ihre Krüge füllten.

»Was habt ihr hier vor?« fragten die Midianiterinnen die Apiru-Frauen, nachdem sie lange, besorgte Blicke auf den gewaltigen Strom von Menschen und Tieren, der sich vom Tal abzeichnete, geworfen hatten.

»Unsere Krüge füllen.«

»Das sind nicht eure Brunnen.«

»Die Untertanen Ewis waren gastlicher als ihr.«

»Wir sind nicht die Untertanen Ewis, sondern die Untertanen Rebas. Geht fort.«

Die Apiru-Frauen machten also kehrt und nahmen sich vor, nachts wiederzukommen, um ihre Krüge zu füllen. Während die Apiru ihre Zelte auseinanderfalteten, kam eine Gruppe von etwa fünfzig Männern und fragte, wer ihr Oberhaupt sei. Vor Moses gebracht, erklärte der Anführer der Männer:

»Wir sind die Söhne und Sippenoberhäupter König Rebas. Mit welchem Recht laßt ihr euch hier nieder? Ihr seid auf dem Gebiet dieses Königs.«
»Wir machen hier nur Rast. König Ewi hat uns seine Gastfreundschaft gewährt, und wir meinen, daß euer König es ebenso machen kann.«
»Das ist nicht seine Absicht. Ihr werdet unsere Weiden verwüsten und unsere Wasservorräte erschöpfen.«
Josua, der die Abordnung hatte kommen sehen, marschierte eilig mit fünfhundert seiner Männer herbei, die er in deutlicher Sichtweite der Midianiter postierte, ein paar Dutzend Schritt von Moses entfernt. Er selbst und zwei seiner Hauptmänner waren zu Pferd, die Schwerter umgegürtet.
»Wir sind hier, wir können uns nicht in Luft auflösen, weil ihr das wünscht«, antwortete Moses. »Ich habe euch gesagt, daß wir nur eine Rast machen. Ich will, daß sie friedlich ist.«
Die Midianiter warfen ihm wütende Blicke zu, und nachdem sie die Soldaten um ihn herum abgeschätzt hatten, drehten sie wortlos um, um ihrem König Bericht zu erstatten. Diese Midianiter hier schienen wohlhabender als die anderen, sicher besaßen sie Waffen, und man hatte Grund zu befürchten, daß sie es nicht bei Mose Erwiderung belassen würden.
Die Leviten kamen und fragten Moses, ob sie das Heiligtum und die Bundeslade aufstellen sollten.
»Noch nicht«, antwortete Moses. »Ich möchte nicht, daß sie inmitten einer Schlacht stehen. Sehen wir zuerst, welche Absichten diese Midianiter haben. Ich will aber auf jeden Fall, daß das Heiligtum am ersten Tag eines Monats aufgebaut wird, und der Elul geht zu Ende. In acht Tagen fängt der Monat Tichri an, das ist der geeignete Tag, um das Haus des Herrn aufzustellen.«
Bis zu diesem Tag hatte sich ein Status quo gebildet, ähnlich wie mit Ewis Untertanen, doch mit dem Unterschied, daß Apiru und Midianiter diesmal kaum nachbarschaftliche Be-

ziehungen knüpften. Im Gegenteil, es gab häufig Raufereien unter den Hirten und Zank an den Brunnen. Doch man konnte immerhin einen langen Aufenthalt planen. Moses rief die Leviten.

»Stellt das Heiligtum und die Bundeslade auf. Ich will, daß alle von euch, die über fünfundzwanzig und körperlich gesund sind, für den Dienst am Heiligtum bestimmt werden.«

Dann rief er Mischaël.

»Laß dir von Josua eine Eskorte von zwanzig Männern geben, hol dir Silber und Kupfer beim Schatzmeister und kaufe in Kadesch einen Webstuhl. Wenn es zwei gibt, kaufe beide.«

»Wie werden sie uns empfangen?«

»Die Hoffnung auf Gewinn ist stärker als alle Gefühle.«

Mischaël begann zu lachen, und Moses lächelte.

»Nicht bei mir, mein Meister.«

»Deshalb gehörst du zu meinen Söhnen. Wenn sie ungewebtes Leinengarn haben, kauf es auch. Das feinste Leinen. Kauf auch Farben, Violett, Purpur und Karmesinrot. Und kaufe auch jede Menge an Weihrauch, die sie dir überlassen. Nun geh!«

Am Abend kam Mischaël mit nur einem Webstuhl zurück. Gebraucht, aber in gutem Zustand. Er hatte auch Leinengarn, Farben und einen großen Sack voller Weihrauch erworben.

»Es war so, wie du es vorausgesehen hast. Zuerst waren sie zänkisch, aber als ich den Grund für meinen Besuch erklärt habe, wurden sie milder.«

»Sehr gut«, sagte Moses.

Er ließ Bezalel rufen.

»Sieh her.«

»Ein Webstuhl!« meinte Bezalel überrascht.

»Ich will, daß du mir noch zwei baust. Wie lange dauert das?«

»Eine Woche. Ohne den Sabbat zu zählen.«

Dann kamen die Steinschneider.

»Ich will, daß ihr mir einen vollkommen wasserdichten Bottich macht, drei Ellen breit und fünf Ellen lang. Darin sollen

die Vorhänge gefärbt werden, die das Allerheiligste bedecken und an den Pfeilern des Vorhofes hängen werden.«
Während dieser Vorbereitungen starb Miriam. Vor den Zelten von Moses und Aaron drängten sich die Menschen. Aarons Gesicht war tränenüberströmt, Mose Augen blieben trocken.
»Weinst du denn nicht?« fragte Elischeba ihn.
»Soll ich so tun, als hätte ich gedacht, sie lebe ewig?«
»Es ist deine Schwester ...«
»In Wahrheit, Elischeba, habe ich Geschwister, die meine Mutter nicht hervorgebracht hat. Man wählt seine Verwandten.«
Dennoch nahm er an dem kleinen Begräbniszug teil, der die sterbliche Hülle seiner Halbschwester in die Berge trug. Man erwartete eine Grabrede von ihm; sie war kurz.
»Der Herr, unser Befreier, ist unendlich. Der Mensch ist sterblich und kann nur einen winzigen Teil von ihm wahrnehmen, und auch das nur, wenn ihm dieser Segen gewährt wird. Daher kommt es oft vor, daß er sich freut oder etwas bedauert, was er nicht kennt. Allein der Gerechte, dem die Grenzen seines Blicks bewußt sind, bewahrt unter allen Umständen eine gleichmütige Seele, da er weiß, daß der Herr nach Seinem unerforschlichen Willen für ihn entscheidet. Ich will hoffen, daß Miriams Seele von nun an imstande ist zu ermessen, wie klein ihr irdisches Leben war.«
Kaum ins Lager zurückgekehrt, sagte er zu Aaron:
»Von morgen an sollst du jeden Morgen Weihrauch auf dem Altar des Herrn verbrennen. Abends sollst du die Lampen anzünden und wieder Weihrauch verbrennen. Zu jeder Stunde des Tages und der Nacht soll Weihrauch auf dem Altar des Herrn brennen.«
Aaron sah ihn aus tränengeröteten Augen an. Moses blieb unbewegt.
»Du hast mir kein einziges Wort des Trostes gesagt. Du hattest kein einziges Trostwort für Miriams Kinder. Sogar die

ägyptischen Offiziere hatten Trostworte für die Soldaten, deren Brüder im Kampf gefallen sind.«
»Trost dürfen wir nur vom Herrn erwarten, Aaron.«
»Was mußt du nur für ein hartes Herz haben!« rief Aaron und entfernte sich jäh.
Der Vollmond schien die Gemüter in Unruhe zu versetzen, denn bald darauf kamen Mischaël und Hur zu Moses, als dieser gerade einen Teller Suppe und ein Stück Brot mit Schafskäse aß. Sie sagten nichts, aber ihre kummervolle Miene sprach für sich. Moses forderte sie auf, sich zu setzen, und bot ihnen an, seine magere Kost mit ihm zu teilen. Aus Höflichkeit nahm der eine sich eine gedörrte Feige, der andere einen kleinen Honigkuchen. Als Getränk gab es Wasser.
»Gut«, meinte Moses. »Was ist los?«
Der Brauch, der es verbot, schlechte Nachrichten zu überbringen, machte ihnen die Sache schwer, aber ihre Treue verlangte, daß sie diese Neuigkeiten nicht geheimhielten. Die beiden Männer begannen zu stammeln.
»Ich verstehe nichts«, erklärte Moses verärgert. »Kommt zu den Tatsachen.«
»Eine Revolte«, antwortete Mischaël schließlich.
»Wer?«
»Korach, Datan, Abiram, On … Und andere.«
»Schon wieder!«
Moses fuhr sich mit den Händen übers Gesicht. Korach, der Sohn Kehats, war sein Vetter, ein Levit, der ihm bereits kurz nach dem Auszug aus Ägypten wegen des Wassers und der Lebensmittel seinen Unwillen gezeigt hatte. Datan, Abiram und On waren Rubeniter, die Mose Autorität ebenfalls nie akzeptiert hatten, ohne aufzumucken. Sie gehörten zu dem Kern von Aufsässigen, die ständig hundert Gründe fanden, um Mose Entscheidungen anzufechten.
»Und die anderen, wer sind die?« fragte Moses.
»Leviten. Sie halten jetzt gerade eine Versammlung ab.«
»Was sagen sie?«

»Daß es keinen Grund gibt, sich deiner Autorität zu unterwerfen oder zu akzeptieren, daß Aaron und seine Söhne Hohepriester sind.«
»Ich werde zu ihnen gehen. Benachrichtige du Josua.«
Moses ließ auch Aaron rufen, und sie begaben sich zum Versammlungsort. Dort verstummte die Diskussion, als die Aufsässigen die beiden Männer kommen sahen. Es waren gut dreihundert Männer, die einen Kreis bildeten, um den ein paar Frauen standen.
»Anstatt unter euch zu diskutieren, könnt ihr ebensogut zu mir kommen und eure Beschwerden vorbringen«, erklärte Moses, während er sie mit dem Blick maß.
»Unsere Beschwerde ist, daß man mit dir nicht diskutieren kann«, konterte Korach. »Man kann sich nur deine Befehle anhören und sie befolgen. Du herrschst über uns wie ein Pharao.«
Moses zuckte die Achseln. Das war eine fixe Idee!
»Ich bin kein Pharao, Korach, sonst wärest du auch ein Pharao, weil du mein Vetter bist. Was wollt ihr?«
»Was wir wollen?« rief On, trat auf Moses zu und schüttelte die Faust. »Du bist der einzige, der über alles entscheidet! Niemand darf einen Einwand erheben! Es gibt keine Stammesoberhäupter mehr, keine Sippenoberhäupter, deine Autorität erstickt alle anderen! Du redest ständig vom Herrn, aber der Herr ist mit uns allen und in jedem von uns. Du bist nicht besser als wir!«
»Ich habe niemals gesagt, daß ich besser bin als ihr. Wenn wir in Kanaan sind, könnt ihr tun, was ihr für richtig haltet. Im Augenblick bin ich derjenige, der entschieden hat, euch aus Ägypten zu führen. Ihr habt alle zugestimmt. Dafür braucht ihr ein Oberhaupt, und wie es sich fügt, bin ich das. Was ist nun das besondere Thema dieser Versammlung?«
»Warum hast du Aaron an unsere Spitze gesetzt? Gibt es denn unter uns nur Befehlsempfänger? Ist seine Hauptqualität nicht, daß er dein Bruder ist?« fragte ein Levit.

Aaron erbleichte. Würde man wieder über diese Geschichte mit dem Goldenen Kalb sprechen? In diesem Augenblick kam Josua, gefolgt von dreihundert seiner Soldaten.
»Ich habe euch von allen für den Dienst des Herrn bestimmt«, rief Moses, »und es scheint mir richtig, daß derjenige, der euch nach dem Willen des Herrn in Ägypten vereint und dann zusammen mit mir aus dem Land geführt hat, immer unter dem Schutz des Herrn, euer Oberhaupt ist. Nichts hindert euch daran, eure Weisheit zu zeigen, wenn Aaron alt geworden ist.«
»Du hast auch seine Söhne ernannt!«
»Meine Söhne sind Leviten wie ihr!«[2] erwiderte Aaron.
»Meint ihr, daß ihr deshalb von der Gruppe der Leviten oder dem Dienst des Herrn ausgeschlossen seid?« fuhr Moses fort. »Glaubt ihr denn, Eleasar und seine Brüder können alles tun?«
sie schienen sich zu beruhigen, und einer von ihnen erhob sogar die Stimme, um zu sagen, daß die Ernennung Aarons gerechtfertigt sei, da der Herr ihn ebenfalls ausersehen hatte.
»Und nun«, fragte Moses, »warum machen die Rubeniter gemeinsame Sache mit den Leviten? Wollen sie auch in den Dienst am Allerheiligsten eintreten?«
»Das haben wir nicht gesagt«, antwortete Datan. »Wir wollen wissen, aus welchem Grund du die höchste Autorität besitzt und immer in jeder Angelegenheit das letzte Wort hast. Wir sind nicht weniger ehrenwert als du. Wir fordern, daß man uns zu Rate zieht.«
Mose Gesicht färbte sich hochrot. Er atmete tief ein, um sich wieder zu beruhigen.
»Wir wissen alle, was aus Gemeinschaften wird, bei denen alle das Oberhaupt sein wollen. Ihr seid keine Sippenoberhäupter und wollt nicht sehen, daß wir welche haben. Denn du, Datan, und du, Abiram, und du, On, und ihr alle«, sagte er und deutete auf jene, die sich hinter sie geschart hatten, »ihr sagt, der Geist des Herrn wohne in euch, aber nicht dieser

Geist hat es euch eingegeben, euch aufzulehnen, sondern eure Eitelkeit. Ihr wollt in den Augen der Euren glänzen, nicht wahr? Und ihr sagt euch: ›Warum ist es Moses, der Befehle erteilt?‹ Aber ihr habt den Herrn nicht gesehen, weil eure Augen voller Eiter sind, den Herrn, der sich vor allen offenbart hat. Ihr habt die Gesetzestafeln nicht gesehen. Ihr habt nicht gesehen, daß ich hier nur das Werkzeug des Herrn bin und daß dieses Werkzeug ganz eurem Heil geweiht ist. Wahrhaftig, es ist nicht das erste Mal, daß ihr euch gegen mich stellt, oder zumindest, daß ihr glaubt, euch gegen mich zu stellen. Ihr stellt euch gegen das Werkzeug des Herrn. Euer Platz ist daher nicht in unserer Mitte.«

Er zeigte mit dem Finger auf sie.

»Ich verbanne euch!« rief er mit Donnerstimme. »Ich verschone euer Leben und überantworte euch der Gerechtigkeit des Herrn. Faltet eure Zelte zusammen und verlaßt unser Volk, ihr, eure Familien und eure Diener. Die Soldaten werden euch einen Tagesmarsch von hier fortführen.«

Aus Abirams Mund kam ein Wutschrei. Aber schon stellten sich die Leviten dazwischen, und die Soldaten traten vor. Moses und Aaron machten auf dem Absatz kehrt.

Die Revolte war erstickt.

13

Die Gesetze

Hundert Soldaten beaufsichtigten am nächsten Morgen den Abmarsch der etwa fünfzig Männer, die grimmige Mienen aufgesetzt hatten, der weinenden Frauen und verwirrten Kinder, alle mit Bündeln beladen, und begleiteten sie aus dem Tal hinaus. Es waren die Rebellen und ihre Familien.

Die Apiru sahen mit düsterer Miene zu, wie sie vorbeizogen. Einige boten an, ihnen Lebensmittel für unterwegs mitzugeben, andere schrien auf.

»Was soll aus ihnen werden?«

»Sie sollten zufrieden sein, daß sie mit dem Leben davongekommen sind.«

»Mit dem Leben davongekommen, das sagt sich so leicht, wie sollen sie sich denn verteidigen? In der Gegend gibt es Bären und Wölfe.«

»Es kam ihnen nicht zu, Mose Autorität zu bestreiten!«

»Aber es sind unsere Brüder ...«

»Was ist das für ein Bruder, der sich gegen die Seinen auflehnt?«

Von den Verbannten sah man bald nur noch eine Staubwolke in der Ferne des Tales, aber dieser Staub vergiftete das Lager. Die Richter versuchten, den Streitigkeiten ein Ende zu machen, indem sie daran erinnerten, daß ein Mann, der sich dem Gesetz entzog, im Unrecht war, und daß Datan, Abiram, On und all die anderen sich selbst aus der Gemeinde ausgeschlossen hatten. Aber mehr als einer befürchtete, eines Tages selbst ausgeschlossen zu werden, wenn er Mose Mißfallen erregte.

In der Zwischenzeit hatten die Weber fleißig gearbeitet. Sie brachten die erste Stoffbahn zu Moses, der sie betastete, das Leinen wog und dann nickte: »Es ist gut, zeigt sie Aaron.«

Dann rief Moses Aaron und die Richter zusammen und sagte zu ihnen:

»Ich habe euch angekündigt, daß ich euch den weiteren Willen des Herrn übermitteln werde, das heißt, die Gesetze, die uns leiten sollen. Nun ist es an der Zeit. Laßt Tinte, Papyrusrollen und Schreibrohre bringen; hört mir zu und schreibt.«

»Sollen wir alle schreiben oder nur einer?« fragte der älteste der Richter.

»Drei von euch müssen den Willen des Herrn aufschreiben. So können zwei andere verbessern, wenn einer einen Fehler macht.«

Aber man hatte weder Papyrus noch Tinte noch Schreibrohr. Man mußte nach Kadesch, um das alles zu kaufen, und das kostete einen ganzen Tag.[1] Am nächsten Tag versammelte sich die Gruppe erneut. Moses saß vor den Richtern und Aaron, die mit ihren Schemeln einen Halbkreis um ihn bildeten. Drei von ihnen hatten Tafeln auf den Knien, Tintenbehälter standen auf Steinen neben ihnen, und die drei Schreiber hielten ein scharfes Messer bereit, um ihren Kalamus zuzuspitzen.[2]

»Wenn du einen hebräischen Sklaven kaufst«, begann Moses, »soll er sechs Jahre Sklave bleiben, im siebten Jahr soll er ohne Entgelt als freier Mann entlassen werden.

Ist er allein gekommen, soll er allein gehen. War er verheiratet, soll seine Frau mitgehen.

Hat ihm sein Herr eine Frau gegeben und hat sie ihm Söhne oder Töchter geboren, dann gehören Frau und Kinder ihrem

Herrn, und er muß allein gehen. Erklärt aber der Sklave: Ich liebe meinen Herrn, meine Frau und meine Kinder und will nicht als freier Mann fortgehen, dann soll ihn sein Herr vor Gott bringen, er soll ihn an die Tür oder an den Torpfosten bringen und ihm das Ohr mit einem Pfriem durchbohren; dann bleibt er für immer sein Sklave.«

Die Richter neigten sich einander zu, um dieses Gesetz unter häufigem Kopfnicken mit leiser Stimme zu kommentieren.

»Wenn einer seine Tochter als Sklavin verkauft hat, soll sie nicht wie andere Sklaven entlassen werden. Hat ihr Herr sie für sich selbst bestimmt, mag er sie aber nicht mehr, dann soll er sie zurückkaufen lassen. Er hat nicht das Recht, sie an Fremde zu verkaufen, da er seine Zusage nicht eingehalten hat. Hat er sie für seinen Sohn bestimmt, verfahre er mit ihr nach dem Recht, das für Töchter gilt. Nimmt er sich noch eine andere Frau, darf er sie in Nahrung, Kleidung und Beischlaf nicht benachteiligen. Wenn er ihr diese drei Dinge nicht gewährt, darf sie unentgeltlich, ohne Bezahlung, gehen.«

Nachdenklich hoben die Richter den Blick.

»Wer einen Menschen so schlägt, daß er stirbt, wird mit dem Tod bestraft. Wenn er ihm aber nicht aufgelauert hat, sondern Gott es durch seine Hand geschehen ließ, werde ich dir einen Ort festsetzen, an den er fliehen kann …«

»Willst du sagen, daß der Herr diesen Ort festsetzt?« unterbrach ihn ein Richter.

»So ist Sein Gebot.«

»Und wenn Er ihn nicht festsetzt, wie soll man das dann verstehen?«

»Wir werden darüber debattieren. Doch wenn einer vorsätzlich gehandelt und seinen Mitbürger aus dem Hinterhalt umgebracht hat, soll man ihn selbst vom Altar dcs Herrn wegreißen, damit er mit dem Tod bestraft wird.«

Einen Augenblick herrschte Schweigen.

»Wer seinen Vater oder seine Mutter schlägt, wird mit dem Tod bestraft«, fuhr Moses fort.
»Wer einen Menschen raubt, gleichgültig, ob er ihn verkauft hat oder ob man ihn noch in seiner Gewalt vorfindet, wird mit dem Tod bestraft.
Wer seinen Vater oder seine Mutter verflucht, wird mit dem Tod bestraft.«
»Darf ein Gerechter seinen Vater nicht verurteilen, auch wenn dieser ein Verbrechen begangen hat?« fragte ein Richter.
»Das werden wir ebenfalls erörtern«, antwortete Moses ruhig, bevor er fortfuhr:
»Wenn Männer in Streit geraten und einer den anderen mit einem Stein oder einer Hacke verletzt, so daß er zwar nicht stirbt, aber bettlägerig wird, später wieder aufstehen und mit Krücken draußen umhergehen kann, so ist der freizusprechen, der geschlagen hat; nur für die Arbeitsunfähigkeit des Geschädigten muß er Ersatz leisten, und er muß für die Heilung aufkommen.
Wenn einer seinen Sklaven oder seine Sklavin mit dem Stock so schlägt, daß er unter seiner Hand stirbt, dann muß der Sklave gerächt werden. Wenn er noch einen oder zwei Tage am Leben bleibt, dann soll den Täter keine Rache treffen; es geht ja um sein eigenes Geld.
Wenn Männer miteinander raufen und dabei eine schwangere Frau treffen, so daß sie eine Fehlgeburt hat, ohne daß ein weiterer Schaden entsteht, dann soll der Täter eine Buße zahlen, die ihm der Ehemann der Frau auferlegt; er kann die Zahlung nach dem Urteil von Schiedsrichtern leisten.
Ist weiterer Schaden entstanden, dann mußt du geben: Leben für Leben, Auge für Auge, Zahn für Zahn, Hand für Hand, Fuß für Fuß, Brandmal für Brandmal, Wunde für Wunde, Strieme für Strieme.«
Moses schöpfte Atem, betrachtete die Richter nachdenklich, trank einen tiefen Schluck Wasser und fuhr fort:

»Wenn ein Rind einen Mann oder eine Frau so stößt, daß der Betreffende stirbt, dann muß man das Rind steinigen, und sein Fleisch darf man nicht essen; der Eigentümer des Rindes aber bleibt straffrei. Hat das Rind aber schon früher gestoßen und hat der Eigentümer, obwohl man ihn darauf aufmerksam gemacht hat, auf das Tier nicht aufgepaßt, so daß es einen Mann oder eine Frau getötet hat, dann soll man das Rind steinigen, und auch sein Eigentümer soll getötet werden. Will man ihm aber eine Sühne auferlegen, soll er als Lösegeld für sein Leben so viel geben, wie man von ihm fordert. Stößt das Rind einen Sohn oder eine Tochter, verfahre man nach dem gleichen Grundsatz. Stößt das Rind einen Sklaven oder eine Sklavin, soll der Eigentümer dem Herrn dreißig Silberschekel zahlen; das Rind aber soll gesteinigt werden.

Wenn jemand einen Brunnen offen läßt oder einen Brunnen gräbt, ohne ihn abzudecken, und es fällt ein Rind oder ein Esel hinein, dann soll der Eigentümer des Brunnens Ersatz leisten; er soll dem Eigentümer des Tieres Geld zahlen, das verendete Tier aber gehört ihm.

Wenn jemandes Rind das Rind eines anderen stößt, so daß es eingeht, soll man das lebende Rind verkaufen und den Erlös aufteilen; auch das verendete Rind soll man aufteilen. Wenn jedoch der Eigentümer wußte, daß das Rind schon früher stößig war, aber trotzdem nicht darauf aufgepaßt hat, soll er das Rind ersetzen, Rind für Rind, das verendete Rind aber gehört ihm.

Wenn einer ein Rind oder ein Schaf stiehlt und es schlachtet oder verkauft, soll er fünf Stück Großvieh für das Rind oder vier Stück Kleinvieh für das Schaf als Ersatz geben. Besitzt er nichts, soll man ihn für den Wert des Gestohlenen verkaufen. Findet man das Gestohlene, sei es Rind, Esel oder Schaf, noch lebend in seinem Besitz, dann soll er doppelten Einsatz leisten.

Wenn jemand ein Feld oder einen Weinberg abbrennt und das Feuer sich ausbreiten läßt, so daß es das Feld eines anderen in

Brand steckt, dann soll er den besten Ertrag seines Feldes oder Weinbergs als Ersatz dafür geben.«

»Wir werden also Weinberge haben!« rief einer der Richter.

»Es ist das Wort des Herrn, daß wir in Kanaan einziehen werden«, erwiderte Moses. Er nutzte die Unterbrechung, um einen Augenblick lang nachzudenken, dann fuhr er fort:

»Breitet sich das Feuer aus, erfaßt es eine Dornenhecke und vernichtet einen Getreidehaufen, auf dem Halm stehendes Getreide oder ein Feld, dann soll der für den Brand Verantwortliche den Schaden ersetzen.

Übergibt jemand einem andern Geld oder Gerät zur Aufbewahrung und es wird aus dessen Haus gestohlen, dann soll der Dieb, wenn man ihn findet, doppelten Ersatz leisten. Findet man den Dieb nicht, soll der Hausherr vor Gott erklären, daß er sich nicht selbst am Eigentum des anderen vergriffen hat. Wenn jemandem etwas veruntreut wurde, ein Rind, ein Esel, ein Schaf, ein Kleid oder sonst etwas, und er behauptet: Ja, das ist es, dann soll der Streitfall vor Gott kommen. Wen Gott als schuldig bezeichnet, der soll dem anderen doppelten Ersatz leisten.«

Die Richter berieten sich; das Kratzen der fein zugespitzten Binsen auf dem Papyrus wurde unterbrochen.

»Sollen wir den Herrn wegen eines Kleiderdiebstahls belästigen?« fragte einer von ihnen.

»Der Herr ist nie belästigt, wenn es um Gerechtigkeit geht.«

»Und welche Rolle spielen dann wir?«

»Eure Rolle ist durch alle vorhergehenden Gesetze bestimmt. Ich fahre also fort. Wenn jemand einem anderen einen Esel, ein Rind, ein Schaf oder sonst ein Haustier zur Verwahrung übergibt und das Tier eingeht, sich etwas bricht oder fortgetrieben wird, ohne daß es jemand sieht, dann soll ein Eid beim Namen des Herrn Klarheit darüber schaffen, daß der eine sich nicht am Eigentum des andern vergriffen hat. Der Eigentümer soll an sich nehmen, was noch da ist, ohne daß der andere Ersatz zu leisten hätte. Ist es ihm aber gestohlen worden, muß er dem Eigentümer Ersatz leisten. Ist das Tier gerissen worden, bringe er es zum Beweis herbei; dann braucht er für das Gerissene keinen Ersatz zu leisten. Leiht jemand von einem andern ein Tier und bricht es sich etwas oder geht ein, und zwar in Abwesenheit des Eigentümers, so muß er Ersatz leisten. War der Eigentümer aber anwesend, so braucht der andere keinen Ersatz zu leisten. Ist er Tagelöhner, so geht es von seinem Lohn ab.«

»Die Weisheit des Herrn ist unendlich!« rief einer der Richter aus. »Er hat für alles Vorsorge getroffen!«

Moses blickte mißtrauisch durch seine halbgeschlossenen Lider. Der Tonfall des Richters erschien ihm ein wenig zu enthusiastisch; waren diese Leute ehrlich oder machten sie sich über ihn lustig?

Er fuhr fort: »Wenn jemand ein noch nicht verlobtes Mädchen verführt und bei ihm schläft, dann soll er das Brautgeld zahlen und sie zur Frau nehmen. Weigert sich aber ihr Vater, sie ihm zu geben, dann hat er ihm so viel zu zahlen, wie der Brautpreis für eine Jungfrau beträgt.

Eine Hexe sollst du nicht am Leben lassen.«

»Sollen wir festlegen, was eine Hexe ist?« fragte ein Richter.

»Braucht man dafür eine Festlegung?«

»Ist eine Hexe nur eine Frau, die sich mit Magie befaßt, oder auch eine Frau, die sich den Zauber einer Hexe zunutze machen will?«

»Darüber werden wir sprechen«, erwiderte Moses.

»Jeder, der mit einem Tier verkehrt, soll mit dem Tod bestraft werden. Wer einer Gottheit außer Jahwe Schlachtopfer darbringt, an dem soll die Vernichtungsstrafe vollstreckt werden.«

Die Richter senkten den Kopf, die Schreiber unterbrachen ihre Arbeit. Aaron rutschte unbehaglich herum.

»Die Gesetze sind ab diesem Tag verkündet«, sagte Moses. Er schwieg eine Weile, dann diktierte er weiter:

»Einen Fremden sollst du nicht ausnützen oder ausbeuten,

denn ihr selbst seid in Ägypten Fremde gewesen. Ihr sollt keine Witwe oder Waise ausnützen. Wenn du sie ausnützt und sie zu mir schreit, werde ich auf ihren Klageschrei hören. Mein Zorn wird entbrennen, und ich werde euch mit dem Schwert umbringen, so daß eure Frauen zu Witwen und eure Söhne zu Waisen werden.

Leihst du einem aus meinem Volk, einem Armen, der neben dir wohnt, Geld, dann sollst du dich gegen ihn nicht wie ein Wucherer benehmen. Ihr sollt von ihm keinen Wucherzins fordern.

Nimmst du von einem Mitbürger den Mantel zum Pfand, dann sollst du ihn bis Sonnenuntergang zurückgeben; denn es ist seine einzige Decke, der Mantel, mit dem er seinen bloßen Leib bedeckt. Worin soll er sonst schlafen? Wenn er zu mir schreit, höre ich es, denn ich habe Mitleid.«

»Göttliche Weisheit!« rief derselbe Richter wie zuvor.

Diesmal warf Aaron ihm einen finsteren Blick zu.

»Du sollst Gott nicht verächtlich machen und den Fürsten deines Volkes nicht verfluchen.«

»Verfluchen oder gegen ihn aufbegehren?« fragte einer der Schreiber und hielt inne.

»Ich habe gesagt *verfluchen*«, erwiderte Moses. »Deinen Reichtum und Überfluß sollst du nicht für dich behalten. Den Erstgeborenen unter deinen Söhnen sollst du mir geben. Ebenso sollst du es mit deinen Rindern, Schafen oder Ziegen halten. Sieben Tage sollen sie bei ihrer Mutter bleiben, am achten Tag sollst du sie mir übergeben.

Als heilige Männer sollt ihr mir gehören. Fleisch von einem Tier, das auf dem Feld gerissen wurde, sollt ihr nicht essen; ihr sollt es den Hunden vorwerfen.«

»Haben wir nicht selbst gesehen, wie Leute, die Fleisch gegessen haben, das von wilden Tieren angefressen war, später an Tollwut gestorben sind, mit Schaum vor dem Mund?« erklärte einer der Richter. »Diese Vorschrift ist tausendfach gerechtfertigt! Der Herr sei gelobt!«

Moses nickte und fuhr fort: »Du sollst kein leeres Gerücht verbreiten. Biete deine Hand nicht dem, der Unrecht hat, indem du als falscher Zeuge auftrittst.
Du sollst dich nicht der Mehrheit anschließen, wenn sie im Unrecht ist, und sollst in einem Rechtsverfahren nicht so aussagen, daß du dich der Mehrheit fügst und das Recht beugst. Du sollst auch den Geringen in seinem Rechtsstreit nicht begünstigen.«
Moses trank einen Schluck Wasser und betrachtete, wie weit der Papyrus bereits beschrieben war.
»Wenn du dem verirrten Rind oder dem Esel deines Feindes begegnest, sollst du ihm das Tier zurückbringen. Wenn du siehst, wie der Esel deines Gegners unter der Last zusammenbricht, dann laß ihn nicht im Stich, sondern leiste ihm Hilfe.«
»Unendliche Güte!« betonte der Richter.
»Du sollst das Recht des Armen in seinem Rechtsstreit nicht beugen. Von einem unlauteren Verfahren sollst du dich fernhalten. Wer unschuldig und im Recht ist, den bring nicht um sein Leben; denn ich spreche den Schuldigen nicht frei. Du sollst dich nicht bestechen lassen; denn Bestechung macht Sehende blind und verkehrt die Sache derer, die im Recht sind.
Sechs Jahre kannst du in deinem Land säen und die Ernte einbringen; im siebten sollst du es brachliegen lassen und nicht bestellen. Die Armen in deinem Volk sollen davon essen, den Rest mögen die Tiere des Feldes fressen. Das gleiche sollst du mit deinem Weinberg und deinen Ölbäumen tun.«
»Gebe der Herr, daß wir sie bald haben …«, seufzte einer der Richter.
»Sechs Tage kannst du deine Arbeit verrichten, am siebten Tag aber sollst du ruhen, damit dein Rind und dein Esel ruhen und der Sohn deiner Sklavin und der Fremde zu Atem kommen.
Auf alles, was ich euch gesagt habe, sollt ihr achten. Den Na-

men eines anderen Gottes sollt ihr nicht aussprechen, er soll dir nicht über die Lippen kommen.
Dreimal im Jahr sollst du mir ein Fest feiern. Du sollst das Fest der Ungesäuerten Brote halten. Im Monat Abib sollst du zur festgesetzten Zeit sieben Tage lang ungesäuertes Brot essen, wie ich es dir geboten habe. Denn in diesem Monat bist du aus Ägypten ausgezogen.
Man soll nicht mit leeren Händen vor mir erscheinen. Du sollst auch das Fest der Ernte, des ersten Ertrags deiner Aussaat auf dem Feld, halten, ebenso das Fest der Lese am Ende des Jahres, wenn du den Ertrag deiner Ernte eingebracht hast. Dreimal im Jahr sollen alle deine Männer vor dem Herrn erscheinen.
Beim Schlachten sollst du das Blut meines Opfers nicht über gesäuertes Brot fließen lassen. Das Fett meines Festopfers darf nicht bis zum Morgen liegenbleiben.
Von den Erstlingsfrüchten deines Ackers sollst du die besten in das Haus des Herrn, deines Gottes, bringen.[3]
Das Junge einer Ziege sollst du nicht in der Milch seiner Mutter kochen.«[4]
Moses schloß die Augen und verstummte. Aaron und die Richter sahen ihn an. Die Augen immer noch geschlossen, streckte er die Hand aus und fügte hinzu:
»Und der Herr hat weiter dies gesagt: Ich werde einen Engel schicken, der dir vorausgeht. Er soll dich auf dem Weg schützen und dich an den Ort bringen, den ich bestimmt habe. Achte auf ihn, und hör auf seine Stimme! Widersetz dich ihm nicht! Er würde es nicht ertragen, wenn ihr euch auflehnt; denn in ihm ist mein Name gegenwärtig. Wenn du auf seine Stimme hörst und alles tust, was ich sage, dann werde ich der Feind deiner Feinde sein und alle in die Enge treiben, die dich bedrängen.
Wenn mein Engel dir vorausgeht und dich in das Land der Amoriter, Hetiter, Perisiter, Kanaaniter, Hiwiter und Jebusiter führt und wenn ich sie verschwinden lasse, dann sollst du

dich vor ihren Göttern nicht niederwerfen und dich nicht verpflichten, ihnen zu dienen. Du sollst keine Kultgegenstände herstellen wie sie, sondern sie zerstören und ihre Steinmale zerschlagen.
Wenn ihr dem Herrn, eurem Gott, dient, wird er dein Brot und dein Wasser segnen. Ich werde Krankheiten von dir fernhalten. In deinem Land wird es keine Frau geben, die eine Fehlgeburt hat oder kinderlos bleibt. Ich lasse dich die volle Zahl deiner Lebenstage erreichen.«
Moses sprach nun mit hohler Grabesstimme. Gerade die absichtlich langsam ausgesprochenen Worte – damit die Richter seine Worte auf den Papyrus niederschreiben konnten – verliehen seiner Stimme einen Widerhall, der seine Zuhörer bis ins Innerste aufwühlte.
»Ich sende meinen Schrecken vor dir her, ich verwirre jedes Volk, zu dem du kommst, und alle deine Feinde lasse ich vor dir die Flucht ergreifen. Ich lasse vor dir Panik ausbrechen; sie wird die Hiwiter, Kanaaniter und Hetiter vor dir her treiben. Ich vertreibe sie aber nicht gleich im ersten Jahr; sonst verödet das Land, und die wilden Tiere könnten zu deinem Schaden überhandnehmen. Nur allmählich will ich sie vor dir zurückdrängen, bis du so zahlreich geworden bist, daß du das Land in Besitz nehmen kannst. Ich setze deine Landesgrenzen fest vom Schilfmeer bis zum Philistermeer[5], von der Wüste bis zum Strom.[6] Wenn ich die Einwohner des Landes in deine Hand gebe und du sie vertreibst, dann sollst du keinen Bund mit ihnen und mit ihren Göttern schließen. Sie sollen nicht in deinem Land bleiben. Sonst könnten sie dich zur Sünde gegen mich verführen, so daß du ihre Götter verehrst; denn dann würde dir das zu einer Falle.«
Moses verstummte und schwieg so lange, ohne sich zu regen, die Hände auf den Schenkeln ruhend, daß die Richter und Aaron dachten, er sei eingeschlafen. Aaron hüstelte diskret, und Moses schlug die Augen auf. Er schien aus einer anderen Welt zurückzukommen.

»Geht es dir gut?« fragte Aaron.
»Es geht mir gut. Ich habe in mir wieder die Herrlichkeit gesehen ...«
Er räusperte sich und stand auf.
»Die weiteren Gesetze des Herrn, die er mir eingegeben hat, werde ich euch morgen diktieren. Ich bin nur ein Mensch.«
Sie rollten und banden die Papyri zusammen, verschlossen die Tintenfässer mit leinenumkleideten Talgpfropfen, steckten die Binsenrohre in die Tasche und erhoben sich gemäß ihrer Rangordnung.
»Geht«, sagte Moses nur. »Der Friede und der Gerechtigkeitssinn des Herrn möge eure Herzen erfüllen.«
Mit im Wind flatternden Mänteln kehrten sie in ihre Zelte zurück. Aaron blieb noch einen Augenblick bei Moses und suchte nach Worten, um seine Ergriffenheit auszudrücken, fand aber keine, denn er wußte nicht recht, worin seine Ergriffenheit bestand. Er fühlte sich schwach, zitternd, kurz davor, begeistert zu jubeln oder aber in Tränen auszubrechen.
»Du und deine Söhne, ihr werdet Kleider brauchen, die eures Amtes würdig sind«, sagte Moses. Dann schwieg er erneut und blickte zum Himmel, und nun ging auch Aaron.

14

Zorn und Verschwörung

Eine lange Dürrezeit kam über die Gegend, und die Zwistigkeiten an den Brunnen und an den Wasserläufen verschärften sich. Die midianitischen Hirten beschwerten sich bei Reba, den sie ihren König nannten: So könne es nicht weitergehen; diese Eindringlinge waren gekommen, hatten sich auf dem Land niedergelassen, das nicht das ihre war, und benahmen sich, als wären sie die Herren der Gegend. Es blieb kaum genug Wasser für die Midianiter, und kaum Weidefläche. Zudem forderten diese Leute sie heraus. Der Vorfall mit dem goldenen Stier war Reba, der bestürzt den Kopf schüttelte, zu Ohren gekommen. Ewi hatte es nicht gewagt, auf diese unerhörte Beleidigung entsprechend zu erwidern, weil er Angst hatte, ein Blutbad auszulösen, doch Besonnenheit und Geduld hatten Grenzen. Die Hirten von Kadesch bekamen Wutanfälle, die auch ihre Nachbarn und schließlich das ganze Land alarmierten.

»Was sollen wir also machen?« riefen sie. »Aus unserer Heimat fortziehen, um sie diesen Fremden zu überlassen? Du bist unser Oberhaupt, sag ihnen, sie sollen gehen, sonst werden wir die Ägypter zu Hilfe rufen.«

»Die Ägypter sind auf dem Rückweg in ihr Land«, erwiderte Reba, »sie werden nicht umkehren, um uns einen Gefallen zu tun. Ihr großer König Ramses hat die Hetiter nicht bezwungen; sie werden sich nicht in unsere Zwistigkeiten einmischen, um uns einen Dienst zu erweisen.«

»Sie haben immer noch Garnisonen bei Kiryat-Arba'a und bei Jericho! Wir kennen ihre Abneigung gegen die Apiru! Sie werden sich ein Vergnügen daraus machen, sie in Stücke zu reißen!«

»Könnt ihr euch vorstellen, wie die ägyptischen Soldaten in dieses Tal hereinbrechen? Sie werden nicht zwischen den Apiru und uns unterscheiden.«

»Dann rufen wir die Hetiter!« entgegneten die Hirten.

»Auch die Hetiter haben Wichtigeres zu tun. Habt ihr die Fabel von dem Mann, der einen Wolf in sein Haus holte, damit er die Mäuse fraß, vergessen? Nachdem der Wolf die Mäuse gefressen hatte, fraß er den Mann. Nur mit Mühe sind wir die Bevormundung durch die Ägypter, dann durch die Hetiter losgeworden, wir werden sie nicht noch einmal in unsere Streitigkeiten hineinziehen. Das ist eine Sache, die wir unter uns regeln müssen.«

Erzürnt riefen die Protestierenden, dann würden sie die Apiru eben allein angreifen. Reba strich sich über den Bart und betrachtete seine Gesprächspartner ruhig.

»Ich werde mich nicht von eurer Unbesonnenheit hinreißen lassen, und ich werde auch verhindern, daß ihr euch hinreißen laßt. Die Apiru sind dreimal so viele wie wir, zudem verfügen sie über eine ausgebildete Miliz, fünftausend sehr gut bewaffnete Männer, während wir nicht ein Viertel der Spieße und Schwerter dieser Leute besitzen. Sie herauszufordern würde nur Tote bringen und uns zu ihren Untertanen machen. Am Ende wären wir gezwungen, diese Täler zu verlassen.«

»Sind wir denn also Sklaven?« rief der Anführer der Hirten ergrimmt.

»Nein. Wir müssen uns mit anderen Stämmen verbünden. Ich werde mich darum bemühen. Habt Geduld, mit Hilfe von

List und Zeit werden wir siegen. Und mit der Hilfe unserer Götter.«

Reba schickte unverzüglich seinen Sohn zu einem kanaanitischen König, dessen Territorium nahe dem seinen lag und mit dem er durch Heirat verbunden war, da jener eine seiner Töchter zur Frau genommen hatte. Die Stadt dieses Königs hieß Arad[1], was »wildes Rind« bedeutete, da diese Tiere in der Gegend zahlreich vorkamen. Der König von Arad besaß eine kleine, aber furchterregende Armee, und es hieß, die Ägypter und die Hetiter hätten lieber ein Bündnis mit ihm geschlossen, als sich mit seinen Truppen zu messen, was sicherlich eine Übertreibung war, doch immerhin, es gab diese Armee, und sie hatte ihre Tapferkeit bereits bewiesen. Rebas Sohn wurde mit der Herzlichkeit empfangen, die man einem verwandten Prinzen entgegenbrachte, doch die Worte, die der König an ihn richtete, waren maßvoll. Sie saßen auf der Terrasse seiner Festung, vor Feuern, über denen Zicklein und Lämmer brieten, auf Teppichen aus geflochtener Wolle und vor Gläsern mit rotem Wein aus Syrien, als der König seinem Gast mitteilte:

»Diese Apiru sind ständig in Bewegung. Sie sind aus Ägypten gekommen, und es ist für niemanden ein Geheimnis, daß sie nach Kanaan ziehen wollen, um zu den Angehörigen ihres Volkes zu stoßen, die nicht in Ägypten gefangen waren. Früher oder später werden sie ihren Weg nach Kanaan fortsetzen. Sie werden nicht die nördliche Route nehmen, denn dabei liefen sie Gefahr, auf die in ihr Land zurückkehrenden Ägypter zu treffen, und Ramses' Soldaten würden sie nicht verschonen.[2] Sie werden also hier vorbeikommen, und dann werde ich eure Hilfe brauchen. Unsere beiden verbündeten Völker werden sie in Richtung der Ägypter drängen, deren Armeen im Norden immer noch präsent sind. Die werden sie vernichten und ihnen die Lust an Beleidigungen austreiben. Unsere Erfolgsaussichten werden allerdings größer sein, wenn wir einen dritten König auf unsere Seite bringen. Sag deinem Vater, ich werde meinen Sohn zu Balak, dem König von Moab, schicken und ihn bitten, sich unserem Pakt anzuschließen.«

»Müssen wir uns also bis dahin gedulden?« fragte Rebas Sohn.

»Wenn man zuschlagen will, muß man auf die Gelegenheit warten, bei der ein einziger Schlag genügt, um den Gegner niederzuwerfen. So verringert man seine Verluste. Sie werden nicht länger als ein paar Monate warten, bis sie sich wieder auf den Weg machen; ihre Aufenthalte sind nie sehr lange.«

»Aber diese Leute sind unerträglich«, begann Rebas Sohn erneut. »Seit Moses, ihr Prophet, behauptet, er habe auf dem Berg der Vorbereitung ihren Gott gesehen, beteuern sie, alle Religionen außer der ihren seien falsch oder verderbt ...«[3]

»Was soll das sein, eine falsche Religion? Oder verderbt?« fragte der König von Arad erstaunt. »Welch seltsame Vorstellung! Das ist, als ob man sagt, daß es falsche Bäume oder verderbte Kühe gibt! Sind die Götter für die Apiru denn Menschen? Weiß dieser Prophet, mit dem man mir ständig in den Ohren liegt, denn nicht, daß alle Götter vollkommen sind? Wie kann eine Religion falsch sein, wenn es doch eine Religion ist?«

Er brach in Gelächter aus, und die Gäste taten es ihm nach.

»Wahrhaftig, man muß die Apiru niederschlagen, nicht nur, weil sie uns unsere Weidegründe rauben, sondern auch, um zu verhindern, daß sie so schädliche Vorstellungen verbreiten.«

Jeder spendete der Weisheit des Königs Beifall, und in guter Stimmung und kriegerischer Entschlossenheit beendete man das Mahl.

15

Die Krankheit und die Schlangen

Als Rebas Sohn ein paar Tage später zurückkehrte, fand er seinen Vater beunruhigt vor. Nachdem er den Bericht seines Sohnes vernommen hatte, meinte er: »Das Schwierigste wird sein, die Wut der Unseren im Zaum zu halten. Eine Art Pest wütet bei den Apiru, und die Unseren sagen, die üblen Ausdünstungen werden sich im Tal verbreiten und sie anstecken. Ein paar von uns sind bereits befallen.«

Was war das für eine Krankheit? Eine der unzähligen Formen der Krankheit, dieser tödlichen Saat, die plötzlich im Körper der Menschen wuchs, um sie daran zu erinnern, daß sie keine Götter waren. Fieber, Beulen, Erbrechen, Ausscheidung von Körperflüssigkeiten, Delirium und bald das Erliegen des gequälten Organismus. Die Natur, die den Menschen unterstützte, die ihn sogar in einer Aufwallung unerklärlicher Zärtlichkeit gezeugt hatte, verwarf ihn plötzlich in einer Aufwallung ungerechtfertigten Abscheus, vielleicht auch des Zorns, aus einem der rätselhaften Gründe, von denen die Welt gelenkt und das Denken der Menschen in seine Schranken gewiesen wurde.

Man hatte in der letzten Zeit viele Ratten gesehen, diese bösen Geister der Nacht, wie man damals in Ägypten gesagt hatte. Hatten sie die Krankheit mitgebracht, da sie der Erde

so nahe waren, unter der die unheilbringenden Geister krochen? Oder waren es die midianitischen Frauen, mit denen die Männer, auch wenn es unliebsam war, immer noch Unzucht trieben, im Wahn, sie seien noch jung und ihre Lenden gäben immer noch Samen? Oder waren es die midianitischen jungen Männer, denn auch sie vergriffen sich an fremdem Fleisch, hatten fleischlichen Verkehr selbst mit Männern, wie jeder wußte, aber keiner zugab? Auf jeden Fall konnte die Krankheit nur von irgendwo anders hergekommen sein, von außen, von den Fremden, Unreinen, Ungläubigen, Rebellischen, Aufsässigen, von den Sündern. Ganz sicher waren es die Midianiter, ja, die unsauberen Midianiter, die heuchlerisch, verstohlen, hinterhältig und boshaft die Krankheit durch geschlechtliche Kontakte beim auserwählten Volk des Herrn eingeschleppt hatten.
So lautete die Hypothese – oder vielmehr die diktatorische Erklärung –, die Aaron und die Leviten gaben, und wie immer in Katastrophenzeiten setzte sich die erste irrationale Erklärung, die ins Feld geworfen wurde, weit mehr in den Köpfen fest als eine Überlegung, die Hand und Fuß hatte. Denn die magische Erklärung hat eine unvergleichliche Überlegenheit, weil sie Gründe vorbringt, die über das Verständnis des Gewöhnlichen hinausgehen, weil sie die dunklen, übelriechenden Tiefen der Seele kitzelt, weil sie Beziehungen von Ursache und Wirkung erhellt, an die man im Überschwang der Gesundheit nie gedacht hatte, und weil sie geheime Schlüssel zum Verständnis bietet! Die Angst vor dem, was man nicht kennt, ist weit mächtiger als die Klarheit dessen, was man kennt. Die Unzucht! Die Unzucht mit den Midianitern! Der Austausch der kostbarsten Flüssigkeiten, die jeder Mensch hat! Das hatte die Krankheit gebracht! Nein, es war die Revolte! Hatte man nicht immer wieder gegen Moses revoltiert? Gegen ihn, den erhabenen Propheten, den Gesandten des Herrn, den Befreier! Ja, der Herr rächte sich, weil man sich gegen Moses aufgelehnt hatte! Unzucht und Auf-

lehnung! War nicht Unzucht auch eine Form der Revolte? Man hatte sich an den midianitischen Frauen und Jünglingen gerieben! Alles Huren, und die schlimmsten waren jene, die sich aus religiösen Gründen prostituierten! Die heiligen Huren beiderlei Geschlechts, die des Nachts um Baals Altäre streiften, mit wiegenden Hüften, die Augen mit Antimon umrandet!

Ächzen, Tränen und Schreie durchdrangen die kristallene Nacht, die sich über die Lager der Apiru senkte. Ächzen von Kranken und Tränen und Schreie jener, die nicht krank waren. Und überall Gewissensbisse.

Moses, der vor seinem Zelt an dem Feuer saß, das Stitho treu und pünktlich jeden Abend anzündete, hörte die Geräusche, Bruchstücke und Wortfetzen, all das unkenntliche Strandgut, das die Wellen dem Schwimmer vor die Füße spülen. Das Elend des Menschen! Was war die Menschheit ohne die Herrlichkeit des Herrn? Er war der festen Überzeugung, daß man nur krank war, wenn die Seele ihre Kraft verlor. Und sie verlor nur dann ihre Kraft, wenn sich die Herrlichkeit des Herrn in ihr verdunkelte. Es kümmerte ihn wenig, daß vor allem alte Frauen und kleine Kinder Opfer der Krankheit waren, die sich weder aufgelehnt noch in Felsspalten herumgehurt hatten. Der Zorn des Herrn kam eben nicht nur über die Schuldigen, sondern auch über ihre Angehörigen. Gewissensbisse waren nur nützlich, man mußte sie vertiefen. Mit ein paar Worten, eher nebenbei, wies er darauf hin, und die Leviten griffen sie sofort auf und verbreiteten sie im Lager wie ein Gegengift. Die Krankheit war gekommen, weil man den Herrn nicht genug geliebt hatte.

»Furcht genügt nicht! Furcht ist nichts ohne Liebe!«

Die Krankheit[1] verschwand nach drei Wochen, nachdem sie vier- oder fünfhundert Personen dahingerafft hatte, dabei waren jene nicht mitgerechnet, die sie ausgemergelt, mit gelben Augen und kraftlosen Beinen zurückließ. Um das Unglück vollzumachen, kam die Zeit, in der sich die Reptilien paarten, denn es nahte der Monat Nisan, in vierzehn Tagen war das Passahfest. Seit ihrer Ankunft in Kadesch hatten es sich die Apiru angewöhnt, auf die Hügel zu steigen, natürlich um Manna zu suchen, aber auch, um wilde Beeren zu pflücken, Feigen, Granatäpfel, Mandeln, Brustbeeren, Oliven, ebenso wie die Blätter vom Sodomsapfelbaum, aus denen man, wenn man sie vergor, eine Art Bier herstellen konnte. Niemand achtete darauf, daß die Midianiter, die ihre Gegend kannten, seit ein paar Tagen darauf verzichteten, ihre Hügel abzusuchen.

Das erste Opfer war eine Frau, die zwei Vipern im Gebüsch aufschreckte und so zweimal gebissen wurde. Sie war mit vier Nachbarinnen losgegangen, die sie schreien hörten, sie zusammenbrechen sahen und gerade rechtzeitig herbeigerannt kamen, um noch die braun und schwarz gefleckten Schlangen zu bemerken, die zwischen den Kieseln verschwanden. Als sie sie verfolgten, wurden sie ebenfalls gebissen, von anderen Vipern, die sie beim Liebesspiel gestört hatten. Mit Mühe und Not gelang es ihnen, ins Lager zurückzukehren, man versuchte, sie zu behandeln, aber drei von ihnen verstarben bald, mit blau angelaufenem Gesicht und purpurfarbenen Lippen. Am nächsten Tag wurden ein Kind und ein alter Mann von einer Giftschlange angegriffen, von einer großen schwarzen Kobra, die ihnen ihr Gift ins Gesicht spuckte und sie anfiel. Am Nachmittag fand man das Kind und den Greis; der Junge überlebte, aber sein Großvater war sogleich gestorben.

Bestürzung verbreitete sich.

Die Männer veranstalteten Treibjagden, um die Schlangen zu töten. Auf den Rat einiger Alten hin bewaffnete man sich mit Stöcken, bevor man Wildfrüchte sammelte, und gewöhnte es sich an, auf das Gras vor seinen Füßen zu schlagen, um die Schlangen zu vertreiben. Doch die Reptilien, die während des übrigen Jahres sofort flüchteten, duldeten den Tumult, den die Eindringlinge verursachten, offenkundig nicht, wenn sie

dabei waren, sich fortzupflanzen. Sie griffen die Menschen an, und viele Apiru starben an ihrem Gift.
Man beeilte sich, an der Bißstelle ins Fleisch zu schneiden, um das vergiftete Blut abfließen zu lassen, aber das genügte nicht, da das Gift oft schon in den übrigen Körper vorgedrungen war. Innerhalb von fünf Tagen zählte man hundert Tote, und die Verzweiflung wurde so bitter, daß die Stammesoberhäupter zu Moses gingen, um ihn um Rat zu fragen. Er solle sich beim Herrn für sie verwenden, riefen sie und deuteten mit ihren knochigen Fingern erregt zum Himmel. Er müsse endlich Seinen Zorn von Seinem Volk abwenden. War man den Ägyptern nur entkommen, um in die Klauen einer rätselhaften Krankheit zu geraten oder sich von Schlangen beißen zu lassen, die von den Mächten des Bösen vermehrt worden waren?
Die Forderung, dem Herrn seinen Willen diktieren zu wollen, verstimmte Moses. Und dann nahmen das Geschrei und das Gejammer eine alte Litanei wieder auf: Wozu war man nur in diese furchtbare Wüste gekommen? Um dort seine Gebeine zu lassen? Hatte der Herr sie etwa nur deshalb in die Wüste geführt, um sie dort zu vernichten?
Als die Abordnung der Oberhäupter und der Alten zu Moses kam, fiel es ihm schwer, die Gereiztheit zu beherrschen, die ihre erbitterten Forderungen und Vorwürfe in ihm auslösten. Beinahe hätte er sie ausgescholten und zurückgeschickt. Schließlich mußten sie nur die Last ihrer eigenen Verfehlungen ertragen! Doch es war der Vorabend des letzten Sabbat vor dem Passahfest. Wenn die vom Himmel gesandten Plagen das Volk weiterhin dezimierten, dachte Moses, bestand Gefahr, daß die Verbitterung neue Unruhen auslöste. Die Vorbereitungen zum Gedenken wurden womöglich nicht ausgeführt, was die Heiligkeit dieser Feier gefährden würde. Vor Zippora und den erschrockenen Kindern warf sich Moses auf die Knie, um den Herrn anzuflehen, er möge ihn erleuchten.

»Herr, Herr! Was soll ich tun? Ich kann nicht mehr! Gewähre mir Deine göttliche Eingebung.«

Darauf fiel er in einen jener Trancezustände, bei denen er wie versteinert schien und die seine Vertrauten gut kannten. Als er ein paar Stunden später wieder erwachte, rief er Aaron und die Leviten herbei.

»Nur ein Sühneopfer ist würdig, unsere Gebete zu begleiten, damit der Herr Seinen Zorn von uns abwenden möge, wie Sein Volk Ihn bittet«, erklärte er.

So machten sie sich also daran, im Heiligtum ein Sühneopfer darzubringen. Nachdem die Oberhäupter ihre Gaben gebracht hatten, blieben sie außerhalb der Umfriedung. Während der Stunden zwischen dem Ende des Opfers und der Abenddämmerung wurde dem Volk mitgeteilt, daß Moses und die Leviten dem Herrn die Bitte Seines Volkes vorgebracht hatten und daß man auf Seine Entscheidung warte.

Der Sabbat begann, als fast überall im Lager gellende Schreie ertönten. Auf der Suche nach Wärme waren Vipern in die Zelte eingedrungen, und man sah entsetzt schreiende Menschen herausstürzen, was ein fast gotteslästerlicher Bruch des Sabbat war. Um die Gemüter zu beruhigen, erklärte Aaron am Morgen, es sei kein Verstoß gegen die Sabbatgesetze, wenn man vor verderblichen Reptilien fliehe.

»Ich will, daß du mir sofort eine sechs Fuß lange Kupferschlange fertigen läßt, die wir an einer Fahnenstange im Lager aufhängen«, befahl Moses.

Noch am selben Abend war die Schlange fertig, noch ganz heiß, und Moses entschied, wo die Fahnenstange, an der man sie aufhing, aufgestellt werden sollte: tausend Ellen von der Stiftshütte entfernt.[2] Das Volk drängte herbei, um das seltsame Ding zu betrachten, das sein Haupt über die Zelte reckte, und alles schrie erstaunt auf.

»Seht sie euch an, das ist der Befehl des Herrn!« rief Moses. »Jeder, der von einer Schlange gebissen worden ist, soll diese eherne Schlange ansehen, und er wird seine Vergiftung überstehen!«

Alle sahen mit aufgerissenen Augen dieses Reptil an, das vom flammenden Sonnenuntergang in rötliches Licht getaucht wurde, und hofften, sein Abbild werde die bösartige Wirklichkeit, die auf den Hügeln herumkroch, vertreiben. Eltern hoben ihre Kinder auf den Armen hoch in die Luft, damit sie das Symbol in sich aufnahmen, und am Abend zündeten sie zu Füßen des kupfernen Tieres Feuer an – eine seltsame Göttlichkeit, die sich im Widerschein der Flammen ringelte und wand, als wäre sie lebendig.

War das der Schutz des Herrn? Die Macht der Schlange? Oder lag es daran, daß für die Nachkommen des Tieres, das Eva verführt hatte, die kurze Zeit der Liebesspiele vorbei war? Auf jeden Fall gab es keine Schwierigkeiten mehr mit Schlangen.

Doch das Böse schlummert immer nur. Es wartet, bis seine Stunde kommt.

16

Was die Kundschafter sahen

»Moses, lassen wir uns von der scheinbaren Ruhe dieser Täler nicht täuschen. Die Midianiter sind in Bewegung. Sie haben Bündnisse mit den Moabitern und dem König von Arad geschlossen. Früher oder später werden sie sich stark genug fühlen, um uns anzugreifen. Es ist Zeit, unseren Weg nach Kanaan fortzusetzen.«

Josua stand vor seinem Gebieter, respektvoll, doch seine Haltung drückte die dringende Erwartung einer Antwort aus.

»Hast du mir nicht selbst gesagt, daß die Ägypter die ganze Ebene entlang des Meeres besetzen, einschließlich Kanaan, und daß sie bis hinauf nach Syrien marschiert sind, weil Ramses mit den Hetitern kämpft?« fragte Moses.

»Das stimmt. Aber sie ziehen sich zurück. Sie haben die Hetiter nicht bezwungen, sondern es vorgezogen, Bündnisse mit ihnen zu schließen.«

»Haben sie Kanaan verlassen?«

»Ihre Truppen ziehen sich zurück. Man kann hoffen, daß sie in ein paar Wochen fort sind.«

»Woher weißt du das?«

»Ich höre den Leuten zu, die hier durchkommen. Und ich habe meine Spione.«

Moses schwieg eine Weile.

»Im Augenblick sind sie also immer noch da. Sollen wir dann nach Westen oder nach Osten weiterziehen? Das ist doch die Hauptfrage.«

»Zur Zeit sind die Ägypter im Westen.«

»Daraus folgerst du also, daß wir nach Osten ziehen müssen.«

Josua beugte sich vor und zeichnete mit einem Zweig eine Karte der Gegend in den Staub.

»Drei oder vier Tagesmärsche von hier entfernt erreichen wir das Südufer eines großen Meeres ohne Fische, das Salzmeer heißt, weil sein Salzgehalt so hoch ist. Meiner Ansicht nach müssen wir es östlich umgehen, das heißt, an seinem östlichen Ufer entlangziehen. Dann kommen wir an das Ostufer eines großen Flusses namens Jordan, der in dieses Meer mündet. Auf diese Weise umgehen wir die Gefahr, auf die Ägypter zu stoßen, die sich auf dem Rückweg in ihr Land auf uns stürzen würden, wenn wir ihnen über den Weg liefen. Zudem hat Ramses Bündnisse mit den Völkern dieser Gegend geschlossen. Sie würden uns auf jeden Fall angreifen, erstens, weil wir in ihre Gebiete einfallen, und zweitens, weil sie den Befehlen der Ägypter gehorchen, vielleicht sogar Verstärkung von ihnen bekommen.«[1]

Moses schloß die Augen und bemühte sich, die gesamte Lage zu erfassen. Er war nur zur Hälfte überzeugt. Nach einer Weile blickte er wieder auf.

»Wir müssen Kundschafter aussenden, um zu sehen, ob der Weg frei ist und die Gebiete nicht von feindlichen Gruppen besetzt sind.[2] Du sollst diese Kundschafter anführen.«

»Wie viele?«

»Einer von jeden Stamm. Geht zu Fuß. Zwölf Männer werden nirgendwo Aufmerksamkeit erregen. Nimm aus dem Stamm Ruben Schammua, den Sohn Sakkurs. Aus dem Stamm Simeon Schafat, den Sohn Horis. Aus dem Stamm Juda Kaleb, den Sohn Jefunnes. Aus dem Stamm Issachar Jigal, den Sohn Josefs; aus dem Stamm Efraïm Hoschea, den

Sohn Nuns; aus dem Stamm Benjamin Palti, den Sohn Rafus; aus dem Stamm Sebulon Gaddiël, den Sohn Sodis; aus dem Stamm Manasse Gaddi, den Sohn Susis; aus dem Stamm Dan Ammiël, den Sohn Gemallis; aus dem Stamm Ascher Setur, den Sohn Michaels; aus dem Stamm Naftali Nachbi, den Sohn Wofsis; aus dem Stamm Gad Gëuël, den Sohn Machis. Während du abwesend bist, vertrau den Befehl über die Armee Mischaël an, er ist ein zuverlässiger Mann.«

Sie brachen am nächsten Tag nach Norden auf, und Moses und Aaron begannen zu warten. Die Richter, die Alten, all die anderen und ihre Ehefrauen warteten, und die Kinder, die eigentlich nicht verstanden, worauf man wartete, unterbrachen ihre Spiele und hofften auf das Ende des Wartens. Ab dem zehnten Tag nach dem Aufbruch der Kundschafter stellte Mischaël auf der Plattform über den Quartieren der Miliz einen Späher auf, der vor allen anderen ihre Rückkehr ankündigen sollte.

Dreiunddreißig Tage später kamen sie wieder, und alle versammelten sich hinter den Mauern der Umfriedung.[3] Die Kundschafter erklommen den Hügel und gingen auf das Zelt zu, vor dem Moses sie erwartete. Vor seinen Füßen stellten sie einen Sack ab, banden ihn auf und nahmen eine noch an ihrer Rebe hängende Traube heraus, so groß, wie man noch nie eine gesehen hatte, nicht einmal in Ägypten[4], fleischige, reifbedeckte Feigen, riesige Granatäpfel, die bereits am Aufplatzen waren, um ihren Rubinsaft zu verspritzen.

»Die Früchte Kanaans, mein Gebieter«, sagte Josua.

Moses weigerte sich, auch nur eine Beere von der Traube zu kosten.

»Die ersten Früchte aus dem Gelobten Land bieten wir dem Herrn dar«, erklärte er.

Er gab Aaron ein Zeichen, der befahl, die Früchte ins Heiligtum zu bringen. Dann setzte er sich und sah die Kundschafter an. Ihre Frauen brachten ihnen Wasser, Schalen voll Milch und Brot. Sie aßen und tranken ein wenig, dann hob Josua die

Hand. Alle hörten zu, doch da nicht jeder seine Worte verstehen konnte, wiederholten jene in der ersten Reihe das Gehörte für die hinteren, bis zurück zum Fuß des Hügels.[5] Von Wiederholung zu Wiederholung entstanden dabei einige Mißverständnisse.

»Wir sind durch die Wüste Sin bis Rehob bei Lebo-Hamat[6] hinaufgezogen«, begann Josua. »Bis dahin haben wir eigentlich nicht besonders viele Menschen gesehen. Dann sind wir nach Kiryat-Arba'a[7] gekommen, wo die Riesen Ahiman, Scheschai und Talmai leben, wie man uns gesagt hat, die Söhne des Anak.«[8]

Moses runzelte die Brauen.

»Was für Riesen?«

»Sehr große Männer.«

»Große Männer also«, sagte Moses. »Es gibt große und kleine Menschen. Das ist normal und braucht nicht besonders erwähnt zu werden.«

Josua beharrte nicht weiter.

»Im Osten und im Norden haben wir ein herrliches Land gefunden, reich bewaldet, wo wir auf dem Rückweg die Früchte, die wir mitgebracht haben, gepflückt haben. Es gibt dort viele Wasserläufe, die Weiden sind fett, der Anbau ertragreich, die Weinstöcke blühen, und die Obstbäume biegen sich unter den Früchten. Doch die Städte sind gut befestigt, und wir werden sicher Mühe haben, sie zu erobern.«

Er machte eine Pause, dann fuhr er in träumerischem Ton fort.

»Man hat uns gefragt, woher wir kommen; wir haben geantwortet, vom Süden her, und die Leute, moabitische Wanderer, waren überrascht; sie sagten uns, die Apiru seien im Norden. Wo im Norden? In Galiläa, haben sie uns gesagt. Es gibt also Angehörige unseres Volkes, die bereits in Kanaan sind, im Norden und im Süden.«[9]

»Jene, die Abraham nicht gefolgt sind«, nickte Aaron. »Wir werden sehen, wenn wir dort sind.«

»Sie könnten uns zu Hilfe kommen, wenn wir angegriffen werden«, bemerkte Josua.
»Bist du einigen von ihnen begegnet?« fragte Moses.
»Nein.«
»Zu welchen Stämmen gehören sie?« erkundigte sich ein Sippenoberhaupt.
»Dan und Simeon, hat man mir gesagt. Aber ich weiß es nicht sicher.«
»Weißt du, wie viele es sind?« erkundigte sich Moses.
»Auch das weiß ich nicht.«
Diese Leute könnten ein Problem sein, dachte Moses. Hatten sie die Religion ihrer Vorfahren bewahrt? Würden sie ihre Brüder anerkennen? Und seine Autorität? Sie hatten nicht teil an dem göttlichen Versprechen; welchen Status hatten sie also vor dem Herrn?
»Gut, wir werden sehen, wenn wir in Kanaan sind. Was habt ihr sonst noch gesehen?«
»Weiter oben im Negeb sind wir zuerst auf Amalekiter gestoßen. Noch weiter oben auf Jebusiter und Amoriter.«[10]
»Und die Kanaaniter?«
»Sie bewohnen die Ebenen entlang des Meeres. Die Amoriter leben auf den Höhen; sie halten die meisten Festungen. Hetiter, vor allem als Soldaten in kleinen Patrouillen, gibt es fast überall.«
»Und Ramses' Truppen?« fragte Moses.
»Sie sind immer noch da«, antwortete Josua widerwillig.
Aaron, die Richter und die Alten stöhnten vor Enttäuschung auf. Da es dauerte, bis die Informationen bis zu den letzten Reihen der Apiru übermittelt wurden, kamen deren Klagerufe erst später; es war, als würde der Schmerz sich langsam im Volk ausbreiten.
»Du hattest mir aber doch gesagt, sie würden nur noch ein paar Wochen bleiben«, meinte Moses.
»Sie haben ihre Meinung anscheinend geändert und wollen auf unbestimmte Zeit Militärlager aufrechterhalten.«

»Wie viele?« fragte Moses mit rauher Stimme. »Wie viele sind es?«

»Wir konnten ihre Zahl nicht genau ermitteln, aber ich habe drei in Abständen voneinander liegende Lager gezählt, die jeweils etwa zweitausend Mann umfassen.«

Moses dachte nach.

»Sie sind gut bewaffnet«, setzte Josua hinzu. »Ein kleiner Teil der Kavallerie ist immer noch da, außerdem fast dreihundert Streitwagen in einem Lager bei Kiryat-Arba'a.«

»Und Ramses?«

»Er ist nach Ägypten zurückgekehrt. Sein Sohn Imenherkhepeshef überwacht die ordnungsgemäße Rückkehr der Truppen nach Ägypten. Man hat uns gesagt, er lagere bei Jericho.«

Eine lange Weile verging, während der niemand etwas zu sagen wagte. Man hörte nur ersticktes Stöhnen, Seufzer und undeutliches Gemurmel.

Kaleb, einer der Kundschafter, trat zwei Schritte vor zu Moses. »Wir können dennoch in das Land ziehen und uns verteidigen, wenn wir angegriffen werden«, sagte er.

»Kommt nicht in Frage!« rief Gëuël, der ebenfalls an der Expedition teilgenommen hatte. »Die Moabiter oder die Edomiter anzugreifen, das ist möglich, aber nicht die Ägypter. Sie würden Truppen zu Hilfe rufen, die auf dem Rückweg durch den Sinai sind.«

»Der Herr ist mit uns!« rief Kaleb.

»Der Herr ist sicherlich mit uns«, sagte ein anderer Kundschafter, »aber er würde es uns nicht verzeihen, wenn wir Seine Unterstützung überschätzten und unvorsichtig würden.«

»Ich schlage vor zu warten, bis alle Ägypter in ihr Land zurückgekehrt sind«, meinte Josua und sah Moses fragend an.

Dieser hörte das Murren, das vom Volk aufstieg: »Wir haben genug von der Wüste!« raunte es. »Und wir können nicht in Kanaan einziehen! Was soll aus uns werden? Der Herr hat uns dieses Land doch verheißen! Oder hat er uns nur bis hierher kommen lassen, um dort unsere Gebeine zu verstreuen?«[11]

»Lassen wir uns bis morgen Zeit, um nachzudenken«, schloß Moses. »Ich werde den Herrn bitten, mir Seine Eingebung zu schicken.«

Die Menge zerstreute sich; jeder diskutierte lebhaft mit seinem Nachbarn.

»Und dennoch müssen wir von hier aufbrechen«, murmelte Josua Moses zu.

Die Sonne ging unter. Niemals hatte der klare Himmel stärker mit den aufgewühlten Herzen kontrastiert. Ein blauroter Bienenfresser streifte durch die Luft und stieß auf eine Libelle herab, die er nicht auf einmal verschlucken konnte, und Moses nahm für einen Augenblick die schillernden Flügel des Insekts wahr, die noch aus dem Schnabel des Vogels hervorsahen. So würden die Ägypter sein Volk verschlingen, sobald sie es nach Kanaan eindringen sahen! Auf der Welt gab es nur Räuber und Beutetiere. Moses erhob sich schwer und machte sich, gestützt auf Stitho, auf den Weg zu der behelfsmäßigen Hütte, wo er sich wie jeden Abend mit der Hilfe des jungen Mannes wusch. Es kam ihm vor, als seien seine Schultern noch nie so schwer gewesen, sein Rücken noch nie so niedergedrückt.

»Die Ägypter ...«, murmelte er, während Stitho ihm mit einem mit Balsamblättern gefüllten Roßhaartuch den Rücken abrieb. Das würde also nie enden!

»Es wird enden«, antwortete Stitho. »Der Herr hat uns nicht so weit geführt, um uns im Stich zu lassen. Ramses ist nicht der Herr der Welt.«

Moses lächelte zum ersten Mal an diesem Tag. Nein, nicht einmal Ramses war der Herr der Welt. Sogar er hatte Kanaan verlassen müssen. Er hatte seine Beute verschlungen und sie wieder ausspucken müssen.

17

Der Schatten der Ägypter

Es war ein Fehlschlag. Moses trat im Morgengrauen hinaus und blickte von seiner Anhöhe aus über die Landschaft, die Hand auf den Steinen der Umfriedungsmauer, die vom Tau der Nacht noch feucht waren. Der Schlaf hatte ihn nicht erquickt, sondern niedergedrückt.

Ein Fehlschlag. Sie waren bis hierher gekommen, sie waren endlich soweit, ins Gelobte Land einzuziehen, und sie konnten nicht. Im Norden saßen die Ägypter wie die Sphingen, die in ihrem Land an der Schwelle zu den Tempeln Wache hielten. Moses stellte sich einen Augenblick lang vor, was geschehen würde, wenn Ramses' Soldaten ihn ergreifen und vor diesen gehaßten Onkel schleppen würden ... Nein, das würde nicht geschehen, der Herr würde das nicht zulassen!

Doch warum stellte er ihnen dann diese unsichtbare Mauer entgegen? Vielleicht hatte er, Moses, die göttliche Eingebung in sich schwach werden lassen. Suchend blickte er sich nach dem Tonkrug um, und Stitho, der erraten hatte, was er wollte, reichte ihm den Krug. Moses trank einen tiefen Schluck von dem eiskalten Wasser und gab dem jungen Mann den Krug wieder zurück. Nachdem die Eingebung versagt hatte, gab sich nun das Herz der Niedergeschlagenheit hin.

Das Alter, sagte sich Moses. Nicht das Alter des Körpers, sondern das Alter des Herzens. Die Betrachtung des Herrn verzehrt jede irdische Leidenschaft, und was ist Jugend anderes als das Aufwallen irdischer Leidenschaften? Moses hatte zu oft in die Herzen von anderen gesehen und dort kaum Licht gefunden.

Stitho brachte ihm eine Schale heiße Milch, und Moses trank nachdenklich, während die Sonne am Himmel hochstieg. Dort unten, in den letzten Nebeln der Nacht, trieben die midianitischen Hirten ihre Herden vor sich her. Hier trieben die Hirten der Apiru die ihren zu den kümmerlichen Rinnsalen und kahlen Weiden, die ihnen noch blieben.

Es war nicht zu übersehen, daß sie aufbrechen mußten. Nach den Berichten der Kundschafter würde das Volk es nicht mehr ertragen, daß diese Etappe noch länger dauerte. Doch diesmal würden sie in die andere Richtung ziehen.[1]

Nachdem Moses seine morgendliche Körperpflege beendet hatte, kam Aaron. »Der Friede des Herrn sei mit dir. Du hattest mir gesagt, gestatte mir, dich daran zu erinnern, daß meine Ämter passende Kleidung erforderten.«

Moses nickte.

»Deine Ämter und die Ämter deine Söhne«, erwiderte er.

Er rief die Weber, die Goldschmiede und die Schneider und befahl, aus dem Leinen, das von den Vorhängen für das Heiligtum noch übrig war, für Aaron, Nadab, Abihu, Eleasar und Itamar jeweils einen Leibrock, ein goldbesticktes violettes, purpurfarbenes und karmesinrotes Mieder, das *Efod,* ein besticktes Obergewand, eine Schärpe und einen Turban zu fertigen. Die Goldschmiede wies er an, für jeden Mann zwei Karneole in Gold zu fassen und in jeden der beiden Steine die Namen der Stämme Israels zu schneiden, sechs Namen in den einen Stein und die übrigen sechs Namen in den anderen Stein. Diese Steine sollten an den Schulterstücken des *Efod* befestigt werden. Dazu sollte noch ein quadratisches Pektorale kommen, die sogenannte Lostasche für den Schieds-

spruch, eine Spanne lang und eine Spanne breit, geschmückt mit vier Reihen kostbarer Steine: die erste Reihe mit Rubin, Topas und Smaragd; die zweite Reihe mit Karfunkel, Saphir und Jaspis; die dritte Reihe mit Achat, Hyazinth und Amethyst; die vierte Reihe mit Chrysolith, Karneol und Onyx.[2]
»Wo sollen wir das alles finden?« fragte ein Goldschmied.
»Ihr werdet es finden, wenn es notwendig ist«, antwortete Moses. »Auf jedem Stein soll, eingraviert wie auf einem Siegel, der Name eines der Stämme Israels stehen.«
Die Handwerker betrachteten ihn skeptisch; Aaron und seine Söhne waren baß erstaunt. Doch Moses fuhr fort:
»Dieses Pektorale soll mit zwei Goldkettchen an den Karneolen der Schulterstücke und mit violetten Purpurschnüren, die man durch Goldringe zieht, an der violetten Schärpe befestigt werden. So daß Aaron, wenn er zum Heiligtum kommt, über seinem Herzen und an seinen Schultern die Namen der Söhne Israels trägt.«
»Das kostet Zeit«, gab wiederum einer der Juweliere zu bedenken.
»Ihr werdet die Zeit finden, wenn es notwendig ist.« Moses schien die irdischen Stimmen gar nicht mehr wirklich zu hören. »Der Mantel soll aus violettem Purpur sein, mit einer runden Öffnung für den Kopf; die Öffnung soll wie bei einem Panzerhemd einen gewebten Rand haben, der nicht einreißen kann. Der untere Saum soll ringsum violett, purpurn und karmesinrot bestickt sein, dazwischen Goldglöckchen, damit Aaron und seine Söhne zu hören sind, wenn sie vor den Herrn treten und wenn sie wieder aus dem Heiligtum herauskommen.«[3]
Doch wo sollten sie das alles herbekommen, fragten sich seine Zuhörer. Dann erinnerten sie sich daran, daß Moses als Prinz am ägyptischen Hof erzogen worden war.
»Ich will, daß an Aarons Turban eine Rosette aus purem Gold mit der eingravierten Inschrift: *Heilig dem Herrn* angebracht wird, befestigt an einer Schnur aus violettem Purpur. Sie soll

dazu dienen, daß die Verfehlungen an den Weihegaben, die die Israeliten dem Herrn weihen, vergeben werden.« Aarons Söhnen gelang es nur schlecht, ihre Verblüffung zu verbergen. »Ich will, daß über den Turbanen hohe Kopfbünde sitzen, die ihren Trägern Würde und Größe verleihen sollen.« Die Zuhörer bemühten sich, Mose Blick zu entziffern, doch dieser hatte die Augen halb geschlossen, als horche er auf eine innere Stimme.

»Die Schärpe soll bestickt sein«, sagte Moses. Er wandte sich Aaron und seinen Söhnen zu. »Schneider, ihr sollt für den Hohepriester und seine Söhne Beinkleider aus Leinen anfertigen, damit sie ihre Scham bedecken; von den Hüften bis zu den Schenkeln sollen sie reichen.« Den Blick fest auf die Priester geheftet, fügte er hinzu: »Sie sollen sie jedesmal tragen, wenn sie vor den Herrn treten; sonst werden sie mit dem Tode bestraft.« Darauf schwieg er lange, und niemand wagte es mehr, ihn etwas zu fragen. »Geht«, befahl er schließlich mit einer gebieterischen Handbewegung.

Als sie fort waren, blieb er lange in Nachdenken versunken. Seine Gedanken drehten sich um eine einfache Tatsache: Wenn er sein Volk nicht nach Kanaan führte, bedeutete das einen Sieg für Ramses. Einen schwachen Sieg, gewiß, aber dennoch einen Sieg. Die Apiru würden herumlungern, sich hier und da aufhalten, herumirren oder sich zerstreuen, sich dort niederlassen, wo sie die wenigsten Feinde vorfanden. Die Stämme würden getrennt werden. Aus wäre es mit dem Plan, ein großes Volk zu schaffen.

Plötzlich vernahm Moses Lärm, und als er aufstand, um zu sehen, was ihn auslöste, sah er eine Menschenmenge, die auf sein Zelt zukam. Es waren Apiru, die anscheinend durch das Nordtor das Lager verlassen hatten und um den Hügel herumgegangen waren. Sie trugen Bündel auf dem Rücken und führten Esel, die beladen waren; offensichtlich waren sie auf einen langen Weg eingestellt. Auf halber Höhe des Hügels blieben sie stehen, und ein Mann, anscheinend ihr Anführer, stieg ganz allein weiter herauf bis zu der Mauer der Umfriedung. Je näher er kam, desto besser konnte Moses seine Gesichtszüge erkennen, und als der Mann nur noch etwa hundert Schritte von ihm entfernt war, sah er, daß es Ammiël war, der Sohn Gemallis aus dem Stamm Dan. Ammiël kam näher.

»Moses«, erklärte er mit schallender Stimme, »wir haben keine Angst vor Riesen!«

Moses sah ihn an, ohne zu antworten. Dummkopf, dachte er. Aber wie sollte man am Benehmen eines Mannes auf Anhieb erkennen, daß er verrückt war?

»Wir ziehen ins Gelobte Land!« fuhr Ammiël fort. »Wir werden zu den Unsrigen stoßen, zu denen, die in Kanaan geblieben sind.«

Moses schwieg noch einen Augenblick.

»Wie viele seid ihr?« fragte er schließlich.

»Etwa zweitausendachthundert.«

»Ihr seid zu wenige. Der Herr ist nicht mit euch. Ihr werdet vernichtet werden.«

»Wir verstehen uns aufs Kämpfen!«

Josua, der die Menschenkolonne vom Hügel aus ebenfalls gesehen hatte, kam langsam herbei. »Ihr werdet auf die Ägypter treffen. Sobald sie erfahren, daß ihr in dieser Gegend seid, werden sie sich auf euch stürzen wie die Katzen auf die Mäuse.«

»Ich war einer von deinen Kundschaftern, Josua. Du weißt gut, daß man in Deckung gehen kann. Es gibt dort Wälder, in denen man sich verstecken kann.«[4]

»Ein Dutzend Männer, ja. Fast dreitausend, nein.«

»Ihr habt Angst vor den Ägyptern, aber wir können sie umgehen.«

»Ihr werdet sein wie Mäuse zwischen Katzen und Hunden. Wenn ihr die Ägypter meidet, stoßt ihr auf die Amalekiter und die Kanaaniter.«

»Um so schlimmer für euch«, entgegnete Ammiël. »Wir werden vor euch dortsein.«

»Im Sche'ol, ja«, erwiderte Josua.

Moses sagte nichts. Übelgelaunt blickte er der Gestalt Amniëls nach, wie er zu den Emigranten hinabstieg, die sich von einer anderen Gruppe, die selbst Emigranten waren, loslösten. Sein Blick folgte der Kolonne, bis sie im Norden in den Hügeln verschwunden war.

»Wahnsinn«, murmelte Moses.

Dann wandte er sich an Josua: »Geh zu den Sippenoberhäuptern und befiehl ihnen, unser gesamtes Volk zu zählen, bis hin zu den kleinen Kindern, den Sklaven, den Ägyptern und den Amalekitern, die nun zu uns gehören.«

Seit dem Auszug aus Ägypten war das die zweite Volkszählung.

Der Himmel jedoch bewahrte seine unerbittliche Klarheit.

Moses schickte Stitho, er solle die Richter zusammenrufen. Diese ließen sich Zeit und kamen erst drei Stunden später. Aaron, der sie begleitete, zog ein langes Gesicht.

»Was hat euch so beschäftigt?« erkundigte sich Moses.

»Unser Beruf.«

Sie waren mürrisch.

»Ich muß euch noch die übrigen Gesetze diktieren.«

Sie schienen wenig begeistert zu sein.

»Dann diktiere sie eben«, meinte einer der Richter schließlich. »Man wird sie bald mit uns begraben. Wenn noch jemand übrigbleibt, um uns mit Erde zu bedecken.«

»Wollt ihr die Gesetze des Herrn nicht kennenlernen?«

»Wir fragen uns, Moses, ob wir jemals Gelegenheit haben werden, sie anzuwenden.«

»Lehnt auch ihr euch nun auf?«

»Wir lehnen uns nicht auf. Wir stellen fest, daß wir von Feinden umgeben sind und nirgendwo hingehen können, jedenfalls nicht nach Kanaan. Die Ägypter im Norden, die Midianiter vor uns, die Moabiter, die Ammoniter, die Hetiter, die Jebusiter … Bald werden diese Feinde uns angreifen, und wir werden umzingelt sein. Wir werden unter ihren Schlägen fal-

len, und von Schlacht zu Schlacht werden immer weniger von uns übrigbleiben.«
»Ihr glaubt also nicht, daß der Herr euch beschützt?«
»Wenn der Herr uns beschützt, ist es dann gerecht, daß wir für nichts und wieder nichts bis hierher gekommen sind, nachdem wir seit unserem Aufbruch aus Ägypten soviel gelitten haben? Soll unsere Geduld auf die Probe gestellt werden? Oder unser Glaube?«
»Ihr lästert Gott!« empörte sich Moses.
»Wenn man dich hört, Moses, dann haben wir seit dem Tag unserer Geburt nicht aufgehört, Gott zu lästern«, erwiderte ein Richter ruhig und sah Moses in die Augen.
Moses hätte ihn gerne mit Blicken vernichtet, doch der andere fuhr fort: »Vielleicht solltest du deine Urteile mäßigen. Und deinen Zorn.«
Moses spürte den Wind der Auflehnung und hielt seinen Zorn in der Tat zurück.
»Jeder, der es wagt, deine Entscheidungen anzufechten, wird von dir sofort mit Flüchen überhäuft, als sei er ein Abtrünniger, ein Feind des Herrn. Aber wir müssen dich an eines erinnern. Du hast deinen Rang als Oberhaupt nur erlangt, weil der Herr sich dir offenbart hat. Trotzdem bist du immer noch ein Mensch, Moses, ein Mensch wie wir, mit Schwächen und anfällig für Irrtümer. Du kannst uns nicht alle verfluchen, denn das hieße, daß du deine ganze Mission widerrufst. Ohne uns bist du nichts; ein einsamer Rufer in der Wüste. Und wir sind gekommen, um dir zu sagen, daß du nur unser Oberhaupt bist, weil wir es akzeptieren.«[5]
Moses erbleichte, und sein Zorn vermischte sich mit Verzweiflung. Wenn die Richter es wagten, ihm auf solche Weise die Stirn zu bieten, so deshalb, weil sie sich ihrer Gefolgsleute sicher waren; sie sprachen nicht allein in ihrem Namen, sondern im Namen von Tausenden anderen. Josua zu Hilfe zu rufen würde nichts nützen. Wenn das ganze Volk sich gegen ihn empört hatte, konnte es nicht durch Gewalt

niedergeworfen werden; Gewalt würde ihm seine Macht nicht zurückgeben. Dreitausend Menschen hatten sich seiner Autorität widersetzt und waren aufgebrochen. Und auch diese kamen, um ihm seine Autorität streitig zu machen. Am meisten schmerzte es, daß er verstand, was die Richter sagten: Ohne sie, ohne das Volk war er nichts. Er konnte die Pläne des Herrn nur durchsetzen, wenn er sich selbst durchsetzte, aber durchsetzen konnte er sich nur dank des Herrn!

»Wenn euch Verzweiflung ergriffen hat, wenn ihr das Vertrauen in den Herrn verloren habt, dann ist es also sinnlos, euch Seine Gesetze zu diktieren«, sagte er schließlich mit Grabesstimme.

»Die Gesetze des Herrn sind nicht deine, Moses. Du kannst nicht nach deinem Gutdünken darüber verfügen. Der Herr hat dich beauftragt, sie uns zu diktieren. Also diktiere sie«, sagte der älteste der Richter. »Aber erkläre uns zuvor, warum wir in dieser Klemme stecken und wie du glaubst, uns da herausholen zu können.«

Aaron stieß einen Seufzer aus und fuhr sich mit den Händen über das Gesicht.

»Wir müssen wieder nach Osten aufbrechen«[6], erwiderte Moses müde.

»Den ganzen Weg, den wir zurückgelegt haben, noch einmal machen? Bis wohin?«

»Bis nach Ezjon-Geber. Von dort aus ziehen wir wieder nach Norden.«

Ihre Blicke kreuzten sich und wurden düster; sie ließen die Schultern hängen und beugten den Rücken.

»Wenn ihr wollt, daß der Herr mit uns ist, dann laßt mich euch nun Seine Gesetze diktieren.«

Sie nickten, die drei Schreiber holten aus ihren Säcken die Tafeln hervor, auf denen sie Papyrus, Tintenbehälter und Binsenrohre ausbreiteten. Sie entstöpselten die Fläschchen und blickten zu Moses auf.

»Hört nun die Speisegaben, die ihr dem Herrn bringen wer-

det: täglich zwei fehlerlose einjährige Lämmer als regelmäßiges Brandopfer. Das eine Lamm sollst du am Morgen, das zweite Lamm zur Abenddämmerung herrichten, dazu ein zehntel *Efa* Feinmehl[7], das mit einem viertel *Hin*[8] gestoßenen Öls vermengt ist, als Speiseopfer. Das dazugehörende Trankopfer soll aus einem viertel *Hin* Wein je Lamm bestehen. Am Heiligtum gieß als Trankopfer für den Herrn berauschendes Getränk aus!«
»Wir haben keine Weinstöcke, wir haben kaum Olivenöl, da wir keine Olivenbäume haben, und wir haben nicht einmal genug Mehl, um uns selbst zu ernähren«, wandte einer der Richter ein.
»Wir werden das alles haben, und zu diesem Zeitpunkt kennt ihr dann schon den Willen des Herrn. Am Sabbat aber nimm zwei fehlerlose einjährige Lämmer, dazu als Speiseopfer zwei Zehntel Feinmehl, das mit Öl vermengt ist, sowie das dazugehörende Trankopfer; das sei das Sabbatbrandopfer an jedem Sabbat, zusätzlich zum regelmäßigen Brandopfer mit dem entsprechenden Trankopfer.
An den Monatsanfängen sollt ihr für den Herrn als Brandopfer zwei einjährige Jungstiere, einen Widder und sieben fehlerlose Lämmer darbringen, dazu je Jungstier drei Zehntel Feinmehl, das mit Öl vermengt ist, als Speiseopfer, außerdem zwei Zehntel Feinmehl, das mit Öl vermengt ist, als zu dem Widder gehörendes Speiseopfer sowie je Lamm ein Zehntel Feinmehl, das mit Öl vermengt ist, als Speiseopfer; dies sei das Brandopfer als beruhigender Duft, als Feueropfer für den Herrn. Die dazugehörenden Trankopfer bestehen aus einem halben *Hin* Wein je Jungstier, einem drittel *Hin* für den Widder und einem viertel *Hin* Wein je Lamm. Das ist das monatliche Opfer, das in jedem Monat des Jahres am Neumond dargebracht wird. Auch soll man einen Ziegenbock als Sündopfer für den Herrn herrichten, zusätzlich zu dem regelmäßigen Brandopfer und dem dazugehörenden Trankopfer.«
»Wir haben keinen einzigen Stier, und unsere Widder sind

Zuchttiere«, gab ein Richter zu bedenken. »Nach kurzer Zeit hätten wir überhaupt keine Herden mehr, und wie sollen wir dann Opfer bringen?«

»Zieht ihr den Willen des Herrn in Zweifel? Ich habe gesagt, das gilt für die Zeit, wenn wir im Gelobten Land sein werden.«

Sie dachten einen Augenblick nach, bevor sie schrieben, dann endlich kratzten die Binsenrohre über den Papyrus.

»Am vierzehnten Tag des ersten Monats ist das Paschafest zur Ehre des Herrn. Der fünfzehnte Tag dieses Monats ist ein Festtag. Sieben Tage lang ißt man ungesäuerte Brote. Am ersten Tag findet eine heilige Versammlung statt; an ihm dürft ihr keine schwere Arbeit verrichten; ihr sollt ein Feueropfer darbringen, ein Brandopfer für den Herrn: zwei Jungstiere, einen Widder und sieben fehlerlose einjährige Lämmer. Dazu einen Ziegenbock als Sündopfer, um euch zu entsühnen. Das sollt ihr zusätzlich zu dem Morgenopfer herrichten, das zu dem regelmäßigen Brandopfer gehört. Ebenso sollt ihr es während der sieben Tage täglich mit den Speisen und mit dem Feueropfer als dem beruhigenden Duft für den Herrn halten. Das soll zusätzlich zu dem regelmäßigen Brandopfer und dem dazugehörenden Trankopfer für den Herrn geschehen. Am siebten Tag sollt ihr eine heilige Versammlung abhalten; an diesem Tag dürft ihr keine schwere Arbeit verrichten.

Auch am Tag der Erstlingsfrüchte, wenn ihr dem Herrn das Speiseopfer vom neuen Getreide darbringt, an eurem Wochenfest, sollt ihr die heilige Versammlung abhalten, auch an diesem Tag dürft ihr keine schwere Arbeit verrichten; ihr sollt als Brandopfer und als beruhigenden Duft für den Herrn zwei Jungstiere, einen Widder und sieben einjährige Lämmer darbringen, ferner je Jungstier drei Zehntel Feinmehl, das mit Öl vermengt ist, zwei Zehntel für den einen Widder und ein Zehntel für jedes der sieben Lämmer, außerdem einen Ziegenbock, um euch zu entsühnen. Das sollt ihr zusätzlich zu

dem regelmäßigen Brandopfer, dem dazugehörenden Speiseopfer und dem dazugehörenden Trankopfer darbringen. Aber ihr dürft dabei nur fehlerlose Tiere verwenden.
Am ersten Tag des siebten Monats sollt ihr eine heilige Versammlung abhalten; an diesem Tag dürft ihr keine schwere Arbeit verrichten. Es soll für euch ein Tag sein, an dem mit großem Lärm die Trompete geblasen wird. Richtet als Brandopfer, als beruhigenden Duft für den Herrn einen Jungstier, einen Widder und sieben fehlerlose einjährige Lämmer her, ferner zu dem Stier drei Zehntel Feinmehl, das mit Öl vermengt ist, sowie zwei Zehntel für den einen Widder und ein Zehntel für jedes der sieben Lämmer, dazu einen Ziegenbock als Sündopfer, das alles zusätzlich zum regelmäßigen Brandopfer, zum dazugehörenden Speiseopfer und den dazugehörenden Trankopfern, als beruhigenden Duft, als Feueropfer für den Herrn.«
Moses bemerkte, daß die Binsenrohre nicht mehr über den Papyrus kratzten; die Schreiber fixierten ihn. Nach einem kurzen Duell von Blicken fuhr Moses fort:
»Am zehnten Tag dieses siebten Monats sollt ihr eine heilige Versammlung abhalten. An diesem Tag sollt ihr euch Enthaltung auferlegen und dürft keinerlei Arbeit verrichten; ihr sollt dem Herrn ein Brandopfer als beruhigenden Duft darbringen: einen Jungstier, einen Widder und sieben Lämmer …«
»Da uns all diese Opfer im Augenblick unmöglich sind und da wir noch nicht in das Gelobte Land eingezogen sind, wo wir, wie du uns versicherst, über die Mittel verfügen werden, sie darzubringen, wäre es vielleicht weiser, Moses, ihr Diktat aufzuschieben, bis es soweit ist«, meinte einer der Richter.
Moses strich sich den Bart glatt, blickte Aaron an, der neben ihm saß, und antwortete:
»Da ich der Verwahrer dieser Vorschriften bin, muß ich sie euch so schnell wie möglich übermitteln, denn ich bin sterblich. Ich fahre also fort: Am fünfzehnten Tag des siebten Mo-

nats sollt ihr eine heilige Versammlung abhalten. An diesem Tag dürft ihr keine schwere Arbeit verrichten; ihr sollt sieben Tage lang ein Fest zur Ehre des Herrn feiern. Ihr sollt ein Brandopfer darbringen, als Feueropfer, als beruhigenden Duft für den Herrn. Dreizehn Jungstiere, zwei Widder und vierzehn fehlerlose einjährige Lämmer sollen es sein, ferner als Speiseopfer drei Zehntel Feinmehl, das mit Öl vermengt ist, für jeden Stier, zwei Zehntel für jeden Widder und ein Zehntel für jedes Lamm, außerdem ein Ziegenbock als Sündopfer, das alles zusätzlich zum regelmäßigen Brandopfer und zum dazugehörenden Speise- und Trankopfer.

Am zweiten Tag sollen es zwölf Jungstiere, zwei Widder ...«

Er vernahm gereizte Seufzer und brach ab, um die Richter anzusehen, deren Mienen keinerlei Zweifel über ihre Gemütsverfassung ließen. Die Erwähnung all dieser Tiere schien sie offenkundig zu provozieren. Auch Aaron fühlte sich nicht wohl in seiner Haut; er rutschte auf seiner Bank herum, faßte sich an die Nase, an den Bart, verschränkte und löste die Hände, scharrte mit den Füßen. Doch all diese Leute mußten begreifen – und nun mehr denn je –, daß die Pläne des Herrn nicht mit der Zeit des Auszugs aus Ägypten zu Ende waren. Moses hob daher erneut an:

»Und vierzehn Lämmer, dazu die Speise- und Trankopfer, entsprechend der Zahl der Stiere, Widder und Lämmer, wie es vorgeschrieben ist; ferner ein Ziegenbock als Sündopfer, das alles zusätzlich zum regelmäßigen Brandopfer sowie zum dazugehörenden Speise- und Trankopfer.

Am dritten Tag elf Stiere, zwei Widder und vierzehn fehlerlose einjährige Lämmer, dazu die Speise- und Trankopfer, entsprechend der Zahl der Stiere, Widder und Lämmer, ferner ein Ziegenbock als Sündopfer, das alles zusätzlich zum regelmäßigen Brandopfer ...«

Einer der Richter stand auf und ging. Moses sah ihm gleichgültig nach.

»Wenn einer der Schreiber fehlen sollte, würde ich das als

Absicht, den Herrn zu beleidigen, ansehen und mit aller Strenge vorgehen.«
Mit derselben ruhigen Stimme fuhr er mit der Aufzählung der Opfergaben fort, bis zum siebten Tag.
»Am achten Tag sollt ihr eine Festversammlung abhalten. An diesem Tag dürft ihr keine schwere Arbeit verrichten; ihr sollt als Brandopfer, als Feueropfer, als beruhigenden Duft für den Herrn einen Stier, einen Widder und sieben Lämmer darbringen, dazu die entsprechenden Speise- und Trankopfer, wie es vorgeschrieben ist, ferner einen Bock als Sündopfer, das alles zusätzlich zum regelmäßigen Brandopfer und Speise- und Trankopfer.«[9]
Einer der Schreiber nahm sich den Tonkrug Mose, den man zum Kühlen auf die Mauer gestellt hatte, und nahm direkt daraus einen tiefen Schluck. Moses tat so, als bemerke er diese Frechheit nicht, und schloß:
»Das sollt ihr zur Ehre des Herrn an euren Festtagen tun, abgesehen von euren Brand-, Speise-, Trank- und Heilsopfern, die ihr gelobt habt oder freiwillig darbringt.«
Er verstummte und betrachtete den Himmel. Sie warteten eine lange Weile, und da er nichts mehr sagte, erhoben sich die Schreiber und die übrigen Richter. Sie wollten gerade gehen, als er aus seiner scheinbaren Betäubung erwachte.
»Das sind nicht die einzigen Gesetze, die der Herr mir eingegeben hat. Es gibt noch weitere.«
Sie waren wie vor den Kopf gestoßen.
»Ein Exemplar dieser Gesetze und der anderen, die ich euch zuvor diktiert habe und auch der, die ich noch diktieren werde, wird dem hier anwesenden Hohepriester anvertraut, dessen Auftrag es sein wird, sie den künftigen Generationen zu übermitteln.«
»Wenn es künftige Generationen gibt«, murmelte einer der Richter mit kaum hörbarer Stimme.
Moses hörte diese weitere Frechheit wohl, ging aber nicht darauf ein. Seit dem Morgen hatte er bereits an der Bitterkeit

des Fehlschlags zu schlucken. Vom Norden her konnten sie nicht ins Gelobte Land ziehen, also mußten sie eben vom Osten her kommen. Es würde ein wenig länger dauern, und das war alles. Die Herrlichkeit des Herrn duldete die Verzweiflung der Menschen ebensowenig, wie die Flamme Mükken duldete: Er war das Gesetz und das Leben. Moses erhob sich und ging in sein Zelt, um sich auszuruhen.
Als er gerade über die Schwelle treten wollte, hielt er inne, neugierig geworden durch den seltsamen Schatten eines Kiesels auf dem Boden. Er hätte schwören können, daß es der Schatten einer Sphinx war. Er hob den Kiesel auf, der keine besondere Form hatte. Moses zuckte die Schultern. Was waren denn die Sphingen in Wahrheit, wenn nicht einfache Steine? Und was war ihr Bild anderes als ein Schatten ...?

III

Das ferne Morgengrauen

1

Trauer und Beleidigungen

»Es ist nicht der Wind Gottes, der zur Zeit über Kadesch weht«, murmelte Josua eines Morgens Mischaël zu.
Am Vorabend waren zwei der vier Söhne Aarons, Nadab und Abihu, so schwer erkrankt, daß sie nach schrecklichen Bauchschmerzen starben. Im Lager schwirrte es von widerstreitenden Meinungen und Gerüchten über diesen doppelten Tod zweier bisher gesunder junger Männer von fünfundzwanzig und sechsundzwanzig Jahren. Manche meinten, das könne nur die Folge göttlichen Zorns gewesen sein, laut anderen war es auf den Verzehr von giftiger Nahrung zurückzuführen.
Der Streit war wichtig, da er praktische Konsequenzen nach sich zog; sollte man sie als Leviten, die im Zustand der Reinheit gestorben waren, bestatten, oder gewährte man ihnen lediglich nach flüchtigen Gebeten ein heimliches Begräbnis? Als man Moses um Rat anging, befragte er ihre Brüder Eleasar und Itamar, dann die andere Leviten, die im Dienst des Heiligtums standen.
»Vorgestern haben sie Kräuter gegessen, die wir nicht kannten und die wir nicht angerührt haben«, sagte Eleasar.
»Das ist nicht der Grund!« mischte sich ein anderer Levit ein. »Sie waren gegen unsere Meinung und gegen die ihres

Vaters der Ansicht, ein dem Herrn dargebrachtes Opfer sei vom Feuer nur schlecht verzehrt worden. Daher haben sie eigenmächtig entschieden, es neu darzubringen, was eine schwere Verfehlung ist! Der Herr hatte diese zusätzlichen Opfer nicht verlangt! Die göttliche Strafe hat nicht auf sich warten lassen! Sie haben diese giftigen Kräuter gegessen!«[1]

Wenn auf diesen Todesfällen zweier Angehöriger der Priesterschaft ein Verdacht lag, dachte Moses, war es besser, nicht öffentlich das Risiko einzugehen, den Herrn noch mehr zu beleidigen. Die beiden Brüder wurden daher ohne große Zeremonie in den Bergen bestattet. Aaron und Elischeba und die beiden anderen Söhne, Eleasar und Itamar, erflehten die Vergebung des Herrn, damit er die Schuld ihrer verstorbenen Brüder nicht auf sie und die Ihren zurückfallen ließ. Sie waren als einzige bei dem Begräbnis zugegen.

So viele Prüfungen hatten Elischeba verbraucht. Mit zweiundvierzig Jahren starb sie plötzlich. Man mußte Aaron stützen, damit er zu ihrer Beerdigung gehen konnte. Drei Tage später besuchte Moses seinen Bruder.

»Ich habe nicht mehr lange zu leben«, murmelte Aaron mit einem Seufzer.

»Du bist erst vierundfünfzig Jahre alt«, bemerkte Moses. »Laß dich nicht von der Verzweiflung auslaugen.«

Doch man mußte zugeben, daß Aaron wie ein Mann aussah, der siebzig Winter erlebt hatte.

»Die Aufgabe, die der Herr mir gegeben hat, geht über meine Kräfte.«

»Deine Kräfte kommen vom Herrn.«

»Dann hat er sie mir entzogen.«

»Der Herr entzieht Seine Gaben nicht ohne Grund. Es sind unsere Irrtümer, die sie uns rauben.«

»Dann ... dann habe ich Irrtümer begangen«, seufzte Aaron. »Aber wer tut das nicht?«

Eleasar und Itamar gaben Moses ein Zeichen; ihr Vater war erschöpft. Aaron erhob sich nicht wieder. Fünf Tage später hauchte auch er seine Seele aus. In Begleitung von Aarons beiden Söhnen und sieben anderen Leviten trat Moses in das Zelt und befahl dort, die Kleider und Gegenstände für das Hohepriesteramt von dem Verstorbenen zu nehmen; feierlich übergab er sie dann Eleasar.[2] Darauf ließ er mit allen Leviten eine große Beerdigungsfeier abhalten und befahl eine Trauerzeit von dreißig Tagen.[3]

Da nun der Gefährte dieser Jahre der Prüfungen nicht mehr lebte, blieben Moses nur noch die Jungen, denen er sich anvertrauen konnte: Josua, Mischaël, Hur ... Doch auch wenn diese sich höflich an die Trauerzeit hielten, konnte es Moses nicht entgehen, daß sie ihre Ungeduld bezähmen mußten. Man würde doch wohl nicht hundert Jahre in Kadesch bleiben! Und noch ruheloser wurden sie, als sie erfuhren, daß die dreitausend, die unter Ammiëls Führung nach Norden aufgebrochen waren, in einen Hinterhalt der Kanaaniter und Amalekiter geraten waren, als sie einem ägyptischen Lager hatten ausweichen wollen. Die beiden verbündeten Völker, die noch eine schmähliche Erinnerung an die Prügel bewahrten, die Josua ihnen vor einiger Zeit verpaßt hatte, hatten die meisten Apiru niedergemetzelt und den Rest als Sklaven behalten. Doch man würde nicht um jene trauern, die sich ohne Mose Segen ins Abenteuer gestürzt hatten.

»Sie waren gewarnt«, sagte Josua als Leichenrede.

»Wenn sie zahlreicher gewesen wären ...«, begann Moses, ohne seinen Satz zu beenden.

»Sie sind ein großes Risiko eingegangen«, meinte Josua.

Sie verstanden sich ohne viele Worte, so gut, daß sie ihre Sätze nicht zu Ende sprechen mußten.

»Auf welcher Seite wollen wir also wieder hinaufziehen?« fragte Moses.

»Versuchen wir es mit einer Route weiter östlich, im Landesinneren, entlang der Wüste Araba. Ich weiß natürlich nicht, ob man uns das Durchzugsrecht gewähren wird. Wie ich dir gesagt habe, die Edomiter haben sich mit den Moabitern verbündet, und ich glaube nicht, daß sie uns ins Herz geschlossen haben.«

Sobald die Trauerzeit vorüber war, schickte Moses Emissäre zum König von Edom, um ihn nur um das simple Durchzugsrecht entlang der Wüste Araba, die an sein Königreich grenzte, zu bitten. Eigentlich umfaßte das Land Edom mehrere Stadtstaaten, die jeweils von einem Herrscher regiert wurden, doch diese Stadtstaaten waren der Lehnsherrschaft des mächtigsten Herrschers unterworfen, den sie ihren König nannten.

»Wir, deine Brüder Israels[4], sind hier in Kadesch«, ließ Moses ausrichten, »und wir wollen nach Kanaan hinaufziehen. Wir wollen nur über die Straße ziehen, die dorthin führt. Wir werden weder auf deine Felder noch in deine Weinberge vordringen. Wir werden für unser Wasser bezahlen und auf direktem Weg nach Norden ziehen, bis wir dein Gebiet verlassen haben.«

Es war eine konziliante Botschaft, doch der König von Edom stellte sich taub. Die Boten kehrten enttäuscht zurück; der König machte sich über die von Moses erwähnte Vetternschaft herzlich lustig und hatte sich ebenso klar wie kurz ausgedrückt: Kommt nicht in Frage.

»Warte«, sagte Josua, »in Edom gibt es mehrere Herrscher. Vielleicht lassen manche uns trotzdem durchziehen.«[5]

Die Entfernung zwischen Kadesch und dem unteren Teil der Straße entlang der Araba war nur kurz, man konnte es riskieren, dort hindurchzugehen. Zwei Tage später, sie waren kaum in Obot angekommen, regten sich Rufe und Geschrei im Land; Waffen funkelten, Pferdegewicher war zu hören. Man hatte Truppen zusammengezogen, um ihnen den Durchzug zu versperren. Und sie waren gut bewaffnet: Lanzen, Schwerter, Schilde, Pferde, Bogenschützen. Die Ägypter hatten ihnen die Mittel gegeben, sich zu verteidigen. Wenn man eine Konfrontation versuchte, bestand die Gefahr, daß man den ägyptischen Löwen weckte, der nicht weit von dort

schlummerte. Drei- oder vierhundert Ellen voneinander entfernt standen sich die einen und die anderen gegenüber. Josuas Soldaten und ihre Gegner schüttelten die Fäuste und riefen sich Beschimpfungen zu. Eine Abordnung von drei Offizieren zu Pferd kam im Schritt auf die Apiru zu.
»Wer ist euer Anführer?« fragte einer von ihnen.
Josua zeigte auf Moses.
»Du bist ihr Anführer? Du mußt der sein, den man Moses, den Propheten, nennt.«
Moses antwortete mit einem kurzen Kopfnicken.
»Wir sind hier tausend Soldaten, Edomiter und Moabiter. Ebenso viele werden im Lauf des Tages zu uns stoßen, wenn ihr die Absicht habt, euch den Durchzug zu erzwingen. Man muß keineswegs ein Prophet sein, um vorherzusehen, was mit euch geschehen würde.«
Der Offizier reckte das Kinn, um seiner Warnung Nachdruck zu verleihen, und nach einem unverschämten Blick auf die Apiru gab er seinen beiden Begleitern Befehl, ihre Pferde zu wenden. Moses blieb reglos, unerschütterlich. Moabiter und Edomiter hatten sich also wirklich verbündet, so wie es Josuas Spione mitgeteilt hatten.
»Wenn es so ist, ziehen wir geradeaus weiter«, entschied Josua. »Wir werden das Land östlich umgehen. Die Pest soll sie holen!«
Sie verließen Obot unter den Blicken der edomitischen Armee. Die neue Strecke war nicht ohne Gefahren, da sie zwischen Edom im Süden und Moab im Norden hindurchging, aber sie führte nirgends direkt durch eines der beiden Länder, und man konnte hoffen, daß die Armeen der Koalition sich darüber nicht beunruhigten. Ohne Zwischenfälle kamen sie abends in der Gegend der moabitischen Stadt Punon an und machten Rast, ohne die Zelte aufzuschlagen, obwohl die Nacht kühl war, da Moses angekündigt hatte, man würde sich bereits im Morgengrauen wieder auf den Weg machen.
Die folgende Etappe führte sie durch ein trockenes, rötliches

Berggebiet bis nach Iyye-Ha-Abarim, ein anderes moabitisches Dorf.

»Es wird uns an Wasser mangeln«, begannen die Emigranten sich zu beklagen, doch Kundschafter beruhigten sie. Nicht weit entfernt verlief ein Gebirgsbach, der Zered. Dort machte man eine längere Pause, so daß man die Wasservorräte auffüllen, die Tiere tränken und sich waschen konnte. Von dort aus zogen sie weiter hinauf nach Norden, über einen Pfad, der links an den Ausläufern einer Gebirgskette vorbeiführte, die das Rückgrat der Länder Edom und Moab bildete, und rechts an der Wüste, die einem unendlich großen Löwenfell glich. Zehn Tage später überquerten sie den Fluß Arnon, und Josua seufzte erleichtert auf; sie hatten den größten Teil der feindlichen Gebiete hinter sich und befanden sich am Rand der Steppen von Moab und des Ammoniterlandes, auf amoritischem Boden.

»Vielleicht können wir nun eine Abkürzung durch das Land der Amoriter nehmen«, schlug Moses vor. »Sihon, der König der vereinigten Amoriter, ist ein Feind der Moabiter, also kann er nicht mit ihnen verbündet sein oder sie unterstützen.«

Am nächsten Morgen bei Sonnenaufgang schickte er dieselben Boten, die er für den König von Moab ausgewählt hatte, mit derselben Botschaft nach Heschbon, die Stadt dieses Königs. Die Zelte waren noch nicht aufgebaut, denn es war nicht der Mühe wert, damit einen Tag zu verlieren, wenn man in Kürze durch das Land der Amoriter ziehen konnte, so daß man endlich auf der anderen Seite der Berge ankam, in Richtung des Jordans und Kanaans. Danach müßte es mit dem Teufel zugehen, wenn man nicht endlich mit Hilfe von Lanzen und Schwertern ins Gelobte Land einziehen konnte.

Die Kundschafter kamen gegen Mittag zurück, die Mienen ebenso betreten wie beim ersten Mal.

»Er ist noch schlimmer als der andere! Beinahe hätte er uns

als Gefangene festgehalten! Er hat uns mit Verwünschungen überschüttet! Und er will uns sofort angreifen!«

Moses wurde von kalter Wut gepackt, doch Josua bewahrte seinen Gleichmut.

»Das Schicksal hat entschieden«, sagte er. »Wir können es nicht länger dulden, daß all diese Leute uns beleidigen. Erteilst du mir Befehl, die Herausforderung anzunehmen?«

»Der Herr möge deinen Arm bewaffnen!« antwortete Moses.

Die folgenden Stunden vergingen damit, daß man das Lager organisierte. Die Leviten und ihre kostbare Fracht wurden weiter hinten untergebracht, wo sie in Sicherheit sein würden, und die Männer Josuas, mittlerweile fast fünftausendfünfhundert, versammelten sich an der Spitze. Endlich würde man sich mit diesen Wilden schlagen!

Die Sippenoberhäupter verkündeten Moses feierlich das Ergebnis der Volkszählung: Seit dem Aufbruch der von Ammiël angeführten Gruppe waren sie noch fünfundzwanzigtausendsiebenundsechzig Personen; siebentausendeinhundertzwölf Männer über achtzehn und unter sechzig Jahren, achttausendeinhundertzwanzig Frauen, dreitausendsiebenhundertdreiundfünfzig Kinder und Jugendliche unter achtzehn Jahren, viertausendzweihunderteinunddreißig Alte und tausendachthunderteinundfünfzig Sklaven, Amalekiter und Ägypter eingeschlossen.

Moses nickte.

»Das ist die Saat des Herrn!« erklärte er. »Morgen werden wir Kanaan besäen!« Er hob die Arme gen Himmel: »Herr, tilge die Zeit der Trauer!«

»Ja, Herr, trockne unsere Tränen!« antworteten die Sippenoberhäupter und die Richter, diesmal aus tiefstem Herzen.

2

Drei Hornstöße

Josua hatte seine Männer vor dem Lager aufgestellt, zwei Flügel, die dem Feind gegenüberstehen würden. Zwischen den Flügeln hatte er einen konkaven Halbkreis aus drei Reihen von Lanzenreitern gebildet. Das Lager befand sich am Fuß felsiger Gebirgsausläufer.
Die Morgendämmerung färbte die Gipfel der violetten Berge rosig, als die von Heschbon kommenden Amoriter auftauchten. Josua stieg auf einen Felsen, um sie zu beobachten, und kniff die Augen zusammen. Sie folgten einer Talsenke, die direkt zu dem provisorischen Lager der Apiru führte. Ein kleiner Trupp von Lanzenreitern, höchstens zweihundert Männer, führte das Gros der Fußsoldaten an. Keine Streitwagen. In einer guten halben Stunde würden sie dasein.
Josua lief ins Lager und sagte zu Moses: »Befiehl allen, Männern, Frauen und Kindern, auf die Berge zu steigen und auf mein Signal hin – drei Hornstöße – Felsbrocken auf die Reiter hinunterzurollen, sobald sie die erste Linie überschritten haben. Es ist besser, wenn so wenig Leute wie möglich im Lager bleiben. Niemand soll sein Bündel mitschleppen. Sie laufen keine Gefahr.«
Moses nickte, und die halbe Stunde war noch nicht vorbei, als alle seinen Befehlen gehorcht hatten.

Die amoritischen Reiter stürmten auf das Zentrum von Josuas Truppen zu, die vor ihnen zurückwichen, um sie noch tiefer in die Falle zu locken. In wenigen Augenblicken befand sich der größte Teil ihres Korps in dem Engpaß, der immer tiefer wurde, sie waren direkt am Ort des verlassenen Lagers angekommen, und die Hufe der Pferde schleuderten zusammengefaltete Zelte, Kleidersäcke und Säcke mit Vorräten in die Luft ... Nun bemerkten die Amoriter die Falle und fingen an, nach rechts und nach links anzugreifen. Josua stieß dreimal ins Horn. Sogleich antwortete ein gewaltiges Getöse. Riesige Felsbrocken wurden von den Berghängen herabgestürzt, so daß die Pferde in Panik gerieten, ihre Reiter abwarfen und zertrampelten und den Angriff rasch zum Scheitern brachten. Die Truppen der Apiru, die im Hintergrund des Trichters geblieben waren, rückten nun vor und stürzten sich auf die Gegner. Wer noch im Sattel saß, wurde rasch manövrierunfähig gemacht, denn sobald ein Reiter glaubte, einen Apiru mit seiner Lanzenspitze aufspießen zu können, suchte dieser Schutz hinter einem Felsen, so daß die Lanze nur den Stein traf. Die Reiter, die bereits abgeworfen worden waren, konnten nichts mehr ausrichten; im Handumdrehen hatten die Apiru die meisten der noch unverletzten niedergemetzelt und die übrigen getötet.
Dann kamen die Fußsoldaten, die jegliche Geistesgegenwart verloren, als sie sahen, daß ein Feld von Felsbrocken ihnen den Weg versperrte. Sie stürzten sich nach links und rechts auf Josuas Soldaten, doch die beiden von ihm aufgestellten Flügel schlossen sich nun, und die Amoriter waren in der Falle. Sie hatten es nicht mehr nur mit einer Front zu tun, sondern mit vielen auf einmal. Sie gruppierten sich zu einem Block in der Mitte, der unter den Hieben der Apiru allmählich dezimiert wurde.
Doch plötzlich nahmen die Apiru, die doch im Vorteil waren, Reißaus. Die Amoriter, immer noch in Gruppen formiert, sahen verblüfft auf die Rücken der sich entfernenden Feinde.

Begriffen sie, was die drei Hornstöße zu bedeuten hatten? Wenn ja, so waren sie doch zu langsam: Ein Grollen wie bei einem Erdbeben ertönte, kurz bevor eine neue Lawine von Felsbrocken auf sie niederging. Drei- oder vierhundert Ellen entfernt standen die Schleuderschützen der Apiru und ließen einen Steinhagel auf die Amoriter los, die den Felsbrocken entgangen waren.

Es blieb kein einziger Amoriter auf dem Gelände.

Nicht einmal zwei Stunden waren seit Beginn des Angriffs vergangen. Die Luft um die Bergkämme färbte sich golden, und das Purpur der tiefer liegenden Berge umhüllte sich mit einem rötlichen Nebel. Fast vollkommene Stille herrschte über dem Schlachtfeld, nur hier und da unterbrochen vom Röcheln der Sterbenden.

Josua hob den Blick zum Berg und sah dort oben das ganze Volk reglos dastehen. Ein einziges Mal stieß er ins Horn, lange. Siegesschreie stiegen aus den Reihen der Soldaten empor, die von den Menschen oben auf dem Berg aufgenommen wurden. Josua hob den Arm. Auch dort oben hob ein Mann den Arm, und obwohl Josua ihn gegen den blendenden Himmel nicht sehr gut erkennen konnte, wußte er, daß es Moses war.

Dann brach der Ansturm los. Die fünfundzwanzigtausend Apiru kamen wie menschliche Felsbrocken vom Berg heruntergestürzt. Sie warfen sich auf Josua, umarmten ihn, trugen ihn auf den Schultern, drückten Soldaten in ihren Armen und fanden sogar die Kraft, sie um den Leib zu fassen und hochzuheben. Das Schlachtfeld zwischen den Felsbrocken und Leichnamen glich einer riesigen Tanzbühne.

Josua, den man hochgehoben hatte, lachte über der Menschenmenge. Dieser lachende Sieger triumphierte mit seiner wunderbaren Schönheit, der Schönheit eines Mannes, der von der göttlichen Macht unterstützt wurde. Moses fixierte ihn von unten her mit ekstatischem Blick. Josua ließ sich auf den Boden gleiten, und Moses umarmte ihn kraftvoll.

»Jahwe segne dich!« rief er. Es war das erste Mal, daß er in der Öffentlichkeit den Namen Gottes aussprach. Und Moses lachte, ja, er lachte, wie man ihn seit langem nicht mehr hatte lachen sehen. Er strahlte vor Lachen.

3

Erste Eroberung

Man zählte die Verwundeten und die Toten. Josua hatte hundertfünfzehn Männer verloren. Man begrub sie, das dauerte bis Mittag. Dann nahm man den besiegten Feinden ihre Waffen und ihren Schmuck ab.
Jeder suchte zwischen den von den Pferden verstreuten und aufgerissenen Bündeln nach dem seinen, dann warteten alle auf neue Befehle. Auf keinen Fall konnte man hier, zwischen den Leichnamen der Feinde und den Felsbrocken, das Lager aufschlagen.
»Wir gehen nach Heschbon«, erklärte Moses den Sippenoberhäuptern.
Sie machten sich auf den Weg, die Soldaten vorneweg, und waren eine Stunde später dort. Die Stadt war nahezu ausgestorben. Ihre Einwohner waren geflüchtet, erzählte ein alter Mann, der sein Haus nicht hatte verlassen wollen. Josua, der vorausgeritten war, um Sihons Palast zu durchsuchen, fand dort nur verängstigte Soldaten vor. Eine nicht zu Ende gegessene Mahlzeit, halbgefüllte Gläser, auf dem Boden herumliegender Schmuck zeugten von der Hast, mit der sich der Herrscher und seine Leute, nun ohne Armee, aus dem Staub gemacht hatten.
»Und Sihon?« fragte Moses den alten Mann.

»Er ist in die Nachbarstadt geflohen.«
»In welche?«
»Nach Eleal. Ganz in der Nähe.«
Mit seinem knochigen Finger zeigte er die Richtung an.
»Nimm tausend Männer und hole ihn«, sagte Moses zu Josua. »Ergreife ihn und stecke Eleal in Brand. Er könnte Verstärkung bei den Ammonitern, den Moabitern, den Edomitern oder sonstwo suchen. Die Sonne wird nicht über der Niedertracht dieses Mannes und seines Volkes untergehen. Wir lassen uns hier nieder. Diese Stadt gehört nun uns.«
Der Palast, eine weitläufige Flucht von Zimmern um einen großen Saal herum, dessen Decke von vier Säulen gestützt wurde, konnte mehrere Familien aufnehmen. Moses schlug dort mit Zippora und den beiden Kindern sein Quartier auf, die anderen Räume gab er Eleasar und Itamar und ihren Familien, doch das beste Zimmer behielt er Josua vor. Die Leviten, die das Heiligtum und die Bundeslade hüteten, wurden im großen Saal und den angrenzenden Räumen untergebracht. Die anderen Hebräer besetzten die verlassenen Häuser. Währenddessen plünderten die Soldaten und die Kinder, sie nahmen sich Lebensmittel, Gold, Silber und Kupfer, aber weder Wein noch Öl, was Mischaël auf Mose Befehl hatte beschlagnahmen lassen, denn das waren seltene Waren. Die wenigen zurückgelassenen Sklaven, die zuerst befürchtet hatten, man würde sie umbringen, begriffen, daß sie neue Herren hatten, und machten sich mit einem Eifer an ihre Dienste, der Zippora zum Lachen brachte.
»Vor dem Abend müssen wir dem Herrn danken, Eleasar«, erklärte Moses.
Und mit ihm und den anderen Leviten machte er sich daran, auf einem improvisierten Altar, den man auf dem großen Platz von Heschbon errichtete, ein Opfer vorzubereiten, dann ließ er durch die Sippenoberhäupter und dic Richter das Volk zusammenrufen. Man opferte einen Widder, und genau in dem Augenblick, als die Flammen anfingen, das Kleinholz

auf dem Altar zu verzehren, stieg in der Abenddämmerung in der Nähe von Heschbon eine schwarze Rauchwolke auf. Ein anderer Altar war zum Ruhm des Herrn entzündet worden, und jeder begriff, daß es Eleal war.

Nach dem Opfer, dargebracht mit so viel Achtung vor den Regeln, wie die Umstände es erlaubten, lud Moses die Richter zu einem Essen ein, bestehend aus den in der Stadt gefundenen Lebensmitteln, und zum ersten Mal war auch sein älterer Sohn Gerschom mit bei Tisch. Das Mahl fand auf dem Dach des Palastes statt, so daß jeder den Scheiterhaufen von Eleal sehen konnte. Stitho ließ Ziegenfelle auf den Boden legen und schmückte sie mit Kissen. Moses hielt den Platz zu seiner Rechten frei und ließ die Vorbereitungen des Essens so lange hinauszögern, daß Josua und seine Männer Zeit zur Rückkehr hatten. Stitho füllte die Gläser, doch niemand rührte sie an.

Der Abend brach an. Der Wind ließ die Fackeln flackern, als Josua erschien, gefolgt von einem Mann mit gefesselten Händen und zwei Lanzenreitern.

»Ich bringe euch Sihon«, erklärte er mit vor Müdigkeit rauher Stimme.

»Setz dich«, forderte Moses Josua auf und zeigte auf seinen Platz.

Er hob sein Glas und sprach zu den Anwesenden: »Wir trinken auf die Gesundheit des Mannes, den der Herr hat siegen lassen. Und wir trinken auf den Untergang der Feinde des Herrn.« Dann wandte er sich an die Richter: »Ich fordere euch auf, über Sihon, den König der Amoriter, zu richten. Allein das Bewußtsein des göttlichen Willens soll euch dabei leiten. Unser Volk hat ihn um die Erlaubnis gebeten, friedlich zu dem Land zu ziehen, das der Herr uns verheißen hat. Er hat sie verweigert und seine Soldaten geschickt, um uns anzugreifen. Er hatte keinerlei Grund dafür, weder Angst vor den Hetitern noch Angst vor den Ägyptern. Allein persönlicher Ehrgeiz, der so viele Herrscher beseelt, war sein Antrieb.

Hundertfünfzehn tapfere Männer sind gestorben, als sie uns verteidigt haben, und das Blut aller Amoriter reicht meiner Ansicht nach nicht aus, um sie zu rächen. Sprecht euer Urteil. Wie es auch ausfällt, ich werde mich beugen.«

Die Richter blickten erneut auf den Gefangenen. Was kann man vom Gesicht eines Mannes ablesen? Recht wenig. Weder Grausamkeit noch Güte verändern die Farbe, weder Begierde noch Großzügigkeit ändern etwas an der Größe der Nase oder der Form der Stirn, und weder die Furcht vor dem Herrn noch Gottlosigkeit lassen sich in den Augen erkennen; es gibt fromme Menschen, die trübe aussehen, und Mörder mit offenem Blick. Der Mann, der vor ihnen stand, war um die vierzig Jahre alt, gut gebaut, obwohl er ein wenig füllig war, mit dunklem, gepflegtem Haar und Bart und einem nicht unsympathischen Gesicht. Er war König seines Staates, das heißt einer jener Leute, für die das Anhäufen von Reichtum und Macht selbstverständlich ist und für die die Moral in *der* Ordnung der Welt besteht, die für sie am günstigsten ist. Etwa das psychologische Porträt eines Raubtiers. Er hatte Angst vor der großen Zahl der Apiru gehabt und gedacht, diese Emigranten ohne Heim und Herd würden ihm keinen großen Widerstand entgegensetzen. Vielleicht hatte er gehört, daß sie eine Menge Gold und Silber mit sich führten. Ein guter Grund, um sie anzugreifen. Er hatte sich verrechnet und hatte verloren. Man konnte versucht sein, sich ihm gegenüber großzügig zu zeigen und ihn arm und voll Dankbarkeit gehen zu lassen. Aber man riskierte auch, ein Raubtier fliehen zu lassen, das andere Raubtiere um sich scharte und sich bei der nächsten Gelegenheit gefährlicher zeigen würde.

»Hast du einen Gott?« fragte ein Richter.

Die Frage schien ihn zu überraschen, oder er war erstaunt, daß er hier als Gefangener auf dem Dach seines eigenen Palastes stand, denn er brauchte etwas Zeit, bis er antwortete: »Baal ist der Gott meines Volkes.«

»Lehrt dein Gott die Menschen nur Grausamkeit?«

Noch überraschter zog er die Brauen hoch und antwortete: »Nein, er ist der Gott des Wohlstands und des Lebens.«
»Hast du im Namen von Wohlstand und Leben deine Armeen geschickt, damit sie uns ohne Grund angreifen?«
»Ein König muß erobern.«
Pharao! dachte Moses.
»Nun bist du erobert worden«, schaltete sich Josua erstmals ein.
»Willst du sagen, daß ein König alle Fremden umbringen muß, die er trifft?« fragte ein anderer Richter.
»Ein König ist nur der König seines Volkes.«
Die Richter nickten mit düsteren Mienen. Sie berieten sich einen kurzen Augenblick leise, dann wandte sich Guni, ihr Oberhaupt, an Sihon. »Du hättest ein Mensch sein können, ein Geschöpf des Herrn wie alle anderen. Doch deiner eigenen Aussage nach bist du nur ein besiegter König. Wir wenden also dein eigenes Gesetz auf dich an und verurteilen dich zum Tode.«
Die Gerechtigkeit ist das Gesetz, und das Gesetz kommt von den Göttern, hatte Sethos bei seiner ersten Unterredung mit Moses einst gesagt. Warum hatte sich Ramses nicht an das Beispiel seines Vater gehalten? Warum hatte er das Gesetz der Güte verhöhnt?
»Nehmt ihn mit«, befahl Moses den Soldaten.
Sihon wollte zweifellos etwas sagen, doch er überlegte es sich anders. Er verschwand in der Treppenluke. Einen Augenblick lang herrschte Stille auf der Terrasse. Moses blickte nach oben, und der sternenfunkelnde Himmel trieb ihm Tränen in die Augen. »Herr«, murmelte er, »mögen doch alle Menschen Deine Stimme hören!«
Gerschom schien wie versteinert. Bei seinem ersten öffentlichen Essen an der Seite seines Vaters wurde er mit der Gerechtigkeit der Menschen und der Gerechtigkeit der Götter zugleich konfrontiert. Stitho füllte die Gläser, und auch die Richter hoben den Blick zum Himmel. Vielleicht hatten sie

den Himmel noch nie angesehen, jedenfalls nicht auf diese Weise, am Abend eines Sieges, des ersten großen Sieges ihres Volkes: Fast wie Diamantstaub war er. Lange betrachteten sie ihn und vergaßen zu trinken.

Dann brachten die Diener die ersten Gerichte, gebratenes Hammelfleisch mit gemahlenem Koriander, pikant gewürzte Hafersuppe, mit Getreidekörnern und Trauben gefüllte Tauben, Dinkelbrot mit Sesam ...

Sie begannen in dem Augenblick zu essen, als Sihons abgeschlagener Kopf in den Staub seines Palasthofes fiel.

Als am Ende des Mahls frische Trauben serviert wurden, ähnlich wie jene Früchte, die die Kundschafter von ihrer Expedition mitgebracht hatten, drang das Echo von Gesang und Tanz nach oben auf die Terrasse. Josua stand auf und beugte sich über die Mauer.

»Die Soldaten feiern ihren Sieg«, berichtete er, als er sich wieder setzte.

»Es gibt verschiedene Grade der Freude«, bemerkte Moses mit einem halben Lächeln.

Und als er aufstand: »Josua, ich will, daß du lange ausschläfst. Morgen sollst du dann beginnen, unsere Herrschaft über alle Steppen von Moab zu festigen.«

4

Bileams Esel

Wenn man geglaubt hatte, man sei die Edomiter und die Moabiter los, weil man ihre Gebiete umgangen hatte, so war das ein Irrtum. Aber ein guter Monat verstrich, bevor Moses und Josua sich dessen bewußt wurden.

Nachdem die Armee der Amoriter vernichtet war, eilten Josua und seine Männer von befestigtem Ort zu befestigtem Ort; sie besetzten sie, zündeten sie an und plünderten, ohne auf Widerstand zu stoßen. Abgesehen von ein paar Raufereien mit starrköpfigen Jugendlichen, die hartnäckig ihre Schwestern oder ihre Esel verteidigen wollten, war die Inbesitznahme des Gebietes durch die Apiru ein Ausflug aufs Land. Und weit gewinnbringender. Am Ostufer des Jordan grünten die Felder, die Weinstöcke bogen sich unter den Trauben und die Obstbäume unter ihren Früchten. Auch Wasser war reichlich vorhanden, da man sich ja am Ufer eines Flusses befand. Es gab zahllose Brunnen, und am schwierigsten war es, die Apiru, die seit Unterägypten zum ersten Mal wieder saftige und üppige Vegetation sahen, davon zu überzeugen, kaltes Blut zu bewahren. Sie mußten auf so blühende Gebiete verzichten; Moses befahl ihnen, weiterhin als Gruppe zusammenzubleiben.

»Wir sind noch nicht in Kanaan angekommen«, ermahnte er

sie ernst. »Eines Tages werden wir uns wieder auf den Weg machen und den Fluß überqueren. Lauft nicht auseinander; die Amoriter sind keine Freunde, unsere Feinde sind nicht verschwunden, und ihr seid eine leichte Beute für sie, wenn ihr euch zu weit von unseren Soldaten entfernt.«

Die Sippenoberhäupter, die verstanden hatten, wie richtig diese Anweisung war, wurden damit betraut, darüber zu wachen, daß am Abend alle wieder an einen Ort zurückkehrten, der von Josua und Mischaël festgelegt wurde.

Natürlich hatten nicht alle Amoriter ihr Land nach dem Beispiel der Einwohner Heschbons verlassen, aber viele, vor allem Sippenoberhäupter und andere kleine Herren, hatten sich beim Herannahen der Apiru-Soldaten aus dem Staub gemacht und die Grenze nach Moab überschritten, um sich zu ihren Nachbarn zu flüchten. Die ersten waren dort nach der Einnahme Heschbons und der Niederbrennung Eleals angekommen und hatten entsetzliche Berichte mitgebracht. Jene, die folgten, dichteten immer neue Schilderungen des Grauens hinzu und alarmierten so Balak, den König Moabs, der die kleinen Fürsten seines Landes vereinte. Vor allem die Berichte von der Vernichtung der amoritischen Armee versetzten die Moabiter in Schrecken. Felsbrocken groß wie Pferde! Ja, ja, beharrten die Amoriter, die das Schlachtfeld überquert hatten. Hatten die Apiru also Riesen in ihren Diensten, die Felsen über die Menschen regnen ließen?

Nachdem die Bestürzung der ersten Tage überwunden war, begannen die Moabiter sich Sorgen über ihr eigenes Los zu machen, da die Grenzen zwischen ihnen und den Amoritern nie genau festgelegt und nur durch Gewohnheitsrecht errichtet worden waren. Da die Apiru nun das Land der Amoriter besetzten, würde es nicht lange dauern, bis sie über sie herfallen würden. Von Metphaat bis Bet-Baal-Meon, von Atarot bis Iyye-Ha-Abarim sprach man nur noch von der Armee der Apiru und den Riesen, die sie in ihren Diensten hatten.

Zwar hatten die Moabiter noch ihre intakte Armee, aber man

wollte nicht auf den Schwanz des Löwen schießen, wenn man nicht sicher war, ihn zu töten. Balak beglückwünschte sich daher zu dem Bündnisabkommen, das er vor ein paar Monaten mit dem Midianiter Reba und den Fürsten von Edom geschlossen hatte. Er schickte ihnen Boten, um sie zu alarmieren, und ein paar Tage später kamen all diese Potentaten, begleitet von früheren Vasallen Sihons, in Rabbat-Moab zusammen, um ihre Feldzugspläne festzulegen. Sie verschlangen große Mengen an Hammelfleisch und Geflügel und gossen viel syrischen Wein hinunter, erklärten, sie seien zusammen etwa zwanzigtausend Mann stark, und schworen, die Apiru von Erdboden zu tilgen.

Es waren die üblichen Sprüche aller Säbelraßler. Doch in seinem Inneren war Balak von Sorge zerfressen. Die Apiru wurden von einem Propheten geführt, und jeder wußte, daß Propheten mit den Mächten des Himmels verbündet waren. Der Beweis war das Eingreifen der Riesen, die die Amoriter zerschmettert hatten. Nur ein Prophet konnte einen anderen Propheten bezwingen, und Balak kannte nur einen, der dieses Namens würdig war, Bileam. Geboren in Petor, nördlich des Salzmeers, war Bileam berühmt dafür, daß er auf dem Gipfel des Berges Pisga mit den himmlischen Mächten sprach. In einem Jahr der Dürre hatte Bileam, Priester des Baal von Peor, Prophet, Seher und Magier, auf das verzweifelte Flehen von Menschen aus der Gegend hin Wolkenbrüche herabregnen lassen. Zudem weissagte er die Zukunft und konnte zumindest den Ausgang eines Krieges vorhersehen. Balak sandte Boten aus, die Bileam holen sollten; man antwortete ihnen, die benachbarten Amaviter, die an den Ufern des Euphrat[1] lebten, hätten Bileams Dienste benötigt, und er sei nun dort, um eine Epidemie zu bannen. Die Boten ritten in gestrecktem Galopp nach Petor, fanden dort den Seher, klimperten mit einem Sack voller Gold und nahmen ihn fast gewaltsam mit nach Peor.

Bileam war ein kleiner blasser Mann, hoffnungslos ver-

sonnen und beseelt von einer einfachen Überzeugung: Die Menschen waren vergleichbar mit zugestöpselten Flaschen. Wenn es gelang, sie zu öffnen, konnte der göttliche Geist frei eindringen, und die Flaschen wurden kostbar. Doch die menschliche Natur war in ihrer Halsstarrigkeit davon überzeugt, sie sei einzigartig und das Individuum sei das kostbarste Gut der Welt; je einzigartiger die Besitzer der Flaschen zu sein glaubten, desto hermetischer waren sie verschlossen.
Unter Anleitung eines babylonischen Priesters hatte Bileam in seiner Jugend gelernt, sich zu öffnen – mit Hilfe zweier Mittel, die den Priestern Asiens, die sie seit Anbeginn der Zeiten verfeinert hatten, vorbehalten waren. Das erste war die Meditation, das zweite ein Getränk, dessen Geheimnis ihm unter Eid anvertraut worden war. Bileam bereitete es an Vollmondabenden zu, indem er grüne Knollenblätterpilze, Bilsenkraut und Stechapfelkraut, alles fein zermahlen, in einen Krug mit Wein gab. Nach fünf Tagen Gärung verwandelte der Wein sich in ein Gebräu, das geeignet war, das schwerfälligste Hirn von seinen jämmerlichen Marotten zu befreien, von dem Instinkt, sich zu bereichern, von Begierde, Rache und anderen Leidenschaften, denen es immer nur gelang, die Flaschen mit fauligem Schmutz zu füllen. Dann war das Wesen offen für den Geist Baals, des Schöpfers und Herrn des ganzen Universums. Das tiefste Wissen drang ins Herz ein wie der Morgentau in die Blüte. Und wenn die Trunkenheit sich verflüchtigte, fand man sich wieder wie ein Kind, das entzückt war, auf der Welt zu sein. Man sah! Endlich waren einem die Augen geöffnet!
Als Balaks Boten mit ihrem Gold vor Bileam klimperten – Bileam, der von Oliven und Käse mit einem Fingerhut Wein und Honigkuchen lebte, Bileam, den Gold völlig gleichgültig ließ –, erwiderte er nur mit einem sanften Lächeln. Er begriff, daß es sich um eine große Sache handeln mußte, wenn man ihn von so weit her holte. So groß, daß sie weit über die lächerlichen Gestalten Balaks und seiner Gefolgsmänner hin-

ausragen mußte. Die Boten flüsterten ihm unterwegs ein paar Worte zu, den Rest erriet er.
Peor war von Heschbon nur einen kurzen Eselsritt entfernt. Bileam stieg daher auf sein Reittier und machte sich auf, um Moses in seiner neuen Wohnstätte zu besuchen. Dieser hatte schon von seinem Besucher gehört und empfing ihn freundlich, eher aus Neugier als aus Überzeugung.
»Großer Moses, Diener des Herrn, ich lege dir meine Ergebenheit zu Füßen.«
Das wurde ohne Servilität gesagt und war vielleicht sogar ehrlich gemeint. Und das Kompliment wurde von einem Schlauch Wein begleitet. Moses horchte auf. Er lud Bileam ein, sich zu setzen.
»Der Himmel scheint wolkenschwer, mein Bruder«, sagte Bileam. »Zumindest in den Augen gewöhnlicher Sterblicher.«
»Wie soll ich das verstehen, Bileam? Willst du sagen, daß jene, die dich schicken, sich darauf vorbereiten, Krieg zu führen?«
»Moses, es gibt Leute, die mich benutzen wollen, aber mich schickt niemand, es sei denn der Herr, in unserer Sprache Baal.«
Stitho servierte dem Besucher und seinem Herrn Wein.
»Baal«, wiederholte Moses, darauf achtend, einen Besucher, der keine üblen Absichten zu haben schien, nicht von Anfang an zu beleidigen.
»Die Gottheit hat mehrere Namen«, fuhr Bileam fort, »aber soweit wir wissen, ist es nur eine. Den Namen deines Gottes kenne ich nicht, aber über seine Wesensgleichheit kann ich mich nicht täuschen.«
Moses bemerkte den fragenden Blick Bileams und erinnerte sich an die Worte des alten Priesters Nesaton. Es waren fast dieselben gewesen: »Es gibt nur einen Gott. Früher oder später wird man das erkennen.« Weshalb war Bileam nun gekommen? Um den einzuschätzen, den man ihm als Feind

nannte. Moses verbiß sich ein Lachen und richtete seinen Löwenblick auf Bileam. Doch Bileam war ein listiges Geschöpf und begann zu lachen, anscheinend ohne Grund. Stitho war fasziniert, er konnte kaum seinen Blick von ihm lösen.
»Über den Wolken, Moses, ist der Himmel immer klar.«
»Es ist der Himmel der Gottheit.«
»Dort wohnen wir.«
»Nein, Bileam, der Himmel muß in uns wohnen!«
Bileam strich mit den Fingern über das Glas, ein Lächeln hellte sein Gesicht auf.
»Das ist richtig. Und ich sehe, daß der göttliche Atem dich beseelt. Ich brauchte dich nur zu sehen, Moses, um das zu begreifen. Aber ich mußte dich sehen.«
Ein rätselhafter Satz. Moses wartete.
»Man wollte uns zu Gegnern machen. Nur jene, in denen der Geist des Herrn nicht wohnt, konnten einen so dummen Plan fassen.« Er trank einen Schluck Wein. »Du versuchst, den Windhauch des Herrn in die Gehirne der Menschen eindringen zu lassen. Sie sind mit Wachs verstopft.«
Nun war es an Moses zu lachen, eine Art kurzer Schluckauf.
»Wer will uns angreifen, Bileam?«
»Balak und alle anderen, Edomiter, Midianiter, die versprengten Reste der Amoriter. Anscheinend habt ihr Riesen in euren Diensten.«
Moses schien erstaunt.
»Zehn Ellen große Riesen, die Felsbrocken auf die amoritischen Soldaten warfen.«
Moses brach in Gelächter aus, und auch Bileam lachte. Sogar Stitho stimmte ein.
»Sie werden euch angreifen. Sie werden verlieren. Jämmerliche kleine Zuckungen der Herrschernatur. Das hat nichts mit dem göttlichen Atem zu tun. Aber ich habe deine Gastfreundschaft schon zu lange ausgenützt.«
Er erhob sich, und Moses tat es ihm nach. Die beiden Männer standen einander gegenüber. Das Wesentliche war jenseits al-

ler Worte gesagt worden, wie immer. Dann streckte Moses die Arme zu Bileam aus.
»Der Blick der Götter hat sich auf dich gerichtet«, sagte Bileam und umarmte Moses.
Moses empfand es wie einen Schwindel. Nesaton, Bileam und Jitro, alle hatten es gesagt. Der Blick der Götter hat sich auf dich gerichtet.
»Wir sind Brüder. Über die Menschen und die Zeit hinaus.«
Ein letzter Blick, und der Seher Bileam wandte sich zur Tür, als schwebe er über der Erde. Im nächsten Augenblick war er verschwunden. Moses sah durch das Fenster, wie sein Besucher auf seinen Esel stieg und durch das Tor des Palastes ritt.
»Ein bewundernswerter Mann«, meinte Stitho. »Er sollte mit uns sein.«
»Er ist mit uns.«[2]
Moses hatte richtig verstanden. Josuas Spione teilten ihm mit, nach seiner Rückkehr nach Peor habe Bileam Balak lange warten lassen, bevor er seinem Ruf folgte, und als Entschuldigung habe er gesagt – unheilvolles Vorzeichen! –, sein Esel habe nicht mehr weitergehen wollen, weil ein himmlischer Bote ihn vom Weg abgebracht habe, und der Esel habe mit richtigen Worten geredet.[3] Man wußte nicht, ob Balak dieses Märchen geschluckt hatte, doch jedenfalls hatte er Bileam auf den Gipfel des Berges Pisga mitgenommen, um ihm das Lager der Apiru zu zeigen und ihn das Ausmaß der Katastrophe ermessen zu lassen. Die fruchtbaren Steppen von Moab bevölkert von Fremden; die Ruinen von Eleal, und überall Dörfer, die von den Vagabunden der Apiru besetzt waren.
»Verfluche sie, Bileam, im Namen unseres Gottes! Und der Sieg wird unser sein!«
Es hieß auch, daß Bileam, um die himmlischen Mächte zu befragen, von Balak sieben Altäre errichten ließ, auf denen Opfer dargebracht wurden. Balak hatte in der Tat sieben Stiere und sieben Widder geopfert, doch damit nur erreicht,

daß ihm der Seher die Macht Israels besang. Als man Moses und Josua davon berichtete, lachten sie gemeinsam. Daraufhin hatte Balak Bileam bedroht und aufgefordert, seine Feinde zu verfluchen. Doch Bileam hatte sich nicht von seiner Meinung abbringen lassen: Wenn man einen Kampf begann, würden die Apiru siegen. Von Enttäuschung übermannt, war Balak in sein Haus zurückgekehrt.
Die Prophezeiungen Bileams kühlten Balaks Kriegsgelüste merklich ab. Wochen verstrichen, und die Spione, die Josua im ganzen Land bis mitten hinein nach Moab verteilt hatte, berichteten von keinerlei Kriegsvorbereitungen. Moses befahl daher, im Palasthof das Heiligtum zu errichten und die Bundeslade darin aufzustellen. Dann übergab er den ganzen Palast den Leviten und ließ sich in der Befestigungsmauer Heschbons ein Haus einbauen.
Josua war die meiste Zeit fort; er bereitete das Überqueren des Flusses vor. Eines Tages folgte Moses ihm. An den Ufern des Jordans blieben die beiden Männer stehen.
»Jenseits des Flusses beginnt alles«, sagte Moses.
Das andere Ufer unterschied sich kaum von dem, an dem sie standen. Ebenso grün, überragt von denselben Piniengruppen, in der Ferne dieselben weißen Dächer. Und dennoch würde alles dort drüben beginnen.

5

Die verlorenen Brüder

Drei Wochen waren vergangen, seit sie sich in Heschbon niedergelassen hatten. Josua, begleitet von drei Unbekannten, die schmutzbespritzt waren wie Maultiere an einem Regentag, kam zu Moses ins Haus.

»Sie kommen aus Bethlehem«, erklärte er. »Sie sind aus dem Stamm Sebulon.«[1]

Sie starrten Moses aus weit aufgerissenen Augen an wie eine Erscheinung.

»Du bist Moses?« brachte endlich der älteste von ihnen heraus, der ihr Anführer zu sein schien.

Moses streckte ihm die Hände entgegen, und der andere beugte sich hastig darüber, um sie zu küssen. Dann sah er auf: »Ich glaubte ... Ich glaubte, du seist eine Legende!«

Moses begann zu lachen.

»Ich heiße Eber. Und meine Gefährten Elon und Semuel.«

»Meine Gesandten«, erklärte Josua, »haben ihr Volk gefunden und ihm von dir erzählt. Diese Männer und ihre Brüder glaubten nicht, daß du existierst. Daher haben sie darum gebeten, den Jordan überqueren zu dürfen, um dich zu sehen.«

Auf Schaffellen setzten sie sich in einen Kreis. Stitho brachte Wein und Gläser. Die drei Sebuloniter konnten den Blick nicht von Moses abwenden.

»Moses, du bist es, der den Herrn gesehen hat?«
Er nickte.
»Wie ist der Herr?«
»Er ist das Licht.«
Eine Art bewunderndes Ächzen entrang sich ihrer Brust, und sie schwiegen lange, einmal die Köpfe gesenkt, einmal Moses betrachtend.
»Man hat uns gesagt, er habe dir Seine Gebote gegeben, von Seiner Hand in Stein graviert.«
Moses nickte. Die Wahrheit des Herzens ging vor.
»Moses, auf Abrahams Grab muß das Gras erzittern! Die Bäume müssen singen!« rief Eber schließlich.
»Du wirst uns Kanaan zurückgeben? Ist es wahr, daß du uns Kanaan geben wirst?« fragte Semuel.
»Ich werde euch Kanaan weder geben noch zurückgeben. Der Herr wird es euch geben. Der Herr hat Josuas Arm bewaffnet, und Er wird Sein Versprechen einlösen. Wir werden beim Herrn nur Fremde und Halbbürger sein.«[2]
Er trank, und sie beeilten sich, seinem Beispiel zu folgen.
»Gepriesen sei der Herr! Gepriesen sei der Herr!« wiederholten sie mit Tränen in den Augen.
»Gepriesen sei der Herr bis ans Ende der Zeiten«, erwiderte Moses. »Wie viele seid ihr in eurem Land?«
»Wir, die Sebuloniten – ich weiß nicht. Zweitausend? Dreitausend? Mehr wohl kaum. Wir sind verstreut auf den Hügeln, unter dem Joch der Kanaaniter, die selbst wiederum unter dem Joch der Hetiter stehen. Es gibt Brüder, die wir seit zehn Jahren nicht mehr gesehen haben.«
»Sie sind ein bißchen weniger als dreitausend«, erklärte Josua. »Meine Emissäre konnten eine ungefähre Schätzung vornehmen.«
»Josua hat uns gesagt, daß ihr den Jordan überschreiten und uns dann brauchen werdet.«
»Seid ihr bewaffnet?« fragte Moses.
»Bewaffnet?«

Allein der Gedanke schien sie aus der Fassung zu bringen.
»Wir werden kämpfen müssen«, sagte Moses.
Sie nickten, doch Josua hatte sie anscheinend nicht über all seine Pläne informiert.
»Gegen die Kanaaniter? Die Hetiter?«
»Gegen unsere Feinde, die die Feinde des Herrn sind.«
Sie hoben die Arme gen Himmel.
»Sie haben ungefähr achthundert waffenfähige Männer. Ich werde ihnen unsere alten Spieße geben«, warf Josua ein. »Und ihnen einen Ausbilder schicken.«
Offenkundig handelte es sich um Hirten und Händler, die seit Abrahams Zeiten unter dem Joch der Kanaaniter und Hetiter lebten. Moses behielt sie zum Essen da, ließ ihnen Strohschütten bereiten, und am nächsten Morgen, bevor sie den Jordan wieder in der anderen Richtung überquerten, vertraute er sie Eleasar an, der ihnen das Heiligtum zeigte und ihnen eine neue Abschrift der Zehn Gebote auf Papyrus aushändigte. Als sie kamen, um sich zu verabschieden. segnete er sie, und sie hörten nicht auf, ihm die Hände zu küssen.
Ein paar Tage später kam Josua in Begleitung von drei anderen Unbekannten wieder. Sie waren aus dem Stamm Ascher. Ihre Lage war kaum anders als die der Sebuloniter, außer daß sie, da sie weiter im Norden lebten, noch mehr Angst vor den Hetitern hatten. Diese Leute, sagten sie, waren Wilde, die ihren Gefangenen die Hände abschnitten und die Augen ausstachen. Sie waren siebentausend und hatten etwas weniger als zweitausend waffenfähige Männer. Josua würde auch ihnen Spieße geben und ihnen beibringen, wie man sie herstellte.
Diese Begegnungen wiederholten sich mit Angehörigen der Stämme Manasse, Dan, Issachar und Naftali. Insgesamt sechs Stämme. Gab es noch andere? Bestimmt, doch sie waren in der Gegend verstreut.
»Glaubst du, daß diese verlorenen Brüder taugliche Rekruten werden?« fragte Moses Josua.
»Rekruten sicherlich. Ob sehr tauglich, werden wir sehen.

Das Wichtigste ist, daß sie alle zusammen etwa dreißigtausend Personen sind, die uns eine wertvolle Verstärkung sein werden, wenn sie sich erheben und die feindlichen Städte anzünden. Ihre Verstreutheit, die ich zuerst als Schwäche angesehen habe, ist ein Trumpf. Sie sind überall.«

Moses nickte.

»Aber sie kennen die Gebote nicht«, bemerkte er. »In wessen Namen werden sie uns folgen?«

»Sie werden sie kennenlernen, Moses, sie werden sie kennenlernen. Die ganze Welt wird die Gebote kennenlernen. Im Augenblick kann ich mich bei ihnen nur darauf berufen, daß wir Brüder sind.«

Brüder, dachte Moses. *Aber die einzig wahre Bruderschaft liegt im Geiste des Herrn. Und die einzig dauerhafte Bruderschaft.*

6

»Was wären wir ohne ihn?«

»Schenkel zusammen! Zügel hoch!«
Der junge Soldat preßte die Schenkel so fest um die Flanken seines Pferdes, daß er plötzlich wie erstarrt aussah, ebenso wie sein Reittier. Er riß sein Pferd herum und kam im Galopp zurück, die Lanze in der Hand, und spießte mit ihr ein Stück Tuch auf, das auf einem Hackstock lag, dann stürmte er herbei, als hätte er das Hemd einer Jungfrau erobert, und schwenkte das Tuch wie eine Fahne. Im selben Tempo ritt er zurück und warf das Tuch an derselben Stelle wieder herunter. Der folgende Reiter nahm die Jagd mit unbändigem Schwung auf, wäre beinahe aus dem Sattel gestürzt, richtete sich aber mit einer raschen Hüftbewegung wieder auf, wobei er allerdings seinen Spieß verlor. Ein Stalljunge hob ihn auf und reichte ihn dem Reiter wieder.
»Noch einmal!« rief Mischaël, der nicht weit entfernt stand. Ein Ausbilder mit seltsam geflochtenem Bart lief dem Reiter nach und befahl ihm, den Oberkörper aufzurichten. Moses stand neben Mischaël, erstaunt und fasziniert, und sah den Übungen zu.
»Ich war selbst kein schlechter Reiter, aber diese hier sind großartig«, sagte er.
»Dank des Lehrers, den Josua aus Syrien hat kommen lassen.

Die Pferde sind viel besser gepflegt«, erklärte Mischaël halblaut.
Zwei Jahre waren vergangen, seit sie sich in den Steppen von Moab niedergelassen hatten. Nachdem die Herrschaft der Apiru über diese Gebiete nach ein paar Monaten unbestritten war, teilte Moses sie unter den Stämmen Gad, Ruben und Manasse auf. Und die Männer waren nicht faul: Die Gaditer hatten drei befestigte Städte erbaut und planten fünf weitere, auch die Rubeniter hatten zwei erbaut und legten gerade die Fundamente für weitere vier. Die Männer des Stammes Manasse dehnten ihre Gebiete in alle vier Himmelsrichtungen aus, erweiterten die eroberten Städte, errichteten und verstärkten Schutzmauern und gaben ihnen als Krönung des Ganzen gerne ihre eigenen Namen. So hatte Nobach, einer von Josuas Hauptmännern, im stillen den Namen der Stadt Kenat in Nobach umgeändert, was Moses zum Lachen brachte.[1]
Josua sicherte die Stellungen. Diese Ebenen waren nicht Kanaan, aber nichts sprach dagegen, sie zu behalten. Und er rüstete die Armee aus: Er hatte Waffen schmieden lassen, vor allem Bronzespitzen für neue Spieße, und er hatte Emissäre nach Syrien geschickt, die Bogen kauften und einen Reitlehrer und einen Ausbilder anwarben. Außerdem hatte er Pferde aus Syrien kommen lassen, schnelle, ausdauernde und genügsame Tiere; fünfhundert für ebenso viele Reiter, die Josua Mischaëls Ausbildung anvertraute, der diese Tiere vielleicht mehr liebte als Menschen.[2] Heschbon war im Besitz von Pferdeställen, auf die selbst Ramses II. neidisch gewesen wäre. Die Armee, um zweitausend Mann vergrößert, hatte nun ein Korps von tausend Bogenschützen, die jeden Morgen von zwei weiteren Syrern ausgebildet wurden.
Nachdem Moses die Reiter bewundert hatte, kehrte er langsamen Schrittes zu sich nach Hause zurück, hin und wieder auf Stithos Arm gestützt. Mehr und mehr suchte er die Gesellschaft seiner Gattin. Und Zippora verdoppelte, seit sie

sich in Heschbon niedergelassen hatten, ihre Aufmerksamkeit für Moses, sorgte hingebungsvoll für die Kleinigkeiten, die ihr Mann so gerne mochte: ein wenig vergorener und würziger Weißkäse auf weichem, flachem Sesambrot; Feuer aus Zedernholz, dessen Duft er so liebte; Weintrauben, die man in einem Brunnen kühlte.

»Komm, meine Lampe«, sagte er lächelnd.

»Was ist eine Lampe im Vergleich zum Feuer?« antwortete sie scherzhaft. »Ich habe dir nicht genügt, du hast ein ganzes Volk entzündet!«

Er lächelte und rief Gerschom und Eliëser, die sich zu seinen Füßen setzten. Er strich ihnen mit nachdenklichem Blick über den Kopf. »Laßt euch vom Feuer des Herrn entzünden«, sagte er zu ihnen.

»Du bist ein wenig blaß«, gestand ihm Zippora eines Morgens.

War es wirklich die Haut? Moses hatte das Gefühl, daß die Blässe von innen her kam. Mit der Zeit wird der Körper wie porös, die Außenwelt scheint durch ihn hindurchzugehen, und umgekehrt ist auch das Leben in ihm nicht mehr hermetisch versiegelt. Man begreift langsam, daß man nicht mehr ewig seine Umgebung beherrschen wird, und man beginnt sich zu fragen, wann man eine Geste zum letzten Mal ausführt, wann man zum letzten Mal beobachtet, wie die Nachtnebel sich am Fuß des Berges auflösen, oder nachts den weiblichen Ruf der Eule hört. Die Sinne stumpfen ab, die Leidenschaften verblassen. Mose berühmte Zornausbrüche wurden seltener und weniger heftig. Den Jahren nach war er nicht alt – dreiundvierzig –, aber er hatte drei Leben gelebt. Sein Atem wurde plötzlich kurz. Auch das Herz wurde schwach. Er entfernte sich selten von seinem Haus, meistens nur, um ans Ufer des Jordans zu gehen. Dort betrachtete er das andere Ufer, so wie er einst in Auaris das Meer betrachtet hatte. Es war nur Wasser, aber er hatte nicht mehr die Kraft, daß er sein Volk dieses Wasser überqueren ließ.

»Wann wirst du bereit sein?« fragte er Josua manchmal.
»Bisher haben wir wie Vagabunden gekämpft, mit behelfsmäßigen Mitteln«, antwortete der junge Mann. »Meine Spione berichten mir, daß die Kanaaniter und die Hetiter auf der anderen Seite richtige Armeen haben. Die Hetiter haben auch Streitwagen. Sag mir, ist es nicht richtig, wenn wir das Vertrauen des Herrn verdienen und unsere Armee so vorbereiten, daß sie jene besiegt, die uns aus dem Land vertreiben wollen, das er uns verheißen hat?«
Moses nickte.
»Und die Unsrigen, die im Land geblieben waren?« fragte er eines Tages.
»Seit zwei Jahren schicke ich, wie du weißt, Boten aus, die ihre Zahl feststellen und das Land, das sie bewohnen, und ihre Gemütsverfassung beurteilen sollen. Ausbilder sind damit betraut, sie zu bewaffnen, damit sie sich uns an dem Tag, an dem wir den Jordan überschreiten, anschließen und uns unterstützen. Sie können jetzt mit Schleudern und mit Spießen umgehen. Wir schicken sie heimlich in Zehnerbündeln hin, und sie sind nun ihr kostbarster Besitz.«
»Und die Gebote?«
Josua richtete seinen stets klaren Blick auf Moses.
»Ich habe ihnen Leviten geschickt, die sie die Gebote lehren, ebenso wie unsere Geschichte, seit wir Ägypten verlassen haben. Deine Geschichte, Moses«, fügte er mit einem kaum wahrnehmbaren Lächeln hinzu.
Moses legte Josua die Hand auf den Arm.
»Die Geschichte des göttlichen Willens ist die Geschichte der menschlichen Schwäche«, sagte er.
Alle beobachteten leise, aber sichere Anzeichen für das Schwinden seiner Kräfte; sie taten so, als sähen sie nichts. So verheimlichten sie ihm, daß das Zusammenleben mit Fremden wieder einmal zweifelhafte Früchte zeitigte. Moabitische Frauen brachten Kinder Israels zur Welt, und Israels Frauen Kinder der Moabiter. Das war nicht in Ordnung.

Aber das Volk teilt nicht insgesamt und nicht immer die Feindschaft seiner Herrscher. Ein hübsches Mädchen erhitzt einen jungen Mann und hebt in ihm das Gefühl für abstrakte Treuepflichten auf. Der Fortpflanzungstrieb ist auch Eroberungslust, und das Verführen einer angeblichen Feindin ist noch erregender als das Verführen eines Mädchens, das von vornherein erobert ist. Und der Anblick eines kräftigen jungen Mannes erweckt bei einem jungen Mädchen, das ohnehin mit solchen Treuepflichten nichts zu tun hat, den Wunsch zu beweisen, daß sie begehrenswerter ist als eine andere. Die Feste der Moabiter erregten die einen wie die anderen, und die jungen Apiru, die hingingen, um »es sich anzusehen«, opferten schließlich ebenso wie die anderen den Fruchtbarkeitsriten, zuerst öffentlich und dann privat. Mehr als ein Fuchs ergriff so die Flucht, wenn ein Paar sich im Gras vergnügte, und mehr als eine Eule hörte erstaunt Schreie, die den ihren auf seltsame Weise ähnlich waren.
Doch das gehörte nun in das Ressort Eleasars und der Richter, und wenn nichts half, in das Josuas. Es hätte Moses zu sehr bedrückt, wenn man ihm von diesen Verfehlungen berichtet hätte, davon, daß manche Jungen es sich angewöhnt hatten, sich die Augen zu schminken, oder daß am Hals vieler Mädchen Amulette der Fruchtbarkeitsgöttin Ischtar hingen.
Eines Morgens unternahm Moses, gestützt von Stitho, den Aufstieg zum Berg Pisga. Er achtete nicht auf die sieben verlassenen Altäre, die Balak hatte errichten lassen und an denen Bileam sich geweigert hatte, die Hebräer zu verfluchen. Er betrachtete die Ebenen und Hügel jenseits des Jordans, die sich bis zum Meer erstreckten. Endlich ein Land! Das Land, das der Herr ihnen zugesprochen hatte und das Jahrhunderten des Umherirrens ein Ende bereiten würde. Moses weinte. Der Herr, der ihm den Nil gegeben hatte, verweigerte ihm den Jordan.
Nachdem er wieder herabgestiegen war, ließ er Eleasar kom-

men und befahl ihm, die gesamte Geistlichkeit im Heiligtum zu versammeln. Dann ließ er den beunruhigten Josua rufen. Draußen stand eine riesige Menge und spitzte die Ohren, um zu hören, was Moses sagte.
Sie hörte nichts, denn seine Stimme war zu schwach. Die Leviten drängten sich um ihn, um nicht ein einziges seiner Worte zu versäumen.
»Mein Leben wird bald zu Ende sein«, kündigte er an. »Ihr braucht ein Oberhaupt. Seht hier denjenigen, bei dem ich während all unserer Mühsale gesehen habe, daß er immer zuverlässig vom Geist des Herrn beseelt war.«
Er zeigte mit der Hand auf Josua, der einen Schritt vortrat. Moses legte ihm die Hand auf die Schulter.
»Der Herr hat seinen Arm bewaffnet, er wird euch verteidigen. Er hat auch seinen Geist gewappnet, er wird eure Herzen stärken.«
Er befahl ein Opfer zur Feier der Ernennung Josuas, an dem er unter Mühe stehend teilnahm, dann kehrte er zurück, um sich niederzulegen.
Am nächsten Morgen schien es ihm besserzugehen. Josua, Eleasar und die anderen – Leviten, Richter und die Sippenoberhäupter, die noch lebten – warteten vor seinem Haus darauf, daß er wie gewöhnlich zu seiner morgendlichen Waschung herauskam. Endlich erschien er, ein wenig später als sonst, und als er sie so versammelt sah, lächelte er: »Der Herr hat mir einen Aufschub gewährt.«
Sie hofften, daß dieser Aufschub lange dauern würde, aber drei Tage später, als er vor dem Haus in der Sonne saß und Stitho kam, um ihm zu sagen, das Mittagessen sei bereit, gab Moses keine Antwort. Stitho berührte ihn und unterdrückte einen Aufschrei. Er stürzte ins Haus, um Zippora zu rufen. Sie eilte herbei. Moses hatte die Augen offen. Er war gestorben, während er den Himmel betrachtete.
Josua ließ Balaks sieben Altäre zerstören und das Grab Mose auf dem Gipfel des Berges Pisga ausheben.[3] Dann setzte er

eine Trauerzeit von vierzig Tagen fest, doch man beweinte ihn weit länger, bis schließlich die Überquerung des Jordans das Volk an seine irdischen Ziele erinnerte und es endlich die Ebenen und Hügel Kanaans besetzt hatte.
Einer der Alten, von jenen, die ihm seit Ägypten gefolgt waren, weigerte sich mehrere Tage lang, das Grab zu verlassen, selbst als Josua mit der Belagerung Jerichos begann.
»Was wären wir ohne ihn?« sagte er zu jenen, die kamen, um ihn zu holen.

Anmerkungen

Vorwort zur Bibliographie und zu den Anmerkungen

Die Seiten, die Sie gerade gelesen haben, stützen sich auf die Berichte des Pentateuchs (griechisch »fünf Rollen«), bestehend aus den Büchern *Genesis*, *Exodus*, *Levitikus*, *Numeri* und *Deuteronomium*, die von der Erschaffung der Welt bis zum Tod Mose reichen. Diese fünf Bücher des Alten Testaments sind auch unter den Namen »Die fünf Bücher Mose« oder »Thora« bekannt. Der Leser mag sich darüber wundern, daß einige meiner Rekonstruktionen in Wort und Geist von ihnen abweichen. Hier seien die allgemeinen Gründe dafür genannt, die Details sind später in den Anmerkungen dargelegt.

Die Bücher des Penateuchs haben seit Jahrhunderten eine exegetische und kritische Literatur angeregt, deren Bände mit Leichtigkeit ein Gebäude von stattlicher Größe füllen würden. Die jüdische Tradition erklärte – und erklärt noch –, daß sie von Mose eigener Hand geschrieben und so über die Jahrhunderte hinweg auf uns gekommen seien; das würde ihnen eine unbestreitbare Wahrheit verleihen, auch wenn dieser Punkt den Zorn christlicher wie jüdischer Autoren erregt.

Im Lauf der Jahrhunderte traten jedoch einige Vorbehalte zutage. So stellte etwa Isaac ben Yashush, Arzt am muslimischen Hof Spaniens im 15. Jahrhundert, fest, daß die Liste der Könige von Edom in *Genesis* 36 nicht von Moses erstellt sein konnte, da mehrere dieser Könige erst nach seinem Tod regiert hatten; ben Yashush brachte das den Spitznamen »Isaac der Dummkopf« ein, und man spottete, er solle bei Skalpell und Theriakwurzel bleiben. Tostatus, Bischof von Avila, deckte, ebenso im 15. Jahrhundert, auf, daß manche Passagen, vor allem jene, die von Mose Tod berichten, offenkundig nicht von ihm geschrieben sein konnten. Spinoza meinte später, der Satz aus *Deuteronomium* 34 – »Niemals wieder ist in Israel ein Prophet wie Moses aufgetreten« – sei suspekt, da Moses der erste Prophet dieses Volkes war und man in dieser Hinsicht keine Vergleiche anstellen konnte, Vergleiche, denen zudem die Bescheidenheit fehlt, die man dem großen Mann nachsagt. Schließlich gab man auch noch zu, daß die Schreiber, die die fünf Bücher kopiert haben, es nicht lassen konnten, eigene Anmerkungen anzufügen; doch die Überlieferung blieb stehen: Die fünf Bücher seien von Mose Hand geschrieben.

Heute steht im übrigen fest, daß »viele Gesetzestexte zur Zeit Mose und selbst nach ihm noch nicht befolgt wurden, daß der Pentateuch also bedeutende Passagen enthält, die nach ihm geschrieben wurden« (André-Marie Gérard, *Dictionnaire de la Bible*, Paris 1989). Konsens der Exegeten ist, daß die fünf Bücher in ihrer aktuellen Form zwischen dem 8. und dem 2. Jahrhundert vor unserer Zeit zusammengestellt wurden, also fünfhundert bis tausend Jahre nach dem Tod des Gründerpropheten, gewiß in frommer, sogar hagiographischer Absicht, doch oft im Dienst spezieller Interpretationen über die Ursprünge des Judentums.

Daher fühlte ich mich nicht verpflichtet, dem biblischen Text – wozu auch in diesem Fall? – wortwörtlich zu folgen. Vom strikt chronologischen Gesichtspunkt aus ist er sowieso rätselhaft oder chaotisch.

Doch es gibt noch mehr Gründe. Seit dem 19. Jahrhundert boten Exegeten wie Karl Heinrich Graf, Wilhelm Vatke und Julius Wellhausen den religiösen Autoritäten die Stirn, indem sie die Widersprüche und Wiederholungen des Pentateuchs analysierten und daraus in der berühmten »neueren Urkundenhypothese« schlossen, daß vier verschiedene Richtungen zu unterscheiden seien:

- die mit J als die *jahwistische* Version bezeichnete, in der die Gottheit den Namen Jahwe trägt;
- die *elohistische* Version, in der die Gottheit mit dem Namen Elohim bezeichnet wird (Plural von *Eloha*, der Höchste);
- die mit P (für Priester) bezeichnete Version, die sehr ausführlich Fragen des Priestertums behandelt;
- die mit D (da spezifisch für das *Deuteronomium*) bezeichnete Version, die sich besonders mit ethischen und spirituellen Problemen befaßt.

Für den Leser der folgenden Anmerkungen sind diese Begriffe interessant, da jede dieser Versionen häufig dieselben Ereignisse unter einem unterschiedlichen, manchmal sogar widersprüchlichen Blickwinkel schildert. So wird etwa die berühmte Episode, als Moses gegen den Felsen schlägt, im Buch *Exodus* als Sieg des Herrn über den Skeptizismus der Hebräer beschrieben, im Buch *Numeri* jedoch als schwere und sogar verhängnisvolle Verfehlung Mose, die ihm den schrecklichsten Fluch einbrachte: das Gelobte Land niemals zu betreten.
Archäologische Funde und die Fortschritte in der Epigraphik, vor allem im 20. Jahrhundert, haben die Kenntnisse über die biblische Zeit beträchtlich erweitert. Viele Untersuchungen haben es ermöglicht, die Details des Pentateuch zu präzisieren, manchmal, indem man sie entkräftete oder ihnen widersprach, manchmal auch, indem man sie bestätigte. Zwei weitere Richtungen haben sich herausgebildet, die bis heute gültig sind:
Die eine Richtung, die vor allem an den Universitäten verbreitet ist, vertritt die Ansicht, der Pentateuch und das gesamte Alte Testament seien ein Mosaik von Texten verschiedener Epochen und Autoren, was die Wiederholungen, Lücken und Widersprüche erkläre. Dennoch enthielten sie

exakte historische Angaben – modifiziert jedoch durch die Tendenzen der Verfasser – die unabhängig von allen religiösen Erwägungen eine vorsichtige Neuinterpretation erfordern.

- Die andere Richtung hängt der Auffassung an, das Alte Testament sei in seiner Gesamtheit eine Offenbarung, ein Werk von unangreifbarer historischer Wahrheit; seine historische Analyse würde paradoxerweise die Grundlagen der drei Offenbarungsreligionen gefährden.

Diese zweite Richtung scheint mir völlig inkohärent zu sein – jedes Werk, das historisch sein will und reale Ereignisse schildert, wird legitimerweise einer historischen Analyse unterzogen. Ein weiteres Paradoxon: Diese Richtung wird von Christen vertreten, die sich als Gelehrte und Traditionalisten bezeichnen, aber anscheinend nicht über eine Empfehlung des Papstes informiert sind. In seiner Enzyklika *Divino Afflante Spiritu* von 1943 ermutigte Pius XII. »die neuere Forschung, die sich bemüht, den besonderen Charakter und die Umstände, unter denen der heilige Verfasser gearbeitet, und die Zeit, in der er gelebt hat, die schriftlichen oder mündlichen Quellen, die ihn inspiriert haben, und die Ausdrucksformen, die er verwendet hat, zu bestimmen«. *Vox clamantis in deserto …*

Meiner Überzeugung nach schildert insbesondere der Pentateuch ein entscheidendes historisches Epos, das nur dabei gewinnt, wenn es unter einem historischen Blickwinkel rekonstruiert wird. Ihm vorzuwerfen, daß er kein historisches Dokument sei, wäre ebenso absurd, wie zu behaupten, er sei eines; die Vorstellung von »Geschichte« ist neueren Datums und konnte vor zweitausendfünfhundert oder mehr Jahren noch nicht einmal denkbar sein oder gefaßt werden. Der Pentateuch war ein epischer Bericht, dessen Wirksamkeit von literarischen Effekten abhing. Das Publikum, an das er sich richtete, war zum größten Teil analphabetisch; man mußte seine Phantasie ansprechen, Fabeln, wie die von der Traube

aus Kanaan, die zwei Männer kaum tragen konnten, oder die poetische Geschichte von Bileams Esel waren wirksamer als historische Urschriften; ihre bis heute andauernde Popularität beweist das.
Ein gewisses Vorurteil wehrt sich gegen die Romanform, die ich gewählt habe. Ich halte es nicht für gerechtfertigt. Man läßt bildliche Darstellungen des Alten Testaments zu, und sie sind weiß Gott zahlreich genug und häufig fern der archäologischen Realität; warum sollte man keine romanhafte Rekonstruktion zulassen, die sich auf die historische Analyse dieses Epos gründet?
Diese Bemerkungen erläutern also die Gründe, warum ich es für gut befunden habe, der Schilderung eine logische Chronologie und logische Verknüpfungen zu geben und manche Ereignisse neu zu interpretieren, auch wenn ich mich dabei vom Ursprungstext entferne. Man kann seiner Zeit nicht entgehen, und ich habe sicherlich mehr als einen Zug gemildert, der mir inakzeptabel schien; ich glaube an die grundlegende Güte und Seelengröße Mose und halte ihn für unfähig, jene furchterregenden Taten befohlen zu haben, die der Pentateuch ihm zuschreibt (Deut. 34, 12); daher fehlen sie in meinem Roman. Noch weniger kann ich mir vorstellen, daß die himmlische Macht solche Massaker befiehlt und so weit geht, Israel den Kannibalismus anzudrohen (»In der Not der Belagerung, wenn der Feind dich einschnürt, mußt du die Frucht deines eigenen Leibes essen, das Fleisch deiner Söhne und Töchter, die dir der Herr dein Gott geschenkt hat ...« Deut. 28, 53–54). Solche Schilderungen konnten einst wirksam sein, wir jedoch haben in den vergangenen Jahrzehnten zu viele Massaker und andere Greuel gesehen, um glauben zu können, ihr Beweggrund sei etwas anderes als die spezifisch menschliche Fähigkeit zu schändlichen Taten. Auch das ist ein Grund, warum sie in meinem Roman nicht vorkommen.

Bibliographie und Anmerkungen

I.

Der Exodus

Kapitel 1

1 Hier muß man sich von der legendären Schilderung des *Exodus* (12, 37–38) lösen, die besagt, die Zahl der Hebräer habe sich auf sechshunderttausend Menschen belaufen, ohne die von ihnen Abhängigen oder alle möglichen anderen Leute zu zählen (vgl. Bd. 1, Teil III, Kap. 7, Anm. 1), was mindestens eine Million Menschen bedeutet hätte, das heißt zwei Drittel der damaligen Gesamteinwohnerzahl Ägyptens. Eine solche Umsiedlung hätte sicherlich Spuren in den ägyptischen Chroniken hinterlassen, vorausgesetzt, die königliche Obrigkeit hätte sie geduldet, doch man findet überhaupt nichts, weder im 14. noch im 13. Jahrhundert vor unserer Zeit. Offensichtlich versucht der Autor des *Exodus*, seinem Bericht eine monumentale Dimension zu verleihen, unabhängig von jeder demographischen Wahrscheinlichkeit.

Dieselbe Passage des Exodus fügt außerdem hinzu, die Hebräer hätten »eine sehr große Menge Vieh« mitgenommen. Dieser letzte Punkt ist schwer mit der Empfehlung in Übereinstimmung zu bringen, die der Herr (unter nicht näher erklärten Umständen) Aaron und Moses gab, nämlich, daß jedes Lamm in einem Haus verzehrt werden und man keine Teile davon nach draußen mitnehmen solle (Ex 12, 46). Auch wenn die Hebräer selbst möglicherweise nicht über die Schwierigkeiten ihrer Migration, sowohl für Menschen wie für Tiere, informiert waren, konnte das doch nicht für Moses und seinen Stellvertreter Aaron gelten. Wahrscheinlicher ist es, daß Aaron verboten hatte, Vieh mitzunehmen, damit der Auszug aus Ägypten nicht zu sehr aufgehalten wurde, aber einige Bauern, für die ihre Tiere wesentlicher Bestandteil ihres Hab und Guts waren, diese Anweisung mißachteten.

2 Es besteht ein Widerspruch zwischen den genauen Anweisungen des Herrn an Aaron und Moses über die Vorbereitungen zum Aufbruch und der offensichtlichen Hast, mit der die Flüchtenden das Land verließen, als Vorrat nichts dabei als ungesäuerten Teig, da sie keine Hefe mehr hatten (Ex 12, 39).

3 Tjeku oder Sukkot in Ägypten (in Transjordanien gibt es eine Stadt mit demselben Namen, der auf hebräisch »Die Hütten« bedeutet) ist ein noch nicht identifizierter Ort, der sich westlich vom heutigen Timsah-See befunden haben muß; dort sollen die Hebräer sich vor dem Marsch nach Etam zusammengeschlossen haben. Zwischen Auaris und Sukkot lagen etwa hundert Kilometer, zwischen Sukkot und Etam etwa fünfzehn, und etwa fünfzig Kilometer waren es noch von Etam zu der Hafenenge zwischen dem See, der das *Große Schwarze* genannt wurde, und dem Golf von Suez. Es handelt sich um ungefähre Entfernungen, da man die genaue Lage Sukkots nicht kennt und sich die Form des *Großen Schwarzen*, das den Timsah-See und die Bitterseen verband (und durch einen Kanal vielleicht auch mit dem See Manzilah verbunden war), im Lauf der vergangenen Jahrtausende verändert hat (vgl. Karte und Bd. 1, Teil II, Kap. 4, Anm. 1).

4 Das gibt die Passage im *Exodus* (Ex 14, 1–2) zu verstehen, als Gott Moses befiehlt, folgende List anzuwenden: Die Hebräer sollten vor Pi-Hahirot (»Dort, wo die Pfade beginnen«) zwischen Migdol und dem Meer östlich von Baal-Zefon ihr Lager aufschlagen. Dort lag der Beginn der Küstenroute zum Sinai, doch im Gegensatz zu dem, was Gott bei diesen Worten andeutet, war sie keinesfalls schwierig, sondern lag in den fruchtbarsten Gebieten Ägyptens und wurde regelmäßig von den Beduinen benutzt, die ihre Herden zum Weiden ins Delta brachten.
Zudem behauptet der *Exodus* (Ex 14, 9–10), Moses habe die Hebräer an den von Gott angezeigten Ort geführt und sie dort ihr Lager aufschlagen lassen; und eben dort hätten die Ägypter sie eingeholt. Die Hebräer hätten aufgeschrien und Moses Vorwürfe

gemacht: »Gab es denn keine Gräber in Ägypten, daß du uns zum Sterben in die Wüste holst?« Daraufhin soll Gott Moses befohlen haben, seinen Stab zu heben, um die Wasser zu teilen und die Hebräer so in vollkommener Sicherheit durch das Schilfmeer ziehen zu lassen.

Eine solche Schilderung zeigt vor allem, daß der Autor des *Exodus* die Geographie Ägyptens nicht kannte. Pi-Hahirot konnte – worauf schon der Name hindeutet – nur am östlichen Ufer des *Großen Schwarzen* liegen, westlich von Migdol und östlich von Baal-Zefon, wo die Pfade begannen, auf denen die Beduinen bei ihrer jährlichen Wanderschäferei unter ägyptischer Überwachung ihr Vieh trieben. Der letztgenannte Ort, Tahpahnes auf arabisch und heute am Ufer des Sees Manzilah gelegen, konnte ebenso nur am Ostufer des *Großen Schwarzen* liegen, und natürlich konnten die Hebräer ihr Lager nicht mitten auf dem Wasser aufschlagen; sie befanden sich also westlich von Migdol, am Rand der Wüste Schur.

Daher scheint mir, daß man die Schilderung der Bibel aus folgenden drei Gründen historisch nicht aufrechterhalten kann.

Erstens: Hätten die ägyptischen Armeen die flüchtigen Hebräer in ihrem Lager bei Pi-Hahirot, also mitten auf dem Festland, überrascht, so hätten sie keinen Pardon gegeben. Die Hebräer, die sich zu Fuß bewegten, wären von den ägyptischen Streitwagen und dann von den Fußsoldaten leicht eingeholt worden. Der Autor des *Exodus* hätte nichts mehr zu erzählen gehabt.

Zweitens: Moses hätte es in dieser Gegend kaum nötig gehabt, seinen Stab zu heben – es gab dort keine Wasser zu trennen, um hindurchzuziehen oder die Ägypter zu überfluten. Wie bereits gesagt, befanden sich die Hebräer am Rand der Wüste Schur.

Drittens: Moses, der nach Midian geflohen war, wie der *Exodus* selbst berichtet, kannte bestimmt den sichersten Weg. Es wäre eine unverzeihliche Tollkühnheit gewesen, dreißig- bis vierzigtausend Menschen zwischen Baal-Zefon und Migdol der Verfolgung durch die ägyptische Armee auszusetzen und sie dann eine Schleife nach Süden machen zu lassen, während es wesentlich schneller war, von Sukkot zum Schilfmeer zu ziehen.

Moses, der offenkundig ein großartiger Anführer war, kann unserer Ansicht nach kaum eine andere Entscheidung getroffen haben. Die Verfasser des Buches *Exodus*, das ja, erinnern wir uns, etwa vierhundert Jahre später »jahwistisch«, etwa fünfhundert Jahre später »elohistisch« sowie »deuteronomistisch« und schließlich nach dem Exil, etwa siebenhundert Jahre später, nach dem »Gesetz der Priester« bearbeitet wurde, haben die Einzelheiten einer alten Überlieferung nach den Regeln epischer Erzählung und nicht nach historischer Wahrscheinlichkeit, einer modernen Vorstellung, interpretiert.

5 Die Informationen über diese beiden Furten durch den Golf von Suez verdanke ich Dr. Maurice Bucaille in *Moïse et Pharaon* (Paris 1995). Dieser Autor hat deren Erwähnung in der *Description de l'Égypte* von Du Bois Aymé gefunden. Diese beiden Furten, die es natürlich schon lange vor der Durchgrabung des Isthmus gab, verkürzten den Weg zwischen Ägypten und dem Sinai um »mehr als zwei Meilen«. Dr. Bucaille zitiert außerdem R. P. Coroyer von der Bibelschule Jerusalems, der in einer Anmerkung zu einer Übersetzung des *Exodus* eine Furt auf der Höhe von Suez nennt, »die von den Pilgern nach Mekka benutzt wird«, zudem eine »gefährlichere Furt an der Südspitze der Bitterseen, wo die Spuren der alten Pfade endeten«. Diese Beobachtung bestätigt das Gesagte.
Doch handelt es sich hier um Beobachtungen, die aus der Neuzeit stammen, und wir verfügen über keine Unterlagen über die Geographie der Region vor dreitausenddreihundert Jahren, die sich seither beträchtlich verändert hat. Die Ozeanographen wissen nur zu gut, wie schnell neue Strömungen innerhalb weniger Tage Sandbänke entstehen lassen oder andere, die einmal Furten bildeten, zerstören können.

6 Da es ein schwieriges Unterfangen war, Feuer zu machen, hatte man in irdenen Töpfen Glut dabei, die möglicherweise in regelmäßigen Abständen angefacht wurde.

7 In *Exodus* 14, 20 wird angedeutet, daß der Durchzug durch das Schilfmeer nachts stattfand. Dennoch fällt es schwer zu glauben, daß dreißig- oder vierzigtausend Personen dieses halb sumpfige Gebiet in der Dunkelheit hätten durchqueren können, vor allem, wenn man die Tatsache berücksichtigt, daß Frauen, Kinder und alte Leute, bereits erschöpft von der Strecke seit Un-

terägypten, dabei waren. Wahrscheinlicher ist es, daß zwar ein Teil der Hebräer während der Nacht durch das Meer zog, der Rest jedoch erst am nächsten Morgen folgte.

Kapitel 2

1 Der *Exodus* deutet an, daß alle Familien oder Sippen, die in *Ex* 6, 14–27, aufgezählt werden, Leviten waren, also Angehörige des Stammes Levi. Dieser Text wird nicht von allen Spezialisten akzeptiert; mehrere weisen darauf hin, daß der Pentateuch lange Zeit nach den beschriebenen Ereignissen abgefaßt wurde und daß es diese Sippen zu jener Zeit nicht gegeben habe. Dieser Einwand wird bekräftigt durch die deutlich detailliertere Liste in *Numeri* 26, 5–51, die ganz genau dreizehn Sippen und ihre zahlreichen »Familien« aufzählt, die exakt den Stämmen Israels zu entsprechen scheinen (mit Ausnahme der Sippe Levi, die nicht den ausgesprochenen Status eines Stammes hatte und daher in der Folgezeit kein eigenes Land besitzen durfte).
Diese detaillierte Aufzählung bringt jedoch zwei zusätzliche Probleme. Erstens wird angedeutet, während der Gefangenschaft in Ägypten seien die zwölf Stämme vertreten gewesen, was zweifelhaft ist, denn die Stämme gab es damals noch nicht; sicherlich muß man die Zahl zwölf, wie so häufig, als symbolisch auffassen. Vor allem aber widerspricht sie nachdrücklich der Behauptung in *Genesis* 46, 27, die lautet: »Ingesamt waren vom Haus Jakob siebzig Personen nach Ägypten gekommen.«
Berücksichtigt man diese Behauptung, müßte man annehmen, die hebräische Nation in ihrer Gesamtheit habe sich während der Gefangenschaft in Ägypten gebildet, was wenig plausibel ist, oder aber postulieren, die Gesamtheit der Hebräer sei bis zum letzten Mann von Palästina nach Ägypten geströmt, was kaum wahrscheinlicher ist. Beiden Hypothesen würde zudem die Tatsache widersprechen, daß die Ägypter auch dann noch jüdische Gefangene machten, als sich Jakob bereits in Ägypten angesiedelt hatte.
Es scheint, als hätten die späten Verfasser des Pentateuchs, jahwistisch, elohistisch oder priesterschriftlich, ihre Vorstellung vom hebräischen Volk in Ägypten aus dem gewonnen, was die-

ses Volk nach dem ersten Königtum Sauls geworden war, wie unter zahlreichen anderen Beispielen die Passage aus *Genesis* 49,10 bezeugt, die vom Königtum Juda spricht, obwohl der erste König vom Stamme Juda erst nahezu vierhundert Jahre nach Mose Tod aufgetaucht ist.
Ohne weiter in die Erörterung dieses äußerst komplexen Punktes einzusteigen (vgl. etwa C. Dennis McKinsey, *The Encyclopaedia of Biblical Errancy*, New York 1995, und Robert Laffont, *Dictionnaire encyclopédique du judaïsme*, Paris 1989, Art. Tribus, douze), komme ich hier zu dem Schluß, daß die Vorstellung von zwölf Stämmen vor der Niederlassung der Hebräer in Palästina wenig plausibel erscheint. Es ist wahrscheinlicher, daß die hebräische Bevölkerungsgruppe in Ägypten in mehr oder weniger fest umrissene Clans oder Sippen unterteilt waren.

2 Siehe Karte; ältere Hypothesen über den ersten Teil des Exodus gründeten sich auf die Gleichsetzung von Schilfmeer und Rotem Meer, was ein Irrtum ist. Daher konnten sie die Existenz von Furten im Süden des *Großen Schwarzen*, die einzigen Faktoren, die ein Überqueren des Schilfmeers »trockenen Fußes« erklären, nicht berücksichtigen.

3 Noch einmal muß festgestellt werden, daß keinerlei ägyptische oder ausländische Texte oder Inschriften existierten, die von einer Verfolgung flüchtiger Hebräer durch die ägyptische Armee berichten. Die einzige Belegstelle ist daher die des Buches *Exodus*. Wenn es aufgrund der zahlreichen Details im *Exodus* als erwiesen scheinen mag, daß eine große Anzahl von Hebräern, ja sogar nahezu die Gesamtheit dieser Bevölkerungsgruppe in Ägypten beschlossen hatte, außer Landes zu fliehen, dann könnte das vollkommene Fehlen ägyptischer Zeugnisse darauf hinweisen, daß die Ägypter die Verfolgung dieser Flucht als einfache Polizeimaßnahme betrachteten. So war sie es nicht wert, in den Chroniken der Zeit festgehalten zu werden.
Jedenfalls scheint diese Verfolgung durch das Militär im Bericht der Bibel einen größeren Widerspruch darzustellen; denn sie widerlegt die These dieses Berichts, der Pharao habe dem Auszug der Hebräer angesichts der Beweise für die Macht des Himmels, die durch die zehn legendären Plagen geliefert wurden, zuge-

stimmt. Der Widerspruch wird noch dadurch unterstrichen, daß der *Exodus* keinerlei Grund für Ramses' plötzlichen Meinungsumschwung anführt. Mitgerissen von romanhafter Übertreibung schreibt der Autor des *Exodus* sogar: »Als man dem König von Ägypten meldete, das Volk sei geflohen, änderten der Pharao und seine Diener ihre Meinung über das Volk und sagten: Wie konnten wir nur Israel aus unserem Dienst entlassen!« (Ex 14, 5). Die Erinnerung der Ägypter und vor allem der abergläubischen Priester und Ramses' an die eben über sie hereingebrochenen Katastrophen, die sie gezwungen hatten, dem Auszug der Hebräer zuzustimmen, wird damit als recht gering abgetan. Und so wie die Zeit unter Ramses heute dokumentiert ist, erscheint die kleinmütige Reaktion auf die Plagen auch als recht unwahrscheinlich.
Eher anzunehmen ist wohl, daß Ramses und seine Minister nicht glaubten, die Hebräer wollten wirklich den Weg ins Exil auf sich nehmen, sondern dachten, nur ein paar tausend Unzufriedene würden das Königreich verlassen. Erst als ihnen bewußt wurde, welches Ausmaß der Exodus und der abrupte Aufbruch eines großen Teils der für die Königsbauten notwendigen Arbeitskräfte annahmen, versuchten sie zunächst, den Fliehenden die Küstenstraße zu versperren. Da sie diese dort nicht fanden, zogen sie dann weiter hinunter nach Süden (vgl. Kap. 1, Anm. 4).
Lassen wir aus theologischen Gründen die unhaltbaren Worte unbeachtet, die Gott zu Moses gesagt haben soll: »Ich will das Herz des Pharao verhärten, so daß er ihnen nachjagt; dann will ich am Pharao und an seiner ganzen Streitmacht meine Herrlichkeit erweisen, und die Ägypter sollen erkennen, daß ich der Herr bin.« (Ex 14,4)

4 Das Buch *Exodus*, in dem es an Übertreibungen nie mangelt, behauptet, der Pharao selbst »ließ seinen Streitwagen anspannen und nahm seine Leute mit. Sechshundert auserlesene Streitwagen nahm er mit und alle anderen Streitwagen der Ägypter ...« (Ex 14, 6–7). Er habe nicht nur selbst die Führung der Armee übernommen, um die Hebräer zu verfolgen, sondern sei auch in den Fluten umgekommen, die wieder zurückkehrten, nachdem Moses sie mit seinem Stab geteilt hatte. Die Stärke der ägyptischen Streitwagenmacht kennen wir nicht (die weitaus größere

der Hetiter lag bei zweitausendfünfhundert Wagen), doch es ist schwer vorstellbar, daß Ramses folgende Irrtümer hat begehen können: zunächst, daß er mindestens sechshundert Streitwagen mitgenommen haben soll, um unbewaffnete Flüchtlinge zu verfolgen; dann, daß er auf diese Weise etwa dreihundert Kilometer unebenes, für die Streitwagen schwer befahrbares Gelände von Auaris bis Migdol durchquert und diese Expedition noch dazu bei Nacht begonnen haben soll, denn laut *Exodus* wurde der Durchzug durch das Meer am Morgen des folgenden Tages beendet, kurz bevor die Ägypter in Sichtweite der Hebräer am entgegengesetzten Ufer ankamen.
Zudem ist niemals ein Pharao im Meer umgekommen.

5 Laut M. Bucaille (*Moïse et Pharaon*, Paris 1995) schilderte De Lesseps in seinem Vortrag über »Die Bitterseen des Isthmus von Suez«, den er am 22. Juli 1874 vor der *Académie des Sciences* hielt, daß er 1854, als er in ebendieser Gegend kampiert habe, Zeuge eines Sturmes geworden sei und bei dieser Gelegenheit eine Fluthöhe von ein Meter dreißig bis ein Meter achtzig gemessen habe. Zudem berichtet Du Bois Aymé in der weiter oben angeführten *Description de l'Égypte* (Kap. 1, Anm. 5), daß Napoleon Bonaparte, als er 1799 eine der Furten des Golfes von Suez durchquerte, in der steigenden Flut beinahe ertrunken sei.
Anscheinend verstärkte damals der Meerengeneffekt die Höhe der Flutwellen bei den Stürmen auf dem Roten Meer beträchtlich, da der Grund des Schilfmeers deutlich höher als der des Roten Meeres gewesen zu sein scheint. Nach dem Durchstich des Isthmus von Suez wurde regelmäßig ein Tidenhub von siebzig Zentimetern bis zu einem Meter verzeichnet, trotz der Tiefe des Kanals und der Tatsache, daß sich der Tidenhub bis zum Mittelmeer erstrecken kann. Bei Stürmen überstiegen die Wellen wahrscheinlich die von De Lesseps angegebenen Höhen und genügen bei weitem als Erklärung für den Ruin der ägyptischen Armee bei der Verfolgung der Hebräer.
Solche Fluten konnten nur am Eingang des alten Golfes von Suez, an der Mündung des Schilfmeers entstehen, an einem Punkt, der die Lokalisierung des Durchzugs der Hebräer ebenfalls bestätigt.

6 Der *Exodus* (14, 28) erklärt, keiner der die Hebräer verfolgenden Ägypter habe überlebt. Zweifellos muß man eine solch kategorische Behauptung den Erfordernissen der epischen Schilderung zuschreiben; selbst nach so riesigen Katastrophen wie der Flutwelle, die durch den Ausbruch des Vulkans Krakatau im Malaiischen Archipel 1883 ausgelöst wurde und vierzig Meter Höhe erreichte, gab es Überlebende. Auch hier gab es wahrscheinlich Überlebende an beiden Ufern, und die Hebräer nahmen die Überlebenden an ihrem Ufer als Gefangene.

Kapitel 3

1 Vgl. Bd. 1, *Herrscher ohne Krone.*

2 Dieser Punkt wurde in den Kommentaren zum *Exodus* nie erwähnt: Wenn Ramses wirklich entschlossen gewesen wäre, die flüchtenden Hebräer zu vernichten, hätte er ihnen, während sie an den Küsten des Sinai entlangzogen, einige Galeeren der ägyptischen Flotte nachgeschickt, die seit dem 15. Jahrhundert vor unserer Zeit auf dem Roten Meer kreuzte (vgl. L. Casson, *Seefahrer der Antike,* München 1979).

3 Wohl aufgrund der Widersprüche zwischen den jahwistischen und den elohistischen Texten scheint die Gestalt Josuas im Alten Testament nur blaß dargestellt. Trotz der herausragenden Rolle, fast größer als der Aarons, die er im Buch *Exodus* spielt, wird Josua ebensowenig wie sein Vater unter den Sippenoberhäuptern des *Exodus* (Ex 6, 14–27) aufgezählt. Er taucht abrupt in *Exodus* 17, 9 auf, ohne jegliche Erwähnung seines Vaternamens, als Moses ihm befiehlt: »Wähl uns Männer aus, und zieh in den Kampf gegen Amalek«, und das Buch *Numeri* (11, 28) erklärt, er sei von Jugend an der Diener Mose gewesen. Dieser letzte Punkt ist anfechtbar, da Josua zum Zeitpunkt des Exodus zumindest zwischen zwanzig und dreißig Jahre gewesen sein mußte, denn er führte unter Mose Befehl die Schlacht gegen die Amalekiter. Nun war Moses aber meiner Ansicht nach zu dieser Zeit kaum älter. Man müßte annehmen, daß Moses Josua seit seiner frühesten Jugend in seinen Diensten gehabt hätte, was

wenig wahrscheinlich ist. Zudem war Moses drei bis fünf Jahre nicht in Ägypten, er hätte Josua also auf seiner Flucht mitnehmen müssen, was nicht der Fall zu sein scheint.
Diese Art von Widerspruch, im Alten Testament häufig, kann dem Wunsch der Autoren zugeschrieben werden, all ihren Helden und vor allem Moses ein kanonisches Alter zu verleihen; von ihm heißt es am Ende des Buches *Deuteronomium* (34, 7): »Moses war hundertzwanzig Jahre alt, als er starb. Sein Auge war noch nicht getrübt, seine Frische noch nicht geschwunden.« Und einmal mehr muß daran erinnert werden, daß *vierzig* im Hebräischen zwei Bedeutungen hat, *lange* und *Generation*. Die Autoren wollten mit anderen Worten sagen, daß Moses in hohem Alter starb, als Beweis der Gunst Gottes. Ein hagiographisches Merkmal, denn was man heute über die Physiologie des Greisenalters weiß, läßt kaum vermuten, daß ein Achtzigjähriger ein Unternehmen wie den Auszug aus Ägypten anführte, geschweige denn die religiösen und rechtlichen Einrichtungen Israels für über hundert Jahre bestimmte.
Nähme man den Pentateuch wortwörtlich, müßte man davon ausgehen, daß dieser Auszug vierzig Jahre dauerte (Ex 16, 35), denn als er begann, war Moses achtzig Jahre alt (Ex 7, 7). Doch ein Blick auf die Karte zeigt, daß dies für die ungefähr fünfhundert Kilometer bis ins Land Moab eine übermäßig lange Zeit wäre, selbst mit vielen Unterbrechungen. Das Buch *Exodus* stellt fest, fünfundvierzig Tage nach ihrem Aufbruch aus Ägypten seien die Hebräer bereits südlich der Oase Elim gewesen, am Rand der Wüste Sin, die zwischen Elim und dem Sinai liegt, also auf dem neunundzwanzigsten Breitengrad. Sie hatten etwa hundert Kilometer zurückgelegt, die beiden Aufenthalte in Mara und Elim eingerechnet. In diesem Tempo hätten sie die Entfernung zwischen Ägypten und Moab in knapp acht Monaten zurücklegen können.
Die angeblich vierzigjährige Dauer des Exodus muß daher symbolisch verstanden werden, ebenso wie viele andere Angaben im Alten Testament. Die genannte lange Dauer soll wohl den sagenhaften Charakter der Schilderung untermalen. Nach heutigen Schätzungen dürfte die Wegstrecke zwischen ein und zwei Jahren erfordert haben.
Für Historiker ist es eine vertraute Schwierigkeit, zwischen den

Berichten des Alten Testaments einen historischen und psychologischen Zusammenhang herzustellen, so viele Entschlüsselungen gibt es mittlerweile, ganz zu schweigen von ihrer apologetischen Symbolik und den nachfolgenden Überarbeitungen. Zu den Unwahrscheinlichkeiten und Widersprüchen gehören auch die angeblichen Verwandtschaftsbeziehungen Mose. So soll Moses die Frucht der Ehe zwischen Amram, dem ältesten Sohn Kehats, mit dessen Schwester Jochebed, seiner eigenen Tante väterlicherseits, gewesen sein, einer Ehe, die später nach dem mosaischen Gesetz als inzestuös angesehen werden müßte. (Ex 6, 20); laut Talmud soll Jochebed im Alter von hundertdreißig Jahren wieder zur Jungfrau geworden sein, bevor sie Moses empfing.) Unter den aufgelisteten Familienoberhäuptern, die Ägypten verließen, findet man anderswo die Namen Kehat und Amram. Somit hätten sich bei dem Auszug aus Ägypten drei Generationen in der Wüste befunden, Moses, sein Vater und sein Großvater.

Von Amram erfährt man nur, daß er nach dem Beispiel Levis hundertsiebenunddreißig Jahre gelebt haben soll (eine rein symbolische Zahl, 1 – 3 – 7, *aleph*, *guimel*, *zavinn*, deren geheime Bedeutungen Schöpfung, Hilfe und Same sind). Nie mischte er sich in die ständigen Konflikte ein, die Moses mit Aaron, Miriam und anderen Angehörigen seiner Familie hatte. Weder Amram noch sein Vater Kehat äußerten sich, als Korach, Sohn Jizhars, des Sohnes Kehats, die Autorität Mose attackierte, der doch sein eigener Vetter war, ein Konflikt, der tragisch endete, da dabei laut *Numeri* nicht nur Korach, sondern vierzehntausendsiebenhundert weitere Menschen umkamen. (Num 17, 14)

Man muß daraus schließen, daß Amram beim Auszug aus Ägypten nicht mehr lebte und nur um des Andenkens willen aufgeführt wurde.

Ein weiterer Teilnehmer beim Exodus soll Saul gewesen sein, der Sohn des Simeon und seiner kanaaitischen Ehefrau, eine anachronistische Angabe, da nach den Angaben des Alten Testaments die Hebräer erst lange nach dem Auszug aus Ägypten in Kanaan ankommen sollten.

Die Autoren des *Exodus* haben sichtlich versucht, ein Verzeichnis der Familien anzulegen, die aus Ägypten aufbrachen, aber das konnten sie nur anhand einer Folge verzerrter, beschönigter und schließlich nicht mehr zu entziffernder Überlieferungen zwischen dem 13. Jahrhundert vor unserer Zeit und der Zeit, als das Buch *Exodus* endgültig abgefaßt wurde, was im 6. oder 5. Jahrhundert vor unserer Zeit war (vgl. Kap. 2, Anm. 1).

Kapitel 4

1 Das Buch *Exodus* enthält einen Befehl, der von Gott gekommen sein soll: »Jede Frau kann von ihrer Nachbarin oder Hausgenossin silberne und goldene Geräte und Kleider verlangen. Übergebt sie euren Söhnen und Töchtern und plündert so die Ägypter aus!« (Ex 3, 22) Eine heikel zu interpretierende Passage, denn man kann sich kaum vorstellen, daß Gott den Hebräern etwas rät, was kein »Ausleihen«, sondern schlicht und einfach Veruntreuung ist. Wurden diese silbernen und goldenen Geräte verlangt, und zwar von den Ägyptern? Man weiß es nicht, aber so hat die Überlieferung es interpretiert. Philon in seinem *Leben Mose* und der christliche Apologet Tertullian in seiner Schrift *Adversus Marcionem* führen an, es habe sich dabei um eine Entschädigung gehandelt, der die Ägypter zustimmten, für die Jahre, in denen sie die Hebräer ausgebeutet hatten. Doch man kann sich nicht vorstellen, daß die Ägypter einem Volk, dessen Gott sie mit schrecklichen Plagen überschüttet hatte und so weit gegangen war, ihre Neugeborenen sterben zu lassen, Kleinodien übergeben haben.

Einige Exegeten sagen, es habe sich um eine zwangsweise Kriegsbeute ohne die Einwilligung der Eigentümer gehandelt; man müsse die Verse des *Exodus* daher so interpretieren, daß die Hebräer die Wertsachen der Ägypter gestohlen haben. Auch das ist wenig wahrscheinlich, es sei denn, man wollte sich vorstellen, es habe plötzlich eine Welle von Einbrüchen gegeben, ohne daß heftige Reaktionen von seiten der Ägypter die Folge waren. Die Frage dieser Wertsachen blieb ohne Antwort, bis 1972 die Elephantine-Stele gefunden wurde, die darauf schließen läßt, daß das Gold, das Silber und das Kupfer, das die Hebräer bei ihrem Auszug mitnahmen, der Lohn waren, den gegen die Königsmacht rebellierende Beamte ihren gedungenen Helfern gezahlt hatten (vgl. Bd. 1, *Herrscher ohne Krone*, III, Kap. 8, Anm. 2).

Kapitel 5

1 Dieser Text weicht absichtlich von dem berühmten Ruhmeslied in *Exodus* 15, 1–18 ab, das ein späterer Einschub zu sein scheint und unhaltbare Anachronismen enthält. Vers 14 etwa erwähnt das Erzittern der Völker, »die Philister packte das Schütteln«, doch die älteste Erwähnung der Philister in Palästina ist erst fast ein Jahrhundert nach dem Auszug aus Ägypten datiert und geht auf das achte Herrschaftsjahr von Ramses III. zurück, etwa um 1194 v.u.Z., also ein wenig mehr als ein halbes Jahrhundert vor der Einnahme Jerichos. Zur Zeit Mose wurde Palästina mit dem Namen Kanaan bezeichnet. Im übrigen erwähnt Vers 15 den Schrecken der »Häuptlinge Edoms«, obwohl der Auszug aus Ägypten erst begonnen und die Flüchtlinge noch nichts mit den Edomitern zu tun gehabt hatten.

2 Zahlreiche Passagen des Pentateuchs spiegeln deutlich die Spannungen wider, die beim Auszug aus Ägypten zwischen Moses und den Hebräern auftraten. Eine der berühmtesten ist die, wo Moses, an den Herrn gewandt, aufschreit: »Was soll ich mit diesem Volk anfangen? Es fehlt nur wenig, und sie steinigen mich« (Ex 17, 4–5). Doch es scheint auch, daß Mose Persönlichkeit selbst später Gegenstand des Protestes war, und was am erstaunlichsten ist, von seiten seiner Angehörigen, von Aaron und Miriam, wie die Passage aus dem Buch *Numeri* (12, 1–16) zeigt, in der sie vom Herrn für die Verleumdungen bestraft werden, die sie über ihn verbreitet hatten.
Dieser letzte Punkt wirft natürlich die Frage auf, wer der Autor des Pentateuchs war. Fassen wir den Stand der Forschung zusammen: Die zahlreichen Wiederholungen, Ungenauigkeiten und vor allem Widersprüche der fünf Bücher des Pentateuchs ließen seit dem 19. Jahrhundert hervorragende Wissenschaftler zu der Schlußfolgerung kommen, sie seien eine Sammlung der im Lauf der siebenhundert Jahre nach dem Tod Mose mehrmals überarbeiteten Überlieferungen. Man muß festhalten, daß weder die Manuskripte noch die zeitgenössischen Abschriften des Alten Testaments auf hebräisch jemals behaupten, daß diese fünf Bücher von Moses selbst verfaßt worden seien. Beschreiben sie

nicht auch den Tod des Propheten, den er sicher nicht mit eigener Hand geschildert haben kann?

Kapitel 6

1 Mehrere Vorfälle, die in den Büchern des Pentateuchs geschildert werden, deuten darauf hin, daß Moses während des ganzen Auszugs aus Ägypten ständig auf Widerstand stieß (Ex 17, 4 und Ex 32, 19–25; Num 12, 1–16 und Num 14, 1–4; Num 16, 12–15; Deut I, 26–28). Seine Autorität, seine Verantwortung beim Auszug und die Mühsal der Hebräer während dieser Zeit sind die häufigsten Gegenstände der Auflehnung; ebenso seine Heirat mit der Midianiterin Zippora, Tochter des Jitro. Daraus ergibt sich, daß der Auszug aus Ägypten nicht die Einigkeit der Hebräer zur Folge hatte, sondern nur die einer Mehrheit und seiner Sippenoberhäupter. Auf diese gestützt widmete sich Moses der Aufgabe, jeden Widerspruch zum Schweigen zu bringen und seine Macht und später seine Gesetzgebung durchzusetzen.

2 Ein Grund mehr, die »vierzig Jahre«, die im Pentateuch für die Durchquerung der »Wüste« angegeben werden, als symbolische Zahl zu betrachten, ist die Zerschlagung des sozialen Gefüges der Hebräer, die sich während einer so langen Zeitspanne sicher ergeben hätte. Hätten die Hebräer vierzig Jahre lang zwischen dem Sinai und Kanaan herumirren müssen, wären sie wohl zu unregierbaren Horden geworden.

3 Im *Exodus* steht nichts von Fisch als Nahrungsquelle, die sich den Hebräern anbieten konnte. Doch der erste Teil ihrer Wanderung führte sie an der östlichen Küste des Roten Meeres entlang, das bekanntlich fischreich ist. Selbst wenn das nur eine zusätzliche Nahrungsquelle war, mußte Moses, der diesen Weg bereits gemacht hatte, davon wissen.

4 Das Buch *Exodus* (12, 37–38) sagt, die Hebräer hätten »Schafe, Ziegen und Rinder, eine sehr große Menge Vieh« mitgenommen. In derselben Passage wird die Zahl der Hebräer auf sechshunderttausend Männer mit ihren Abhängigen geschätzt; und die

Erwähnung dieser Viehherden muß man wohl auch in den Rang einer poetischen Übertreibung verweisen. Zunächst setzt sie voraus, daß die Hebräer wohlhabend waren, was schlecht zu ihrer Lage als Sklaven paßt, die im Pentateuch beschrieben wird. Dann kann man sich schlecht vorstellen, daß sich die Hebräer, selbst wenn sie nur dreißig- oder vierzigtausend waren, auf ihrer Flucht mit großen Viehherden belastet hätten; und dieser Punkt widerspricht auch ihrem Geschrei über Mangel schon in den ersten Tagen des Marsches; zumindest während des ersten Wegteils hätten sie dieses Vieh schlachten und verzehren können. Sicherlich hatten sie ein paar Schafe und Ziegen mitgenommen, aber in zu kleiner Zahl, um den Mangel zu befriedigen, über den sie sich beklagten. Ein Punkt ist fast sicher: Sie hatten kein Geflügel dabei, da Geflügelzucht in Ägypten nicht üblich war, vor allem nicht in Unterägypten, wo es in den Seengebieten Wildgeflügel im Überfluß gab (vgl. auch Kap. 1, Anm. 1).

Kapitel 7

1 Nichts deutet darauf hin, daß beim Exodus die Gesamtheit der Hebräer aus Ägypten gezogen wäre. Es war wohl kaum zu vermeiden, daß welche blieben, da manche von ihnen Ägypterinnen geheiratet hatten und man ihre Kinder als Ägypter ansah; sie glichen sich an das ägyptische Volk an. Sie hielten sich an seine Bräuche und seine Religion, und sicherlich sahen sie keinen Grund, Land und heimischen Herd zu verlassen (ganz zu schweigen vom Widerstand ihrer Ehefrauen), um sich auf ein Abenteuer einzulassen, dessen Ausgang ungewiß war. Das Buch *Exodus* berichtet unmißverständlich von dem Heimweh, das viele Hebräer nach Ägypten hatten.
Der Pentateuch, mehrere Jahrhunderte nach den Ereignissen und lange nach der Herausbildung des Volkes Israel verfaßt, scheint den Hebräern aus Ägypten im Rückblick eine klare Vorstellung von ihrer Identität zu unterstellen. Aber nicht nur war ihre Religion sozusagen dem anderen Staat anheimgefallen, wie der im *Exodus* genannte Wunsch, ihrem Gott zu opfern, zeigt; vierhundert Jahre aktives Leben in einer Gesellschaft mit reicher und fest etablierter Kultur hatten sie notwendigerweise ge-

prägt, wie auch die Episode mit dem Goldenen Kalb erkennen läßt.

2 Laut dem Buch *Exodus* führte der Herr die Hebräer mit einer Rauch- und Feuersäule, schwarz am Tag und hell leuchtend in der Nacht. Das hätte ein Tornado gewesen sein können. Doch es ist unwahrscheinlich, daß derselbe Wirbelsturm während des gesamten Auszugs aus Ägypten geweht haben soll, selbst wenn dieser nur zwei Jahre gedauert hätte; noch unwahrscheinlicher ist es, daß die Hebräer einen Führer gebraucht hätten, der ihnen nachts in der Wüste voranging, was vermuten ließe, daß sie Zeit und Nacht marschierten. Es ist eher anzunehmen, daß die Hebräer ihre Lager nachts auf die traditionelle Art der damaligen Zeit erleuchteten, mit Feuern und Fackeln.

Kapitel 8

1 Diese Episode ist inspiriert von dem im Buch *Numeri* (16, 1–35) teilweise ausweichend geschilderten Konflikt, bei dem ein gewisser Korach, der Sohn Issars, Sohn des Kehat, der Autorität Mose die Stirn bot. Ausweichend deshalb, weil die Textstelle in *Numeri* nicht sagt, daß Kehat auch der Vater Amrams war, des Vaters von Moses, so daß Korach ein Vetter ersten Grades von Moses war und es daher in Mose eigener Sippe und seiner eigenen Familie eine Rebellion gegen ihn gab. Die Episode endet mit dem grausamen, aufsehenerregenden Tod Korachs und seiner Gefolgsmänner Datan und Abiram aus dem Stamm Ruben: Die Erde tat sich – in bester mythologischer Tradition – unter ihren Füßen auf und verschlang sie samt ihren Zelten und allem Besitz. Man weiß nicht, was aus den »zweihundertfünfzig führenden Männern aus der Gemeinde« wurde, die den Aufstand Korachs unterstützt hatten, auch nicht, warum sie nicht von der Erde verschlungen wurden.
Der Konflikt war so bedeutend, daß ihm das Buch *Numeri* fünfunddreißig Verse widmete. War das der einzige Konflikt zwischen Moses und einer aufrührerischen Gruppe der Hebräer? Es ist unwahrscheinlich, ebenso wie die Version, welch grausames Ende die Gegner nahmen. Natürlich schreibt das Buch *Numeri*

den aufsehenerregenden Tod der Aufrührer dem göttlichen Zorn zu; man kann auch Strafen in Betracht ziehen, die weniger durch wunderbare Fügung zustande kamen, etwa die Tötung oder Verbannung der Gegner. Festhalten sollte man, daß eine so entschiedene Opposition Moses bei der Schaffung der hebräischen Identität vor beträchtliche Schwierigkeiten stellte, trotz der göttlichen Autorität, mit der er ausgestattet war oder zumindest erklärte, es zu sein.

2 Da Moses Erfahrung mit der Wüste und ihren Räuberbanden hatte, richtete er schnell den ersten Ansatz einer Armee ein, wie die – recht konfuse – Textstelle zeigt, in der er, als die Amalekiter in Refidim gegen die Hebräer kämpften, Josua den Befehl erteilt, am nächsten Tag den Gegenangriff zu beginnen (Ex 17, 8–9). Man weiß nicht, warum der Angriff auf den nächsten Tag verschoben wird, denn entweder waren die Amalekiter siegreich oder nicht, und in letzterem Fall gab es keinen Grund mehr, sie anzugreifen, da die Räuber geflohen waren. Die Hebräer in Ägypten hatten keine Waffen, und es gab keinen Grund, warum sie in der Wüste plötzlich bewaffnet gewesen sein sollten. Um die bewaffneten Amalekiter anzugreifen, mußten die Hebräer aber zumindest eine behelfsmäßige Bewaffnung gehabt haben. Die einzige Ausrüstung, die man sich vorstellen kann, mußte wohl aus Spießen mit im Feuer gehärteten Spitzen, aus Schleudern und vielleicht auch aus Keulen bestanden haben.

Kapitel 9

1 Zur wissenschaftlichen Beschaffenheit des Manna vgl. Bd. 1, Teil II, Kap. 12, Anm. 1. Diese harzige Wucherung, die durch den Befall der Bäume mit Schildläusen entsteht, fand man vor allem auf den Tamarisken und nicht auf dem Boden, wie das Buch *Exodus* (16, 14) behauptet. Die Information in *Exodus* 16, 21, das Manna würde in der Sonne schmelzen, bestätigt die Beschaffenheit des Manna, ebenso wie die von Moses erteilte Anweisung, das Manna dürfe nicht über Nacht aufbewahrt werden, weil es sonst von Würmern strotze.

2 Hebräisch *man hu*, daher das Wort Manna.

3 Das Buch *Exodus*, das dem Manna eine erstaunlich lange Textstelle einräumt (Ex 16, 14–36), gibt an, daß jeder nur ein *Gomer* pro Tag und Kopf in sein Zelt nehmen durfte, und erläutert, daß ein *Gomer* der zehnte Teil eines *Efa* sei. Das bedeutet etwa dreieinhalb Liter Mehl pro Person (vgl. das Stichwort »Manna« in: André-Marie Gérard, *Dictionnaire de la Bible*, Paris 1989), was beträchtlich ist, selbst für Menschen, die hungrig sind, denn das hätte mindestens an die fünf Kilo Brot ergeben, wenn man Wasser dazu rechnet.
Im übrigen ist selbst zu jener Zeit ein solcher Überfluß an Manna, daß man täglich solche Mengen sammeln konnte, wie es das Buch *Exodus* angibt, recht unwahrscheinlich: dreieinhalb Tonnen pro Tag für tausend Personen, über hundert Tonnen für die etwa dreißigtausend Hebräer im Exil (fünftausendzweihundertfünfzig Tonnen pro Tag, wenn man sich an die Größenordnung von eineinhalb Millionen Hebräern hielte, wie von denselben Quellen behauptet wird!). Mir schien es daher, daß diese Menge von den Autoren in apologetischer Absicht übertrieben worden war, um das Ausmaß des himmlischen Geschenks zu zeigen, und ich habe es auf wahrscheinlichere Proportionen verkleinert. Selbst wenn man pro Familie vier Personen zählt, ist das immer noch eine beträchtliche Menge, über sechsundzwanzig Tonnen.

4 Manche Passagen des Pentateuchs, vor allem des Buches *Exodus*, scheinen Moses und Aaron den gleichen Status einzuräumen. Andere, vor allem das Buch *Levitikus*, stellen einen deutlichen Unterschied zwischen ihnen her, wobei Moses eindeutig der Vorrang gegeben wird. Hervorragende Spezialisten haben diese Frage analysiert, jedoch ist es im Rahmen dieser Anmerkungen unmöglich, dies zu resümieren; ich möchte nur ein Beispiel anführen. So wendet sich der Herr im *Levitikus*, einem priesterlich inspirierten Buch, nur einmal an Aaron allein (10, 8–9), viermal an Moses und Aaron zusammen und alle anderen Male an Moses allein, mit dem Befehl: *Sag das Aaron! Gib Aaron diesen Befehl!* Offenkundig kommt Moses selbst in den Augen der Priester-Autoren, obwohl Aaron der erste Hohepriester

war, der absolute Vorrang zu, zumindest vom alttestamentarischen Standpunkt aus.
Dieser Vorrang wird vom historischen Blickwinkel aus bestätigt. Moses wird während seines Lebens in Ägypten als »Mann von hohem Ansehen« bezeichnet, wohingegen sich Aaron in keiner Weise ausgezeichnet zu haben scheint. Im übrigen war Moses ein gebildeter Mann und hatte daher eine verantwortliche Stelle in der ägyptischen Verwaltung inne, daher seine Erfahrung mit der Macht. Deswegen übte er großen Einfluß auf seinen Halbbruder aus.
Diese Halbbruderschaft wird von einer eigenartigen Passage im *Levitikus* (10, 4) bestätigt: »Moses, rief Mischaël und Elizafan, die Söhne von Aarons Onkel Usiël, und sagte zu ihnen: Kommt her, und tragt eure Brüder vom Heiligtum weg, vor das Lager hinaus!« Wären Moses und Aaron Vollbrüder gewesen, wäre Usiël auch Mose Onkel, und die Formulierung, die der Autor des *Levitikus* gewählt hatte, wäre fehl am Platz.

5 Die letztendlich paradoxe Bedeutung, die der Pentateuch den Versorgungsproblemen der Hebräer während des Exodus einräumt, widerspricht der Erwähnung von Groß- und Kleinviehherden, die sie in großer Zahl mitgenommen haben sollen. Wäre das der Fall gewesen, hätten die Hebräer ihr Heimweh nach den Fleischtöpfen Ägyptens nicht mit solchem Geschrei kundgetan, daß Jahwe sich schließlich darüber erzürnte. Doch indirekt spiegelt das sicherlich einen Aspekt des Konflikts zwischen Moses und den Hebräern wider, die unsicher waren, was das Ziel des Exodus sein sollte, und sich um Jahwes Vorschriften, deren Bote Moses war, nicht viel scherten. So wird bestätigt, daß der Exodus und die Begründung des Volkes Israel, abgesehen von einigen aufgeschlossenen Oberhäuptern, das Werk Mose waren, und daß er dabei Herr und Meister war.

Kapitel 10

1 Seltsamerweise erwähnt keine der Schilderungen im *Exodus*, daß die Hebräer mit Karawanen oder der Bevölkerung auf der Ostseite des Sinai und des Roten Meeres zusammengetroffen

wären. Dabei zogen ständig Karawanen an der Küste entlang, und die Archäologie hat darauf hingewiesen, daß der Sinai tausend Jahre vor dem Auszug aus Ägypten oder im mittleren Bronzezeitalter keineswegs eine Wüste war, wenn man nach der großen Zahl von Beduinenlagern urteilt, deren Spuren man gefunden hat (vgl. Emmanuel Anati, *La montagne de Dieu*). Allein schon die Versorgung mit Wasser erforderte, ebenso wie in Elim, Verhandlungen mit den Oasenbewohnern.

2 Die Bücher *Exodus* (16, 1) und *Numeri* (33, 10) erwähnen einen Halt in einer Gegend namens Elim am Rand der Wüste Sin, also etwa hundert Kilometer vom Schilfmeer entfernt, wo es laut *Numeri* »zwölf Quellen und siebzig Palmen« gab. Die Zahlen zwölf und siebzig muß man symbolisch interpretieren, topographische Bedeutung haben sie nicht. Elim soll die zweite große Rast beim Auszug aus Ägypten gewesen sein. Ebenso wie die übrigen Etappen, die der Pentateuch nennt, konnte man es nicht lokalisieren; die Schilderung der üppigen Vegetation (*Elim* bedeutet auf hebräisch »Bäume«) weist auf eine große Oase hin, die der Gegend des heutigen Wadi Garandel entsprechen könnte (vgl. André-Marie Gérard, *Dictionnaire de la Bible*, Paris 1989).
Zu einer so bedeutenden Oase mußte eine seßhafte Bevölkerung gehören, und es ist wahrscheinlich, daß diese sich ein befestigtes Lager oder auf den Höhenzügen eine Festung gebaut hatte, der ich den fiktiven Namen Alaat gegeben habe. Doch es ist sicher, daß diese Bauern- und Hirtenvölker über Vorräte verfügten, die zumindest teilweise zur Versorgung der Hebräer beitrugen, die während der langen Monate des Exodus nicht nur von Manna, den möglicherweise giftigen Wachteln, die vom Himmel fielen (vgl. Teil I, Kap. 12, Anm. 2), oder den Fischen hätten leben können, die ich den natürlichen Nahrungsmitteln der Gegend hinzugefügt habe.

Kapitel 11

1 Einer der am meisten debattierten Punkte bei Moses ist seine Haltung gegenüber Fremden. Zahlreiche Stellen im Pentateuch

schreiben dem Herrn, vermittelt durch sein Sprachrohr Moses, gewiß das Verbot einer Heirat mit Fremden zu, die im Fall des Simeoniten Simri, der die Midianiterin Kosbi geheiratet hatte, mit dem Tod der beiden Ehegatten bestraft wurde (Num 25, 6–15). Die Bestrafung ist paradox, da der *Exodus* berichtet, daß Moses selbst eine Midianiterin heiratete. Wie entging also Moses der Strafe? Wie konnte er inmitten der Hebräer seinen midianitischen Schwiegervater Jitro empfangen, der noch dazu Hohepriester einer fremden Religion war, und wie hätte dieser Hohepriester Mose Einladung folgen sollen, ohne seine Tochter Zippora mitzunehmen, die von Moses zwei Kinder empfangen hatte? Das Buch *Numeri* selbst gibt im Gegenteil Grund zu der Meinung, Mose Heirat sei anerkannt worden (selbst wenn Aaron und Miriam sie kritisierten), da es schildert, daß Moses seinen Schwager Hobab bat, sich ihnen bei der Eroberung Kanaans anzuschließen (Num 10, 29–32).

2 Abgesehen von der Dankbarkeit, die Moses gegenüber diesen Beduinen und Midianitern, die ihn während seiner Exiljahre in der Wüste aufgenommen hatten, empfand, lassen diese Widersprüche vermuten, daß Moses hin und her gerissen war zwischen einer natürlichen Toleranz gegen Fremde – vorausgesetzt, sie waren den Hebräern nicht feindlich gesinnt – und dem Willen, die hebräische Identität durch das Verbot von Heiraten mit Fremden zu stärken.

3 Man schreibt Moses das Verbot von Heiraten zwischen den einzelnen Stämmen zu (Num 36, 5–9), weil der Erbbesitz bewahrt werden sollte. Doch es scheint, daß vor allem spätere Bearbeiter des Pentateuchs für diese Verbote verantwortlich sind.

Kapitel 12

1 Das Wort Sabbat ist entstanden aus einer Verbindung zwischen dem Verb *chabat*, »aufhören«, und der Zahl sieben, *cheba*. Der Brauch ist sehr alt; die Babylonier etwa begingen den fünfzehnten Tag des Monats als Ruhetag der Sühne, *sapattu* genannt.

2 Nach der Schilderung im Buch *Exodus* (16, 10–12) soll Jahwe vor den Augen aller in den Wolken erschienen sein, als Aaron zur versammelten Gemeinde sprach, und er soll zu Moses gesagt haben, er solle den Israeliten mitteilen, daß sie zwischen Dämmerung und Dunkelheit Fleisch zu essen haben würden. Noch genauer ist das Buch *Numeri* (11, 31–34): »Darauf brach ein Wind los, den der Herr geschickt hatte, und trieb Wachteln vom Meer heran. Er warf sie auf das Lager, einen Tagesmarsch weit in der einen Richtung und einen Tagesmarsch weit in der anderen Richtung rings um das Lager; zwei Ellen hoch lagen sie auf dem Erdboden. Da stand das Volk auf und sammelte die Wachteln ein, den ganzen Tag und die ganze Nacht und den ganzen folgenden Tag. Jeder sammelte mindestens zehn Hómer. Sie legten sie rings um das Lager zum Dörren aus. Sie hatten aber das Fleisch noch zwischen den Zähnen, es war noch nicht gegessen, da entbrannte der Zorn des Herrn über das Volk, und der Herr schlug das Volk mit einer bösen Plage. Daher nannte man den Ort Kibrot-Taawa (Giergräber), da man dort die Leute begrub, die von der Gier gepackt worden waren.«

Hier stellt man einen krassen Widerspruch zwischen dem Buch *Exodus* und dem Buch *Numeri* fest; das eine kündigt die Wachteln als Belohnung an, ohne eine Vergiftung zu erwähnen, das andere beschreibt sie als Strafe.

Theologisch kann man sich nur schwer vorstellen, daß der Herr den Hebräern Wachteln geschickt haben soll, um sie zu vergiften, um so mehr, da alles darauf hindeutete, daß sie mit ihrem leeren Magen nicht darauf verzichten würden, sie zu essen. Ebenso gefährlich ist die Interpretation der göttlichen Strafe: Entweder wurden alle Hebräer vergiftet, was wegen einer insgesamt doch verzeihlichen Schwäche sehr überzogen erscheint, oder es wurden nach einer schwer zu begreifenden Logik nur einige vergiftet.

Die Angelegenheit hat offensichtlich die Autoren beider Bücher, die widersprüchliche Versionen überliefern, in Verlegenheit gebracht.

Eine historische Analyse bringt ein wenig Licht in die Sache. Über diese Gegend ziehen im Frühjahr (von Süden nach Norden) und im Herbst (von Norden nach Süden) regelmäßig Schwärme von Wachteln und einer enormen Vielfalt anderer Vögel, gleichgültig, ob sich gerade ein Exodus von Menschen abspielt oder nicht. »Die Vogelzüge zwischen Eurasien und Afrika überqueren den Negeb«, schreibt Eitan Tchernov von der hebräischen Universität in Jerusalem *(Le milieu, La biographie et La faune d'Har Karkom, Négeb, Israël* in: Emmanuel Anati, *La Montagne de Dieu, Har Karkom,* Mailand 1986). Die Senke des syrisch-afrikanischen Grabens ist eine Art Korridor für Raubvögel, Störche und eine Vielzahl von Zugvögeln.

Doch man muß noch abschätzen, wie groß die Menge der Wachteln war, die auf das Lager der Hebräer herunterfallen konnte. Laut der *Jewish Encyclopaedia* soll ein biblischer Tagesmarsch 44.815 m betragen haben (was für eine solche Menschenmasse zu Fuß bereits eine riesige Überschätzung ist). Da das Buch *Numeri* angibt, die Wachteln seien »einen Tagesmarsch weit in der einen Richtung und einen Tagesmarsch weit in der anderen Richtung« gelegen, hätte das die extrem große Fläche von circa 20.000 km^2 Wachteln ergeben. Angenommen, jede Wachtel hätte eine Fläche von 400 cm^2 eingenommen (20 cm × 20 cm), wären das fünfzig Millionen Wachteln gewesen, eine phantastische Menge, außerhalb jeder Wahrscheinlichkeit. Sicher bestehen Wachtelzüge aus bemerkenswert vielen Vögeln – Ornithologen haben manchmal einige zehntausend pro Zug gezählt –, aber fünfzig Millionen gehören in den Bereich der Fabel. Wie die *Encyclopaedia of Biblical Errancy* (hrsg. v. Dennis McKinsey, New York 1995) feststellt, hätte man damit mehrere Güterzüge füllen können. Man darf eben in der Bibel keine mathematische Genauigkeit suchen.

Lassen wir die Behauptung aus dem Buch *Numeri*, derjenige, der am wenigsten Wachteln gesammelt hatte, habe immerhin zehn Hómer (etwa 35 Kilogramm) gehabt, beiseite; bei etwa 300 Gramm pro Wachtel wären das für den am wenigsten erfolgreichen Sammler 120 Wachteln gewesen; der zeitgenössische Leser möge daraus die nötigen Schlußfolgerungen ziehen. Wie im Vorwort angekündigt, will dieser Roman unter dem apologetischen Text des Alten Testaments die historische Wahrheit wiederfinden.

Besonders unerklärlich ist die Schilderung des Zorns Gottes, der all jene mit dem Tod bestraft haben soll, die das Fleisch gerade erst zwischen den Zähnen hatten. Da die Bücher *Exodus* und

Numeri die Hungerqualen, über die die Hebräer klagten, ausführlich beschreiben, muß man annehmen, daß alle sich beeilten, die göttliche Nahrung zu kosten, und daß alle daran starben. Der Auszug aus Ägypten hätte dann abrupt mit einem Massensterben geendet.

Daher muß man sich von diesen dramatischen Emphasen und epischen Übertreibungen lösen und versuchen, die wahrscheinlichen Elemente der Schilderung herauszufinden. Diese lassen sich wie folgt zusammenfassen:

Sicher ist, daß man Wachteln, die über den syrisch-afrikanischen Graben von Afrika aus nach Norden ziehen, fangen konnte; das geschieht noch heute.

Die Menge der von den Hebräern gefangenen Wachteln war zweifellos beträchtlich geringer als die Zahlen im Buch *Numeri* angeben; vielleicht mehrere zehntausend. Doch da die Züge der Wachteln in den ersten Frühlingstagen dicht aufeinanderfolgen, konnten die Hebräer genügend Vögel fangen, um ihre einfache Kost zu bereichern.

Wachteln haben die Eigenart, giftige Pflanzen, vor allem Tollkirschen, fressen zu können und in ihrem Körper bis zur zehnfachen Menge des für den Menschen tödlichen Giftes anzusammeln, ohne daß es ihnen selbst schadet. Diese tödlichen Dosen sind vermutlich in den Eingeweiden konzentriert; der Verzehr nicht ausgenommener wilder Wachteln konnte daher riskant sein. Man kann daraus schließen, daß manche der Wachteln, aber nicht alle, tatsächlich giftige Pflanzen gefressen hatten, und jene, die sie – mehr oder weniger durchgebraten – verzehrten, ein Unwohlsein verspürten und es bei jenen, die mehr als eine gegessen hatten, sogar Tote durch Herzstillstand gab, wenn die Hebräer die Wachteln vor dem Verzehr nicht ausnahmen. Das Buch *Numeri* schildert ein interessantes Detail: Die Wachteln wurden rings um das Lager zum Dörren ausgelegt, was darauf hindeuten würde, daß die Hebräer sie für einen späteren Verzehr aufbewahren wollten; dazu wurden sie dann aufgeschlitzt, aber sicher nicht ausgenommen.

Eines ist sicher: Viele, die davon aßen, bekamen ernste Beschwerden oder starben sogar. Daher rührt die romanhafte Erfindung im Buch *Numeri*.

Kapitel 13

1 Das Buch *Numeri* (33, 16) nennt die Etappe Kibrot-Taawa als achte nach der Durchquerung des Schilfmeers. Diese Angabe ist historisch nicht verifizierbar, da keine der genannten Etappen (Num 33, 1–49), mit Ausnahme Ezjon-Gebers, von den Scharen von Exegeten und Historikern, die sich damit befaßt haben, genau lokalisiert werden konnte. Es ist möglich, daß die meisten dieser Orte tatsächlich existiert haben, aber unter anderen Namen (so hat man etwa Dophka oft mit dem heutigen Serabet el Khadim identifiziert), oder sie sind seither verschwunden.
Diese Etappe stellt uns wieder einmal vor das Problem der Route des Exodus, was für das Verständnis dieses Berichts äußerst wichtig ist (vgl. Karte). Man wird mir sicher verzeihen, daß ich hier nicht alle Hypothesen über diese Route im Detail aufzähle, denn sie sind zahlreich. Ich möchte lediglich die Hauptthesen zusammenfassen:
Die Küstenroute: Diese These scheint mir durch die Papyri Anastasi auf schlüssige Art entkräftet, ebenso wie durch die Aufsätze von Alan Gardiner (zitiert in Bd. 1, S. 425). Diese Route wurde durch eine Kette ägyptischer Festungen streng überwacht und ermöglichte weder ein Überschreiten nach Ägypten noch nach Asien, wenn man keine spezielle Erlaubnis der ägyptischen Behörden hatte. Der Papyrus Anastasi V berichtet, daß zwei Sklaven, die auf dieser Route geflohen waren, sofort von der Grenzpolizei gesucht wurden (John A. Wilson, in: James B. Pritchard (Hrsg.), *Ancient Near Eastern Texts Relating to the Old Testament*, Princeton 1969). Wenn zwei Sklaven nicht über diese Route fliehen konnten, ohne daß man auf sie aufmerksam wurde, wie mußte es dann bei dreißigtausend Flüchtlingen sein!
Die transversale Route: Diese Route, genannt Darb el Hajj (Straße der Pilger, da sie zweitausend Jahre später die muslimischen Pilger nach Mekka führte), hätte die Hebräer durch die Wüsten Schur, Paran und Sin direkt vom Schilfmeer nach Ezjon-Geber gebracht. Sie ist so schwer so begehen, daß sie die Leiden der Hebräer, wie sie der Pentateuch beschreibt, gut widerspiegeln würde. Diese These wirkt wahrscheinlicher (unter anderem würde sie erklären, warum die Schilderungen des Exodus nicht die Möglichkeit erwähnen, sich von Fisch zu ernähren), aber sie

stößt auf einen gewichtigen historischen Einwand: Dieser Weg hätte die Hebräer über eine Abzweigung entlang des 'Araba direkt nach Kanaan geführt. Sie hätten daher nicht die Edomiter um das Durchzugsrecht bitten müssen und hätten auch keine Gelegenheit gehabt, gegen die Amalekiter zu kämpfen, deren Gebiete viel weiter südlich lagen.
Zudem kannte Moses, der bei seiner ersten Flucht aus Ägypten offenkundig der südlichen Route gefolgt war, den längsten, aber am wenigsten beschwerlichen Weg nach Ezjon-Geber, diese Strecke nicht. Es liegt auf der Hand, daß Moses, wenn er der transversalen Route gefolgt wäre, Kontakt mit den in Palästina gebliebenen Hebräern aufgenommen hätte, doch der Pentateuch beweist ausreichend, daß er keine Erfahrung mit diesem Land hatte, und vermerkt nicht die geringste Spur einer Begegnung mit den Hebräern in Palästina.
Man könnte einwenden, daß diese Route nicht so schwierig gewesen sein konnte, da sie später von den Pilgern nach Mekka genutzt wurde. Doch dabei würde man vergessen, daß Kamele, den Hebräern unbekannt, da sie zur Zeit Ramses' II. in Ägypten unbekannt waren, ebenso wie Pferde traditionelle Reittiere des Orients waren, während die Hebräer weder Kamele noch Pferde, sondern nur ein paar Esel hatten.
Die Hypothese, die Hebräer seien der Route am Roten Meer, die auch die Karawanenstraße war, gefolgt, besitzt den Vorteil, daß sie diesen Einwänden genügt, vorausgesetzt, man sucht den Berg, wo Gott Moses erschienen ist, anderswo als an den traditionellen Orten, das heißt südlich der Berggipfel des Sinai (vgl. Teil II, Kap. 6, Anm. 3).

Kapitel 14

1 Die Schilderungen des Auszugs aus Ägypten erwähnen nur zwei Orte, wo es Probleme mit der Wasserversorgung gab, Mara und Refidim. Doch eine solche Menschenmasse mußte sehr oft ihre Wasservorräte auffüllen, zunächst aufgrund der Hitze, die an der Küste des Roten Meeres tagsüber herrscht, und auch für die Zubereitung des Essens. Die Hebräer waren zu Fuß unterwegs und schwer beladen mit Gepäck, darunter die Zelte, sie konnten

nicht mehr als ein paar Liter pro Person auf einmal tragen; Kinder und Alte waren von dieser Last natürlich ausgenommen.

2 Man weiß nicht, wo Refidim lag. Man kann lediglich sagen, daß es an der östlichen Küste des Roten Meeres im Süden lag, etwa auf der Höhe des heutigen Wadis Feirân und des Katharinenklosters, auf amalekitischem Gebiet. Die Möglichkeiten, weiter oben auf Amalekiter zu stoßen, waren gleich Null, da diese kaum in großer Zahl das Bergmassiv des Sinai überqueren konnten (vgl. Kap. 14, Anm. 4 und Kap. 15, Anm. 1).

3 Der Konflikt in Refidim, wie ihn das Buch *Exodus* schildert, spiegelt die Heftigkeit der Spannungen wider, die die Hebräer umtrieben, da sie sogar fragten, ob der Herr mit ihnen sei oder nicht (Ex 17, 7).

4 Es tut Mose historischen Verdiensten keinen Abbruch, wenn man annimmt, daß seine frühere Kenntnis des Gebiets es ihm möglich machte, die Orte zu finden, wo die Chance bestand, auf einen Wasserlauf zu stoßen. Das Buch *Exodus* (17, 6), gibt an, die legendäre Episode, als Moses Wasser aus dem Felsen schlug, habe sich bei dem Berg Horeb (oder Sinai, oder Dschebel Musa) zugetragen. In der Nähe dieses Berges (wenn es wirklich der Dschebel Musa ist) verläuft tatsächlich ein Wadi, der Wadi Feirân (was natürlich nicht bedeutet, daß der Wadi Feirân der Gebirgsbach ist, den Moses aus dem Felsen schlug). In der Schilderung des *Exodus* folgt die Episode von Refidim dicht auf die Stelle mit den Wachteln, was darauf hinweist, daß sie sich im Frühling oder im Herbst abgespielt haben muß, in der Jahreszeit der Wachtelzüge, aber auch der plötzlichen Wolkenbrüche, die häufig zu Überschwemmungen führen (vgl. *Encyclopaedia Britannica* (Stichwort *Sinai*), aber auch für kurze Zeit Wildbäche entstehen lassen.
Daraus folgen zwei Hypothesen: Entweder führte Moses die Hebräer zum Wadi Feirân, oder er machte sich in den Gebirgsausläufern auf die Suche nach einem Wildbach und fand einen. In beiden Fällen wurde die wundersame Entdeckung von den Autoren des Pentateuchs aus einer hagiographischen Optik heraus interpretiert, bei der man sieht, wie Moses, der immer noch seinen

Zauberstab bei sich hatte, mit einem einfachen Schlag Wasser aus dem Felsen strömen ließ.

5 *Massa wa meriba,* »Versuchung und Streit«. Versuchung, weil die Hebräer ihren Herrn hatten versuchen wollen; Streit aufgrund des Konflikts zwischen ihnen und Moses. Der Vorfall blieb den Hebräern hartnäckig im Gedächtnis haften. Im *Deuteronomium* (6, 16 und 9, 22) wird Gott folgende Mahnung in den Mund gelegt: »Ihr sollt den Herrn, euren Gott, nicht auf die Probe stellen, wie ihr ihn bei Massa auf die Probe gestellt habt.«

Kapitel 15

1 Der erste bewaffnete Angriff gegen die Hebräer nach Beginn des Auszugs aus Ägypten wird den Amalekitern zugeschrieben (Ex 17, 8–9), aber es wird keinerlei Motiv für ihn genannt. Doch es fällt auf, daß die Attacke gerade dann beginnt, nachdem Moses Wasser aus dem Felsen geschlagen hat. Es scheint, als ob die Nutzung des Gebirgsbachs, den Moses gefunden hatte, und der Angriff der amalekitischen Beduinen zusammenhängen. Die Amalekiter waren halbnomadische Hirten und maßen daher ihren Wasserquellen große Bedeutung zu. Als sie sahen, daß Fremde auf ihrem Territorium Wasser schöpften, griffen sie an und nahmen dabei Gefangene als Sklaven. (Die Amalekiter plünderten auch gelegentlich, wie mehrere Völker zu dieser Zeit). Da der Angriff in der Nähe des Bergs Horeb stattfand, folgt daraus, daß die Amalekiter die Nordseite des Golfes von Akaba besetzten, da auf der Südseite die Midianiter waren.
Die Verteilung der Territorien unter den Halbnomaden des Gebiets zu dieser Zeit ist offensichtlich ungenau, sogar widersprüchlich, um so mehr, da sich die Geographie der Region im Lauf der letzten dreitausend Jahre deutlich verändert hat. Die *Encyclopaedia Britannica* (Stichwort *Amalekiter*) nennt als Gebiet der Amalekiter die Gegend südlich von Juda, das heißt, am Rand des Gebiets der Edomiter, was kein Widerspruch ist, da die Amalekiter mit den Edomitern verwandt waren (Gen 36, 12). Obwohl die Amalekiter mit dem hebräischen Stamm Efraim in Verbindung gebracht werden (Richter 5, 14 und 12, 15), scheint

ihre Feindseligkeit gegen ihre entfernten Vettern sehr alt gewesen zu sein und ging sogar bis zur Ankunft der ersten Hebräer in Palästina zurück. Diese Feindschaft sollte lange dauern, noch dreihundert Jahre nach Moses, bis zu König David. Den Ursprung dieser Gegnerschaft, der noch vor der Herausbildung der hebräischen Identität gelegen haben muß, kennt man nicht. Doch vielleicht war Gegenstand des Streits auch hier die Aufteilung von Wasser und Weidegründen.

2 Das Buch *Exodus* (17, 13) berichtet, daß Josua alle Amalekiter mit dem Schwert tötete, aber bei ihrem Aufbruch aus Ägypten konnten die Hebräer nicht mit Schwertern bewaffnet gewesen sein; sie hatten auch in Ägypten keine Schwerter gehabt, da die Ägypter auf ihrem Territorium sicher keine hebräischen Milizen geduldet hätten. Bleibt die Frage, über welche Waffen sie verfügen konnten, um auf Mose Befehl hin den Kampf zu beginnen, da man sich kaum vorstellen kann, daß sie mit bloßen Händen gegen die Amalekiter zogen, die schon seit langer Zeit bewaffnet waren, da sie gelegentlich plünderten und unvermeidlich Konflikte mit Nachbarvölkern hatten, mit Midianitern, Hetitern, Moabitern und auch den Ägyptern. Es gibt wenige Hypothesen, wie man weiter oben gesehen hat (vgl. Kap. 8, Anm. 2). Die Hebräer waren wohl mit Spießen, die man aus Holz herstellen und deren Spitze man im Feuer härten konnte, und mit Schleudern ausgerüstet.

Kapitel 16

1 Wie alle Völker dieser Epoche praktizierten die Hebräer die Sklaverei. Die Sklaven waren entweder Kriegsgefangene oder Leute, die sich freiwillig verkauften. So konnten Hebräer sich an andere Hebräer verkaufen (Lev 25, 39–40 und 53). Die israelitischen Sklaven genossen jedoch eine Vorzugsbehandlung, da sie sich zu jedem Zeitpunkt zurückkaufen und auf jeden Fall am Ende des sechsten Jahres freigelassen wurden, da das siebte Jahr als Sabbatjahr galt. Im Alten Testament gibt es zahlreiche Verweise auf Sklaverei, die zeigen, daß die Vorschriften, deren Verkündungsdatum übrigens ungesichert ist, mehr oder weniger streng ange-

wandt wurden. Ich zeichne Moses hier als besonders großzügig gegen die Amalekiter, da er ihnen die Befreiungsklausel nach sechs Jahren zugesteht.

2 In ihren verschiedenen Zusammenfassungen des Auszugs aus Ägypten und des darauffolgenden Heldenepos verlegen die Bücher *Exodus*, *Numeri* und *Levitikus* die Gesetzesvorschriften Mose und die Errichtung der Bundeslade in die Zeit des Marsches der Hebräer von Ägypten nach Kanaan. Offensichtlich haben die aufeinanderfolgenden Autoren dieser Bücher versucht, eine theologisch befriedigende Rekonstruktion zu bieten, um zu zeigen, daß die Grundlagen des Judentums in ihrer Gesamtheit sehr schnell nach dem Auszug aus Ägypten errichtet worden sind. Von einem streng historischen Blickwinkel aus erscheint diese Version wenig plausibel, wenn nicht gar vollkommen unwahrscheinlich. So stehen die göttlichen Befehle in *Numeri* 28, 1–31und Num 29, 1–40 in krassem Widerspruch zu den Schilderungen der chronischen Not der Hebräer bis zu ihrer Ankunft in Kanaan: Wo hätten die Emigranten zwei fehlerlose einjährige Schafe, ein Zehntel Scheffel Mehl mit feinstem Öl vermengt, dazu eine halbe Kanne Wein für das tägliche Opfer oder die beiden Stiere, den Widder, die sieben Schafe und den Bock für die monatlichen Opfer finden sollen? Auch die Einzelheiten bei der Errichtung des Tabernakelzeltes und beim Bau der Bundeslade (Ex 25, 10 – Ex 27, 21) schließen aus, daß dies während der Wanderschaft der Hebräer geschah. Wie hätten sie die großen Vorhänge aus feinem Leinen weben und violett, purpurn und scharlachrot färben, die Bronzegarnituren schmelzen und die Tragestangen und Wände der Lade mit Gold plattieren, die Ketten und Rosetten aus Gold herstellen und das Geschirr und die Leuchter aus purem Gold schmieden können? Wie hätten sie die blumenförmigen, mit einem Purpurfaden durchwirkten Kleiderquasten herstellen sollen, die die Mäntel der Hebräer schmücken mußten (Num 15, 37–40)? …
Die dafür notwendigen Berufe wie Weber, Zimmerer, Zurichter, Bronzegießer und Goldschmiede sind völlig unvereinbar mit dem Nomadenleben, das die Hebräer bis zu ihrer Ankunft im Gelobten Land führten. Allein die Schilderung des Zeltes, ein Entwurf des Tempels, den Salomon baute, und seines offenkun-

dig untransportierbaren Aufbaus genügt, um zu beweisen, daß die göttlichen Befehle sich an ein bereits seßhaftes Volk richteten.
Aus diesen Gründen werden diese gewichtigen Befehle an diesem Punkt der Schilderung nicht erwähnt; von ihnen wird bei der Niederlassung der Hebräer in Kadesch-Barnea berichtet.

Kapitel 17

1 Ein je nach Jahreszeit Wasser führender Wildwasserfluß, der in den Bergen der gleichnamigen Wüste entspringt und sich in mehrere Arme teilt; die einen fließen zum Toten Meer, der Hauptarm, oft mit zusätzlichen Nebenflüssen, fließt zum Golf von Akaba bei Ezjon-Geber (Ladislaus Szczepanski, S. J., *Geographia Historica Palestinae Antiquae*, Rom 1928).

2 Laut *Exodus* (18, 5–6) soll Jitro Moses zusammen mit Zippora und den beiden Söhnen des Paares entgegengekommen sein, da er von den Heldentaten seines Schwiegersohnes gehört hatte. Der Text des Buches ist jedoch ungenau, wenn nicht gar widersprüchlich. So wird berichtet, Jitro habe Moses dort aufgesucht, wo dieser gerade lagerte, »am Gottesberg«; es wird nicht näher beschrieben, wo dieser Berg lag. War es im Süden des südlichen Sinai-Bergmassivs, in der Nähe des Berges Sinai? Oder war es, wie die These dieses Buches lautet, am Berg Karkom nördlich von Ezjon-Geber (vgl. Teil II, Kap. 6, Anm. 3)? In beiden Fällen scheint Jitros Initiative wenig plausibel. Das Lager am Fuß des Sinai wäre ganz offensichtlich provisorisch gewesen, und Jitro war zu besonnen, um seiner Tochter eine Wegstrecke von etwa hundertfünfzig Kilometern zuzumuten, wenn Moses gar nicht anders konnte, als weiter in Richtung Ezjon-Geber zu ziehen. Im zweiten – wahrscheinlicheren – Fall konnte Moses ebenfalls nicht umhin, über Ezjon-Geber zu ziehen, um zum Berg Karkom zu gelangen, und man kann sich nur schwer vorstellen, daß er dann nicht den Wunsch gehabt hätte, seine Frau zu besuchen. Der Text des Buches *Exodus* verwandelt wohl diese Begegnung in eine implizite Huldigung, die Jitro Moses erwies, indem er einen langen Weg auf sich nahm, um ihm entgegenzukommen.

Überdies erscheint diese Begegnung wie ein anachronistischer Einschub, da sie (Ex 18, 1–27) geschildert wird, noch bevor Moses und die Hebräer in der Wüste Sinai angekommen waren (Ex 19, 1–3).

Dennoch kommt dieser Begegnung einige Bedeutung zu, wie man im folgenden sehen wird, da ihre Beschreibung die Interpretation der Beziehungen zwischen Hebräern und Midianitern bestimmt (siehe auch Teil II, Kap. 1, Anm. 1). Wichtig ist vor allem, daß diese Begegnung dokumentiert ist, abweichend von anderen Passagen des Pentateuchs.

II.

Der Berg des Herrn

Kapitel 1

1 Die Beziehungen der Hebräer zu den Midianitern scheinen sich unter ebenso komplexen wie undurchsichtigen Umständen verschlechtert zu haben. Keines der fünf Bücher des Pentateuchs ermöglicht eine schlüssige Klärung der Gründe dafür. Man weiß, daß Moses bei seiner Ankunft in der Gegend von Ezjon-Geber von Jitro, dem midianitischen Oberhaupt und Schwiegervater des Propheten, der seine Tochter Zippora und deren beiden Söhne aus der Ehe mit Moses mitbringt, empfangen wird. In der Folgezeit macht Moses Jitro zu seinem juristischen Berater, um über die Streitigkeiten der Hebräer zu verhandeln (Ex 18, 1–27). Später, nachdem die Hebräer im Gebiet der Stadt Schittim (oder Abel-Ha Schittim), nördlich vom Toten Meer im Land Moab, angekommen waren, entfesselte sich jedoch der Zorn des Herrn gegen die Midianiter, als ein Hebräer, Simri der Simeonit, die Midianiterin Kosbi, Tochter eines Sippenoberhaupts, mit zu sich nahm (Num 25, 6–8); Pinhas, Enkel Aarons und daher wohl Großneffe von Moses, durchbohrte das Paar mit einem einzigen Lanzenstoß. Die Episode ist eigentlich schwer verständlich, denn Moses war selbst mit einer Midianiterin verheiratet. »Greift die Midianiter an und schlagt sie; denn auch sie haben euch arglistig angegriffen, als sie euch mit Pegor und mit ihrer Schwester Kosbi überlisteten«, fordert Jahwe. Gegenstand des göttlichen Zorns war offensichtlich, daß Hebräer, Mädchen und Jungen, an Feiern zu Ehren des Gottes Baal vom Berg Pegor teilgenommen hatten, die offensichtlich ausschweifender Art waren.

Parallel dazu gibt es auch einen materiellen Grund für die plötzliche Feindschaft zwischen Hebräern und Midianitern (es sei daran erinnert, daß letztere von Midian, einem der sechs Söhne Abrahams, abstammen): das Bündnis der Midianiter mit den Moabitern, die das plötzliche massenhafte Eindringen von Hebräern in ihr Land und die Bedrohung ihrer Wasserstellen durch die Viehherden der Hebräer in Angst versetzte.
Natürlich kann man bei dem Krieg zwischen Hebräern einerseits und Midianitern und Moabitern andererseits nur schwer die religiösen und die materiellen Motive auseinanderhalten, und man kann nicht ausschließen, daß Moses und noch mehr die Autoren des Pentateuchs vor allem religiöse Gründe anführten, um den Krieg und die grauenhaften Massaker zu rechtfertigen, die im Buch *Numeri* beschrieben werden.
Diese Betrachtungen helfen außerdem, die Marschroute der Hebräer nach Kanaan zu präzisieren. Wichtige Details deuten darauf hin, daß der Aufenthalt der Hebräer im Lande Moab lang genug war, daß sie Herden halten und sich zumindest auf halbseßhafte Art niederlassen konnten; es wird gesagt, daß Pinhas über die heiligen Geräte wachte (Num 31, 6), was bedeutet, daß man das Tabernakelzelt an dieser Stelle errichtet und mit allen Kultgegenständen ausgestattet hatte, die im Buch *Exodus* 25, 10 – Ex 27, 21 beschrieben werden.

2 Die Rekrutierung Hobabs, Sohn Jitros und daher Mose Schwager (Num 10, 29–32), wirft dieselben Fragen auf, die in der vorhergehenden Fußnote angesprochen wurden. Man erfährt, wie Moses Hobab gegenüber eifrig argumentierte, damit dieser sich dem Zug der Hebräer anschloß. Trotz einer ersten Weigerung Hobabs beharrte Moses weiter und erlangte am Ende sicherlich die Zustimmung seines Schwagers. Allerdings erfährt man nicht, wie Hobab und auch seine Schwester Zippora den erbarmungslosen Krieg und die Massaker ertrugen, die die Hebräer an ihren Blutsverwandten, den Midianitern, begingen. Zerrissen zwischen der natürlichen Treue zu den Midianitern und der Treue, die sie Moses gelobt hatten, mußten sie zweifellos einen Gewissenskonflikt erdulden, den der Pentateuch mit keinem Wort erwähnt.

3 Die organisatorischen Ratschläge Jitros an Moses, die dieser annahm (Ex 18, 13–27), zeigen indirekt, daß Moses zum Zeitpunkt des Exodus nicht der weißhaarige, erfahrene Patriarch war, wie ihn die Überlieferung darstellt, sondern ein noch junger Mann, der es noch nicht gelernt hatte, seine Verantwortlichkeiten zu delegieren.

Kapitel 2

1 Diese Episode, als Aaron und Miriam Moses wegen seiner fremden Ehegattin Vorwürfe machen, wird in *Numeri* 12, 1–15 mit folgenden Details berichtet: Zippora kam aus dem midianitischen Stamm der Kuschiter. In der Version im Buch *Numeri* wird Miriam durch den göttlichen Fluch mit Aussatz geschlagen, der sie sofort weiß wie Schnee werden ließ, und sie, aber nicht Aaron, wird für sieben Tage aus dem Lager ausgesperrt. Da die Art dieses vorübergehenden »Aussatzes« unklar und fragwürdig ist und die Strafe übertrieben erscheint, meine ich, daß die Abfuhr, die Moses ihnen erteilt, genügt, um Aaron und Miriam wieder in ihre Schranken zu weisen.

2 Bilsenkraut gehörte zu den Drogen, die von allen Völkern der Antike zu sakralen Zwecken verwendet wurden. Da es eine Trance erzeugte, die man damals als Zeichen einer Gottbesessenheit interpretierte, wurde es bei bestimmten Gelegenheiten von den Gläubigen verzehrt, wie die seltsame Passage in *Numeri* 11, 26–29, beschreibt: Zwei Männer, Eldad und Medad, werden von einer merkwürdigen Trance ergriffen.

3 Eine spät entstandene Überlieferung, von der im Pentateuch kein Wort erwähnt wird und die ihre Wurzeln beim Propheten Micha hat (6, 4), möchte Miriam als Prophetin sehen und schreibt ihr sogar den »Gesang Mose« zu. Doch der Pentateuch zeichnet von ihr das ingrimmige Bild einer Frau, die schnell bereit ist, Mose Autorität abzustreiten, und sogar so weit geht, seine Ehe zu kritisieren.

4 Die Vorbehalte, wenn nicht gar die offene Feindseligkeit gegen

die Ehe zwischen Moses und der Midianiterin Zippora setzte sich offensichtlich jahrhundertelang fort. Tatsächlich mutet es seltsam an, daß in *Numeri* (3, 1–4), »als der Herr mit Moses auf dem Sinai redete«, die Abkömmlinge Aarons genannt werden, aber keiner der Söhne Mose, Gerschom und Eliëser. Diese offenkundige Auslassung kann wohl nur Ergebnis einer Zensur sein.

Kapitel 3

1 Vgl. Karte S. 16

2 Vgl. Karte S. 16! Meiner Ansicht nach handelt es sich um das Gebiet südlich der Wüste Paran, nordwestlich von Ezjon-Geber, etwas fünfhundert Meter über dem Meeresspiegel, auf dem auch die Orte Abrona und Jimna im Westen der Wüste Araba lagen; möglicherweise entspricht das der Gegend von Obot (Num 21, 10–12). Es ist wahrscheinlich, daß die Hebräer, bevor sie ihren Weg nach Kanaan fortsetzten, hier eine längere Rast einlegten, die Moses – immer noch meiner persönlichen Ansicht nach – beschlossen hatte, um dem mehrere Monate andauernden Umherziehen, das sein Volk aufzureiben drohte, ein vorläufiges Ende zu machen und den Hebräern das Gesetz und die daraus abgeleiteten Strukturen aufzuerlegen. Manche Passagen des Pentateuchs, vor allem die Beschreibungen, wie die Bundeslade und das sie bergende Zelt gebaut wurden, ebenso wie die genau festgelegten Vorschriften des Kultus, sind in der Tat unvereinbar mit den äußeren Bedingungen einer Wanderung durch die Wüste (vgl. Teil I, Kap. 16, Anm. 2): Sie haben nur Sinn und sind nur wahrscheinlich, wenn man von einer längeren Seßhaftigkeit ausgeht.
Diese Hypothese und die Wahl dieser Gegend scheinen mir historisch und geologisch gefestigt.
Historisch, da die jähe Feindschaft der Midianiter für die Hebräer und ihre plötzliche Verbündung mit den Moabitern durch die Bedrohung motiviert waren, die diese Neuankömmlinge für die Wasserstellen der Gegend darstellten. Midianiter und Moabiter waren halbnomadische Hirtenvölker, und für ihre Herden war Wasser von entscheidender Bedeutung. Die Gegend, die für diese beiden Völker von gemeinsamem Interesse war, konnte

sich nur am Rand ihrer jeweiligen Territorien befinden, im Tal des Flusses Araba.
Geologisch, da diese Gegend, die heute dürr scheint, ab dem 2. Jahrtausend v.u.Z. dicht bevölkert war; man zählt dort nicht weniger als neununddreißig menschliche Siedlungen, Timna eingeschlossen. Tatsächlich wird sie von zahlreichen, je nach Jahreszeit Wasser führenden Wasserläufen reich bewässert, darunter der Hiyyon und die vielen Nebenflüsse des Araba im Süden. Sie ist daher als Weidegrund sehr gut geeignet (vgl. Karte des Negeb und des Sinai, in: John Rogerson,*Land der Bibel*, übers. v. Joachim Rehork u.a., München 1985).
Und schließlich scheint diese Gegend am besten dem Standort des Sinai genannten Berges zu entsprechen (vgl. Teil II, Kap. 6, Anm. 3).

Kapitel 4

1 In seiner ursprünglichen Strenge verbot der Sabbat sogar, daß man sich mehr als hundert Schritte fortbewegte.

2 Einer der Hauptschlüssel zur Persönlichkeit Mose liegt sicher in der Frage, wie stark der ägyptische Einfluß ihn geprägt hat. Für alle antiken Historiker – Strabo, Klemens von Alexandria, Eusebius von Cäsarea und selbst für den jüdischen Philosophen des 12. Jahrhunderts Maimonides – war die ägyptische Herkunft Mose keinem Zweifel unterworfen. Ihre modernen Nachfolger haben das kaum spürbar verändert: Von dem englischen Hebraisten des 17. Jahrhunderts, John Spencer, dem zufolge Moses kein Ägypter, sondern ein ägyptisierter Hebräer war, bis hin zu Freud, für den Moses ein hebraisierter Ägypter war, der entschieden hatte, sich ein Königreich zu errichten, und der die Hebräer aus Ägypten führte, um ein ideales Ägypten zu verwirklichen, bezogen sich alle Historiker, die das Leben und die Persönlichkeit des Propheten und Religionsgründers analysiert haben, auf den Einfluß, den die ägyptische Kultur auf ihn ausgeübt hat. Selbst für den preußischen Historiker Anfang des 20. Jahrhunderts, Eduard Meyer, gab es einen ägyptischen Moses in vollem Wortsinn. Meyer, der die historischen Hinweise des Pentateuchs fast

gänzlich vernachlässigte, behauptete etwas verstiegen, es habe tatsächlich *zwei* Gestalten Moses gegeben, den Ägypter Moses und einen Midianiter mit demselben Namen (was nebenbei die philologischen Unzulänglichkeiten Meyers zeigt, da der Name Moses für einen Midianiter höchst unwahrscheinlich ist).

3 Der Konflikt zwischen Hebräern einerseits und der Koalition aus Midianitern und Moabitern andererseits brach nicht von Anfang an aus, sondern er folgt nach einer unbestimmten Zeitspanne des Miteinanderlebens. Er entlud sich viel weiter im Norden, am östlichen Ufer des Jordan und nördlich des Toten Meeres, auf der Höhe Jerichos »in den Steppen von Moab« (Num 22, 1).

Kapitel 6

1 Es gab primitive Wasseruhren, die möglicherweise einige der Emigranten in ihrem Gepäck hatten.

2 Das Gewitter wird im Buch *Exodus* (19, 16–20) beschrieben, doch findet es drei Tage nach der Begegnung Mose mit Jahwe auf dem Berg und im Morgengrauen statt.

3 Es gibt nicht weniger als acht Orte, wo nach verschiedenen Theorien der letzten Jahrzehnte der Berg gelegen haben soll, auf dem Jahwe Moses erschienen ist: die Dschebel Halal, Sin Bishr, Ji'allaq, Sirbal, Katherina, Musa auf der Halbinsel Sinai; und zwei weitere Dschebel am östlichen Ufer des Golfes von Akaba, im heutigen Saudi-Arabien. Über den einen der beiden, den Dschebel al Lawz, erschien 1998 ein etwas sensationsheischender Bericht, der keine großen archäologischen Neuigkeiten brachte (Howard Blum, *Der Schatz der Bibel. Moses und das Geheimnis des Heiligen Berges,* München 1998).
Keine dieser Lokalisierungen scheint mir in Betracht zu kommen – sowohl aus historischen und geographischen wie auch aus topographischen Gründen. Die Dschebel Halal und Sin Bishr passen in keiner Weise zu einer wahrscheinlichen Wegstrecke des Exodus. Der Dschebel Ji'allaq liegt nur etwa fünfzig Kilome-

ter vom Schilfmeer entfernt; meiner Ansicht nach zu nahe für die Offenbarung Jahwes. Die Dschebel Sirbal, Katherina und Musa sind historisch plausibel, passen aber nicht zu den Details, die der Pentateuch nennt und die man nicht völlig außer acht lassen kann. Ich habe die Gegend 1955 besucht und kann versichern, daß der Dschebel Katherina zu Fuß vollkommen unzugänglich ist, es sei denn, man hätte die Ausrüstung eines heutigen Bergsteigers. Die beiden Dschebel am östlichen Ufer des Golfes von Akaba schließe ich aus, da weder der Pentateuch noch die historische Wahrscheinlichkeit vermuten lassen, daß die Hebräer diesen Golf überquerten (womit auch?); im übrigen hätte sie das von dem Gelobten Land, dem sie doch entgegenstrebten, noch weiter entfernt.
Am wahrscheinlichsten halte ich die These Pater Emmanuel Anatis, detailliert und überzeugend dargestellt in seinen beiden Werken mit selbem Titel und fast demselben Wortlaut – *La montagne de Dieu: Har Karkom,* Paris 1986. (Das eine ist ein Quartband mit zahlreichen gelehrten Anmerkungen über die untersuchten Orte, das andere ein Buch in handlicherem Format.) Neben vielen anderen sind es vor allem zwei Gründe, die die These Pater Anatis am schlüssigsten erscheinen lassen. Erstens liegt der Har Karkom auf der plausibelsten Route der Hebräer, als sie entlang der Westküste des Golfes von Akaba zogen und dann nach Norden durch die Wüste Negeb und das Land der Midianiter in Richtung Kanaan abbogen. Zweitens ist er zu Fuß erreichbar und entspricht auch in anderer Hinsicht, etwa der Vegetation, weit eher den Einzelheiten des Pentateuchs.
Der Har Karkom ist 847 Meter hoch, seine Hänge sind zwar steil, aber wie Pater Anati schreibt, kann man dennoch »über den Westhang hinaufsteigen, wo von zwei gut erreichbaren Punkten aus zwei deutlich markierte Wege bis zum Plateau führen. Der Berg besteht aus Kalkstein mit gelegentlichem Feuerstein und bildet ein Gipfelplateau; von Norden nach Süden ist er fast vier Kilometer lang und etwa zwei Kilometer breit«. Zwei Gipfel krönen dieses Plateau in einer Höhe von etwa 70 Metern.
Der Name Har Karkom, »Safranberg«, ist neueren Datums; kurze Zeit wurde er Har Geschur genannt, dann Dschebel Ideid, »Berg der Vorbereitung« oder »Berg der Menge«. Man könnte versucht sein, ihn mit dem Berg Hor gleichzusetzen, der vier-

unddreißigsten der zweiundvierzig Etappen des Exodus, die in *Numeri* (33, 1–48) zitiert werden, mit dem Berg, auf dem Aaron die Priestergewänder abgenommen wurden und wo er starb (Num 20, 22–29), doch die Chronologie der Bücher des Pentateuchs gestattet diese Hypothese nicht.

4 Wenige Ereignisse, die in den Bereich der Legende gehören, haben so viele ausgefallene Hypothesen bewirkt wie die Beschreibung im Buch *Exodus* (19, 17–20,21). Ein 1997 erschienenes Buch, ein Bestseller, erklärt in völliger Unkenntnis der Geschichte des Alten Testaments, dieser Text enthalte einen Geheimcode, und behauptet, Jahwe sei ein Außerirdischer gewesen, dessen fliegende Untertasse auf dem Sinai-Gebirge gelandet sei und der Moses mit Lautsprechern gerufen habe!
Zwei Hypothesen haben die historische Untersuchung dieser Episode geprägt. Die erste meint, es habe in der Gegend einen Vulkanausbruch gegeben, was erklären würde, daß Rauch aus dem Berg aufstieg »wie Rauch aus einem Schmelzofen« (Ex 19, 18). Somit wäre der Berg, auf dem Jahwe Moses erschien, ein Vulkan gewesen. Zwar liegt der Negeb am syrisch-asiatischen Graben, doch keine Studie konnte beweisen, daß es in dieser Region oder anderen vermuteten Standorten im Sinai-Gebirge einen Vulkan gab. Zudem hätten die Fontänen von Staub und Steinen und die Ströme weißglühender Lava das Volk eher veranlaßt zu fliehen, als sich dem Vulkan zu nähern.
Die zweite erklärt, ein großer Meteorit sei auf dem Berg eingeschlagen und habe an der Stelle seines Aufpralls die Felsen so erhitzt, daß sie weiß erglühten (beim letzten Aufglühen des Meteoriten der Steinigen Tunguska 1908 in Sibirien wurden die Kleider von Augenzeugen noch in sechzig Kilometern Entfernung versengt). Erwähnen sollte man auch, daß Meteoriteneinschläge vor 1800 weit häufiger waren und der Ursprung für den antiken Glauben sind, Eisen sei ein Metall, das vom Himmel komme. Dieser Meteorit hätte während des Gewitters einschlagen oder aber – ebenso wahrscheinlich – diesen Sturm durch eine gesteigerte Ionisierung der Wolken über der Region erst auslösen können. Ich bevorzuge diese zweite Hypothese, um so mehr, da das Buch *Exodus* zweimal einen »gewaltigen Hörnerschall« erwähnt (Ex 19,16 und Ex 20, 18). Ein Vulkanausbruch hätte gewiß

keinen solchen Schall erzeugt, doch der Eintritt eines großen Meteoriten in die unteren Schichten der Erdatmosphäre hätte ein klingendes Geräusch wie von einem schrillen Horn auslösen können.

Kapitel 7

1 Ein besonderes Detail im Buch *Exodus* (34, 29–35) hat die Exegeten seit vielen Generationen neugierig gemacht und nebenbei auch die künstlerische Darstellung Mose erheblich beeinflußt: Als Moses von seiner Begegnung mit Jahwe auf dem Berg zurückkam, hatte sein Gesicht etwas Besonderes an sich, sicher etwas Beängstigendes, da die Leute sich fürchteten, ihm näher zu kommen. Die Haut seines Gesichtes leuchtete (»Während Mose vom Berg herunterstieg, wußte er nicht, daß die Haut seines Gesichtes Licht ausstrahlte«, Ex 34, 29), weil er mit dem Herrn gesprochen hatte, und er mußte überall einen Schleier vor dem Gesicht tragen, außer wenn er mit dem Herrn redete.
Auf dieses Detail wird mit verblüffendem Nachdruck hingewiesen, sechsmal in sechs Versen, was vermuten läßt, daß es die Hebräer stark beeindruckte.
Ein Übersetzungsfehler war schuld, daß man lange Zeit glaubte, Moses habe Hörner gehabt, Hörner aus Licht natürlich. So entstand eine der berühmtesten Darstellungen des Propheten, das Gemälde Michelangelos. Nach Ansicht des amerikanischen Exegeten William Propp *(The Skin of Moses' Face, Transfigured or Disfigured?* Catholic Biblical Quarterly, 1987) war Moses eher entstellt als verklärt. Man kann annehmen, daß er nach einem längeren Aufenthalt vor der Glut des Meteoriten (vgl. voriges Kapitel, Anm. 4) eine heftige Hautrötung zeigte. Daher war es auch notwendig, sich mit einem Schleier vor der Sonne zu schützen.

2 Nach dieser Überlieferung erinnern die Gesetzestafeln, von den elohistischen und jahwistischen Texten »Steintafeln« genannt, viele Historiker an den Dioritblock, auf den die babylonische Gesetzsammlung von Hammurabi – im Wortlaut den Zehn Geboten übrigens sehr ähnlich – eingemeißelt war, zweitausend

Jahre v. u. Z., und an viele andere ägyptische, ebenfalls in Stein gemeißelte Gesetzestexte (vgl. André-Marie Gérard, *Dictionnaire de la Bible,* a.a.O.). So käme ihnen der Nimbus der Ewigkeit zu. Als Moses die göttlich inspirierten Gebote auf Stein schrieb, huldigte er also der Tradition.
Vom Blickwinkel der modernen Geschichte und vor allem von dem der Religionsgeschichte aus gesehen – und ohne irgendwie zu bestreiten, daß Moses eine göttliche Eingebung hatte –, ist es dennoch schwierig anzuerkennen, Jahwe selbst habe die Gebote eingemeißelt oder gar noch einmal neu eingemeißelt, nachdem Moses die ersten Tafeln in einem Wutanfall zerschmettert hatte. Die Zwänge der epischen Erzählung, die, neben einer besonderen Auffassung der göttlichen Einmischung, zeigen wollen, welche Bedeutung Jahwe diesen Geboten beimaß, scheinen mir mit dem der Gottheit geschuldeten Respekt nicht vereinbar. So halte ich es für wahrscheinlicher, daß Moses überzeugt war, Jahwe selbst habe seine Hand geführt.

3 Dem Buch *Exodus* nach scheint es das Gebot der Sabbatruhe früher gegeben zu haben als die Zehn Gebote, da Moses es den Hebräern während des ersten Teils der Wüstenwanderung auferlegte, als sie nur Manna zu essen hatten. Es handelte sich daher um eine Mahnung, die einen Brauch in ein Gebot verwandelte.

Kapitel 8

1 Halten wir noch einmal fest, daß »Baal« bei den westlichen Semiten einfach »Herr« bedeutet (Manfred Lurker, *Lexikon der Götter und Dämonen,* München 1984).

2 Die Gründe, warum es bei Todesstrafe verboten war, sich vor dem Ertönen des Horns dem heiligen Berg zu nähern (Ex 19, 12–13 und 23–24), bleiben bis zum heutigen Tag rätselhaft, sogar widersprüchlich. In *Exodus* 19, 21 liest man, daß der Herr dieses Verbot erneuert, aber diesmal bedingungslos, ob das Horn ertönt oder nicht. Ebenso liest man, daß es allein Aaron erlaubt ist, dort hinzugehen (Ex 19, 24), doch etwas später steht geschrieben, daß Moses zusammen mit Aaron, Nadab und Abihu und siebzig der

Ältesten Israels zum Berg geht und so alle den Gott Israels sahen (Ex 24, 9–10). Drei Verse später geht Moses mit Josua auf den Gottesberg (Ex 24, 13).

3 Diese Beschreibung folgt dem Buch *Exodus* (25, 18–22). Weniger aus eigener Überzeugung als aus Treue zu wesentlichen Einzelheiten bei der Beschreibung der Bundeslade habe ich sie übernommen; sie steht eindeutig in Widerspruch zum dritten Gebot: »Du sollst dir kein Gottesbild machen und keine Darstellung von irgend etwas am Himmel droben, auf der Erde unten oder im Wasser unter der Erde.«
Manche Autoren (etwa R. E. Friedman, *Wer schrieb die Bibel,* übs. v. H. Pitschmann, Darmstadt 1989) regen an, man müsse unterscheiden zwischen der Herstellung einer Figur mit Hilfe einer Form, in die man geschmolzenes Metall goß, und der Fertigung einer Figur auf einem Holzgestell, das verkleidet und behämmert wurde. Jahwe sagt wörtlich: Du sollst dir keine Götter aus Metall *gießen,* was hieße, daß Aarons Verstoß, als er das Goldene Kalb fabrizierte, darin bestand, daß er eine Form zu Hilfe nahm. Offen bleibt die Frage, welche Symbolik im Unterschied zwischen diesen beiden Herstellungsmethoden liegen soll, es sei denn, Jahwe hätte die zweite vorgezogen.
Obwohl das Buch *Exodus* darauf hinweist, die minutiöse Beschreibung der Bundeslade sei von Jahwe diktiert worden, scheint diese Holztruhe dem Königssarg Tutenchamuns zu gleichen. Die beiden Cherubim, die mit ihren Flügeln das Dach der Bundeslade bedecken, erinnern an die Göttinnen aus Gold, die schützend die Arme über den Schrein aus vergoldetem Holz breiten, in dem die Mumie Tutenchamuns liegt (Museum von Kairo). Von welchem Ursprung die Vorstellung von Cherubim herrührt, weiß man ebensowenig, wie man die Wurzeln des hebräischen Wortes *kerub* kennt.

Kapitel 9

1 Das Buch Exodus (32, 1–35) verteilt die Schuld an der Episode mit dem Goldenen Kalb gleichermaßen auf das hebräische Volk und auf Aaron. Als das Volk sah, daß Moses fort war, soll es zu

Aaron gesagt haben: »*Komm, mach uns Götter, die vor uns her ziehen.*« Und Aaron habe verlangt, daß die Hebräer ihm ihren Schmuck gaben (laut *Exodus* Ohrringe). Aaron habe dann eine Form in der Gestalt eines Stieres gefertigt und das geschmolzene Gold hineingegossen. Als Gipfel der Unehrlichkeit wies Aaron, als er von Moses gescholten wurde, jegliche Schuld von sich und erklärte, man habe ihm aufgetragen, »Götter zu machen«. »Sie haben mir das Gold gegeben, ich habe es ins Feuer geworfen, und herausgekommen ist dieses Kalb.«

Diese Episode ist schwerlich glaubhaft, die Schilderung erweckt den Verdacht, man habe sie ersonnen, um Aaron zu diskreditieren. Der Brauch, Götterbilder bei Prozessionen vor sich her zu tragen, etwa bei dem Fest *Sed,* ist spezifisch ägyptisch, und es ist unwahrscheinlich, daß Aaron, der zusammen mit Moses den Auszug aus Ägypten organisiert hatte, dem Wunsch entsprochen hat, einen ägyptischen Brauch wiederzubeleben und eigenhändig eine Gußform zu fertigen, die den ägyptischen Fruchtbarkeitsgott Apis darstellt. Ein so ausgeprägter Wille, zu den ägyptischen Göttern zurückzukehren, ist nach meiner Ansicht mit einer Gestalt wie Aaron unvereinbar, noch dazu in dem Augenblick, als Moses, wie Aaron wußte, auf dem Berg war, um mit Jahwe zu sprechen. Daher kommt mir diese Episode im Buch *Exodus* wie eine Erfindung vor, die dazu dienen sollte, Aaron zu diskreditieren und die Tatsache zu verschleiern, daß er bis zu seinem schmachvollen Tod gegen Moses opponierte und ihm bei der Führung der Hebräer den Vorrang streitig machte.

Ich halte es für wahrscheinlicher, daß Aaron, da er nicht dieselbe Autorität besaß wie Moses, nicht imstande war, sich dem Wunsch der Midianiter und seines Volkes, einen Götzen zu feiern, zu widersetzen. Seit die Hebräer sich im Negeb befanden, waren sie in ständigem Kontakt mit den dort ansässigen Völkern, außer den Midianitern mit Moabitern, Edomitern und Amoritern. Der Stier, der als »Goldenes Kalb« bekannt wurde, war möglicherweise ein Abbild des Gottes Apis, das man nach den ägyptischen Eroberungen im Land gelassen hatte, damit es dem neu eingeführten Kult dieses Gottes diente, oder es handelte sich um eine synkretistische Darstellung von Apis und Baal-Adad.

2 Laut dem Buch *Exodus* soll Moses die Gesetzestafeln zerbrochen haben, die Gott daraufhin neu für ihn geschrieben haben soll; man kann sich fragen, ob es sich hier nicht um einen literarischen Kunstgriff handelt, der die Verfehlung noch anschaulicher machen soll. Dabei besteht aber die Gefahr, daß einerseits der Allmächtige den Wutanfällen Mose unterworfen erscheint, und andererseits, daß Moses als Person dargestellt wird, die nicht imstande war, ihre Leidenschaften zu zügeln. Aus diesem Grund habe ich diese Episode als nicht umgesetzte Drohung geschildert.

3 Das Buch *Exodus* (23, 14–17) spricht von der Absicht eines Opfers bei einer Pilgerfahrt (nach Jerusalem – vgl. Stichwort *Pèlerinage* im *Dictionnaire Encyclopédique du Judaïsme,* Paris 1989); dabei handelt es sich um einen offenkundigen Anachronismus, zurückzuführen auf den späten Zeitpunkt der Überarbeitung des Pentateuchs, da die *hagigah,* die Pilgerfahrt nach Jerusalem, eingeführt wurde, nachdem David im 10. oder 11. Jahrhundert v. u. Z. Jerusalem als Hauptstadt eingesetzt hatte.

4 Das Buch *Exodus* gibt in der Tat an, der Tanz um das Goldene Kalb habe kurz nach der Verkündung der Zehn Gebote stattgefunden. Im nachhinein konnte die Episode natürlich nur die Mißbilligung der Autoren des Pentateuchs erregen.

5 Laut dem Buch *Exodus* sollen sich die Leviten oder Priester auf Mose Befehl hin mit Schwertern bewaffnet und Brüder, Freunde und Nachbarn getötet haben, so daß auf diese Weise dreitausend Personen umkamen (Ex 32, 27–29). Diese Schilderung stimmt ein wenig skeptisch, denn erst einmal ist es unsicher, ob die Institution der Priesterschaft so rasch nach der Verkündung der Zehn Gebote geschaffen und die Körperschaft der Leviten gebildet wurde; zweitens ist es kaum vorstellbar, daß Moses die hebräische Population beim Exodus um dreitausend Leute, also um jeden neunten, reduziert hat, da doch die große Zahl der Hebräer ein wesentlicher Trumpf bei der Eroberung neuer Gebiete war. Und schließlich fragt man sich, nach welchen Kriterien die Leviten, selbst wenn ihre Gruppe bereits gebildet war, ihre Aufgabe hätten ausführen sollen, da die meisten Hebräer an dem

Fest teilgenommen hatten – wie hätten sie ihre Sühneopfer auswählen sollen?
Muß man auch an den Fanatismus und die unerhörte Grausamkeit einer solchen Rache denken, die in den Worten liegt, die Moses in den Mund gelegt wurden: »Dann sagte Mose: Füllt heute eure Hände mit Gaben für den Herrn! Denn jeder von euch ist heute gegen seinen Sohn und seinen Bruder vorgegangen, und der Herr hat Segen auf euch gelegt.« (Ex 32, 29) Manche Kommentatoren glaubten, die Moses zugeschriebene Grausamkeit verteidigen zu können, indem sie argumentierten, es habe sich um eine andere Epoche gehandelt, in der andere Sitten geherrscht hatten, doch es gibt in der Geschichte genügend Zeugnisse, die aussagen, daß etwa die Ägypter dieser Zeit niemals einen solchen Machtmißbrauch begingen.
Von einem strikt historischen Blickwinkel aus scheint mir diese Episode eher aus epischer Übertreibung oder gar apologetischer Überspitzung herzurühren: Wie hätte Moses eine so strenge Bestrafung durchsetzen können, wenn ihm immer noch seine Autorität streitig gemacht wurde, wie gerade die Episode mit dem Goldenen Kalb zeigt? Die Ermordung von dreitausend Personen hätte wohl eher dazu geführt, eine Revolte auszulösen, die in der Ermordung Mose gegipfelt haben könnte.

Kapitel 10

1 Der Leser möge im Buch *Exodus* die vollständige Liste der detaillierten Angaben nachlesen, die verwirrend präzise sind. Die angegebenen Maße entsprechen jenen im Buch *Exodus.* Eine hebräische Elle hatte etwa 45 Zentimeter.

2 Das Buch *Exodus* (25, 18) erklärt, die Cherubim seien aus getriebenem, also nicht gegossenem Gold gewesen.

3 Kein Text des Pentateuchs gibt einen Hinweis darauf, daß die Hebräer einen Schatzmeister hatten und daß es Elizafan war, eine historische Gestalt, Vetter von Moses (in *Levitikus* 10, 4 paradoxerweise als »Sohn von Aarons Onkel Usiël« bezeichnet). Doch schon für das Einsammeln der Edelmetalle hält man es

doch für wahrscheinlich, daß die Hebräer den Ansatz einer wirtschaftlichen Organisation hatten.

4 Das Buch *Exodus* berichtet, Jahwe habe Moses befohlen, zehn Zelttücher aus feinem Leinen weben zu lassen, jedes achtundzwanzig Ellen lang und vier Ellen breit, die das Heiligtum bedekken sollten, und sie sollten violett, purpurn und karmesinrot gefärbt sein – das hieße einhundertundsechsundzwanzig Meter Leinen in einer Breite von 1,80 Metern. Dazu muß man noch die dreihundertfünfundfünfzig Ellen Draperien für den Vorhof des Heiligtums rechnen, also knapp hundertsechzig Meter, insgesamt zweihundertsechsundachtzig Meter.
Aus diesen Angaben müßte man folgern, die Hebräer hätten ihre Webstühle dabeigehabt, was angesichts der Bedingungen, unter denen sich der Auszug aus Ägypten vollzog, und der Größe dieser Geräte sehr zweifelhaft ist. Die weit kleineren Werkzeuge von Goldschmieden oder Möbeltischlern konnten mitgenommen werden, Webstühle jedoch kaum. Und selbst wenn die Hebräer einen oder zwei dabeigehabt hätten, bliebe noch zu eruieren, wo sie Webfäden hätten finden sollen, denn während des Exodus konnten sie sicher keinen Hanf anbauen, ihn rotten und später spinnen.
Daraus ergibt sich, daß die Bundeslade und das tragbare Heiligtum nicht auf einmal fertiggestellt worden sein konnten; die Vorhänge wurden wohl erst hinzugefügt, als die Hebräer in der Nähe einer größeren Ansiedlung waren, wo man sich einen Webstuhl, Webfäden und die teuren Farben der Purpurschnecke oder der Koschenillelaus für das Karmesinrot kaufen konnte. Zudem kann man sich kaum vorstellen, daß Färber über Bottiche oder über die notwendigen Substanzen zum Beizen – für die Fixierung der Farbpigmente unentbehrlich – verfügt haben. Die Herstellung der Stoffbehänge, die Jahwe laut Pentateuch für das Heiligtum und seinen Vorhof gefordert hat, mußte daher verschoben werden, etwa bis zum Aufenthalt in Kadesch, es sei denn, es handelt sich insgesamt um spätere Hinzufügungen.

Kapitel 11

1 Im Buch *Exodus* kommt die Episode mit dem Goldenen Kalb *nach* der Ernennung Aarons und seiner Söhne als Oberhäupter der Priester; mir schien sie dadurch noch widersprüchlicher, denn man kann sich schlecht vorstellen, daß der Hohepriester der Israeliten sich hinreißen ließ, das Abbild eines fremden Gottes zu gießen. Eine solche Treulosigkeit Aarons hätte es gerechtfertigt, ihn abzuberufen.
Dennoch hält sich die Rekonstruktion der Ereignisse, wie sie in diesem Buch gegeben wird, teilweise an das Buch *Exodus,* da die Bundeslade und das Heiligtum erst nach Aarons Ernennung fertiggestellt werden.

2 Ex 38, 24–25. Der Wert eines Talents in zeitgenössischen Maßen schwankte im Lauf der Jahrhunderte stark. Zur Zeit Salomos, im 9. Jahrhundert, wog ein Talent 571 Gramm. Ein Talent entsprach sechzig Minen, eine Mine 50 Schekel, das Gesamtgewicht des für die Bundeslade und das Heiligtum verwendeten Goldes hätte dann fast siebzehn Kilogramm betragen. Das verwendete Silber wog 60,5 Kilogramm.

Kapitel 12

1 Ebenfalls bekannt unter den biblischen Namen Massa, Meriba und Ajn Mischpat, ist die Gegend nicht mit Sicherheit lokalisiert worden; es könnte sich entweder um das heutige Ajn Kudeis oder um das etwa zehn Kilometer weiter nördliche Ajn el-Kudeirat handeln. Manche Spezialisten (etwa de Geus, zitiert in Rogerson, *Land der Bibel,* a.a.O.), entscheiden sich für die zweite Lokalisierung, da die erste Gegend flach und wasserarm ist, während die zweite, übrigens eine Oase (man nannte sie »Oase der Wüste Sin«) reich an Weideland und an Wasser ist. Meiner Ansicht nach ist es möglich, daß die beträchtliche Menge der Hebräer, die aufrecht stehend, ohne die Herden, die Zelte und das Heiligtum zu rechnen, mindestens hunderttausend Quadratmeter beanspruchten, beide Gegenden besetzten.
Laut *Deuteronomium* (1, 46) sollen die Hebräer dort »achtund-

dreißig Jahre« geblieben sein, so lange, bis die Generation jener, die Ägypten verlassen hatten, gestorben war; für Jahwe (Dt 2, 14 und Num 14, 21–23) ging es darum, sie für ihre Auflehnung zu bestrafen. Kadesch war sicher eine der Hauptetappen der Hebräer auf ihrem Zug nach Kanaan; die Gegend, die sich im Negeb befindet, am südlichsten Rand Palästinas, war ein Kreuzweg zwischen den Ländern Edom und Moab, und von dort aus brachen auch die Kundschafter ins Gelobte Land auf. Wenig wahrscheinlich ist wohl, daß die Hebräer ihren Einzug nach Kanaan so lange aufgeschoben haben sollen, wie das *Deuteronomium* angibt, um so mehr, als sie dort von feindlichen Völkern umgeben waren.

In Kadesch soll sich auch die berühmte Episode, wie Moses Wasser aus dem Felsen schlug, abgespielt haben (Ex 17, 2–7 und Num 20, 2–13). Ich habe sie aus zwei wesentlichen Gründen trotz ihrer Berühmtheit nicht in meinen Roman aufgenommen: zum einen, weil es sowohl in Ajn Kudeis als auch in Ajn el-Kudeirat Brunnen gibt und der zweite Ort auf jeden Fall wasserreich ist, und weil die Klagen der Hebräer über den Wassermangel in der Wüste ein Leitmotiv des Buches *Exodus* im Pentateuch sind, das eher die Auflehnung der Hebräer zeigen als eine historische Tatsache wiedergeben will. Zum anderen, weil diese Episode vor allem dazu dient, zwei antagonistische Interpretationen vorzubringen: Im Buch *Exodus* bezeugt der Vorfall Mose Gehorsam gegenüber Jahwe, der ihm befiehlt, auf den Felsen zu schlagen, und es ist ein glückliches Wunder; im Buch *Numeri* dagegen zeigt es Mose Ungehorsam, da er sich nicht damit begnügte, mit dem Felsen zu sprechen, wie Jahwe ihn geheißen hatte, sondern mit seinem Stab auf ihn schlug. Hier ist es eine verhängnisvolle Geschichte, der schlimmste Ungehorsam des Propheten, und aus diesem Grund zog sie Jahwes Zorn nach sich. Aufgrund dieses Ungehorsams dürfen weder Moses noch Aaron in das Gelobte Land einziehen (eine Strafe, die im Buch *Exodus* nicht erwähnt wird).

Dieser auffällige Widerspruch zwischen den beiden Versionen des Schlagens auf den Felsen veranschaulicht den – Bibelwissenschaftlern gut bekannten – Antagonismus zwischen der jahwistisch genannten Quelle, die beim Buch *Exodus* bestimmend war und Moses positiv zeichnet, und der priesterschriftlich genannten Quelle, von der das Buch *Numeri* geprägt ist, in dem Moses oft in ungünstigem Licht erscheint. Seit Jahrhunderten debattieren Bibelwissenschaftler darüber (vgl. R. E. Friedman, *Wer schrieb die Bibel,* a.a.O.).

2 Die Auflehnung von Angehörigen des Stammes Levi, ursprünglich Leviten genannt (Num 16, 1 und Num 17, 13) ist eine der bedeutungsvollsten Episoden beim Auszug aus Ägypten, selbst wenn manche Kommentatoren darin nur einen sekundären Vorfall sehen. Angestachelt von dem Leviten Korach, waren darin sicher auch Männer einbezogen, die nicht dem Stamm Levi angehörten, so wie Datan und Abiram aus dem Stamm Ruben, doch der Befehl, den Moses erteilte – »Hört, ihr Leviten!« (Num 16, 8) – weist darauf hin, daß der Kern der Revolte von Leviten gebildet wurde, das heißt aus seinem eigenen Stamm, »zweihundertfünfzig führende Männer aus der Gemeinde, angesehene Abgeordnete der Versammlung« (Num 16, 2).
Moses bestrafte die Rebellen mit dem Ordal, das heißt mit einem Gottesurteil: Sie sollten ihre Räucherpfannen bringen, und wenn der Herr ihre Gabe annahm und nicht die Erde ihren Rachen aufriß, um sie in den *sche'ol,* die Unterwelt, zu stürzen, sollte das zeigen, daß sie in ihrem Herzen nicht gesündigt hatten. Doch die Erde tat sich wirklich unter den Füßen Datans und Abirams auf, und das Feuer des Herrn fraß die zweihundertfünfzig Leviten, die den Weihrauch gebracht hatten (Num 16, 35).
Nach dem Text in *Numeri* 16, 31–32 soll sich der Boden unter allen Rebellen gespalten und die Erde sie verschlungen haben. Hier handelt es sich eher um ein Bild als um eine plausible Tatsache, denn man kann sich nur schlecht vorstellen, daß die Erde nur Aufständische verschlungen hat. Die folgenden Textstellen bestätigen das, da die Hebräer Moses, und nicht dem Herrn, die Schuld an der Bestrafung gaben.
Diese ganze Geschichte muß, wie das Alte Testament insgesamt, aufgelöst werden wie eine Gleichung zweiten Grades. Worum handelt es sich? Datan, Abiram und On sowie zweihundertfünfzig Angehörige des Stammes der Leviten bestreiten die religiöse Autorität Mose. Ihnen zufolge ist er nicht der Bote des Herrn, sondern spricht aus eigenem Antrieb. Dieser letzte Punkt wird bestätigt durch die Worte, die Moses in den Mund gelegt

werden: Das Gottesurteil soll beweisen, daß es der Herr ist, der ihn gesandt hat (Num 16, 28–30). Die Episode ist ein Machtkampf zwischen Moses und den Rebellen, zwischen Leviten und Nicht-Leviten, die seine Eigenschaft als Prophet und Bote des Herrn in Zweifel ziehen.
Die Wahrscheinlichkeit einer solchen Revolte wird vom übrigen Pentateuch ausführlich bewiesen; Moses mußte bis hin zur Erkundung des Gelobten Landes unablässig darum kämpfen, seine Autorität als Bevollmächtigter des Herrn durchzusetzen. Dennoch war es mir unmöglich, diese Episode als solche in einen Roman aufzunehmen, der sich um eine Synthese der verschiedenen Bücher des Pentateuchs bemüht. Diese Bücher unterscheiden sich im Hinblick auf diesen Vorfall beträchtlich. Während der Autor des Buches *Numeri* allen Rebellen, Leviten oder Nicht-Leviten, ein schreckliches Ende bestimmt, indem sie von einem vom Herrn ausgehenden Feuer verzehrt werden, zusammen mit ihren Frauen, ihren Söhnen, ihren Häusern und allem Besitz (Num 16, 31–35), behalten das *Deuteronomium* (11, 6) und später der Psalmist 106 (16–18) dieses Ende nur den Nicht-Leviten Datan und Abiram vor (On wurde rätselhafterweise vergessen). Was soll man daraus schließen? Wieder einmal, daß es bei den Verfassern des Pentateuchs bei der Schilderung dieser Revolte zwei sehr divergierende Tendenzen gibt, eine jahwistisch genannte, die Moses gewogen ist und beweisen will, daß der Herr die Autorität Mose unterstützt, indem er alle vernichtet, die sich ihm entgegenstellten, Leviten oder nicht. Die zweite, priesterschriftlich genannte, hat dagegen jeden Verweis auf eine Auflehnung der Leviten gestrichen. Zu der Zeit, als diese Texte verfaßt wurden, war die historische und göttliche Rolle, die Moses gespielt hatte, unbestreitbar, und der hohe Rang der Leviten verbot es, an diese Revolte zu erinnern. Nebenbei entspricht die Erwähnung von »Häusern« und »Besitz« im Buch *Numeri* kaum den materiellen Bedingungen der Hebräer, die immer noch auf dem Weg ins Gelobte Land waren und in Zelten lebten; sie spiegeln eher das späte Datum wider, zu dem dieser Text verfaßt wurde, später als die Bücher *Exodus* und *Levitikus.*
Der schreckliche und spektakuläre Tod, der im Buch *Numeri* alle Rebellen ereilt, legt die Vermutung nahe, es habe auf Mose Befehl hin eine Hinrichtung gegeben, und diese Hypothese

scheint gestützt durch die neuerliche Revolte, die diese Massenexekution bei den Hebräern auslöste (Num 17, 6–15) und der erneut die Rache des Herrn folgte, indem er den Hebräern eine Plage schickte ... Diesem Pfad bin ich nicht gefolgt. Die Tötung von zweihundertfünfzig Leviten halte ich für eine politische Unklugheit und zugleich für einen barbarischen Akt. Überdies könnte sie eine parteiliche Haltung des Verfassers widerspiegeln, entweder der jahwistischen Quelle, die mit dem göttlichen Zorn die absolute Vorrangstellung Mose besiegeln wollte, oder der priesterschriftlichen Quelle, die Mose Grausamkeit beweisen wollte, zu folgen. Allerhöchstens kann man sich vorstellen, daß Moses die Nicht-Leviten Datan, Abiram, On und ihre Familien aus der Gemeinschaft verjagt hat, eine Strafe, die schwer genug war, da sie diese Menschen entweder dem Hunger oder der Sklaverei aussetzte.

Kapitel 13

1 Der Überlieferung zufolge soll der Pentateuch von Moses persönlich geschrieben worden sein. Doch es fällt schwer zu glauben, daß er seinen eigenen Tod geschildert und vorhergesehen haben kann, daß er wissen konnte, daß das Königreich Juda das Zepter erhalten würde (Gen 49, 10), was erst vierhundert Jahre nach Mose Tod geschah, und noch weniger, daß er in Gen 36, 31f. die Könige von Edom aufzählen konnte, die lange nach seinem Tod regierten. Die fünf Bücher geben keinerlei Information über die Art und Weise, wie den Hebräern die Gesetze übermittelt wurden, und ebensowenig über den Schreiber und die allgemeinen Bedingungen, unter denen sie abgefaßt wurden. Es ist ausgeschlossen, daß sie nach dem Beispiel des Dekalogs in Stein eingemeißelt wurden, was ihren Transport sehr schwierig gemacht hätte. Weit wahrscheinlicher wurde Papyrus benutzt, der wohl auch außerhalb Ägyptens fabriziert wurde, vor allem in Syrien. Die verwendete Sprache war vermutlich Hebräisch, *sephath Kenaan,* die »Sprache Kanaans« (Jes 19, 18) oder Jüdisch (Neh 13, 24), das seit dem 16. Jahrhundert v. u. Z. gesprochen wurde (vgl. Geoffrey Rolles Driver, Art. *Hebrew Language, Encyclopaedia Britannica;* Larry Walker, *Biblical Languages,* in:

Philip Wesley Comfort (Hrsg.), *The Origin of the Bible,* Bd. II, Wheaton 1992).

Vom wissenschaftlichen Standpunkt aus, unabhängig von allen Glaubensfragen, sind sich zahlreiche Bibelexegeten einig in der Ablehnung der Hypothese, Moses selbst habe die Gesetze aufgeschrieben (vorausgesetzt, er beherrschte das schriftliche Hebräisch), denn er hätte den Text der Gesetze sicher nicht auf die vier Bücher *Exodus, Levitikus, Numeri* und *Deuteronomium* verteilt, einschließlich Wiederholungen und Varianten. Angesichts der enormen Bedeutung dieses Textes schien es mir wahrscheinlich, daß Moses auf ein feierliches kollektives Diktat zurückgegriffen hat.

Den Angaben im Buch *Exodus* zufolge konnten die ersten Niederschriften der Gesetze erst bei den langen Etappen nach dem Aufbruch aus Ezjon-Geber in Angriff genommen werden, als die Hebräer gen Kanaan zogen und Moses ihnen bereits gewisse Institutionen gegeben hatte (vgl. R. E. Friedman, *Wer schrieb die Bibel,* a.a.O.).

2 Die folgenden Gesetzestexte, ebenso wie die Gesetzestexte in II, Kapitel 17, sind zitiert nach der *Neuen Jerusalemer Bibel,* Einheitsübersetzung mit dem Kommentar der Jerusalemer Bibel, neu bearbeitete und erweiterte Ausgabe, Stuttgart 1980.

3 Der Begriff »Haus«, *beth,* wirft ein Problem auf: An späterer Stelle im Alten Testament liest man, daß Gott, als König David ein Haus für den Herrn errichten will, dies durch den Mund des Propheten Nathan verbieten läßt, da er seit dem Auszug der Israeliten aus Ägypten niemals in einem Haus, sondern in einem Zelt und einer Stiftshütte gewohnt habe (2 Sam 7, 6). Daraus muß man wohl schließen, daß die jetzige Version dieses Textes *nach* der Herrschaft König Salomons, Erbauer des ersten Tempels, überarbeitet worden sein muß, also vierhundert Jahre später, nach dem 9. Jahrhundert v. u. Z.

4 Dieses Verbot hat für die verschiedenen Schulen der Pentateuch-Autoren eine große Bedeutung, da man es viermal findet, zweimal im Buch *Exodus* (23, 19 und 34, 26), einmal im *Levitikus* (22, 28) und noch einmal im *Deuteronomium* (14, 21). Den moder-

nen Leser mag dieses Verbot verwirren, aber tatsächlich bezieht es sich auf magische Fruchtbarkeitsriten der Semiten, die am selben Tag ein Tier und sein Junges töteten – Riten, die den Hebräern nun verboten waren.

5 Die Bezeichnung »Philistermeer« – gemeint ist das Mittelmeer – deutet darauf hin, daß es sich um späte Textversionen handelt. Die Philister, die aus Anatolien und Kreta kamen, besetzten Palästina erst etwa hundert Jahre später.

6 Das Buch *Josua* (1, 4), in dem das Versprechen Jahwes wieder aufgenommen wird, präzisiert, daß es sich um den Euphrat handelt.

Kapitel 14

1 Den Historikern zufolge, die diesen Namen untersucht haben, soll es zwei Orte namens Arad gegeben haben, übrigens nur etwa zwanzig Kilometer voneinander entfernt. Einer befand sich ungefähr zwanzig Kilometer entfernt von Berscheba und soll das frühere Tell Malhatta gewesen sein, an der Kreuzung der Straße, die zum Sinai, und der Straße, die von Judäa ins Arabatal führte. Das andere Arad soll weiter östlich gelegen haben, am Fuß eines Berges, in geringer Entfernung vom südlichen Ufer des Toten Meeres (vgl. John Rogerson, *Land der Bibel,* übs. v. Joachim Rehork u. a., a.a.O.). Der Angriff der verbündeten Midianiter und Moabiter gegen die Hebräer ging vermutlich vom ersten Ort namens Arad aus.

2 Bei einem Studium der antiken Straßen und der Route des Exodus stößt man auf eine Frage, die meines Erachtens bisher nicht beantwortet wurde: Warum bevorzugten die Hebräer die Wege, die weitestmöglich vom Nordwesten entfernt lagen? Indem sie südlich und östlich vom Toten Meer um das Land Moab herumwanderten, verlängerten sie die Strecke ihres Auszugs aus Ägypten beträchtlich und kamen so ins Ostjordanland. Dabei gab es eine Route, die sie direkt von Kadesch nach Berscheba und von dort entlang der Berge von Judäa, Bethel und Samaria ins Schefela (Hügelland) und nach Kanaan geführt hätte. Alles verlief so,

als hätten sie die kürzesten Routen absichtlich vermieden. Folgende Erklärung liegt nahe: Der direkteste Weg war auch der, den die Ägypter bei ihren Militärexpeditionen jenseits des Sinai häufig einschlugen.

3 Der erste historisch eindeutige Fall einer antiken Religion, die eine andere Religion für unzulässig erklärte, ist die Reaktion der Amun-Priester, die eilig alle Spuren der Verehrung Atons als einzigem Gott, die der Pharao Amenophis IV. oder Echnaton aus der 18. Dynastie eingeführt hatte, entfernten, sobald dieser König tot war. In seinem Buch *Moses der Ägypter* (München 1998) erklärt der Ägyptologe Jan Assmann, der Monotheismus Echnatons habe den Monotheismus Mose und die Ablehnung anderer Religionen, vor allem der ägyptischen Religion, angeregt. Diese These, bereits von Sigmund Freud vorgebracht, ist in mehr als einer Hinsicht bestechend, scheint aber zwei wesentliche Punkte zu verkennen: Zum einen ist der hebräische Monotheismus vierhundert Jahre älter als der ägyptische, da es Abraham war, der die Offenbarung eines einzigen Gottes hatte. Wenn man nach Einflüssen sucht, müßte man eher argumentieren, daß es die *Apiru* oder Hebräer waren, die Echnaton beeinflußten, als umgekehrt (die Mutter dieses Pharaos war übrigens Syrerin und sicher über die aus Mesopotamien stammenden Religionen besser informiert als die Ägypter – vgl. G. Messadié *Teufel, Satan, Luzifer, Universalgeschichte des Bösen,* übs. von M. Messner, Frankfurt 1995; ders., *Histoire générale de Dieu,* Paris 1997). Zum zweiten wurde die ägyptische Religion unter ihrem scheinbaren Polytheismus bereits vom Monotheismus strukturiert, und Echnaton setzte lediglich eine ausschließliche Gottesanbetung an ihre Stelle, die den eigentlichen Geist der ägyptischen Religion erkennen ließ.
Man könnte die Frage eher umdrehen: Wurde der Sonnenkult Echnatons von der ägyptischen Geistlichkeit (und vielleicht auch der Armee) nicht deshalb abgelehnt, weil er für sie asiatischen Ursprungs war und den ägyptischen Staat fremden Einflüssen unterwarf?
Doch es bleibt, daß Assmanns These in das Studium der Gestalt Moses einen neuen Bezugspunkt einführt: die strikt theologische Ablehnung einer Religion.

Kapitel 15

1 Die verschiedenen Versuche, die Art dieser Epidemie zu definieren, haben zu keiner schlüssigen Hypothese geführt. Bakterien und Viren haben sich im Lauf der Jahrtausende viel zu sehr weiterentwickelt, als daß es möglich wäre, die Infektion, von der die Hebräer befallen wurden, ohne Symptome zu bestimmen. Sicher ist nur, daß es sich um eine ansteckende Krankheit handelte.

2 Von dieser ebenso berühmten wie rätselhaften Episode wird nur in einem der fünf Bücher des Pentateuchs berichtet, im Buch *Numeri* (21, 6–9); daß sie in den anderen Büchen weggelassen wird, erklärt sich sowohl durch die magische Natur dieses Eingreifens als auch durch die mangelnde Konformität mit den religiösen Vorschriften der Juden. Die Herstellung eines Gegenstandes, der das Böse darstellte, galt in den religiösen Bräuchen des Orients als Mittel, sich davon zu befreien (vgl. A. M. Gérard, Artikel »Serpent d'airain«, »eherne Schlange«, in: *Dictionnaire de la Bible,* a.a.O.). Das Weglassen dieser Episode in den anderen Büchern des Pentateuchs ist um so augenfälliger, als Moses die Schlange dem Buch *Numeri* zufolge auf Befehl des Herrn fertigen läßt.

Kapitel 16

1 Historisch gesehen ist es einer der verwirrendsten Aspekte des Pentateuchs, daß man nicht den geringsten Hinweis auf die Präsenz der Ägypter jenseits des Sinai oder auf dem Gebiet des späteren Palästinas findet. Dabei war diese Gegend seit der 18. Dynastie Anlaß eines ständigen Krieges zwischen Ägypten und dem Hetiterreich. Im fünften Jahr seiner Herrschaft, 1274 v.u.Z., zog Ramses mit seiner Armee durch Palästina, um gegen die von dem gleichaltrigen (neunundzwanzig Jahre, wie man annimmt) Hetiterkönig Muwatalli geführte Koalition zu kämpfen. Der Feldzug, der von Mai bis Juli dauerte, endete mit einem halben Sieg der Ägypter bei der Zitadelle von Kadesch am Orontes (die Ramses nicht einnehmen konnte). Nach Meinung von Historikern ist das die erste große Schlacht der Antike. Es kann als si-

cher angenommen werden, daß die kleinen Königreiche Palästinas über diesen gewaltigen Krieg zumindest informiert, wenn schon nicht in ihn hineingezogen waren. Zudem hatten die Ägypter noch einen anderen Grund, sich für Palästina zu interessieren: Die Apiru – ein Begriff, der auch die Beduinen bezeichnete – führten Streifzüge gegen die Grenzposten an der Militärstraße von Gaza.

Während der vier folgenden Jahre nützte Ramses II. mit seiner übersteigerten Eroberungslust den Sieg von Kadesch am Orontes aus, um den ägyptischen Einfluß im späteren Palästina zu etablieren:

- 1272 unterwarf er die Völker von Moab, Edom (Seïr) und ganz Ostpalästina, die sich von der Bevormundung durch die Ägypter freimachen wollten; er durchquerte Kanaan und besetzte die Gebiete östlich des Toten Meeres bis Damaskus *(Temesq)*.
- 1271, im achten Jahr seiner Herrschaft, schloß er die Wiedereroberung Syriens ab, nachdem er alle Häfen – Akko, Tyrus, Sidon, Beirut, Biblos, Irquata – besetzt hatte.
- 1270–1269 wurde Ramses II. durch eine Gegenoffensive der hetitischen Königreiche, vor allem der Herrscher von Aleppo und Karkemisch, unterstützt von den Hetitern Muwatallis, gezwungen, noch einmal in diese Gegend zu kommen. Doch da diese Region zu weit von seinem Stützpunkt entfernt war, gelang es Ramses nicht, dort beständige militärische Positionen zu sichern, und so zog er es vor, seine Bündnisse eher durch Diplomatie als durch Waffengewalt aufrechtzuerhalten. Er zog sich zurück, die Kämpfe hörten auf, und die Gegend fiel wieder unter die Herrschaft der Hetiter (vgl. die bemerkenswerte Rekonstruktion bei Christiane Desroches-Noblecourt, *Ramses II, La véritable histoire*, Paris 1996).

Zwischen 1274 und 1269 v. u. Z. waren die Hebräer also gezwungen, im »Maquis«, im Dickicht der Berge des Sinai, zu bleiben, das für die ägyptischen Truppen schwer zu durchdringen war. Daher konnten sie den Süden des Negeb und Kadesch-Barnea erst nach dem Ende der Kämpfe, Ende 1270, Anfang 1269, erreichen. – Das ist der plausibelste Grund für ihr langes Zögern, nach Kanaan einzuziehen.

Daß im Pentateuch jeglicher Verweis auf diese Ereignisse

fehlt, deutet auf die späte Niederschrift des heutigen Textes hin: Er wurde zu einer Zeit verfaßt, als Ägypten jeden militärischen Einfluß verloren hatte, also nach 1269. Nichtsdestoweniger muß man das Buch *Exodus* im Licht der ägyptischen Präsenz in der gesamten Region neu lesen.

Tatsächlich erhellt die Präsenz der Ägypter zwei Punkte, die bisher wenig erklärt sind. Zunächst die Wahl indirekter Wege nach Kanaan, vom Osten her, und dann die erstaunlich lange Frist, bis die Hebräer nach Kanaan einzogen, obwohl sich ihnen anscheinend kein größeres Hindernis entgegenstellte. Der Pentateuch läßt vermuten, dieser Aufschub sei auf den Willen des Herrn zurückzuführen, zuerst alle sterben zu lassen, die ursprünglich aus Ägypten ausgezogen waren, da sie ihm nicht vertraut hatten (Num 14, 22–23). Dieser Wille wird jedenfalls in Kadesch zum Ausdruck gebracht, als Kundschafter nach dem Land Kanaan ausgesandt werden. Viele Monate, fast schon zwei Jahre waren vergangen, seit die Hebräer Ägypten verlassen hatten – sollte der Herr plötzlich seine Meinung geändert haben? Damals rief Moses Jahwe an: »Die Ägypter werden hören, daß du dieses Volk mit deiner Kraft aus ihrer Mitte hierher geführt hast.« (Num 14, 13). Übrigens ist das nach der Durchquerung des Schilfmeers der einzige Verweis auf die Ägypter, den man im Pentateuch findet, doch er ist aufschlußreich: Moses war die Präsenz der Ägypter in der Region immer noch bewußt, und er war beunruhigt, daß Jahwe die Hebräer ihrem Schicksal überlassen könnte.

Aus der Chronologie des *Exodus* kann man folgendes schließen: Nach dem augenblicklichen Kenntnisstand kann man zwar das exakte Datum des Aufbruchs der Hebräer aus Ägypten nicht festlegen, doch es gibt einen sicheren Bezugspunkt, den Tod des Pharaos, »den Joseph nicht mehr kannte« – nach der Chronologie, die in diesem Roman aufgestellt wurde, war das der Tod von Sethos I., also das Jahr 1279. Zu dieser Zeit waren die Hebräer dem Buch *Exodus* zufolge noch Sklaven in Ägypten. Der Auszug der Hebräer begann ein paar Jahre später, als Moses noch bei den Midianitern war (vgl. Bd. 1, *Herrscher ohne Krone),* also zwischen 1278 und dem Beginn des Jahres 1274. Es ist fraglich, ob sie später, als die ägyptischen

Armeen auf dem Weg zum Orontes in Palästina einfielen, noch hätten aufbrechen können. Am Rand des südlichen Negeb angekommen, blieben sie dort, bis die ägyptischen Truppen sich zurückzogen und Palästina, das Ostjordanland und Syrien wieder von den Hetitern beherrscht wurden, d. h. 1269 v. u. Z., im zehnten Herrschaftsjahr von Ramses II.

2 Bei einer ersten Lektüre des Buches *Exodus,* ohne zu beachten, welche Bedrohung die ägyptischen Armeen darstellten, erscheint es rätselhaft, warum die Hebräer, die immerhin nicht gezögert hatten, sich mit den Amalekitern zu messen, seltsam vorsichtig blieben, als es um ihren Einzug nach Kanaan ging. Moses schickte zweimal Kundschafter aus, die ihm berichten sollten, was sie gesehen hatten, und wie man weiß, war der eine Bericht positiv, der andere negativ (ein weiterer mysteriöser Punkt). Im Kontext der Präsenz ägyptischer Armee klärt sich das alles auf (vgl. vorige Fußnote).

3 Von Kadesch-Barnea bis Hebron waren es hin und zurück kaum zweihundert Kilometer.

4 Der Verfasser des Buches *Numeri* berichtet in epischer Emphase das berühmte Detail, zwei Männer seien nötig gewesen, um eine einzige Weintraube zu tragen (13, 23). Man wird mir verzeihen, dieses Detail nicht aufgegriffen zu haben, da es in der Geschichte des Weinbaus keine Spuren von einer Traube dieser Größe gibt.

5 Da die Hebräer zur Zeit des Auszugs aus Ägypten an die dreißigtausend Menschen waren, gewiß eine weit niedrigere Schätzung als die im Pentateuch erwähnte Zahl von mindestens einer Million, ist es zulässig, sich zu fragen, wie in der Landschaft des Sinai und des Negeb der Kontakt zwischen Moses und seinem Volk organisiert wurde.

6 Orte, die nicht lokalisiert werden können, da es im Jordantal und in Galiläa Homonyme gibt. Die folgende Schilderung scheint aber darauf hinzuweisen, daß es sich um die Orte im Jordantal handelt.

7 Das Buch *Numeri* (13, 22) spricht von Hebron, ein Anachronismus, da das Buch *Josua* (14, 13–15) erläutert, daß Kiryat-Arba'a (»Stadt des Arba«) den Namen Hebron erst bekam, als Josua sie Kaleb als Erbbesitz gab, also einige Jahre später. Im Buch *Genesis* (23, 2) findet sich übrigens derselbe Irrtum.

8 Es gibt keine historischen Spuren eines Geschlechts von Riesen in Palästina, jedenfalls nicht von Menschen, die nach den Worten Kalebs (Num 13, 32–33; Deut 2, 10–12) so hochgewachsen waren, daß sich die Kundschafter vergleichsweise »klein wie Heuschrecken« vorkamen. Das *Deutoronomium* (2, 11–12 und 2, 20–21) informiert genauer, ein anderes Riesengeschlecht, die Refaïter, von den Moabitern Emiter und von den Ammonitern Samsummiter genannt, habe früher in derselben Gegend gehaust. Dreihundert Jahre später verlieh die Gestalt des Philisters Goliat (1 Sam 17, 4) dem Mythos von den Riesen Palästinas neues Leben. Doch es ist zweifelhaft, daß Refaïter, Anakiter, Emiter oder andere Samsummiter Philister waren, denn diese tauchten erst etwa hundert Jahre später in dieser Gegend auf, um das 12. Jahrhundert v. u. Z. Nichts gestattet die Vermutung, daß die Philister, von denen man in Grabmälern Skelette gefunden hat, Riesen waren. Dagegen legt alles den Schluß nahe, daß man es hier mit phantastischer Literatur zu tun hat: Auch London hatte später seine Riesen, Gog und Magog, die 4,20 Meter groß waren; Antwerpen hatte Antigone mit 12 Metern und Douai hatte Gayant mit 6,5 Metern ... Der Mythos von einer physischen Degeneration der Menschheit, die früher aus Riesen bestanden haben soll, ist ebenso alt wie hartnäckig.
Zwar kann man allenfalls annehmen, eine durch wiederholte genetische Kreuzungen verursachte Eigenart habe innerhalb einer beschränkten Bevölkerungszahl eine kleine Gruppe von Menschen hervorgebracht, deren Größe über dem Durchschnitt lag, doch muß man aus den übertriebenen Berichten, die den ersten Kundschaftern in Kanaan – einem Land, in dem alles außerhalb der Normen gewesen wäre – zugeschrieben werden, vor allem einen Schluß ziehen: Der Verfasser erdichtet Fabeln, entweder, weil es ihm an Fakten mangelt, oder – wahrscheinlicher – um Fakten zu verschleiern: Die erste Truppe von Kundschaftern weigerte sich, nach Kanaan zu ziehen, und zu ihrer Rechtferti-

gung brachte sie die Anwesenheit dieser Riesen als Grund vor. Für diese Weigerung muß es also einen anderen Grund gegeben haben, der den göttlichen Zorn erregte, und dieser Grund scheint die Bedrohung durch die ägyptischen Truppen gewesen zu sein. Nebenbei kann man noch feststellen, daß der Name des ersten der drei Riesen deutlich an den großen Dämonen der Arier, an Ahriman erinnert.

9 Mehrere Texte des Pentateuchs verweisen auf Hebräer, die sich schon vor dem Auszug aus Ägypten jenseits des Sinai befanden. So erwähnt das Buch *Genesis* (34, 1–31) die Ankunft in Sichem während der Zeit der Patriarchen, also vor dem Auszug aus Ägypten. Das gesamte Kapitel 38 der *Genesis* weist darauf hin, daß Juda nicht nach Ägypten gegangen, sondern in Kanaan geblieben war. Doch vor allem findet sich in der Liste der Stämme eine Variante, von der die Hypothese gestützt wird, es habe Juden gegeben, die nicht bei dem Auszug aus Ägypten dabei waren: im *Deutoronomium* 33 wird der Stamm Simeon nicht genannt, und die Gesamtzahl von zwölf wird nur erreicht, indem man die Nachkommenschaft Josefs in Efraim und Manasse aufteilt.
Mehr noch, zwei nichtbiblische, ägyptische Texte verweisen mit Sicherheit auf die Präsenz von Hebräern jenseits des Sinai (vgl. Bd. 1, Teil II, Kap. 16, Anm. 3). Diese Präsenz muß als historisches Faktum gewertet werden.
Die Zahl und die Verteilung dieser Bevölkerungsgruppen kennt man nicht. Doch es ist offenkundig, daß die Existenz von Juden, die nicht an dem göttlichen Versprechen teilhatten, da sie bereits im Gelobten Land waren, den Verfassern des Pentateuchs Probleme bereitete. Daher rührt ihre relative Zurückhaltung zu diesem Thema (vgl. Teil III, Kap. 5, Anm. 1).

10 Die Amoriter, dem Chronisten zufolge Nachkommen von Ham, haben keine von den anderen Semiten wirklich verschiedene anthropologische Identität. Im 3. Jahrtausend v. u. Z. in Mesopotamien eingewandert, begründeten sie dort die erste große Königsdynastie von Babylon, zu der im 18. Jahrhundert v. u. Z. der große König Hammurabi gehörte; zur Zeit des Exodus scheinen sie an beiden Ufern des Jordans und des Toten Meeres ansässig gewesen zu sein. Ihre Könige beherrschten die fünf großen

Städte Jerusalem, Kiryat-Arba'a oder Hebron, Jarmut, Lachisch und Eglon. Die Jebusiter, seit Beginn des 2. Jahrtausends v. u. Z. in Kanaan, könnten von den Amoritern abstammen, doch die biblischen Texte unterscheiden sie von ihnen, vielleicht aufgrund huritischer Einflüsse; die Jebusiter saßen in Jerusalem und wurden nicht einmal von David verjagt, als er Jerusalem zu seiner Hauptstadt machte (vgl. A. M. Gérard, *Dictionnaire de la Bible*, a.a.O.).
Trotz der formalen Unterscheidung zwischen Amoritern und Jebusitern oder Kanaanitern in den biblischen Texten setzen die meisten Historiker beide Völker gleich.
Die Hetiter, Angehörige des großen Reiches Hattusas, das vom Libanon bis zum Euphrat reichte, sind keine Ureinwohner Palästinas; wenn die von Moses ausgesandten Kundschafter auf Angehörige dieses Volkes trafen, so deshalb, weil die Hetiter als »große Beschützer« wirtschaftliche und diplomatische Beziehungen zu den kleinen Königreichen und Stadtstaaten dieser Region hatten.
Das Buch *Numeri* erwähnt nicht, daß Ägypter in der Gegend lebten. Doch nach dem halben Sieg über die Hetiter bei Kadesch am Orontes hatten die Ägypter bis Ramses III. zumindest Garnisonen im Negeb, um die Bewegungen der »Apiru«, d. h. Beduinen und Hebräer, zu kontrollieren, die manchmal die Militärstraße nach Gaza überfielen.

11 Die in *Numeri* (13 und 14) geschilderte Weigerung der berichterstattenden Kundschafter, mit Ausnahme Kalebs und Josuas, den Einzug nach Kanaan mit Gewalt zu erzwingen, hat zwei Konsequenzen: Zum einen entzieht Jahwe den Hebräern insgesamt sein Vertrauen, und zum zweiten werden nicht nur die Kundschafter außer Josua und Kaleb, sondern alle anwesenden Hebräer von Gott dazu verdammt, niemals nach Kanaan zu gelangen (Num 14, 30 und 26, 65). Hier handelt es sich natürlich um eine literarische Übertreibung, denn man kann sich nur schwer vorstellen, daß der Massenauszug aus Ägypten nur dazu geführt habe, daß lediglich diese zwei Männer und ihre Familien in das Gelobte Land kamen. Die dem Volk in Aussicht gestellte Strafe wird seiner Weigerung zugeschrieben, das Abenteuer einer Expedition ins Gelobte Land zu wagen; somit war also die ge-

samte anwesende Generation durch göttlichen Fluch dazu verurteilt, in der Wüste des Negeb zu sterben. Die Folge der Ereignisse, wie sie im Pentateuch geschildert werden, widerlegt diesen Fluch zumindest teilweise, da die Hebräer ein gutes Stück über die Wüste hinaus bis in die Steppen von Moab, kurz vor Jericho, und damit nahe an Kanaan kamen. Im übrigen fragt man sich, wer das Heiligtum und die Bundeslade hätte transportieren sollen, wenn der Fluch sich erfüllt hätte, und mit welchen Soldaten Josua Jericho hätte belagern sollen.
Derselbe Bericht fügt eine dritte Folge an, die im *Deuteronomium* (1, 19–46) wieder aufgenommen wird: Der Fluch will, daß Moses selbst niemals ins Gelobte Land einziehen darf (1, 37), was nur schwer erklärbar ist, da er nicht schuld ist an der Weigerung der Hebräer, gewaltsam nach Kanaan einzudringen.
Aus strenger historischer Sicht gesehen, unabhängig von jeder exegetischen Interpretation dieser Texte, muß man hier eine Lücke aufdecken. Es wird kein plausibler Grund genannt, warum die Hebräer sich weigerten, gewaltsam in Kanaan einzudringen, in das Land, nach dem sie sich so sehr sehnten – die Anwesenheit der drei Riesen Ahiman, Scheschai und Talmai war für ein Volk von etwa siebenundzwanzigtausend Personen ein eher lächerliches Hindernis.

Kapitel 17

1 Tatsächlich stellt man anhand der Route, die in *Numeri* 21 geschildert wird, fest, daß die Hebräer nach dem Aufenthalt in Kadesch-Barnea kehrtmachten. Vgl. auch die Karte.

2 Diese Details werden in *Exodus* 28 geschildert.

3 Ebenda. Offensichtlich war für die Einzelheiten der Priestergewänder, deren detaillierte Schilderung auf die Spitze getrieben wird, eher städtische Handwerkskunst erforderlich; das, was die Hebräer in der Wüste leisten konnten, reichte dafür nicht aus.

4 Palästina war zur damaligen Zeit tatsächlich wesentlich bewaldeter als heute.

5 Diese Szene ist natürlich gänzlich fiktiv. Doch sie stützt sich auf die Analyse der Beziehungen zwischen Moses und den Hebräern, wie sie in allen fünf Büchern des Pentateuchs geschildert werden: Der Prophet wird dort bis zu seinem Tod mit Auflehnung konfrontiert, dem »bösen Willen« der Hebräer, wie man in der damaligen Sprache sagte.
Die Schilderungen des Pentateuchs weisen darauf hin, daß Kadesch-Barnea der Ort war, wo die bedeutendsten Krisen in den Beziehungen zwischen Moses und den Hebräern stattfanden: Als sie nach dem Bericht der Kundschafter feststellten, daß sie nicht auf dem bisher verfolgten Weg nach Kanaan eindringen konnten, rebellierten sie gegen ihn. In *Numeri* 14, 16–25 und *Deuteronomium* 9, 13–25 wird diese Rebellion darauf zurückgeführt, daß das Volk »halsstarrig« und »böse« ist, und auf »all die Sünde«, die es begangen hatte. Erstaunlich grausame Worte gegen das auserwählte Volk, die jedoch nicht die Tatsache verschleiern können, daß dieser Rückschlag unabhängig von jeglichem Willen war.

6 Diese Route wird in den Büchern *Deuteronomium* (2, 1–3) und *Numeri* (14, 25) angegeben.

7 Da ein Efa sechsunddreißig Liter beträgt, ca. 3,6 Liter.

8 Ein Hin ist ein sechzigstel Omer; etwa sechs Liter.

9 Man weiß nicht, zu welchem Zeitpunkt die Opfergesetze verfaßt wurden, hier übernommen aus *Numeri* 28, 1–29, 40. Auf jeden Fall konnte das nur aus der Perspektive des Wohlstands nach der Niederlassung in Kanaan geschehen sein, und nicht angesichts der Lebensbedingungen der Hebräer während des Exodus, von dem die biblischen Texte berichten, sie hätten sich »vierzig Jahre lang« von Manna ernährt, eine Zeitdauer, die man natürlich wieder einmal symbolisch verstehen muß, also im Sinne von »sehr lange«.

III.

Das ferne Morgengrauen

Kapitel 1

1 Der Grund für den plötzlichen Tod Nadabs und Abihus ist tatsächlich unklar, und die Ursachen, die von den biblischen Texten genannt werden, sind kaum kohärent. Laut *Numeri* 3, 4 sollen sie gestorben sein, weil sie »in der Wüste Sinai« dem Herrn ein Feuer dargebracht hatten, das dieser nicht verlangt hatte; derselbe Grund wird wiederaufgenommen in *Numeri* 26, 61, ohne daß Ort oder Zeit genauer angegeben werden. Im Buch *Exodus* wird ihre Verfehlung nicht erwähnt; allein Nadab und Abihus werden von den Söhnen Aarons unter jenen genannt, die der Herr auf den Berg rief, und das war, nachdem die Israeliten die »Wüste« verlassen hatten (Ex 24, 1); in *Exodus* 28, 1 wird näher ausgeführt, daß der Herr sie zusammen mit ihren beiden Brüdern unter jenen ernennt, die für seinen Dienst bestimmt sind; *Levitikus* 10, 1–4 greift wieder die These von dem Opfer auf, das der Herr nicht befohlen hatte, doch das erste Buch der *Chronik* 24, 1–2, enthält keinen Hinweis auf eine solche Verfehlung. Sicherlich erschien der gleichzeitige Tod der beiden Brüder manchen Chronisten als Zeichen göttlichen Zorns, und man erfand einen Grund für dieses Zusammentreffen.

2 An dieser Stelle kann man eine gewisse Doppeldeutigkeit feststellen: Mose zweiter Sohn heißt Eliëser, fast derselbe Name, den Aarons Sohn trug, der nach dem Tod seines Vaters das Priesteramt übernahm. Man kann sich fragen, ob es sich nur um einen Zufall handelt oder ob es nur einen einzigen Eleasar oder Eliëser gab, den die Nachwelt übereinstimmend als einen Sohn

Aarons betrachtete. Für Mose Sohn bestand die Gefahr, daß man ihm seine midianitische Abstammung vorwarf. Übrigens nennt das erste Buch *Chronik* 23, 12–18 seltsamerweise nicht die Namen der Söhne Aarons, obwohl dieser so hohe Ämter innehatte, sondern nur die Söhne von Moses, Gerschom und Eliëser, die als einfache Leviten bezeichnet werden.

3 Die Version des Todes von Aaron laut *Numeri* 20, 22–29 berichtet, der Herr habe befohlen, den noch lebenden Aaron seiner Priestergewänder zu entkleiden und sie seinem Sohn Eleasar anzulegen; diese höchste Erniedrigung wird erklärt durch Aarons Rebellion bei Meriba (vgl. II, Kap. 12, Anm. 1). Doch kein biblischer Text beruft sich auf eine Rebellion Aarons in Meriba, eine Rebellion, die im übrigen von den Büchern *Exodus* und *Numeri* widersprüchlich interpretiert wird.

4 Laut *Genesis* sollen die Edomiter von Edom (Esau), dem älteren Sohn Isaaks, abstammen, so wären die Edomiter also »Vettern« der Israeliten gewesen. Wie Israel soll Edom zwölf Stämme, einen für jeden seiner Söhne, begründet haben; auf jeden Fall waren es Semiten. Ägyptischen Dokumenten zufolge eroberte Ramses II. Edom, auch Seïr genannt, im Lauf seines Feldzugs von 1273–1272, der die Gebiete um das Tote Meer herum zu »befrieden« suchte. Doch nachdem Ramses nach seinem halben Sieg bei Kadesch am Orontes auf eine Aneignung mit militärischen Mitteln verzichtet und sich mehr auf Diplomatie verlegt hatte, war es möglich, daß Edom unter bestimmten Bedingungen eine gewisse Unabhängigkeit sowohl von den Ägyptern als auch von den Hetitern erlangte. Zu den Bedingungen von Ramses gehörte möglicherweise das Verbot, mit den Apiru – das waren Beduinen und Israeliten, die für Ägypten eine ständige Bedrohung darstellten – Bündnisse zu schließen. Daher käme die sonst unverständliche Weigerung des Königs von Edom, die Hebräer die Route, übrigens in Erinnerung an Ramses' Durchzug »Straße des Königs« genannt, einschlagen zu lassen, die im Osten an seinem Königreich entlanglief.

5 Numeri 21, 1–3, berichtet, bevor die Hebräer um Edom herumzogen, seien sie von dem kanaanitischen König von Arad ange-

griffen worden. Dieser machte mehrere Gefangene, doch nach Ende der darauf folgenden Schlacht zerstörten die Hebräer mehrere Städte dieses Königs und nannten den Ort »Horma (Untergangsweihe)«. Aus zwei Gründen habe ich diese Passage nicht aufgegriffen. Zunächst liegt Arad etwa achtzig Kilometer nördlich von Kadesch, und als die Hebräer von dort aufbrachen, mußten sie viel weiter nach Süden hinunterziehen, um Edom zu umgehen. Man kann sich kaum vorstellen, daß der König von Arad irgendeinen Grund gehabt hätte, sie so weit von seinen Stützpunkten entfernt zu verfolgen. Ebensowenig versteht man, aus welchem Grund die Hebräer gegen die Kanaaniter gekämpft haben sollen, wenn sie sich weigerten, gegen die Koalition aus Edomitern und Moabitern zu kämpfen. Zum zweiten erscheint mir die Formulierung, die Hebräer hätten mehrere Städte zerstört und sie Horma genannt, sehr ungenau, wenn nicht gar doppeldeutig.
Es ist möglich, daß man diese Episode mit der Vernichtung des Trupps von Hebräern, die versucht hatten, vom Norden her nach Kanaan einzuziehen, in Zusammenhang bringen muß.

Kapitel 4

1 Das *Deuteronomium* (23, 5) nennt als Land Bileams Mesopotamien, also wäre er etwa sechshundert Kilometer von Moab entfernt gewesen. Laut *Numeri* lebte er im »Land der Söhne des Ammon«, also bei den Ammonitern, die wesentlich näher waren. Diese Verwirrung rührt von der Tatsache her, daß die Ammoniter ebenso wie die Mesopotamier Aramäer waren (vgl. A.-M. Gérard, *Dictionnaire de la Bible,* a.a.O.).

2 Der Verfasser des Buches *Numeri,* Widersprüchen kaum abgeneigt, zeichnet Bileam zugleich als wahren Propheten, der imstande ist, Jahwes Stimme zu hören, und als käuflichen Mann, der sich von Balaks luxuriösen Geschenken bestechen läßt. Ein wenig überzeugendes Bild, das ich daher nicht übernommen habe. Als östlicher Prophet, der vor allem gelernt hat, die göttlichen Stimmen zu hören, kann Bileam sicher nicht der pflichtvergessene Heuchler sein, als der er beschrieben wird, sonst

hätte er in seinen Spruchreden nicht das Loblied der Hebräer und ihres Gottes gesungen, was ihm sicher den Verlust seiner Kundschaft einbrachte. Ich habe mir die Begegnung mit Moses ausgedacht, die damit endet, daß der Aramäer Bileam erklärt, er unterwerfe sich dem Propheten und Oberhaupt der Hebräer. Eine begründete Erfindung: Der aramäische *El* und der kanaanitische Schöpfergott Baal standen Jahwe so nahe, daß Bileam in Moses den von der Gottheit inspirierten Boten erkennen mußte. Und Bileam hätte nicht so abrupt die Partei wechseln können, wenn er Moses nicht begegnet wäre.
Numeri 31, 16 erfindet noch etwas dazu, indem dort steht, Bileam habe die Hebräer dazu angestiftet, mit midianitischen Frauen Unzucht zu treiben. Das klingt, als würden Propheten die Fortpflanzungstriebe der Völker beherrschen, noch dazu fremder Völker. Doch man kann zu Recht den Verdacht hegen, daß die Verfasser des Pentateuchs kein allzu schmeichelhaftes Bild von Bileam zeichnen konnten, was womöglich einen Schatten auf Moses geworfen hätte.

3 Es scheint gesichert, daß der kanaanitische Prophet Bileam sich aus Achtung vor Moses weigerte, die Hebräer zu verfluchen. Doch trotz ihres jahrtausendealten Erfolgs, der ihre Verwendung vielleicht rechtfertigen würde, hat die Fabel von dem Esel, der zu sprechen begann, in diesem Buch sicher keinen Platz. Allerhöchstens kann man sich vorstellen, daß Bileam selbst sie erfand, um seine eigene Reserviertheit gegenüber Balak zu rechtfertigen.

Kapitel 5

1 Das Problem der Hebräer, die in Palästina geblieben waren, ist eine der offensichtlichsten Lücken im Pentateuch. Es wurde bereits in Anmerkungen des ersten Bandes (II, Kap. 16, Anm. 3) und auch dieses Bandes (I, Kap. 7, Anm. 1) erörtert. Zahlreiche Bibelspezialisten sind der Ansicht, die Einnahme Kanaans und seine lange Belagerung seien nur dank der Kooperation hebräischer Populationen, die schon vor dem Exodus in Palästina waren, möglich gewesen (vgl. J. Rogerson, *Das Land der Bibel,* a.a.O.; P. Johnson, *A History of the Jews,* New York 1988).

Das erklärt jedoch nicht, warum der Pentateuch das nicht im mindesten erwähnt. Zwei Hypothesen kann man vorbringen: Diese Hebräer spielten beim Auszug aus Ägypten keinerlei Rolle und waren erst nach dem Tod Mose an der Eroberung Kanaans beteiligt; daher konnten sie nicht erwähnt werden. Da sie im übrigen nicht von der Offenbarung Mose profitiert hatten, ist es möglich, daß sie sich der Beherrschung durch seinen Nachfolger Josua nicht immer fügsam unterwarfen, was erklären könnte, warum sie im Buch *Josua* ebenfalls nicht erwähnt werden. In beiden Fällen stellten sie die Autoren des Pentateuchs und des Buchs *Josua* vor Interpretationsprobleme. Da diese Bücher lange nach den Ereignissen verfaßt wurden, hätte die Erwähnung von Hebräern, die das Heldenepos des Exodus nicht miterlebt hatten und die überdies noch aufsässig und von lokalen religiösen (hetitischen und babylonischen) Kulten beeinflußt waren, bedeutet, möglicherweise ihre Nachkommen zu diskreditieren.

Man kann im Pentateuch und in der Überlieferung plausible Gründe für die besondere Aufteilung der Gebiete, die den einzelnen Stämmen zugesprochen wurden, finden. Dennoch bleibt sie zumindest erratisch: Dem Stamm Dan zum Beispiel wird ein Territorium in der Nähe des Hermon-Gebirges und ein anderes, fast hundertfünfzig Kilometer von dort entferntes Gebiet am Meer zugesprochen; die Gebiete des Stammes Manasse befinden sich auf der einen und auf der anderen Seite des Jordans, wie durch einen Winkel von den Territorien des Stammes Gad voneinander abgeschnitten; das Gebiet des Stammes Simeon befindet sich mitten im Territorium des Stammes Juda ... Gewiß waren die Grenzen dieser Territorien fließend, und der Belegtext für diese Aufteilung (Jos 13, 19) erwähnt nur die zugeteilten Städte. Doch das genügt noch nicht, um diese erratische Aufteilung und die Tatsache, daß die Stadt Kiryat-Yarim einmal an den Stamm Juda und einmal an den Stamm Benjamin gegeben wird, zu erklären, selbst wenn man das Vordringen der Philister und die mehr oder weniger wichtigen Orte mancher Stämme berücksichtigt.

Vielleicht könnte man ein erklärendes Element in der Tatsache finden, daß nach der Vereinigung der Hebräer aus Ägypten und der Hebräer aus Palästina – ausgehend von den Territorien, die schon zuvor von den Hebräern Palästinas bewohnt wurden –

mehr recht als schlecht neue Anteile herausgeschnitten werden mußten.

2 Lev 25, 23.

Kapitel 6

1 Zu Einzelheiten dieser Eroberungen im Ostjordanland, die nach Mose Tod sicher fortgesetzt wurden, vgl. Num 32, 33–42.

2 Man fragt sich manchmal, welche Pferderassen in den Schlachten des 3. und 2. Jahrtausends v. u. Z. verwendet wurden; für den mittleren Orient gibt es nur eine Antwort: Es waren Araber. Widerstandsfähig und ausdauernd zugleich, mit äußerst harten Hufen, die nicht beschlagen werden mußten; die Widerristhöhe – 1,42 bis 1,50 Meter, während ein französisches Sattelpferd oder ein Oldenburger ein Maß von mehr als 1,60 Metern erreichen, zur damaligen Zeit fast die Größe eines Mannes – erlaubte es, in einer Zeit, die keine Steigbügel kannte, ohne allzu große Mühe auf- und abzusitzen.

3 Dem Pentateuch zufolge starb Moses im Ostjordanland, vor dem Einzug ins Gelobte Land, und sein Grab befand sich bereits zu biblischen Zeiten an einem unbekannten Ort (Deut 34, 6), »im Tal, in Moab, gegenüber Bet-Pegor«, d. h. in der Nähe des Berges Pisga. Kein historisches oder archäologisches Element erlaubt einen Zweifel an der ersten Behauptung, aber dennoch kann man sich darüber wundern, daß Moses die Aufteilung des Ostjordanlandes unter die Stämme Gad, Ruben und Manasse (Num 32, 33–34) begonnen hatte, als hätte er bereits gewußt, wie er über die Gebiete in Kanaan verfügen würde, obwohl es noch keine Karten gab. Doch da es kein schlüssigeres Indiz gibt, habe ich mich im Hinblick auf den Sterbeort Mose trotzdem an die Angaben des Pentateuchs gehalten.
Im Hinblick auf das Alter, in dem der Prophet starb, weicht meine Schilderung allerdings ab. Deut. 34, 7 erklärt, Moses sei hundertzwanzig Jahre alt und noch voller Frische gewesen, sein Auge noch nicht getrübt; doch historische Information oder phy-

siologische Wahrscheinlichkeit waren sicher nicht das Anliegen der Verfasser der Bibel. Ich verlege sein Sterbealter auf die Zeit zwischen vierzig und fünfzig Jahren, was für die damalige Zeit ein reifes Alter war und es übrigens bis zu Beginn des 20. Jahrhunderts blieb. Es ist möglich, daß Moses, vorzeitig erschöpft von den Prüfungen und der unerhörten Intensität seiner Gefühle, einfach an einer Herzschwäche starb.

Verwirrend ist, daß der Pentateuch im Hinblick auf sein Grab nur sagt, daß niemand es kennt. Moses ist von einer historischen und symbolischen Statur, die der Abrahams zumindest gleich, wenn nicht überlegen ist; dessen Grab, das berühmte Patriarchengrab in Hebron, war und bleibt ein bekannter und von allen verehrter Ort. Warum soll Mose Grab anonym gewesen sein? Das ist einer der rätselhaften Punkte des Pentateuchs. Auf jeden Fall scheint mir der angebrachteste Ort nicht ein Tal, sondern der Gipfel des Berges Pisga, auch Nebo genannt, zu sein, von dem aus er zum letzten Mal das Gelobte Land betrachtet hatte. Aber natürlich ist das eine logische Ableitung unter vielen anderen ...

Gerald Messadié

Ein Mensch namens Jesus

Roman

Fern aller Legendensüßlichkeit und ohne die Gelacktheit eines Hollywood-Films erzählt Messadié den Lebensweg Jesu so aufregend, daß nicht nur der theologisch und historisch interessierte, sondern jeder anspruchsvolle Romanleser in den Bann geschlagen wird

Mit einer heute nur selten anzutreffenden Plastizität stellt dieser Autor ein buntes, pralles Historiendrama auf die Bühne, wobei es ihm gelingt, die Gestalt Jesu zu entmythisieren, damit die begnadete Persönlichkeit Kontur annimmt – der Mensch Jesus.